중국모순(茅盾)문학상수상작

모슬렘의 장례식

The Funeral Ceremony of Moslem

1

곽달 장편소설 김주영 옮김

전예원

모슬렘의 장례식 ❶

차 례

프롤로그
세월의 꿈속으로

이른 아침 그녀는 왔다.

하얀 택시가 길목에 멈추어 서더니 그녀가 차에서 내렸다. 잠깐 서서 좌우를 둘러보더니 익숙한 거리와 골목을 지나서 걸어갔다.

그녀는 굽이 약간 높은 흰 구두를 신고 은회색 스커트에 연한 살색 블라우스를 입었다. 그녀의 날씬한 몸매는 키가 큰 느낌을 주었다. 갸름한 얼굴에 살결이 무척 희고 보드라워 보였다. 티없이 맑은 큰 눈 아래 오똑한 코가 있었으며 립스틱도 바르지 않은 입술은 꼭 다물어져 있었다. 양미간에는 가느다란 주름이 잡혀 있고 약간 굽실굽실한 긴 머리는 자연스레 목 뒤에 퍼져 있었다. 귀와 목에는 아무런 장식품도 걸려 있지 않았다.

그녀의 귀밑머리는 이미 은빛이 반짝였으나 그다지 늙어보이지는 않았다. 그러나 그녀를 전혀 모르는 사람들이나 그녀를 까맣게 잊어버린 사람들이 지금의 그녀를 본다면 그녀의 눈부셨던 젊음을 상상할 수 없을 것이다.

그녀는 재빨리 걸음을 옮기고 있었다. 무거운 짐 같은 것은 없고 오직 동그란 하얀 박스 하나를 들고 있을 뿐이었다.

마치 오랜 꿈속에서 깨어난 듯 그녀는 거리의 이곳저곳을 경이에 찬 눈빛으로 바라보았다.

부드러운 아침 햇살이 고요한 골목길을 비추고 있었다. 어쩌다 그녀 옆을 스쳐 지나가는 사람들도 있었다. 일찍 일어나 산책하러 가는 사람이거나 아침에 먹을 구운 떡을 사러 가는 사람들이었다. 그녀는 옛날의 그 익숙한 분위기를 느꼈다. 그렇지만 사람들은 그녀를 알아보지 못했다. 누구도 그녀를 찬찬히 눈여겨보지 않았다.

그녀 앞에 펼쳐진 하늘과 땅은 모두 잿빛이었다. 벽돌과 기와도 잿빛이었다. 거리 옆 담벽에는 몇 번이나 검은색, 흰색의 석회를 발랐는지 알아볼 수도 없었다. 붉은색과 검은색으로 표어들을 썼다가 석회로 그 흔적을 덮어버렸다. 비바람이 그 덮개들을 이리저리 벗겨놓아서 얼룩덜룩하고 지저분한 색깔들이 잿빛 속에 섞여 있었다. 길가의 나무들은 우중충했으나 지붕 위에는 파란 풀들이 자라고 있었다.

연기가 자욱한 뿌연 아침 햇살 속에 멀리 우뚝 솟은 건물이 보였다. 이 일대의 민가보다 훨씬 높은 탑처럼 뾰족한 건물이었다. 그 건물 꼭대기에서 오렌지색 유리기와가 반짝반짝 빛나고 있었다. 그곳이 바로 모슬렘 사원이다. 그곳에서 매일 다섯 번씩 울려퍼지는 종소리는 마치 이렇게 외치는 듯싶었다.

「알라는 가장 위대하시다! 만물의 주는 오로지 알라뿐이요, 마호메트는 주님의 사자이시다. 빨리 와서 경배하라!」

여기는 모슬렘 거주구로, 알라의 신도들이 모여 사는 세상이다.

이 세계는 아주 크다. 마호메트가 이슬람교를 세운 이래 1300년간 인자하고 공정하며, 성실하고 스스로 억제하는 정신을 인간에 널리 전하여 전세계에 8억이나 되는 식구가 있다.

이 세계는 또 아주 작다. 8백만 인구를 가진 이 북경에 모슬렘 식구는 18만뿐이다. 그들은 북경의 곳곳에 널려 사는데 그 중의 한 무리가 이 사원 주위에 모여 살고 있다. 전해오는 옛말에 의하면 여기는 본래 숲이 무성한 석류원이었다고 한다.

아주 오래 전 7세기 때 머리에 흰 천을 두른 아랍 상인들이 당나라 땅에 들어왔다. 그들은 이 땅에 정이 들어 이 땅에서 장가를 들고 자식들을 보았으며 이곳에 머물게 되었다.

그 후 1219년에 칭기즈칸이 군사를 일으켜 서쪽으로 진군하고 1258년에 쉬제우가 바그다드를 함락하였으며, 이슬람교를 믿는 여러 민족들이 살고 있던 숭령 서쪽과 흑해 동쪽의 땅들은 모두 몽골 귀족에게 빼앗겼다. 정복자들은 피정복자들을 강제로 동쪽으로 이주시켰다. 주민들 중에는 포로로 잡힌 장인(匠人)도 있었고 가족을 거느린 아랍 상류층 인물도 있었으며, 동서방의 교통이 열린 틈에 모여든 사람들도 적지 않았다. 이 사람들 중 다시 아랍으로 돌아간 사람은 극히 적었다. 외래인들의 대부분은 중국땅에서 군인이나 농사꾼, 장인으로 지냈으며, 소수의 사람들은 장사를 하거나 선교를 하였다. 벼슬을 한 사람은 극히 적었다.

원나라의 공식문서에서는 그들을 '회회(回回)'라고 불렀으며 이들 자신들도 회회라고 자칭하였다. 이렇게 하여 하나의 새 민족이 중국에서 탄생된 셈이다. 역사는 융합이 불가피하다. 회회족 중에도 한인, 몽골인, 위그루인, 유태인들의 성분이 섞였다. 그러나 회회는 시종 자신들의 독립적인 존재를 지켜왔으며 한인이나 혹은 기타 민족 속에 융합되지 않았다. 중국은 한인들이 오래 전부터 살아오던 땅이었으므로 회회들은 토착민족처럼 온전히 큰 땅덩어리를 차지할 수 없었다. 그들은 늘상 쫓겨다녔고 잡히거나 살해당했다. 그들은 살기 위하여 각지로 떠돌아다녔다…….

그들은 항상 소수였다. 이 소수의 사람들은 아주 힘들고 조심스럽게 그러나 완강하게 버티며 살아왔다. 그들은 자신의 주님을 믿고 있었다. 알라는 유일한 신이며 알라께서 천지와 자연과 사람, 그리고 천사와 성령을 창조하셨으며 모든 것을 다스린다고 그들은 믿었다. 형상은 없으나 알라는 전지전능하고 계시지 않는 곳이 없다고 믿었다. 무릇 세 사람이 밀담하는 곳에는 알라께서 네번째로 참여한 사람이고, 네 사람이 속삭이는 곳에는 알라께서 다섯번째 사람이며 알라께서는 영원히 모슬렘들과 같이 계신다고 믿었다. 모슬렘은 알라께 충성하고 따르며 마호메트를 통해 알려진 알라의 계시를 받아 경건히 기도하고 신실하게 살아가고 검소한 생활을 영위하며, 자만하지 않고 타인을 비방하지 않는 마호메트의 길을 따르려고 하였다. 그들은 인생에는 내세가 있으며 마지막 재판이 있다고 믿었다. 사람들의 영혼이 천당이나 지옥에 들어가는 것은 전적으로 알라께서 결정하시는 일이며 선행은 보상을 받을 수 있고 악한 짓을 하면 반드시 징벌을 받는다고 믿었다…….

그녀는 놀란 듯이 꿈속에서 깨어났다. 여태까지 자신이 애타게 찾아온 이 세계를 바라보니 그렇게도 익숙할 수가 없었다. 마치 세월이 되돌아간 듯하고 생각하기조차 끔찍한 그 모든 일들이 발생하지 않았던 듯싶었다.

아니다. 세월은 영원히 되돌릴 수 없는 것이다. 이 세계로 돌아온 그녀는 이젠 늙었다. 여기도 이미 낯설어졌다. 세월은 다른 사람들도 늙게 했겠지? 보상을 받을 사람은 이미 받았는지, 징벌을 받을 사람도 이미 받았는지 그녀는 전혀 알지 못했다. 아니, 그녀는 알 필요가 없었다. 그녀는 지나간 날의 사랑이나 원망에 대한 보상 또는 징벌은 생각하지도 않았다. 오로지 기억해야 할 것은 마음속에 아로새기고, 잊어야 할 것은 모두 망각해야 한다는 생각뿐이었다.

또 한번 길목을 돌아서니 그녀가 꿈속에서 그리던 그 골목이 나타났다. 그때의 늙은 홰나무도 보인다. 세월의 모진 시달림 속에서도 여전히 푸르게 살아 있다.

그 옛날 봄이 되면 이 나무는 하얀 꽃을 풍성하게 피워올려 골목 안은 향기로 가득 차곤 했다. 시원한 바람이 불어올 때마다 하얀 꽃은 눈처럼 그녀의 머리와 어깨에 내려 앉았다. 지금은 나무에 꽃이 없다. 꽃피는 계절이 이미 지난 것이다. 꽃은 몇십 년 동안 피었다가 지면서 그녀를 기다렸건만 그녀는 돌아오지 않았다.

이제야 돌아온 것이다. 그녀는 나무 밑을 지나 어느 대문 앞에서 멈춰 섰다. 밤마다 그녀는 꿈속에서 이 대문을 보았으며 이 울 안의 하늘을 올려다보았고 그 하늘에 뜬 달님을 보았다. 꿈속에서 보았던 그 잊을 수 없는 눈, 그리고 가슴을 찢던 그 부르짖음…….

밝은 달은 해마다 그리움을 달래는 그녀를 감싸주었다.

그녀는 밤마다 꿈속을 걸었다. 꿈은 공간을 축소시키고 시간을 머물게 한다. 꿈은 세계를 깨끗하게 한다. 꿈의 세계에는 더러운 것도 소란한 소리도 사악한 것도 없다. 꿈에는 이별도 아픔도 없으며 오로지 부드러운 달빛과 달콤한 사랑만 있다. 꿈속에서 그녀는 마냥 젊기만 하였다. 그녀는 꿈에서 깨어나기 싫었다.

그렇지만 그녀는 결국 깨어나고야 말았다.

그녀는 충동을 이기지 못해 푸른 돌이 깔린 층계를 단숨에 뛰어올라가 검붉은 대문을 만져보았다.

대문은 잠겨 있었다. 문을 만진 것도 잠깐일 뿐 그녀는 금세 손을 떼어버렸다. 만나기 싫은 사람을 만날까봐 두려운 게 아니었다. 지금 그녀는 오로지 꿈속에서 보던 사람을 빨리 만나고 싶었다. 이젠 감출 것도 두려울 것도 없었다. 그런데 단지 그녀는 대문 옆 낡은 벽돌담장에서 자신이 전에는 보지 못했던 것을 보았던 것이다. 한백옥으로 된 간판인데 그 위에 글자가 새겨져 있었다.

북경시 중요문화재

사합원(四合院)

북경시 문화재보호관리국 1979년

그녀는 멍해졌다. 금년에 박아넣은 것이 분명한 한백옥 간판은 대체 무슨 영문인가? 여기의 모든 것은 이미 변했단 말인가?

그녀의 심장은 뛰고 있었다. 손도 가늘게 떨리기 시작했다. 그녀는 대문을 빨리 열어보고 싶었으나 말할 수 없는 두려움에 주저하고 있었다.

대문은 운명의 입구를 연상시킨다. 가령 이 대문이 지난날 그녀의 운명을 결정했다면 그녀의 여생도 결정할 것이다. 천당으로 가느냐 아니면 지옥으로 가느냐가 여기에 달린 것 같다. 대문 손잡이에 달린 고리를 잡아당기기 전에 그녀는 다시 한번 숨을 몰아쉬었다.

너무 오랫동안 닫혀 있었던 탓인지 대문 안에는 그녀가 알고 있거나 모르고 있는 것이 너무도 많았다…….

1
모슬렘의 야광주

격식에 잘 맞는 전형적인 사합원.

회색벽돌로 쌓아올린 높다란 대문 누각은 용마루 끝에 하늘로 치솟을 듯한 장식물을 달고 있었으며 처마 밑에는 검붉은 칠을 한 대문이 있다. 두꺼운 대문에는 사발만한 구리 손잡이가 있는데 그 밑에 고리가 달려 있다. 두 개의 대문짝에는 각기 금칠로 새긴 대련이 있다.

수주화벽(隨珠和璧), 명월청풍(明月淸風).

대문 위의 가름대에는 '박아(博雅)'란 큰 글자가 새겨져 있어 보통 흔히 볼 수 있는 장명부귀(長命富貴) 등의 글귀들과 달리 은근히 집주인의 취미를 엿보게 한다.

대문은 평소에는 꼭 닫혀 있다. 주인이 집으로 돌아오거나 찾아오는 손님이 있어 구리고리를 당겨 소리를 내면 안에서 일하는 아줌마가 뛰어나와 문을 열어준다.

대문에 들어서면 커다란 가림벽이 앞을 막는다. 벽돌로 쌓고 기와를 얹은 가림벽은 네 모퉁이가 벽돌로 조각되었으며 가운데는 사각진 흰 백으로 글자도 그림도 없어 깨끗하고 말쑥한 달빛 같다. 가림벽 밑에서 자라난 얼기설기 엉킨 늙은 등나무는 꿈틀거리는 뱀처럼 벽에 세워 놓은 나무대를 따라 기어올라가서 무성한 가지와 잎을 땅까지 축 드리웠는데, 봄여름철에는 그 위에 자주꽃들이 피어나서 영롱한 구슬이 달려 있는 것처럼 보인다.

가림벽과 대문 사이의 공간은 좁고 기다란 뜰이다. 대문 누각 서쪽에는 다섯 칸짜리 북향집이 길게 들어앉았는데 하인들이 거주하는 방과 응접실이 있다. 대문은 뜰안의 중앙에 있지 않고 동남쪽에 있다. 이것이 바로 사합원 건축의 특징인데 대문을 동남향으로 내는 것은 길함을 택해서였다.

대문과 비스듬히 마주보이는 추화문은 전체 건축구조에서 중간 위치에 있다. 추화문은 안팎 뜰안을 잇는 목구멍 같은 존재여서 실용가치는 별로 없지만 중요한 자리를 차지한다. 추화문은 대문의 소박하고 엄숙한 풍격과는 달리 화려하게 장식되어 있다. 문틀도 대문처럼 검붉은 색이 아니라 주홍색으로 칠해져 있고 금박무늬와 정교한 조각은 고대 건축가의 재치가 역력히 드러나 있다.

추화문에 들어서면 또 하나의 가림벽이 있다. 이것은 밖의 것과 달리 본색의 황양목으로 만들어진 것으로 마치 병풍과 같으며, 그 위에는 네 폭의 산수화가 그려져 있다. 아미산(峨嵋山)에 뜬 달과 고소성(姑蘇城) 위의 달, 노구교(蘆溝橋)의 새벽달, 그리고 푸른 바다 위에 뜬 달이다. 모두가 달을 그린 경치였으나 풍기는 이미지는 각기 다르다.

가림벽을 지나면 곧바로 안뜰이다. 안뜰에는 동향, 서향으로 각기 방이 세 개씩 있다. 남향으로 앉은 집은 방이 다섯 개인데 정교한 낭하가 세 채의 집과 추화문을 네모꼴 모양으로 연결시켰다. 마당 가운데 십자형 벽돌의 좁은 길은 세 채의 문들과 통해 있다. 남채의 문 양편에는 해당화와 석류나무가 있어 봄철부터 가을까지 향긋한 분위기를 더해 준다.

뜰의 크기로 보아서는 북경의 사합원 중에서 중간 수준밖에 되지 않는다. 그러나 건축 공예면에서 볼 때는 상당히 높은 수준이다. 집주인이 설계에 참여하여 독특한 운치와 정서를 자아냈기 때문이다. 그런데다가 지리적으로 북적대는 거리와 잇대어 있지는 않고 그렇다고 멀리 떨어진 것도 아니어서 문만 닫으면 세상과 동떨어진 도원이지만 문 밖에만 나가면 세상 그 어느 곳과도 통할 수 있어 제법 그럴 듯하였다. 특히 인간세상에서 뛰어다니기도 해야 하지만 자신만의 조용한 세계를 가지려는 사람들에게는 둘도 없이 좋은 곳이었다. 대문에 새겨진 글귀나 병풍의 산수풍경이나 뜰안에 심은 초목들은 모두 의식적으로 다듬어진 것이었다.

지금 이곳에 살고 있는 사람은 경찰국의 경비대장이다. 이 사람은 경박하지도 그렇다고 고상하지도 않은 인간이다. 그는 늘 검은색 경찰복을 입고 허리에는 총을 지르고 다녔다. 족쇄나 수갑을 주무르는 것밖에는 아는 것이 없었다.

이 집은 이 작자의 손에 들어가기 전에는 청나라 정부에 관직을 두고 있던 어떤 문인의 소유였다. 그는 벼슬길이 별로 신통치 않아 세상을 멀리한 채 책과 그림을 좋아하고 골동품에 빠져 있었는데 특히 각 시대의 옥기제품들을 아끼고 사랑했다. 평소에는 문을 닫아 걸고 손님도 맞지 않았으며 어쩌다 밖에 나간다 해도 옥기가게나 옥기를 만드는 작업방에 가는 것이 고작이었다. 색다른 보배를 만나면 호주머니를 다 털어서라도 사고야 말았으며 값이 너무 비싸 살 수 없으면 실컷 구경이라도 하였다. 누구 집에 아름다운 옥이 있다는 소문만 들으면 그 집 사람과 평소 안면이 있든 없든 간에 염치불구하고 찾아가서 보고 나서야 시름을 놓는 성격이었다.

일흔이 넘은 노인이 이렇듯 옥에 미쳐 날뛴다 해서 사람들이 그에게 옥귀신, 옥마(玉魔)라는 별명을 달아주었다. 이러한 별명에도 노인은 흐뭇해 하였다. 노인이 여든이 넘어서 세상을 떠나자 그의 자손들이 신통치 못해 재산을 다 날렸고, 집도 주인이 바뀌어 경비대장의 소유로 들어간 것이다. 그러나 노인의 유풍만은 아직도 뚜렷이 남아 있었다.

민국 24년(1935) 봄, 경비대장이 갑자기 집을 팔고 다른 데로 이사를 가려 하였다. 사람들은 그 이유를 알 수 없었다. 혹시 돈이 많아서 더 큰 집으로 가려고 그러는지 아니면 돈쓸 일이 있어 팔려고 그러는지 모두들 추측뿐이었다. 사실 경비대장이 꼭 이사를 가려는 것은 다른 이유 때문이었다. 집은 좋기는 한데 편안히 지낼 수가 없는 것이다. 어느 날 밤 그는 달콤한 잠에 빠져 있다가 괴상한 소리에 놀라서 벌떡 일어났다.

「나는 버릴 거다! 나는 버릴 거다!」

직업적인 경각심으로 그는 재빨리 일어나 옷을 걸치고 마당으로 나왔다. 귀를 기울이고 한참 들어보았으나 아무 소리도 들리지 않았다. 달 밝고 바람 없는 밤이었는데 뜰안은 대낮처럼 환하고 그 어떤 이상한 소리도 들리지 않았다. 그는 꿈을 꾼 것으로 생각하고 집안에 들어가 다시 누웠으나 자리에 눕자마자 기다렸다는 듯이 그 소리가 또 들렸다.

「나는 버릴 거다! 나는 버릴 거다!」

경비대장은 옆에서 자고 있는 아내를 깨웠다.

「밖에 무슨 소린가 들어봐, 빨리!」

「나는 버릴 거다! 나는 버릴 거다!」

또 한번 소리가 났다.

아내는 눈을 비비면서 웅얼거렸다.

「무슨 소리를 들으라구요? 괜히 사람을 놀래키려고 그래요.」

너무도 이상했다. 이렇게 큰 소리를 아내는 듣지 못하다니, 경비대장은 몹시 의아스러워하며 자리에 누웠으나 온밤을 뜬눈으로 새웠다.

그 후에도 며칠 동안 그는 밤마다 그 괴상한 고함소리를 똑똑하게 들었다. 몇 년 전에 세상을 뜬 옥마 노인의 소리와도 같았다. 산 사람도 마구 죽이는 경비대장이 썩은 지 오래되었을 주검이나 밤중에 떠다니는 유령 따위를 무서워할 위인은 아니나 이 집을 살 때 빼앗다시피 한 것이 꺼림칙하기도 하고, 그의 아내가 입을 삐죽이면서 '죄짓는 일을 하지 않으면 귀신이 문을 두드려도 겁날 게 없다'고 하면서 자신을 비웃던 일을 생각하면 온몸에 소름이 쫙 끼쳤다.

어느 날 그 귀신 소리가 아무도 모르게 찾아와 자기를 죽일지도 모른다는 생각이 들어 겁이 덜컥 났다. 그는 자신이 심약해졌다고 생각하지 않았으나 그렇다고 그가 겪고 있는 이 괴상한 일을 달리 해석할 방법도 없었다. 남에게 말하자니 누구도 믿을 것 같지 않고 가만히 있자니 바늘방석에 앉은 듯하였다. 그는 떠나는 게 상책이라고 판단하여 급하게 이 수주화벽 명월청풍의 집을 팔려고 하였다.

박아댁을 팔려 한다는 소문은 대번에 거리에 퍼져 술집과 다방에서 사람들에게 흥미진진한 화제가 되었다. 어떤 사람들은 시세를 알아보고 자신의 재력을 가늠해 보기도 했지만 대개의 사람들은 그저 재미있는 구경거리를 보는 듯했다. 도대체 어떤 사람이 그 집을 살지 그것이 궁금할 뿐이었다. 어떤 중간상들은 대담하게 경비대장을 찾아가서 시세를 알아보려 했으나 그는 매매 중간에서 돈을 떼이고 싶지 않았다. 그는 중간상들을 쫓아내며 고래고래 소리를 질렀다.

「누구든지 이 집을 사려면 본인이 와야 한다. 중간에서 말 나르는 인간들은 썩 저리 비켜!」

경비대장은 앉아서 집 살 사람을 기다렸다. 복덕방에도 내놓지 않았다. 이렇게 좋은 집을 못 팔 리가 없지 하면서 기다렸다.

어느 날 한 사람이 찾아왔다. 아줌마가 손님을 북채 응접실에 모신 다음 주인을 청했다. 경비대장이 나와서 손님을 보니 30세쯤 되는 사람이었다. 잿빛 목천 장삼에 검은 신을 신고 중절모를 쓴 그 사람은 체격은 큰 편이나 약간 말라 보였다. 얼굴은 좀 검었으며 넓은 이마에 약간 위로 치솟은 눈썹 아래 우묵하게 들어간 새까만 두 눈은 부리부리했다. 그 빛나는 눈만 보아도 재간있고 능란한 사람임을 알 수 있었다. 오랫동안 여러 부류의 인간들과 씨름해 온 경비대장은 대뜸 이 사람이 소직원이나 교원 따위가 아니면 기껏해야 누구네 장부나 맡아보는 회계쯤 될 거라고 생각했다. 물론 집 사러 온 사람은 아니겠고, 기분이 나빠진 경비대장은 쌀쌀맞게 물었다.

「왜 나를 찾아온 거지요?」

상대방에 대한 칭호도 쓰지 않았다.

「댁에서 방이 모자라 집을 바꾸려 한다는 소식을 들었습니다.」

손님이 말했다. 그가 말한 바꾸려 한다는 것은 판다는 뜻으로, 돌려 말해 파는 사람을 높이는 것이 된다.

「음.」

경비대장은 이런 말을 들을 줄은 생각도 못했다. 그는 아줌마를 불렀다.

「차를 따라 오시오.」

「그럴 필요없습니다. 먼저 집에 대해 말해 봅시다.」

경비대장은 또 한번 놀랐다. 이 사람 꽤 시원시원한데, 이렇게 급하게 사려 하다니. 그도 이젠 급해졌다

「좋아, 쓸데없는 말은 그만하지. 그런데 자네는 누구를 대신해서 집을 보러 온 거지? 주인은 왜 안 오고?」

손님은 히죽 웃으면서 말했다.

「제가 바로 여기 오지 않았습니까?」

「오?」

경비대장은 놀라지 않을 수 없었다. 왜 진작 알아보지 못했지? 이 사람 어디를 보아 집 살 사람 같은 데가 있나? 아무튼 사겠다 했으니 아무렇게나 대할 수도 없는 일이고.

「자네…… 음, 당신 성함은?」

그제야 그는 상대방의 성씨를 물었다.

자네도 당신으로 바꾸었다.

「소인은 한씨올시다.」

손님은 몸을 한번 굽혔다.

「한 선생,」

이렇게 존칭으로 바꾼 경비대장이었지만 아직도 우쭐대면서 남을 깔보는 태도는 별로 고치지 않았다.

「당신은 먼저 집을 보겠소, 아니면 값을 따지겠소?」

「볼 필요는 없습니다.」

손님은 말했다.

「이 집은 원래 주인이 있을 때 와본 적이 있습니다. 댁에서 기왕 이사하겠다 하니 제가 사려는 것입니다. 그저 값이나 불러 주십시오.」

경비대장은 내심 깜짝 놀랐다. 오래 전부터 이 집에 욕심을 들였다니. 어쨌든 보지 않고도 사려고 하니 너무나 통쾌한 일이 아닐 수 없었다. 파는 사람에게나 사는 사람에게나 모두 마음이 편한 것이었다. 경비대장은 흐뭇했다. 이 집이 확실이 좋구나. 그 괴상한 소리만 아니라면 자신도 집을 팔려고 하지 않았을 것이다. 그러나 지금은 팔지 않으면 안 되는 상황이다. 그는 어서 빨리 귀신 있는 이곳을 떠나고 싶었다. 마침 마음먹고 사려는 임자를 만났으니 놓쳐서는 안 되지. 그는 원래 생각했던 값보다 20퍼센트를 더 올려서 말했다.

「일을 시원히 치르는 분을 만났으니 나도 진심으로 말해야지요. 만 원만 내시오. 어떻소?」

그는 상대방의 얼굴을 살폈다. 만약 마음에 안 들어 하면 다시 흥정을 하려고 하였다. 그런데 뜻밖에 상대방은 시원하게 한마디 하는 것이었다.

「그렇게 합시다.」

그 말을 듣자 경비대장은 아차! 하고 다시 값을 올리려 했으나 이제는 너무 늦었다. 문득 꾀가 생긴 이 그는 또 한마디 보탰다.

「그런데 한 선생, 나는 집만 파는 것이지 두번째 문 앞에 있는 목조 가림벽은 계산에 넣지 않았으니 이사갈 때 가지고 가겠소.」

「그건…… 가림벽도 집의 한 부분인데요.」

손님은 침착하게 말했다.

「집을 사는 바에야 가림벽까지 사야지요. 값은 다시 흥정할 수도 있지 않습니까?」

「그럼 2천 원만 더 내시오.」

경비대장은 능청스럽게 말했다.

「그러지요.」

손님은 한마디로 결단을 내렸다.

「그럼 댁에서는 이사 준비를 하시지요.」

흥정이 이렇게 빨리 끝나리라고는 생각지 못한 경비대장은 집 살 사람이 비밀을 발견하고 중도에서 취소라도 할까봐 걱정이 되었다.

「우리가 말끔히 짐을 다 옮긴 후에 이사를 하는 게 어떻소? 당신도 돈 준비를 해야지요. 그러자면 시간이 걸릴 텐데.」

「며칠 기다리는 것은 별문제 아니니 서두르지 마십시오. 돈은 지금이라도 저와 같이 가서 만 원을 가져오시지요. 선금을 내겠습니다. 나머지 2천은 댁에서 이사간 후에 결산하는 것이 어떻습니까?」

경비대장은 너무도 놀라 어안이 벙벙해졌다. 세상에 어찌 이런 사람이 있담, 값을 부르자마자 흥정도 하지 않고 대번에 만 원이란 돈을 선금으로 준다지 않는가. 이 사람은…… 도대체 돈이 얼마나 있을까? 도대체 누구일까?

「당신의 성함은?」

그는 당황하여 앞에서 한 말을 되풀이하였다.

「소인은 한씨올시다.」

「명함은 어떻게 쓰시죠?」

「한자기(韓子奇)입니다.」

「에쿠!」

그 이름을 듣자 경비대장은 벼락을 맞은 듯 저도 모르게 외마디 소리를 냈다.

「당신이 기진재(奇珍齋)의 주인 한 선생이란 말입니까? 존함은 오래 전부터 들었습니다. 글쎄, 어쩐지…….」

그가 비록 무엇이라 말하지 않았지만 두 사람은 모두 그 말의 뜻을 알고 큰 소리로 웃었다. 경비대장은 다시 말했다.

「이 집이 당신 손에 들어간 것은 제대로 주인을 잘 만난 것입니다.」

장사가 이쯤되니 파는 사람이나 사는 사람이나 모두 기뻐하였다.

경비대장은 어쨌든 옥마의 유령을 넘겨주어 속이 시원했다. 이후에 한씨가 공포에 시달리든 말든 그가 상관할 일이 아니었다.

한자기도 경비대장을 쫓아내고 오래 전부터 마음이 쏠렸던 박아댁을 얻어서 기뻤다.

얼마 후 박아댁은 기진재 주인의 자택이 되었다.

한자기의 기진재는 북경 장안에 이름이 나 있었다. 기진재 하면 동인당(同仁堂), 내연승(內聯陞), 서부상(瑞蚨祥) 등처럼 모르는 사람이 없었다. 혹시 모르는 사람이 있다면 너무도 세상에 어두운 사람일 것이다. 기진재는 의식주와 관련된 약이나 천, 신, 모자 같은 것을 취급하는 곳이 아니고 사람들의 주목을 끄는 골동품, 옥기, 구슬, 보석 등을 다루고 있었다.

기진재는 북경 정양문 거리의 북서쪽에 있는 낭방이조에 자리잡고 있다. 이 일대는 원나라 때까지만 해도 번화한 장거리가 아니었다. 옛날에는 쌀, 닭, 오리, 비단, 모자, 철기, 금은주보 등을 파는 장거리는 모두 북성에 모여 있었다. 명나라 후부터 상업 중심이 남쪽인 정양문 안 장기판거리 일대로 옮겨졌다. 영락대 초기에 정부는 네 문에 점포들을 세우고 낭방(廊房)이라고 불렀다. 그 점포들을 세 등급으로 나누어 상인들에게 세를 주었다. 낭방두조, 낭방이조가 이때부터 시작된 것이다.

청나라 때에는 전문(前門) 밖 일대가 그 어느 때보다 번창했다. 서울의 정수가 모두 여기에 모였다 해도 과언이 아니었다. 즐비하게 늘어선 점포들과 거리를 메운 노점상들, 그리고 사방에서 몰려온 상인들로 밤낮없이 북적거렸다. 소위 '남성의 금어화조(禽魚花鳥)와 중성(中城)의 주옥금수(珠玉錦琇)'라고 말할 때의 중성은 전문 밖 일대의 번화한 상업 중심을 말하는데, 그 중 주옥은 낭방두조, 이조에 집중되어 있는 골동품 옥기항업을 가리키는 것이다. 이 항업은 세상에서 가장 귀중한 상품을 만드는 것이라고도 할 수 있다.

예로부터 금은은 값이 있지만 옥은 값이 없다고 했다. 진나라 때의 화씨벽(和氏璧)은 그 가치가 열다섯 고을에 해당된다고 했으며 남북조 때의 동진후(東晋侯)가 자기 애첩에게 준 호박 패물은 그 가치가 백칠십만이라 하였다. 원나라의 붉은 보석 하나의 가치가 십사만이라 했고, 청나라 자희태후의 비취 수박은 오백만 냥이라고 한다…….

그들과 비교할 때 기진재 주인 한자기가 만 원을 주고 사택을 한 채

산 것은 별로 희한한 일이 아닐 것이다. 돌 하나 던져 본 것으로 한자기의 물이 얼마나 깊은지 알아낼 수는 없었다.

한자기의 기진재는 지나간 역사의 축소판이며 세상의 진귀한 것과 인간 자체의 결정체였다. 이는 뭇 사람의 부러움을 자아내는 풀고 싶은 수수께끼이기도 하였다.

천년 옛 서울 북경의 역사는 옥의 역사이기도 하다. 북경 장안에는 수없이 많은 진주 보배들이 들어왔고 북경이 키운 재치있는 장인들은 수없이 많은 기적을 만들어냈다. 지금 북해공원 단성의 승광전 앞에 놓여 있는 독산대옥해(瀆山大玉海)가 바로 원나라 때 북경의 옥기항업 성황을 잘 보여준다. 그 대옥해는 원래 북해 경도(瓊島)의 광한전 안에 있었다. 원세조가 큰 연회 때 신하들을 초대하여 술 담는 그릇으로 사용했던 그 옥해는, 하나의 옹근 옥으로 조각되어 그 무게가 무려 삼천오백 근이나 되고 술 30여 단을 담을 수 있을 만큼 웅장하고 그 기세가 대단하였다. 세상에서 보기 드문 거대한 이 옥기는 15년에 걸쳐 만들어졌는데 그 기간은 금나라 때부터 원나라 때까지 두 왕조를 거쳤다. 명나라 때에는 관부에서 예인, 장인들을 북경에 불러들여서 옥기항업을 번창시켰다. 청나라 옹정, 건륭년간에는 더욱 흥성했다.

옥기업은 명확한 분공을 이루었다. 옥을 다듬고 갈고 빛을 내는 일들이 모두 전문 작업장이 따로 있어 밤낮없이 황실과 관부를 위하여 노리개, 장식품, 일용품을 만들어냈다. 여의관(如意館)에도 조각 작업장을 설치하여 전문 옥새와 옥책(玉冊)을 새겼다. 청나라 말에는 나라 안팎이 소란하여 옥기항업이 쇠퇴하는 듯하다가 제1차 세계대전이 끝나 유럽과 일본 경제가 다시 일어남에 따라 공예품의 수요가 북경 옥기 생산을 자극하게 되었다. 이것이 18세기부터 시작된 옥기 수출무역의 고조기였다.

민국 연초에 북경의 주보옥기 가게는 이미 4백여 개나 되었다. 기진재는 그때까지만 해도 근근히 경영해 나가는 상황이어서 유명한 옥기 작업장들과 어깨를 겨루지 못했다. 기진재는 낭방이조에다 자그마한 집이 딸린 가게를 열었는데, 길 옆의 방 두 개는 작업장으로 쓰고 뒤의 방 몇 개는 가족들이 사용했다. 옥마 노인이 써준 간판이 있었으나 문 앞에 걸어보지도 못했다. 장사와 관련이 있어 내왕하는 사람들을 제외하고는 모두들 그곳을 보통 주택으로만 알고 있었다.

그 당시 기진재 주인 양역청(梁亦清)은 옥을 다듬는 명수였다. 옥병, 옥로(玉爐), 옥잔, 그리고 꽃이며 새, 누각, 정자, 산수 등 못 만드는 것이 없었다. 평범한 옥돌 하나를 보아도 단번에 그 속에 숨어 있는 옥의 질을 알아냈다. 쪼갠 후에는 그 옥돌의 모양에 따라 신묘한 형체를 조각해 냈다. 양역청은 비록 뛰어난 손재간은 있으나 본디 유순하고 말이 적은데다가 글도 모르고 장사에 재간이 없어 집안에서 옥만 다듬었다. 그가 만들어낸 상품들은 많은 골동품가게나 옥가게에서 불티나게 팔려 나갔다. 회원재의 포 주인을 통해 해외로 수출되어 비싼 값에 팔리기도 했으나 양역청은 주문할 때 정한 값밖에 받지 못하였다. 그렇게 그의 손재간은 남의 돈자루를 불려주었지만 그는 원망도 없이 묵묵히 일만 하였다. 그가 두 손을 부지런히 놀려도 가정은 생계나 겨우 이어나갈 정도였으니 기진재의 규모도 늘 그런 상태였다.

나이 사십이 넘은 양역청의 슬하에는 딸만 둘이 있었다. 딸들은 어머니 백씨를 닮아 얼굴이 꽃같이 어여쁘고 살결은 옥같이 맑았다. 큰딸의 이름은 군벽(君璧)이고 작은딸의 이름은 빙옥(氷玉)이었는데 이름이 이들에게 너무나 잘 어울렸다. 그 이름은 모두 박아댁에 살고 있던 박식한 노인이 지어준 것이었다. 부모들은 평소에 부르기 쉬운 대로 두 보배로운 딸들을 '벽아' '옥아'라고 불렀다. 두 딸의 나이는 여덟 살 차이가 나서 작은 아이는 이제 걸음마를 하지만 큰딸은 어머니를 도와 여러 가지 일을 했다. 마당을 쓸고 집안을 정돈하고 바느질을 하고 빨래하고 밥을 짓는 등 못 하는 일이 없었다.

큰딸 벽아는 어머니 백씨보다 더 재간이 많았다. 어려서부터 총명하고 궁리가 많아서 집안팎의 지출은 어머니보다 셈이 빨랐다. 글은 모르나 속셈으로 모든 것을 깔끔하게 계산하고 맞추어 놓았다. 열두어 살 때부터는 어머니 절반 몫을 감당하여 아버지의 회계 노릇을 훌륭하게 하였다. 아버지가 바쁠 때는 벽아가 나와서 손님을 맞아 돈도 받고 물건을 꺼내주기도 하였다. 심지어 아버지를 도와 재료를 쪼개고 재이는 간단한 일도 할 수 있었다.

양역청은 절대로 딸이 수등에는 앉지 못하게 했다. 왜냐하면 옥을 깎는 일은 워낙 여자애가 할 수 없는 일이며 또 손재간은 아들에게만 전하는 법이기 때문이다. 딸자식은 결국 남의 집 식구가 되기 때문에 기진재의 뒤를 이을 사람이 없음을 한탄하여 양역청은 몇 번이나 아내에게 말했다.

「참 애석하구려, 아들이라면 얼마나 좋겠소…….」

이런 말을 들을 때마다 아내 백씨는 송구스러워하며 머리를 숙였다. 그녀는 알라께서 언젠가는 꼭 아들을 주시리라고 믿었다.

「주여, 불쌍히 여기소서…….」

자신은 이미 수태할 나이가 지났음에도 그녀는 늘 이렇게 기도하였다.

양역청 일가는 알라를 신봉하는 모슬렘이었다. 큰 북경 성안에 회회민족의 자손은 얼마 없었고 옥기업에 종사하는 사람은 더욱 드물었다. 이것도 양역청이 집 밖에 나가기 꺼려 하고 세상과 어깨겨룸을 하기 싫은 이유 중 하나일지 모른다. 타고난 방어 심리가 그를 꽁꽁 집안에 가두어 두었을지…….

민국 8년(1919) 어느 초여름 날이었다. 낭방이조 거리에 과일 장수의 큰 목소리가 울려퍼졌다.

「싱싱한 오디 사세요!」

「큰 앵두 사세요!」

벽아는 옥아를 이끌고 기진재에서 뛰어나와 앵두장수를 좇아갔다. 자그마한 밀차에 커다란 버드나무 가지로 엮은 광주리 두 개가 놓여 있었고, 그 옆에는 맑은 물이 한 단지 있었다. 빨간 앵두는 수정 같은 얼음 위에 놓여 있고 영롱한 물방울이 앵두 위로 미끄러져 내렸다. 그것을 보는 사람은 누구든 사지 않고는 못견디게 너무도 먹음직스럽고 시원해 보였다. 벽아가 동전 두 개를 내밀자 앵두장수는 자그마한 술잔으로 앵두를 두 번 담아서 새파란 연꽃잎에 놓아주었다. 앵두를 받아든 벽아는 먹고 싶어 하는 옥아를 데리고 총총히 집으로 향했다.

아버지는 한창 일에 열중하고 있었다. 벽아는 아버지 뒤에 서서 말했다.

「아빠, 맛 좀 보세요.」

「그건 한인들이 먹는 거야. 사지 말라니까.」

아버지는 머리도 들지 않은 채 말했다.

「앵두예요, 아빠. 목이나 축이세요, 네?」

아버지는 일손을 놓고 돌아다보았다. 파란 연꽃잎에 담긴 앵두는 비취접시에 담은 마노 같았다.

「오, 예쁘구나. 내 언젠가 이렇게 하나 만들어 보아야겠다.」

옆에 선 옥아가 군침을 넘기면서 바라보고 있었다. 아버지가 먼저 드시지 않아서 손을 대지 못하고 있는 것이다. 그것을 본 양역청은 너무도 귀여워서 말했다.

「나는 보기만 해도 먹은 것 같으니 너희들이나 가서 먹으려무나.」

두 딸애는 옥순 같은 손가락으로 조심스레 앵두를 집어 입에 넣고는 달콤새콤하고 시원한 즙을 쪽쪽 빨았다. 옥쟁반 같은 얼굴에 앵두의 빨간 점이 박힌 두 딸애의 모습을 바라보는 아버지의 머릿속에는 또 하나의 그림이 떠올랐다. 온몸의 피로가 씻은 듯 사라졌다.

그는 돌아앉아 지루한 일을 시작했다.

그가 사용하는 수공연마기는 수등이라 불린다. 다리 네 개를 가진 걸상판 한쪽에는 옥을 가는 회전숫돌이 달린 축이 있고, 한쪽에는 우묵하게 판 홈에다 옥을 갈 때 쓰는 금강사가 담겨 있는데 홈 끝에 구멍을 내고 그 아래에 물그릇을 놓았다. 양역청이 자그마한 쪽걸상에 앉아 두 발로 수등 아래에 있는 발딛개를 디디면 회전숫돌이 빙빙 돌아가는 것이다. 그는 왼손으로는 옥돌을 쥐어 숫돌에 갈고 오른손으로는 끊임없이 금강사를 묻혀서 숫돌과 옥돌 사이에 바르곤 한다. 마찰의 온도를 내리기 위해서 또 끊임없이 물을 쳐야 하므로 그 기계를 수등이라 한다. 공구는 이처럼 초라하지만 공예는 아주 복잡하다. 하나의 옥기를 만들려면 거친 것을 보드랍게 해야 하므로 우선 회전숫돌을 쉴새없이 갈아야 한다.

옥기마다 같지 않고 그 모양도 가지각색이어서 울퉁불퉁하고 각이 지고 둥근 것을 모두 장인들의 기예로 만들어내는 것이다. 일할 때는 손은 바지런히 놀려야 하고 두 눈은 자석에 끌린 듯 꼼짝하지 말아야 한다. 심지어 숨쉬는 것조차 신경을 써야 했다. 사륵사륵 옥가는 소리가 모든 것을 삼켜버린 듯 양역청은 일만 시작하면 세상만사를 다 잊어버린다.

요즘 북경은 꽤 소란스럽다. 3천 명도 넘는 대학생들이 천안문 광장에 모여 집회를 하고 시위를 하는데 조가루(趙家樓)에 불을 지르고 장종상(章宗祥)도 한바탕 때려주었다고 한다. 며칠 전 박아댁 노인이 와서 얘기를 해주었는데, 중국은 파리에서 열린 평화회의에 참가하여 원세개가 외국과 맺은 '21조'를 취소하고 청도를 반환하라고 요구했으나 거절당했다는 것이다. 당당한 전승국으로서 그런 대우를 받으니 학생들이 이렇게 떠들지 않을 수 없다는 것이다. 노인은 한바탕 분연히 말하고 다시 나라 다스릴 사람이 없음을 한탄하였다. 양역청은 알 듯 말 듯한 소리를 들으면서 어떻게 노인을 위안해 드려야 할지 몰랐다. 그는 옥을 다스릴 줄은 알지만 나라 다스리는 일에는 깜깜이었다.

지금 그는 수등 앞에 앉아 모든 번뇌를 까맣게 잊고 옥만을 생각하고 있었다. 별안간 밖에서 문 두드리는 소리가 났다.

양역청은 일을 계속하면서 벽아에게 문을 열라고 분부하였다. 집에 오는 손님들은 벽아가 모르는 사람이 없기 때문이다.

벽아가 대문을 열자 낯선 두 사람이 성큼 들어왔다. 한 사람은 육십이 넘어보이는 노인인데 키가 후리후리하고 구리색 얼굴에 코가 우뚝 솟아 있었다. 우묵하게 들어간 두 눈이 번쩍였는데 새하얀 긴 수염을 기르고 있었다. 머리에는 흰 천을 감고 있었고 몸에는 푸른빛도 잿빛도 아닌 낡은 장삼을 입었으며 맨발에 초신을 신고 있었다. 다른 한 사람은 사내아이였는데 여나믄 살 되어 보였다. 키는 별로 크지 않았고 살결은 검었으며 용모는 준수했다. 머리는 빡빡 깎았고 원래의 색깔을 알아볼 수 없이 더덕더덕 기운 낡은 바지와 적삼을 입고 있었다. 두 낯선 손님은 얼핏 보면 걸인 같았으므로 벽아는 깜짝 놀라서 어쩔 줄을 몰라 했다.

「아빠, 이리 나와 보세요.」

양역청은 하던 일을 멈추고 밖으로 나왔다. 두 사람 다 모르는 사람이었다. 노인이 약간 몸을 굽히고 오른손을 가슴에 얹고 인사를 하였다.

「언쌔랴므얼래쿤!」

양역청은 깜짝 놀라며 황황히 답례를 드렸다. 그도 오른손을 가슴에 얹고 약간 몸을 굽히며 말했다.

「우얼래쿤언쌔랴므!」

그들은 지금 무슨 말을 하고 있는가? 모슬렘들은 그 말을 다 알아듣는다. 먼저 한 말은 '알라께서 당신께 평안을 내리시기를 바랍니다!'이고, 후에 한 말은 '알라께서 당신에게도 평안을 내리시기를 바랍니다!'라는 말이다. 이 말들은 모슬렘들이 만났을 때 서로 축복하는 인사말이다. 이는 그들 서로간에 같은 혈통과 신앙이 있음을 표시한다. 전세계 모슬렘의 공통어이며 세상 어디를 가든 이 익숙한 말로써 자기의 동포를 찾을 수 있다.

양역청은 따뜻한 전류가 온몸에 흐르는 것 같았다.

「오, 둬스티, 앉으시지요.」

그는 손님을 상 옆에 모시고 앉아서 벽아에게 차를 따르게 하였다. 그가 말한 둬스티도 같은 신앙을 가진 사람만이 알아들을 수 있는 말인데 '친구, 동포, 형제'라는 뜻이다. 온 세상의 모슬렘은 모두 형제이다. 중국에는 이슬람교를 믿는 민족이 회회를 포함하여 열 개 민족이 있다. 그런데 회회들은 자신들의 언어문자가 없어 한어와 한자를 사용하고 있다. 그러나 늘상 아랍어나 페르시아어를 섞어 쓰므로 둬스티들이 들으면 친밀감을 느낀다.

벽아가 뚜껑이 덮인 차 두 잔을 들고 왔다. 두 손님은 단번에 마셔버렸다. 노인은 이렇게 말했다.

「길 떠난 나그네가 물이나 얻어 마시려고 염치없이 문을 두드렸습니다. 이 집 문미에 경자도아(經字堵阿)란 글자가 있기에 주인님이 둬스티인 줄 알았지요.」

양역청의 마음은 훈훈해졌다. 비록 두 손님은 그의 장사와는 아무런 상관없이 지나가는 나그네에 불과하지만 그 신뢰해주는 정은 사람의 마음을 감동시킨다. 그가 이 거리에서 산 지는 몇 년 되지만 한번도 지나가는 둬스티들을 위하여 물 한 사발 대접할 생각을 하지 못했었다.

「이 가게는 무슨 장사를 하시는지요?」

노인이 물었다.

「저희는 옥기를 다듬는 일을 합니다. 저는 다른 재주는 없고 선조 때부터 내려오는 손재간으로…….」

「아, 당신이야말로 모슬렘의 야광주입니다.」

노인은 기뻐하며 말했다.

「우리 모슬렘은 미옥진보와 인연이 있습니다. 화전옥이 신강에서 나고 녹송석(綠松石)이 페르시아에서 나며, 묘안석(猫眼石)이 실론에서 나고 야광주가 시리아에서 나는데.」

양역청은 깜짝 놀랐다.

「노인장께서 이렇게 옥에 대해 잘 아시고 학문도 그리 깊은 줄은 몰랐습니다.」

노인은 웃으면서 말했다.

「과찬이십니다. 옛 책 몇 권 읽었을 뿐입니다. 오는 길에 여기저기서 귀동냥으로 얻어들은 것뿐입니다.」

「노인장은 어디서 오시는 길입니까?」

「멀지요. 복건 천주에서 떠나왔습니다. 큰 고을, 작은 마을 지나서 낮에는 걷고 밤에 쉬면서 여기까지 오는 데 5~6년이 걸렸습니다.」

「네?」

양역청은 고행길에 나선 두 사람들이 가엾어 보였다.

「노인께서는 북경 친척집에 오셨는지요? 아니면 친구를 찾아오셨는지요?」

「어느 것도 아니올시다. 말하자면 길어지지요.」

노인은 다시 따른 차를 한 모금 마시고 두 눈을 쪼그리고 옛 추억 속에 잠기는 듯하더니 별안간 말했다.

「당신은 사이해 거와머떵이란 이름을 들어보셨습니까?」

「옛날 노인들께 들은 적이 있소마는 그는…….」

양역청은 자신의 무지함이 부끄러워서 얼굴을 붉혔다. 그는 사이해가 이슬람교 성직자 중에서 아주 높은 신분임을 잘 알고 있었지만 거와머띵이란 이름은 어렴풋한 기억만으로 어느 때 사람인지는 몰랐다.

「송나라 진종 지도(至道) 2년이면 바로 이슬람력으로 295년이고 서기로는 996년, 사이해 거와머띵이 서역에서 중국으로 왔습니다.」

노인은 천천히 말했다. 그는 조금도 양역청을 비웃으려는 뜻이 없었다. 너무도 오래 전 일이니 말이다.

「거와머띵에게는 아들이 셋 있었는데 맏아들 새더루띵과 둘째인 나쑤루띵 그리고 셋째인 싸아두띵은 모두 학식이 깊었지요. 송나라 진종 임금은 세 사람이 마음에 들어 관직을 하사했으나 사양하고 받지 않았습니다. 하여 임금은 그들을 모슬렘 사원의 장교(掌教)로 임명했습니다. 맏아들은 선교하러 멀리 떠나 종내 소식이 없었고 둘째와 셋째가 연경(지금의 북경)에서 모슬렘 사원을 세웠는데 하나는 동쪽에, 하나는 시내 남쪽에 있었지요. 남쪽에 있는 사원이 바로 오늘의 우가(牛街) 모슬렘 사원입니다.」

「네!」

양역청은 마치 노인을 따라 천여 년의 역사를 지나온 것 같은 기분이 들었다. 노인의 이야기를 여기까지 듣고 나니 크게 깨달은 바가 있어 네! 하는 소리가 나온 것이다. 여태까지 막혀 있던 혈관이 지금 다시 통하는 것같이 시원하였다. 반평생을 지나면서 선조들이 남긴 발자취도 몰랐던 것이다.

사실 중국 모슬렘의 뿌리를 찾자면 노인이 말한 사이해 거와머띵이 온 것보다 더 먼 세월까지 거슬러올라간다. 당나라 고종 영휘 원년, 즉 서기 651년에 아랍의 세번째 하리바오스만은 사신을 장안에 파견하여 중국 임금을 알현하였다. 그러나 이것도 모슬렘 최초의 발자취가 아니다. 그보다 한 해 먼저 천주에는 아랍어로 된 비석이 세워졌는데 거기에는 이렇게 씌어 있었다.

'이는 후세인 본 마호메트 서라회의 묘임. 알라께서 그에게 복을 내리시어 이슬람력 29년 3월에 사망했음'

즉, 서기 650년이다. 그때부터 서역에 있던 모슬렘들은 이러저러한 기회로 중국에 오게 되었고, 또 머물러 살면서 세세대대 이어내려와 회회라는 민족을 형성하였던 것이다.

사이해 거와머띵이 중국에 건너 와 우가 모슬렘 사원을 세운 연대는 확실한 역사적 기록이 없는데 노인은 사원에 있는 비문의 기록과 전설에 따라서 말한 것이었다. 송나라 진종은 지도라는 연호를 쓴 적도 없었고 석경당(石敬塘)이 연운(燕雲) 16주를 계단사람에게 떼준 후부터 연경은 중원의 지배를 받지 않았다. 우가사원은 송나라 때 세워졌다고 하는 것보다 요나라 때 세워졌다고 하는 것이 더욱 타당할 것 같다. 그러나 우가사원 뒷모퉁이의 모난 정자는 송나라 풍격이었다. 선조들이 남겨놓은 알 듯 말 듯한 발자취들을 후세 자손들은 여러 가지로 추측할 수밖에 없다. 이런 것들은 글을 모르는 양역청이 알 바가 아니었으며 오늘 노인이 말한 것도 그로서는 처음 듣는 것이라 경탄을 금할 수 없었다.

「멀리 떠나가서 종내 소식이 없던 맏아들 새더루띵을 누구도 기억하지 못하겠지만…… 후유! 그에게도 후손이 있습니다. 제가 바로 그분의 제25대 장손인 투러여띵입니다.」

「네?! 사이해, 사이해…….」

양역청은 마치 굉장한 천둥소리를 들은 것처럼 깜짝 놀라며 일어섰다. 그는 마치 신령을 만난 듯 어찌할 바를 몰라 했다.

「저는 사이해가 아닙니다. 그저 당신과 같은 모슬렘일 뿐입니다.」

투러여띵은 여전히 느릿느릿 말했다.

「몇 년간 사방으로 떠돌아다니며 옛날의 사원을 다 돌아보았소이다. 천주의 성우사(聖友寺)에서 출발하여 광주의 회성사(懷聖寺)를 들러

항주의 진교사(眞教寺), 그리고 상해의 소도원사(小桃園寺), 남경의 정각사(淨覺寺), 서안의 청수사(清修寺), 개봉의 동대사(東大寺), 제남의 남대사(南大寺), 제령의 임청대사(臨清大寺)·창주대사(滄州大寺)· 박진대사(泊鎭大寺), 천진의 남대사·북대사를 지나서 북경까지 왔습니다.」

투러여띵은 그렇게 많은 사원 이름을 단번에 쭉 불렀다. 그가 지나온 사원들은 마치 하늘의 별들이 중국땅 거의 모든 곳에 쫙 널려 있는 듯하였다. 옆에서 듣고 있던 양역청은 입이 딱 벌어졌다.

어른들이 말을 나누고 있을 때 투러여띵과 같이 온 사내아이는 벽아가 건네준 차를 마시고 또 마셨는데 얼마나 목이 말랐는지 일고여덟 잔을 마셨다. 벽아는 아버지가 노인을 매우 존경하는 것을 보고 사내아이에 대해서도 소홀히 대할 수 없음을 알았다. 그녀는 참을성있게 또 한번 차를 따라주었다. 사내아이는 몸매가 늘씬하고 살결이 눈같이 흰 벽아를 보고 감히 말도 붙이지 못했다. 사내아이는 말이 무겁고 점잖은 양역청에게 호감이 갔다. 그러나 어른들 말씀에 참견할 수도 없고 해서 벽에 기대놓은 쪽걸상에 앉아 상 위와 선반 위에 놓여 있는 옥기들을 정신없이 바라보고 있었다. 그는 우연히 예전에 전혀 몰랐던 새로운 세계로 들어온 셈이다. 신기하고 신비한 그 세계는 그의 넋을 사로잡았다.

「노인장은 그렇게도 많은 곳을 다녀오셨네요. 저 아이는 손자입니까?」

양역청이 사내아이를 바라보며 물었다. 투러여띵은 웃으며 말했다.

「아니올시다. 알라는 저에게 자손을 주시지 않았는데 저애는 저와 같이 떠돌아다니는 부모가 없는 고아입니다. 경명은 이브라흠입니다.」

옥기 구경에 정신이 팔렸던 이브라흠은 별안간 자신의 이름을 부르는 소리에 화들짝 놀라며 머리를 돌려 대답하였다.

「빠빠, 저를 부르셨어요?」

양역청은 머리를 돌린 사내아이의 얼굴을 자세히 볼 수 있었다. 옷은 남루하게 입었으나 생김생김은 준수했다. 둥그런 얼굴은 아래턱이 약간 갸름하고 곧게 선 코 아래 단정한 입도 잘생겼다. 이마는 넓적하고 새까만 눈썹은 무엇을 깊이 생각하는 듯 약간 찌푸리고 있었다. 눈썹 아래 눈확은 약간 꺼져 들어가고 맑고 큰 두 눈은 빛나고 있었다. 양역청은 속으로 말했다. 참 잘생긴 눈이로구나! 한번 보기만 해도 회회의 눈임을 알 수 있지. 재간 있는 눈이야. 그는 자기가 옛날 사내아이만할 때 아버지에게서 재간을 배우던 일이 생각났다. 그때 그의 아버지는 이렇게 말했다.

「애야, 너의 눈을 보니 너는 배우지 않고 보기만 해도 다 알 것 같구나.」

옛 생각에 그의 마음속에는 측은하고 아쉬운 마음이 생겼다. 그렇지만 내색을 하지 않고 그저 사내아이를 보고 웃으면서 말했다.

「이브라흠아, 빠빠는 너를 부르지 않았어. 빠빠는 나와 말씀하고 계셔. 그 옥기들이 보고 싶으면 가까이 가서 보려무나.」

그렇게 말하고 나서 투러여띵에게 물었다.

「빠빠께서는 이애를 데리고 다시 복건으로 돌아가실 겁니까?」

자신도 모르게 이브라흠을 따라 빠빠라고 불렀다. 모슬렘의 언어 중 빠빠는 본래 노인이나 학자에 대한 존칭이었는데 후에는 조부에 대한 존칭으로 변했다. 양역청이 그렇게 부르는 것은 두 가지 뜻을 다 가지고 있었다.

「아니올시다. 천주에는 집도 절도 없습니다. 내가 가려고 하는 곳은 커얼배입니다.」

투러여띵은 수염을 쓰다듬으면서 말했다.

「커얼배요! 노인께서 커얼배를 참배하시려구요?」

양역청은 또다시 놀라지 않을 수 없었다. 커얼배는 모슬렘의 신성한 천방(天房)인데 저 멀리 아랍의 성지 메카에 있다. 전세계의 모슬렘들은 하루에 다섯 번씩 그쪽을 향하여 예배를 드린다. 모슬렘들은 일생에 한번만이라도 여건이 허락된다면 커얼배에 가서 참배드려야 한다. 해마다 이슬람력 12월 상순이 되면 전세계 각지로부터 떠난 모슬렘들이 줄지어 오는데, 걸어서 오는 이도 있고 말이나 차를 타고 오는 이도 있으며, 연도에서 장사를 하면서 오는 이도 있고 심지어 오는 도중 걸식하면서 오는 이도 있다.

밤낮으로 사모해 오던 메카에 와서 경건히 수계하고 옷을 벗어 흰 천으로 몸을 가리고 커얼배를 빙빙 돌며 천수(天手) 흑석에 입을 맞춘다. 그들은 미친 듯이 눈물을 흘리면서 기뻐한다. 이제는 알라의 용서를 받은 것이고 죽은 후 천상에 들어가는 입장권을 가진 것이다. 그것은 모슬렘의 가장 큰 소망이고 진정한 귀착점이며 가장 큰 영광이다. 그러나 커얼배는 하늘 끝에 있어 양역청같이 손재간으로 근근히 살아가는 사람은 감히 생각도 못하는 일이다. 그런데 돈 한푼 없는 유랑인이 감히 가려고 한다. 게다가 미성년인 아이까지 데리고.

「이애도 당신과 함께 갑니까?」

그는 물었다.

「물론이지요. 이브라흠은 저와 같이 갈 겁니다.」

투러여띵은 자신있게 말했다.

「그가 동반하지 않으면 저는 그 많은 산과 물을 지나가지도 못하고 중도에서 쓰러질 것입니다. 알라께서 저희들을 불쌍히 여겨 무사히 천방까지 가게 하실 겁니다. 제가 만일 그때까지 살지 못하더라도 이브라흠이야 아직 젊으니까 꼭 갈 수 있겠지요.」

양역청은 우러러보는 눈길로 높은 포부를 지닌 노인과 소년을 바라보았다. 마치 옛날 불교신도들이 서천에 불경을 구하러 가는 당나라

고승 현장을 만났을 때와도 같았다. 이것은 합당한 비유가 아니다. 이슬람교는 자기들 이외 어느 종교도 승인하지 않는다. 『코란경』에는 똑똑히 씌어 있다.

「만물의 주는 오직 알라뿐이시다!」

신앙과 혈통의 힘이 양역청을 크게 감동시켰다. 그는 이제 떠나면 언제 다시 만나겠느냐면서 투러여띵에게 며칠 더 묵어 몸이나 추스리고 여비도 더 장만하여 먼 길을 떠나시라고 성의껏 만류하였다.

투러여띵은 양역청의 간곡한 청을 받아들였으나 선사하는 것은 하나도 받으려 하지 않았다. 모슬렘들은 돈과 재물을 떠도는 구름처럼 생각하고 온 세상을 집으로 삼는다, 회회는 모두 한집안 식구이니 어디를 가든 형제들이 배를 채울 한 그릇 밥은 줄 것이고 깨끗한 물도 줄 것이라고 그는 말했다. 양역청은 또 한번 감탄을 금할 수 없었다. 그는 앞방에 있는 작업장을 깨끗이 청소하고 침대자리를 만들어서 자신도 손님들과 같이 한방에서 지내기로 하였다.

그러고 나서 곧 손님들이 수방(水房)에서 목욕을 하게 하였다. 이것을 대정(大淨)이라 부른다. 이는 예배 전에 반드시 갖추어야 하는 준비인 것이다. 투러여띵과 이브라흠은 몇 년간 먼 길을 걸어 떠돌아다니는 신세라 목욕물을 쉽게 얻을 수 없었으므로 대정(代淨)만 하였다. 대정이란 손으로 흙을 한번 만지고는 목욕하는 동작을 모방하는 것이다. 얼굴도 만지고 손도 비비고 한다. 이번의 대정(大淨)은 이브라흠의 더러운 때와 여로에 쌓인 피로를 모두 씻어주었다.

해가 저문 후 양역청은 투러여띵을 따라 함께 예배를 드렸다. 규정에 따르면 모슬렘은 매일 다섯 번 예배를 드려야 한다. 해뜨기 전 아침에 드리는 예배, 오후에 드리는 예배, 해가 서쪽에 있을 때 드리는 예배, 해가 져서 어두워질 때 드리는 예배, 밤중에 드리는 예배 등이다. 양씨는 평소 일에 몰두하다 보니 예배에는 등한하였다. 아내 백씨와 벽아는 그래도 매일 지키고 있었다. 이번에 사이해 후손을 만나 스스로 부끄러움을 느꼈으므로 양역청은 각별히 경건하게 예배를 드렸다.

다음날 아침 예배를 드리고 나서 날이 밝기도 전에 벽아는 여느 때와 같이 앞뒤의 방들을 청소하기 시작하였다. 눈치가 빠른 이브라흠이 벽아가 하기 전에 벌써 작업장 안팎을 깨끗이 청소해 놓았으므로 벽아는 고맙다고 방긋이 웃어 보였다. 이를 본 양역청은 손님 대접에 소홀했다고 큰딸을 나무랐다.

아침밥을 먹은 후 투러여띵은 이브라흠을 데리고 거리로 나갔다. 먼저 우가사원에 가서 조상의 유적을 참배하고 그 다음은 동사패루에 있는 사원과 금십방 거리에 있는 보수사(普壽寺)와 이조골목에 있는 법명사(法明寺) 등 오백여 년의 역사를 가지고 있는 4대 명사를 참배할 참이었다.

손님들이 구경을 나간 후 양역청은 수등 앞에 앉아서 힘든 일을 계속하였는데 웬일인지 그날따라 일이 잘 되었다. 알라신이 도우시는 것 같았다.

저녁 때 노인과 사내아이가 돌아왔다. 백씨가 정성껏 식사대접을 하였다. 모두들 흥미진진하게 투러여띵의 견문을 들었다. 저녁밥을 먹은 후 양역청은 일을 그만두고 진한 차를 마시면서 노인이 해석해 주는 『코란경』을 들었다. 투러여띵은 먼저 아랍어로 원문을 윈 다음 다시 한어로 자세히 설명해 주었다. 한 구절 한 구절 아주 시원하게 풀이해 주었다. 반평생을 그럭저럭 지내온 양씨는 처음으로 교의를 제대로 알아들었다. 살맛이 나는 것 같았다.

이브라흠은 할 일이 없어 옥 조각품들을 멍하니 바라보고 있었다. 벽아는 워낙 낯선 사람을 두려워하지 않는 성품이라 옥아를 안고 와서 꼬마 손님에게 말을 걸었다.

「이것들을 어떻게 만들었는지 아니?」

이브라흠은 여지를 찬찬히 들여다보고 있는 중이었다. 금방 물을 뿌려놓은 것 같은 한 송이 여지가 영롱한 붉은색을 띠고 있었다. 벌어진 곳으로 옥구슬 같은 살이 들여다보였다. 여지는 그의 고향에 많은 과일이라 너무도 정겨웠다. 그는 저도 모르게 말했다.

「이…… 이건 만든 것이 아니야. 나무에서 따온 거야.」

벽아는 깔깔 웃었다.

「너 정말 우습구나. 이게 뭐 진짠 줄 알아? 한번 먹어봐, 네 이빨이 견디나 보게. 이건 말이야, 우리 아빠가 석 달이나 고생해서 만든 거야.」

이브라흠은 놀라서 입을 딱 벌리고 말았다.

「이건 말이야, 본래는 마노(瑪瑙)였지. 너 마노가 뭔지 모르지? 말대가리가 변한 옥이야. 흰 것도 있고 붉은 것도 있고 푸른 것도 있어. 아니, 초록색도 있고 분홍색, 까만색도 있어. 어떤 때는 마노 하나에 몇 가지 색깔이 섞여 있기도 해. 이것도 그랬어. 아빠가 한참 들여다보고 몇날 며칠 만지작거리더니 이렇게 만들려고 작정한 거야. 붉은 색을 띤 곳은 여지 알로 만들고 초록색을 띤 곳으로는 가지며 잎을 만들고 흰 곳은 벌어진 여지 속으로 만들었어. 참 신통하지?」

「아…….」

이브라흠은 어떻게 자신의 감탄을 표시했으면 좋을지 몰랐다. 그는 아직 '이건 사람이 만들었다고 생각하기 어렵다' '기교가 너무도 훌륭하다'는 등의 말을 할 줄 몰랐다. 그는 그저 혼잣말처럼 '사람의 손? 사람의 손?' 하고 중얼거렸다.

「물론 사람의 손이 만들었지. 우리 아빠 손은 만들지 못하는 것이 없어. 너 이 백환병(百環甁)을 보렴.」

벽아는 아빠가 자랑스러웠다.

그녀는 옆에 있는 푸른 옥꽃병을 가리켰다. 꽃병은 사각진 것이었는데 배는 불룩하고 목은 가늘었다. 반들반들한 꽃병에는 별다른 조각이 없었는데 독특한 것은 양쪽에 각기 하나씩 짐승머리가 만들어져 있고 그 짐승의 입에는 가락지 같은 옥환이 물려 있었다. 너무도 신기한 것은 옥환이 고리에 고리를 물고 서로 연결되어 사슬처럼 기다랗게 드리워졌다는 것이다. 때문에 백환병이라 부르는 모양이다.

「이건 말이야, 남양의 독산옥(獨山玉)으로 만든 거야. 예쁘지? 이 옥환고리들은…….」

「어떻게 이은 거지?」

이브라흠이 머리를 갸우뚱하고 아무리 들여다보아도 옥고리에 이은 자리가 보이지 않았다.

「뭐라구? 이었다구? 하나씩 만들어서 연결시켜 놓은 줄 아니?」

벽아는 사내아이가 너무도 우스웠다. 벽아는 그 비밀을 알려주고 싶었다.

「옥은 말이야, 단단하고 쉽게 부서지기 때문에 붙일 수도 없고 이을 수도 없어.」

「……」

이브라흠은 할 말이 없었다.

「알려줄까? 이건 옹근 통째로 조각해낸 거야.」

이브라흠은 놀라지 않을 수 없었다. 고리에 고리를 물고 흐느적거리는 옥환으로 된 사슬을 손으로 조각한 것이라고는 상상도 못 했다.

「너무 어려워, 너무 힘들어.」

「물론 힘들지.」

벽아는 아버지가 매일 고생스럽게 일하는 것이 가엾다고 생각하고 한숨을 내쉬며 말했다.

「사람마다 할 줄 안다면 별로 대단한 것도 아니지만 우리 아빠는 온종일 옥만 생각하고 있어. 눈으로 보는 것도 옥이고 손에 쥐고 있는 것로 옥이야. 옥 말고는 몰라. 수등 앞에 앉아서 갈고 갈고 또 갈지. 작은 것은 십여 일 갈아야 하고 큰 것은 몇 달 동안 갈아야 해. 황궁에 있는 큰 옥산은 많은 장인들이 십여 년간 갈았대. 그 장인들 중에는 우리 빠빠의 빠빠도 있었대.」

이브라흠의 눈에는 옥으로 된 기다란 강물이 보이는 듯하였다. 수많은 장인들이 말없이 갈고 또 갈아 검은 머리 흰 머리 되고 자신의 심혈과 생명까지 다 없어졌건만, 그 기예는 눈부신 진주 보화를 갈아낸 것이다. 지금 벽아의 빠빠의 빠빠는 계시지 않지만 그들이 만들어낸 보배들은 남아 있고 그들의 조예 깊은 기술도 남아 있다. 그들의 후대인 벽아의 아버지도 계신다. 그 옥의 큰 강은 끊임없이 흐르고, 또 흐를 것이다.

「갈고 또 갈고…….」

아브라흠은 벽아가 한 말을 되풀이하면서 저도 모르게 두 손을 비비고 있었다. 생각은 멀리멀리 달아나고 있었다. 그는 그 기묘한 창조에 대해 상상하고 있었다.

「옥기는 모두 그렇게 갈아서 만들어낸 거야.」

그녀는 마치 오랜 경험을 가진 장인같이 말했다.

「옥은 갈수록 부드러워지는데 나중에는 이것처럼 반들거리고 반짝반짝거리는 거야.」

그녀는 백환병 옆에 놓인 자그마한 옥사발을 들어서 보여주었다.

이브라흠은 눈도 깜짝하지 않고 그 옥사발을 보았다. 결백하고 영롱한 사발은 계란껍질처럼 얇아서 사발을 받들고 있는 벽아의 손가락이 희미하게 보였다. 옥아가 자그마한 손을 내밀고 칭얼거렸다.

「나 줘. 사발 나 줘!」

벽아는 손으로 옥아를 밀치고 말했다.

「이건 노리개가 아니야. 부서지면 큰일 나. 아빠가 야단하지 않더라도 내가 야단칠 거야!」

옥아는 입을 삐쭉대면서도 다시 조르지 않았다. 옥아의 눈에는 언니나 부모는 반드시 복종해야 하는 존재였다.

벽아는 옥사발을 받들고 이브라흠에게 말했다.

「옥이 왜 이처럼 반들거리는지 너 아니? 알려줄까? 갈다 갈다 나중에는 숫돌로 갈지 않고 박으로 갈아, 알았지?」

「뭐? 박으로?」

이브라흠은 빛나는 까만 눈을 깜박이며 물었다. 그 아무리 생각해 보아도 옥과 박 사이에 무슨 연관이 있을 것 같지 않았다.

「그래, 박으로 옥에 빛을 내지. 박도 아무것이나 되는 게 아니야. 마구교의 박이라야 돼. 박에다 또 보약(寶葯)을 바르고 갈아야 빛이 나는 거야.」

벽아는 마치 큰 자랑거리를 말하듯이 옥기항에서 비밀로 지키고 있는 일까지 말했다. 그녀의 생각으로 아무튼 이브라흠은 내일이나 모레는 이곳을 떠날 거고 또 옥을 만질 사람도 아니니 걱정할 필요가 없는 것이었다.

그렇지만 이브라흠은 신통력을 가진 보배박과 보배약에 홀딱 반했다. 그는 마치 황홀한 꿈속에 있는 듯하였다. 벽아의 손에 받들어져 있는 영롱한 옥사발은 마치 여린 구름 속을 비집고 나온 밝은 달과 같이 몽롱한 빛을 반사하고 있었다. 그는 저도 모르게 옥사발에 이끌려 걸어갔다.

「너 한번 만져 봐, 매끌매끌해. 옥아의 손 같애.」

벽아는 옥아를 안고 그에게로 가까이 갔다.

「매끌매끌하다…….」

이브라흠은 정신나간 사람처럼 멍청하게 옥아의 손을 만져보았다.

「호호, 누가 너보고 그애 손을 만지라 했어? 남은 사발을 말하고 있는데.」

벽아는 이브라홈이 너무도 우스워서 옥사발을 넘겨주었다.

「만져봐, 괜찮아.」

「응.」

이브라홈은 손을 내밀어 받아갔다. 마치 성스러운 보배를 받는 것처럼 조심스러웠다.

지금 옥사발이 그의 손에 놓여 있다. 반들거리는 옥이 그의 거친 손가락에 닿자 시원하고 산뜻한 느낌이 손바닥을 통해 온몸에 전해져 마치 저 먼 하늘의 별과 달을 만지는 듯하였다. 그는 바로 이것이 아름다운 순간을 가지려 인간세상에서 오랫동안 애써온 것 같았다. 그는 전에 느껴보지 못한 만족과 흥분 그리고 기쁨을 느꼈다. 그가 손에 들고 있는 것은 옥사발이 아니라 마치 하늘에서 날아온 성령같이 그의 마음과 통하는 것 같았다. 그는 황홀경에 도취되었다. 그는 옆에 있는 모든 것, 심지어 자기 자신도 잊어버렸다. 그의 얼은 옥마에 사로잡혔다.

「조심해라, 떨구겠다.」

그는 어디서 들려오는지도 모르는 소리를 들었다. 아주 멀리서 들려오는 것 같기도 하고 또 아주 가까이에서 들려오는 것 같기도 했다. 아마 벽아가 말한 것 같다. 그런데 벽아가 누구였던지 생각나지 않았다. 그는 자신이 지금 어디에 있는지도 몰랐다. 적막한 우주 공간에서 별안간 들려온 그 소리가 그를 깨웠다. 그제야 그는 인간세상으로 돌아온 것이다.

쨍그랑! 하는 소리와 함께 옥사발이 그의 뻣뻣해지고 감각을 잃은 손에서 미끄러져 떨어졌다. 벽돌바닥에 떨어진 옥사발은 산산이 부서져 계란껍질처럼 얇은 옥조각이 사방으로 널렸다. 마치 얇은 얼음이 깨진 것처럼.

「어머나, 너! 너!」

벽아는 너무 놀라 목소리까지 떨렸다. 옥아는 겁이 나서 울음을 터뜨렸다.

이브라흠은 벼락을 맞은 듯이 멍해져 제자리에 서 있었는데 마치 나무로 새긴 장승 같았다. 빛을 잃은 두 눈은 땅바닥의 부서진 조각들만 바라보고 있었는데 아쉽고 원통스러워서 두 눈에 눈물이 핑 돌았다. 망가뜨려 버렸다. 눈 깜짝할 사이에 깨버렸다. 그렇게도 그의 온 마음을 사로잡았던 아름다운 형체가 사라진 것이다.

벽아는 쪼그리고 앉아서 부서진 조각들을 절망의 표정으로 줍고 있었다.

「이건 아빠의 목숨이야. 우리 식구의 밥줄…….」

그녀는 울먹이면서 말했다. 이브라흠은 아무 말도 할 수 없었다. 그의 마음은 예리한 칼로 도려내듯 아팠다. 경문을 읽던 두 어른도 놀랐다.

「무슨 일이 났어? 이브라흠이?」

투러여떵이 걸어왔다. 땅바닥에 널린 조각들과 이브라흠의 낙망한 표정을 보고는 모든 것을 알아챘다.

이상하게도 그는 위엄있는 눈길로 이브라흠을 한번 흘겨보았을 뿐 아무런 질책도 하지 않고 말없이 긴 수염을 쓰다듬으면서 주인 양씨를 바라보았다. 그는 양씨가 이럴 때 어떻게 모슬렘 동포를 대하는지 보고 싶었다. 만약 양씨가 노발대발한다면 돈만 아는 구두쇠임이 분명하고 그와 경문을 읽는 것도 쓸데없는 일인 것이다. 투러여떵의 눈에는 재물은 뜬구름과 같은 것이고 속인들이나 아쉬워하는 인생의 무거운 짐으로 보였다.

생각 외로 양역청은 웃고 말았다. 그는 벽아에게 말했다.

「뭘 그리 떠드는 거야. 큰일도 아닌데.」

그러고 나서 이브라흠의 어깨를 다독이면서 시원스레 말했다.

「괜찮아. 사고바한 것이 망가질 테면 망가지라지. 나중에 내가 밤에 더 일하면 만들 수 있어. 임자가 제시간에 찾아갈 수 있으니 걱정 말아라.」

이브라흠의 눈에서 눈물이 줄줄 흘러내렸다. 그는 고집스레 머리를 들고 말했다.

「제가…… 갚아 드리겠어요!」

「갚는다?」

양역청은 사내아이가 이렇게 당차게 나올 줄은 몰랐다. 그는 우스갯소리로 말했다.

「네가 무엇으로 갚겠니? 못 갚아.」

「갚을 수 있어요. 나는 힘이 세고 두 손이 있어 무엇이든 할 수 있어요!」

이브라흠은 자신있게 말하면서 양씨에게 두 손을 내밀어 보였다. 아직은 성인의 손으로 자라지 못한 소년의 손이건만 거기에는 동상이 남긴 터진 자리와 일로 생긴 멍이 가득했다. 마르고 단단한 뼈마디는 마치 눈덮인 땅을 비집고 나온 참대뿌리 같았다.

양역청은 마음이 뭉클했다. 그애의 두 손을 꼭 잡아주고 있는 그의 두 눈에는 눈물이 고여 금방이라도 떨어질 듯했다.

「사부님, 저를 받아주세요!」

이브라흠은 입술을 깨물고 자신도 놀랄 만한 말을 하였다. 그 순간 그는 옥의 긴 강물을 보았다. 그것이 바로 자신의 생명을 바쳐야 할 곳이고 그의 귀착점이라고 생각했다.

양역청은 묵묵부답이었다. 지금 그는 키가 그보다 절반이나 작으나 포부는 그와 같이 큰 사내아이를 제대로 알게 되었다. 두 사람의 손은 소리없이 뜨거운 피가 통하고 있음을 느꼈다. 그런데 어떻게 대답해주어야 할지 몰랐다. 그는 천천히 고개를 돌려서 낯빛이 엄숙해진 투러여띵을 바라보았다. 이애는 투러여띵의 것이고 그들 앞에는 멀고 먼 길이 천방 커얼배까지 통하고 있지 않은가.

이브라흠은 손을 놓고 눈을 비비면서 자신을 길러주고 만수천산을 동행한 투러여띵을 바라보더니 별안간 그 앞에 무릎을 꿇고 앉아서 말했다.

「빠빠, 용서하세요. 저는 더 이상 당신을 따라가지 못하겠습니다.」

2
달빛은 흐르고

1960년 7월.

석양은 박아댁의 담장과 대문누각에 두터운 금빛칠을 해놓았다. 처마 밑 검붉은 대문은 어두운 그림자 속에 숨어버렸다. 대문 앞 늙은 홰나무의 우둔한 가지와 흐느적거리는 잎사귀들은 모두 구리빛을 띠고 있었으며 나뭇가지 사이로 매미의 울음소리가 느릿느릿 들려왔다. 마치 이 무더운 여름날을 일부러 뒤로 더 미루려는 듯하였다.

기다란 그림자가 길에서 푸른 돌을 깐 계단으로 뛰어오르더니 한 소녀가 대문 앞에 나타났다. 소녀는 흰 양말에 검은 신을 신었는데, 신의 스타일은 아주 평범한 것이었다. 하얀 다리는 흰 치마에 거의 덮여 있었다. 소녀의 오른쪽 어깨에는 천으로 만든 푸른색 꽃가방이 걸려 있었다. 학교에서 집까지 오느라고 더웠던지 상아빛 얼굴이 약간 붉은색을 띠고 있었다. 짧다란 양태머리는 귀 밑에서 약간씩 흐느적거렸다. 그녀는 이렇게 머리를 땋는 게 습관이었다. 머리를 끝까지 땋은 다음 끝을 리본이나 고무줄로 매지 않고 다시 머리태 속에 쏙 밀어넣어서 동그란 모양을 만들었다. 소녀는 신경써서 자기를 단장할 필요가 없었다. 그녀에게는 타고난 아름다움이 있었다.

소녀는 약간 숨을 몰아쉬고 대문에 붙은 고리를 잡아당겨 소리를 냈다.

「저 왔어요!」

소녀는 대문 옆 북채 방에 있는 고모의 목소리를 들었다. 발자국 소리가 나더니 빗장을 빼고 문이 열렸다.

「신월(新月)이냐? 네 오빠가 먼저 오는 줄 알았지.」

약간 뚱뚱한 편인 고모는 중얼거렸다.

「고모!」

신월은 문턱을 넘자 어깨에 멘 가방을 내려서 손에 들었다.

「오늘 우리 학교에서 말이에요…….」

「알았어. 나중에 말하자꾸나.」

고모는 불안스러운 표정으로 신월이의 말을 가로채고 대문을 닫은 후 안뜰 쪽을 살펴보면서 말했다.

「얘야, 오늘 집이 또 부산하다.」

신월의 얼굴에는 금세 검은 구름이 덮였다. 학교에서 돌아오는 길에 있었던 기쁨은 산산이 부서졌다. 소녀는 고모가 말하는 '부산하다'는 것이 무엇인지 안다.

그녀는 머리를 숙이고 묵묵히 가림벽 옆의 등나무를 지나서 추화문으로 들어갔다. 뜰안 중간에 있는 길로 가지 않고 직접 낭하를 통해 자기 방인 서채로 들어갔다. 그녀는 남채에서 들려오는 싸우는 소리에 귀를 기울였다.

「왜 말이 없어요? 네?」

엄마의 목소리다. 엄마는 성이 나면 평소의 친절과 상냥함이 다 없어지고 위엄있고 무서운 소리를 낸다. 그녀는 거리에서 욕지거리나 하는 여자들처럼 그릇을 내동댕이치거나 가슴을 두드리고 발을 구르며 욕을 하지는 않는다. 아무리 분할 때에도 자신의 모습을 추하게 보이지 않으려 했다. 그녀는 상대방에게 자기가 만만치 않음을 보여주고 부득불 복종하지 않으면 안 되게 한다.

「뭘…… 뭘 말하라는 거요? 이 집에선 내가 아무런 필요도 없으니 아무 말도 안 하는 게 더 낫지!」

이것은 아버지의 목소리다. 그 소리는 분하고 억울하나 별수가 없다는 듯한 어조였다. 엄마와 달리 아버지는 평소에는 말이 무겁고 엄숙하며 별로 웃지도 않아서 아이들은 모두 위엄있는 아버지를 무서워하지만 엄마와 다툴 때만은 아버지의 위엄이 땅바닥에 떨어지는 것 같다. 다툴 때마다 아버지는 억울하지만 변명할 수도 없고 분하지만 성도 내지 못하는 것 같았다. 그는 머리를 숙이고 의자에 앉아서 두 손으로 얼굴을 감싸고 있을 때가 많았다. 마치 모든 것을 피하려는 것 같았다. 어떤 때는 뒷짐을 지고 서서 두 눈은 정신나간 사람처럼 천장을 올려다보면서 한참 동안 움직이지도 않았다. 거무스레한 이마에는 푸른 빛이 돌고 태양혈에는 핏줄이 튀어나온다. 양미간의 주름은 더 깊이 패이고 입술은 소리없이 실룩거린다. 마치 하고 싶은 말은 많으나 하지 못하는 것 같았다. 지금은 어떤 자세인지 몰라도 보나마나 시달림을 받고 있을 것이다.

엄마가 또 입을 열었다.

「쯧쯧, 말을 거꾸로 하네요. 이 집은 당신 것이고 당신이 돈을 벌어서 식구들을 먹여살리는 주인인데 누가 감히 당신을 천대하겠어요?」

엄마는 말을 느릿느릿, 말 한 마디 한 마디 이빨를 물고서 내뱉었다. 그녀는 아버지를 떠받드는 것처럼 말하였지만 마디마다 비웃음이었다. 신월이는 종종 자희태후도 엄마와 같은 어조로 말했으리라고 추측하곤 했다.

「흥, 정말 그렇소?」
이것은 아버지의 목소리다.
「그렇다면 내가 한번 주인노릇을 해보게 해주구려. 그애 일은 당신이 참견하지 않으면 안 되오?」
「피, 웃기고 있네.」
엄마는 쌀쌀하게 웃으면서 말했다.
「내가 무슨 돈 주고 쓰는 식모인가요? 난 그 아이의 엄마야. 내가 참견을 안 해? 내가 안 하면 누가 해?」
「당신, 그래도 엄마라구? 당신…… 엄마될 자격이 없어…… 썩 그만두오!」
아버지는 자신을 억제하지 못하는 것 같았다. 그의 목소리는 분해서 씩씩거리며 성급해졌다. 예전의 다툼은 끝내 이렇게까지 폭탄이라도 터질 듯 고조되지는 않았다. 아버지는 아무것도 아랑곳하지 않는 듯하였다.
「그래, 당신은 내 일생을 망치고 또 이제는 아이들까지 망치려고 하는 거요? 응?」
쨍그랑 하는 소리가 남채에서 들려왔다. 무엇이 깨진 것 같았다. 신월이는 그것이 찻잔 덮개일 것이라고 추측하였다. 가슴이 두근두근 뛰었다. 전쟁이 언제까지 지속될지 알 수 없었다.
고모는 자기 방으로 돌아가지 않고 신월이와 함께 들어갔다. 싸움은 그녀로 하여금 불안스럽고 분하고 또 난처하게 했다. 그런데 그녀에게는 이 싸움을 말릴 힘이 없었다. 그녀는 신월이가 부모의 불화 때문에 자극받는 게 싫었으나 듣지 못하게 할 방법이 없었다. 이것도 저것도 아니어서 노파는 안절부절못하면서 신월이를 따라 서채로 걸어갔다. 서채 처마 밑까지 갔을 때 남채의 싸움이 별안간 격해졌다. 더 이상 그냥 두었다가는 무슨 말이 터져나올지 모를 일이다. 주변머리라고는 손롭반지도 없는 고모에게 문득 꾀가 생겼다. 그녀는 큰 소리로 말했다.

「심심해서 말장난하는 거요? 신월이가 학교에서 돌아왔는데 밥을 먹어야지.」

노파는 일부러 아무렇지도 않게 말했다.

싸움소리가 기적같이 멈추었다. 신월이는 엄마가 방안에서 나오는 것을 보았다.

한씨 부인은 처마 밑에 서서 한가롭게 부채질을 하기 시작했다. 금방 싸운 사람 같지 않았다. 그녀는 이미 오십이 넘었으나 살결은 희고 말쑥했으며, 몸매는 풍만하고 우아했다. 감색 모직품으로 만든 신을 신고, 반듯하게 다린 비단바지와 짙은 갈색 비단으로 만든 짧은 중식 저고리를 입고 었있다. 상아빛이 도는 팔을 드러내어 두 손은 부드럽고 매끄러워 보이며, 오른손 무명지에는 정교한 금반지를 끼고 있었다. 많은 세월이 흘러갔지만 그녀는 여전히 옛날의 풍채를 그대로 간직하고 있었다. 이웃의 시장에나 다니고 빨래하고 밥하는 노파들이나 아낙네들과는 완연히 다르다는 것을 보여주려고 그녀는 애썼다. 그 누구도 자기를 낮게 보아서는 안 된다는 생각이 머리에 박혀 있었다. 집안에서는 더욱 그랬다. 남편이나 아이들이나 아이들 고모까지도 그녀를 가정을 좌지우지하는 지배자로 보았고 대단한 권위를 가지고 있었다.

그녀는 태연하게 부채를 부치면서 신월이가 겁에 질려 조심스레 낭하를 따라 방으로 들어가는 것을 보았다.

「엄마…….」

신월이는 떨리는 소리로 불렀다.

「오냐, 학교 마쳤니?」

한씨 부인은 웃으면서 말했다.

「네 얼굴 좀 보렴. 햇볕에 새빨갛게 익었구나.」

신월이는 머리를 숙이고 자기 방으로 들어갔다. 신월이는 확실히 얼굴이 뜨겁다고 느꼈다. 햇볕에 탄 것이 아니라 금방 부모들이 싸운 것이 부끄러워서였다.

한씨 부인은 아무 일도 없었다는 듯이 고모에게 말을 걸었다.

「언니, 오늘 저녁에는 뭘 먹어요?」

고모는 싸우던 검은 하늘이 구름 가시듯 개인 것을 보고 아주 좋아했다. 고모는 싱긋 웃으면서 말했다.

「맛국물국수지. 오늘은 신월이 생일이니까 응당 국수를 먹어야지. 쇠고기도 좀 사오고…….」

「오…….」

한씨 부인은 기다랗게 오, 하고 소리를 빼더니 말했다.

「그런가요? 그럼 천성(天星)이가 돌아오면 같이 먹읍시다.」

자기 방으로 돌아온 신월이는 가방을 침대머리에 있는 탁자에 올려놓았다. 방금 고모가 한 말을 듣고는 마음이 이상해졌다. 오늘이 내 생일이구나. 어쩌면 자기 생일도 잊어버린담. 몇 달 동안 대학입시 준비에 열심이다 보니 정신이 없었구나. 고모님이 말씀하지 않았더라면 부모님들도 몰랐을 거야. 그렇지 않고야 오늘 같은 날에까지 다툴 수 없지. 오직 고모님만이 기억하시는구나.

소녀는 자기가 고모 마음에 얼마나 중요한 존재인가를 잘 알고 있었다. 신월이는 슬퍼졌다. 나를 낳은 부모님들이 고모보다도 못하다니. 그런데 방금 부모님들은 무엇 때문에 다투었을까? 어렴풋이 자기와 관계가 있다는 느낌도 들었다. 왜냐하면 '그애 일은 당신이 참견하지 말라'고 한 아버지의 말을 똑똑히 들었던 것이다. 그리고 엄마가 한 말도 들었다. '난 그애 엄마야' 아버지는 또 '아이들까지 망치려 하는 거요?' 하고 말했다. 나를 말하는 걸까? 그러나 중국어는 여자나 남자나 대명사가 다 같은 음이어서 자기를 말하는지 오빠를 말하는지 알 수 없었다. 아버지가 영어로 다투었으면 참 좋겠다. she나 he는 분명하니까. 그런데 엄마가 영어를 모르는데 어떻게……. 신월은 자신의 엉터리 같은 생각이 너무 우스웠다. 거울을 들여다보면서 소리없이 웃었다. 그 웃음은 씁쓸했다.

천성이 오빠가 퇴근하여 왔다. 집안 식구가 식탁에 둘러앉아 저녁밥을 먹었다. 대문 옆 다섯 칸짜리 북채의 동쪽 두 방은 고모가 쓰고 서쪽은 주방과 창고로 쓰며 중간은 응접실과 식구들이 식사하는 방으로 썼다.

고모가 맛국물국수를 들여왔다. 그것은 신월이의 열일곱 살 생일을 축하하여 일부러 만든 장수면이다. 북경 사람들은 국수를 즐겨 먹는다. 국수도 여러 가지 종류가 있다. 자장면이 있는가 하면 깨장국수도 있고 뜨거운 국물국수도 있다. 이외에도 헤아릴 수 없이 많은 국수 이름이 있다. 그 중에서도 맛국물국수는 만들기가 가장 까다롭다. 고모는 이 국수를 특히 잘 만든다. 그녀는 국수를 길고도 고르게, 또 차지게 민 다음 끓여서 사발에 건져 놓고 그 위에 향기롭고 걸쭉한 맛국물을 붓는다. 맛국물은 표고버섯, 참나무버섯, 새우살, 넘나물, 죽순 등을 넣어 만들었는데 보기만 해도 군침이 나올 정도로 먹음직스러웠다. 더구나 지금은 기근에 허덕이는 때인지라 누구를 막론하고 먹는 것에 온통 정신이 팔렸다. 중국 경제가 곤란해지면서 어떻게 하면 제한된 쌀로 배를 불릴 수 있는지? 어떻게 하면 체내의 칼로리를 소모시키지 않을 수 있는지? 어떻게 하면 귀한 식권을 잘 쓸 수 있는지…… 하는 것 등은 가정주부는 물론 일반시민으로부터 공무원, 노동자, 학생들이 굶주린 배를 움켜쥐면서 늘 생각하는 문제였다. 사람들은 정말 '사람에게는 먹는 것이 으뜸이다'는 옛날부터 전해온 진리의 중대성을 깊이 느꼈다. 그 해의 늦은 봄 북경, 천진, 상해와 요령성의 쌀창고는 텅텅 비어 있었다. 중앙에서는 긴급지시를 내려 빨리 쌀을 운송해다가 이

위급한 상황을 해결하려고 하였다. 동시에 아래와 같은 조치를 취하기도 하였다. 백성들의 천〔布〕 공급을 줄이고 도시와 시골의 배급쌀 표준과 식용유 공급 표준을 낮추며 대체식품을 만들어 먹을 것을 권장하는 것 등이었다. 이런 상황에서 고모는 맛국물국수를 만들기 위해 갖은 노력을 다하였을 것이다. 전쟁을 치르는 정도의 어려움을 겪었을 것이다. 고모가 어떻게 텅텅 빈 상점에서 이런 것들을 사왔는지 모를 일이다.

신월이는 장수면 그릇을 들고 눈물이 나오는 것을 겨우 참았다. 열일곱 살. 벌써 생일을 열일곱 번 지낸 셈이다. 어릴 적의 생일은 어떻게 지냈는지 생각나지 않는다. 철이 들고부터 그녀의 생일은 누구도 기억해 주지 않는지 어떻다는 말조차 없었다. 그리고 그녀의 생일을 언제 지내야 되는지 그것도 의견이 같지 않았다. 아버지는 양력으로 7월 7일이고 음력으로는 6월 5일이라 했다. 그런데 어느 날을 기준으로 삼아야 하는지는 결론이 없었다. 엄마와 고모가 양력을 홀시하는 까닭에 양력으로 지내지 못했다. 오늘 생일도 그녀들의 원칙에서 결정된 것이다. 아버지도 반대하지 않았다. 생일을 지내는 것은 본래 아름다운 소망을 표시하는 형식이기에 아버지는 구구이 날짜를 가지고 다투려고 하지 않았다. 더구나 해마다 지내는 것도 아니었다. 오늘도 고모가 기억하지 않았더라면 그 누구도 몰랐을 것이다. 신월이는 다정다감한 눈매로 고모를 바라보면서 말했다.

「고모, 고마워요. 저를 위해서…….」

고모는 자애롭게 웃으면서 말했다.

「신월아, 그렇게 말하는 게 아니야. 엄마한테 인사해야지. 이 날은 엄마가 너 때문에 고생한 날이니까.」

신월이는 대뜸 자신의 소홀함을 알아차렸다. 그녀는 얼굴을 약간 붉히면서 고모가 시키는 대로 공손하게 말했다.

「엄마, 오늘은 엄마가 고생한 날이에요. 저를 인간세상으로 데려온 엄마 고맙습니다…….」

국수를 먹고 있던 한씨 부인은 신월이가 그렇게 정색을 하고 말하자 웃으면서 고모한테 말했다.

「에구, 그만두세요. 엄마가 열 달 잉태하고 낳은 그 고생을 처녀애가 어떻게 안다고 그러세요. 빨리 국수나 드세요.」

한자기는 여태껏 얼굴이 굳어 있었다. 아직도 다투고 난 불쾌한 기분이 가셔지지 않는 모양이다. 그는 신월이를 바라보며 가느다랗게 한숨을 쉬었다.

「신월아, 벌써 열일곱이구나. 아버지는 잊지 않았어……. 아버지를 용서해다오. 너에게 그럴 듯한 생일도 차려 주지 못하니…….」

「맛국물국수면 대단히 만족해요, 아빠.」

신월이가 말했다.

「본래는 생일 케이크를 사고 초도 열일곱 개 꽂고…….」

「그럼 제가 단숨에 후! 하고 불면 모두 꺼지는 거지요. 맞지요? 영화에서 본 적이 있어요.」

고모는 의아스럽다는 듯이 말했다.

「그건 웬 짓이야. 촛불을 불어 끈다고? 쯧쯧.」

신월이가 웃으면서 말했다.

「고모, 그건 외국 풍속인걸요.」

「외국 풍속이 뭐가 좋아?」

한씨 부인은 얼굴에 노기를 띠고 한자기를 노려보았다.

「국수나 드세요. 다 아는 체하지 말고.」

한자기는 더는 입을 열지 않았다. 요즈음엔 모두들 외국이란 말도 귀에 거슬려 한다. 외국이라면 반동파 따위들을 연상하기 때문이다. 대외무역 부문에서 일하고 있는 한자기는 너무도 이에 민감했다. 한씨 부인이 그렇게 말하자 그도 더 이상 말하고 싶지 않았다. 아이들 앞에서 서방 자산계급의 생활방식을 말하는 것 자체가 잘한 일은 아니니 말이다.

식탁의 분위기가 무거워지자 고모가 또 다른 데로 말을 돌렸다.

「서양 풍속이고 본토 풍속이고 간에 더울 때 빨리 먹는 것이 제일이야. 신월아, 천성아, 먹어, 응.」

신월이는 퇴근해 집에 와서 여태까지 한마디 말도 없는 천성이를 보면서 상냥하게 말했다.

「오빠, 드세요.」

천성이는 신월이보다 여덟 살 위이다. 금년에 스물 다섯인데 국영 541공장에서 노동자로 일하고 있다. 그 공장은 전국에 하나밖에 없는 인민폐(중국돈)를 인쇄하는 공장으로 나라의 중요한 기밀 기관이다. 공장내에는 아주 엄격한 제도가 있다. 그런 환경에서 오랫동안 일해서 습관이 되었는지 아니면 다른 원인이 있는지 그의 성격은 아주 내성적이고 부득이한 경우를 제외하고는 입을 열지 않았다. 매일 아침식사 후에 자전거를 타고 가버리면 저녁 때 자전거를 타고 돌아온다. 집에 들어서면 짧게 깎은 머리를 숙이고 아버지처럼 검으나 아버지보다 더 둥근 얼굴에 아무 표정도 드러내지 않고 자기가 쓰고 있는 동채로 들어간다. 고모가 밥먹으라고 불러야 나와서 말없이 저녁을 먹고는 또 방으로 들어가는데 밤에 화장실이라도 가지 않으면 다음날 아침까지 얼굴을 볼 수 없다.

「이 자식 참, 서서(徐庶)가 조영(曹營)에 들어간 듯이 말 한마디도 없으니 원!」

아버지는 이렇게 탄식하듯이 말했다. 고모도 어떤 때는 우스갯소리로 말했다.

「애, 천성아. 너는 누구에게 보이려고 얼굴을 두 자 길이나 되게 하고 있어?」

그럴 때면 천성이는 머리도 들지 않고 덤덤하게 말했다.

「누구도 아니예요.」

그런데 오늘은 해가 서쪽에서 솟았는지 그가 말문을 열었다.

「신월아.」

동생을 바라보며 그는 어지간해서는 열지 않는 두터운 입술을 힘들게 움직였다.

「내가 너한테 생일선물을 준비했어.」

신월이는 깜짝 놀라며 물었다.

「오빠, 오빠도 제 생일을 기억해요?」

「그럼, 어제 저녁 하늘의 쪽배 같은 반달을 보고서야 생각났어. 내 생일에는 달이 둥글고 네 생일에는 달이 쪽배 같지.」

한자기와 한씨 부인의 눈길이 약속한 듯이 서로 마주쳤다가 금방 피해버렸다. 그들은 이 소심한 아들이 달을 눈여겨보리라고는 생각지 못했고 너구나 여동생 생일까지 기억하리라고는 생각하지 못했다.

고모는 너무도 감동되어 말했다.

「그래, 네 생일은 3월 보름이고 동생은 6월 초닷새니까. 어찌 잊겠니. 제 핏줄이니까.」

신월이는 호기심에 차서 오빠를 바라보았다.

「오빠, 무슨 선물 줄래요?」

천성이는 말없이 작업복 호주머니에서 봉투를 꺼내더니 동생에게 건네주었다.

「네가 가져라.」

신월이는 급히 봉투를 열어 보았는데 안에는 빳빳한 5원짜리 새 지폐 넉 장이 들어 있었다. 너무도 의외여서 식구들은 모두 놀랐다.

「오빠, 왜 저한테 돈을 주세요?」

신월이는 약간 실망했다. 그녀는 오빠가 돈보다도 더 뜻깊은 선물을 주기를 바랐다. 책이나 아니면 다른 무엇이든지 좋을 것 같았다.

「난…… 나한테는 다른 게 없어.」

천성이는 후하게 웃었다.

「이 돈은 내가 번 거니까.」

「그런데 오빠도 매달 40원밖에 없잖아요. 두고 쓰세요. 나한테는 아빠가 주신 용돈이 있어요.」

「뭘 그래, 매달 이렇게 주는 것도 아니지 않니? 그럴 재간도 없지만. 이 달에 너는 대학시험을 쳐야지. 그 돈 가지고 새 신이나 사려무나. 혹은 새 만년필을 사든지. 이젠 대학생이 될 테니.」

한창 식사중이던 한자기와 한씨 부인은 천성이의 말에 똑같이 젓가락질을 멈추었다. 그러나 아무 말도 못 했다.

신월이는 그제야 오빠의 고마운 마음을 알았다. 가슴이 뭉클해진 신월이가 말했다.

「오빠, 내가 꼭 대학에 갈 수 있다고 생각해요?」

「그럼 네가 대학에 못 가면 대학에서 어떤 사람을 받겠니? 후! 나는 대학에 못 가보았고 고중도 다니지 못했으니 잘 모르긴 하지만.」

천성이는 다시 동생을 쳐다보지 않고 고개를 숙여 열심히 국수를 먹기 시작했다. 그는 국수를 먹는 것으로 가슴의 격동을 감추는 것 같았다.

우울하기만 하던 사람이 오늘은 평소 한 해에도 다 못할 말을 단숨에 했다. 정말 진지하고 자상하였다. 그의 부모들도 아들에게서 감동을 받았다. 그들은 젓가락을 놓고 아들을 바라보았다. 그 눈길에는 자책감이 있었다. 고모도 더 말이 없었다.

신월이는 묵묵히 그 돈 넉 장을 만지작거렸다. 가슴이 아프고 쓰렸다. 신월이는 자기가 대학시험을 보는 것을 오빠는 부러워할 뿐 질투

늘 하는 게 아님을 잘 알고 있었다. 그녀는 오빠가 무엇 때문에 초중을 졸업한 후 학업을 포기하고 일을 하는지 몰랐다. 자기 때문에 오빠가 장래를 망치지는 않았는가 생각도 해보았다. 그런데 아버지가 한 달에 120원이나 되는 월급을 받는 이런 가정형편이면 두 아이를 학교에 보내는 게 별로 힘들지 않을 텐데. 아니면 오빠가 공부를 못했나? 여기까지 생각하고 있는데 오빠가 일어섰다.

천성이는 국수를 다 먹고 입을 닦으며 말했다.

「얘야, 너의 장수면을 먹으니 정말 즐겁다. 시험 잘 쳐라. 꼭 붙을 거야. 너는 나처럼 되지 말아야지. 나보다 나아야 한다. 알았어?」

그러고는 식탁을 떠나 자기 방으로 갔다.

신월이는 오빠를 따라 동채로 가서 이야기를 나누고 싶었지만 자기 그릇의 국수를 다 먹지 못해서 일어서지 못했다. 아버지하고도 하고 싶은 말이 있었다. 그녀는 잠깐 생각하다가 말했다.

「아빠, 우리 학교에서 오늘 대학입시 지원서를 내주었어요. 선생님은 진학지원을 쓰라시던데요.」

「그래?」

한자기는 무슨 생각을 하고 있었던지 화들짝 놀라며 물었다.

「그럼 너 써 넣었어?」

「아뇨. 선생님께서 학부형의 의견을 들어보라시던데요.」

「학부형의 의견…….」

한자기는 그 말을 되풀이하면서 자기 의사는 먼저 밝히지 않았다. 대신 딸에게 물었다.

「네 생각은 어때?」

「전 북경대학 서방언어문학과에 지원하려고 해요.」

「영어를 배우려고?」

「네. 저는 영어를 좋아하거든요.」

「음.」

한자기는 흐뭇했다. 딸이 바로 자신이 희망하는 전공을 선택했기 때문이다.

「외국말을 배우려고? 흥, 너희 애비와 딸이 집에서 외국말 하는 것도 만족스럽지 않아 그런 대학에 가려고?」

한씨 부인이 별일이라는 듯이 말했다.

「엄마, 영어는 몇 마디 하는 것으로 되는 것이 아니예요.」

「그건 학문이오.」

한자기가 뒤따라 말했다.

「당신을 놓고 말하더라도 중국말은 누구보다도 잘하지만 종이에 쓴 글은 하나도 모르니 한어를 안다고 할 수 없는 것과 같단 말이오.」

「당신은 왜 나를 빗대어 말하는 거예요? 내가 문화가 낮고 재간이 없어 거리끼면 그 동안 뭘했어요? 나보다 나은 사람 찾아 장가들지. 젊고 이쁘고 외국말 할 줄 아는 년을 찾을 거지.」

한씨 부인은 서슬이 퍼래서 말했다.

「엄마, 무슨 말을 그렇게 하세요?」

신월이는 난처해서 얼굴이 붉어졌다.

「무슨 말이긴 진짜 말이지! 엄마는 나쁘고 너무 천하고 촌스러우니 네 애비보고 좋은 엄마, 서양엄마를 얻으라고 해라.」

한씨 부인은 끝내 싸우려는지 말이 더욱 사나워졌다.

한자기의 가라앉았던 분통도 또다시 터지려고 하였다. 새로운 전쟁이 곧 발발할 것만 같았다.

「이봐요, 신월 엄마.」

고모가 나서서 말렸다.

「오십이 다 넘은 사람들이 아이들 앞에 부끄럽지도 않소? 어른스럽지 못하게 이게 뭐요? 아이가 대학 가는 일은 중한 일인데 우리네는 모고민 됩 나두는 게 좋겠구먼. 그애보고 아빠와 상의하게 하오.」

고모는 이 가정에서 윤활유 역할을 하는 사람이다. 그녀는 늘상 두 톱니바퀴가 부딪치면서 삐걱거리는 소리를 낼 때면 곧 기름을 쳐 주어 더 이상 소리를 내지 않고 기계가 제대로 돌아가게끔 한다. 고모의 말이 권위가 있어서라기보다 오랫동안 같이 지내면서 두 사람의 장단점을 잘 알고 있기에 중요한 시점에서 말 한마디로 명치를 찌른다. 찔린 사람은 속이 뻔하여 앞뒤를 생각하고 더 이상 말을 하지 않고 참는 것이다. 그런데 신월이처럼 내막을 모르는 사람들은 무엇 때문에 부모님이 늘상 다투고는 금방 또 그칠 수 있는지를 몰랐다. 지금 또 전쟁이 끝났다.

한씨 부인은 계속 국수를 먹고 있다.

한자기도 아내가 달아오르게 한 분노의 불길을 억지로 누르고 딸의 학업을 근심하기 시작했다. 딸은 그가 애지중지하는 보배이다. 날마다 그애가 커가기를 얼마나 바랐는지 모른다. 이제 고등중학교를 졸업하고 대학시험을 보게 되었다. 지금은 딸의 인생에 있어서 큰 고비다. 이 고비만 넘으면 신월이는 대학생이 될 거고 오 년 후에는 대학졸업장을 가지고 사회로 나가서 자기의 독립된 인생을 시작할 것이다.

한자기는 학교에 다녀보지 못했다. 대학은 더 말할 것도 없다. 그의 중문과 영문은 모두 생활의 궁핍 속에 사업상 필요에 의해서 힘들게 독학을 한 것이다. 천성이도 초중만 나왔고…….

이 집안에서는 자자손손 대학을 나온 사람이 하나도 없다. 그것이 한자기에게는 유감이 아닐 수 없었다. 그 유감을 메워줄 수 있는 사람은 신월이뿐이다. 신월이 대학에 합격하면 이 아버지도 소원성취하여 기쁘게 웃을 수 있을 것이다. 그때는 '애야, 이 애비는 이제야 너한테 미안하지 않고 나의 양심에도 미안하지 않게 되었구나.' 하고 말할 수 있을 것 같다. 그 말은 딸에게 하는 말이라기보다 자신에게 하는 말이라고 하는 편이 맞다. 그렇지 않으면 그는 영원히 불안할 것이다. 그는 딸애가 자기의 바람을 실현할 수 있으리라고 확신한다.

신월이는 아주 어려서 말을 배우기 시작할 때부터 영어와 한어를 동시에 교육받았다. 때문에 그애는 한어와 영어에 대한 반응이 모두 영민하다. 두세 살 때에 이미 적지 않은 상용단어들을 알고 있어서 간단한 대화를 할 수 있었다. 한자기는 집에서 신월이와 영어로 대화하기를 좋아했다. 그 습관을 십여 년간 지켜와 신월이 고등중학교에 들어가 정식으로 영어를 배우는 데 훌륭한 기초가 되었다. 신월이는 각 과목 성적이 아주 우수하였는데 그 중 영어가 가장 특출하였다. 신월이가 지금 영어를 대학입시 전공으로 선택한 것은 바로 그애 자신의 장기를 발휘한 것이어서 아버지도 신뢰감을 갖는 것이다.

「그래, 좋다, 신월아. 그건 내가 일찍부터 생각해 오던 거란다. 너한테는 영어보다 더 적당한 전공이 없어.」

「아빠는 제가 장래에 번역가가 되는 것이 소원이에요?」

신월이의 다시 흥분하기 시작하였고 눈동자에는 희망의 빛이 반짝였다.

「그건 모르겠지만 사업의 추구는 무슨 칭호나 직함으로 만족해서는 안 된다. 네가 좋아하는 일에 심혈을 기울여서 연구하고 그것을 장악하고 그 속에서 기쁨을 얻고 또 영원히 포기하지 않는 것이 바로 장래의 꿈이야. 그것이 무엇보다도 중요하지.」

「마치 아빠가 옥에 그렇게 정신이 팔리는 것처럼요?」

신월이가 웃었다.

「그래.」

한자기는 대답하면서도 속으로는 한숨을 쉬었다.

「참 기뻐요. 아빠가 저의 결심을 더 굳게 해주었어요.」

신월이는 유쾌한 기분으로 국수를 먹었다.

「그럼 전 그 지원을 쓸 거예요. 지원서는 내일 내야 하니까요.」
「그건 너의 지원이니까 누구도 말리지 못해. 너도 이젠 컸으니 말이다.」
한자기는 명확하게 대답했다. 그러고 나서 잠깐 생각하더니 또 물었다.
「제2지원은 뭐지?」
「없어요. 저는 제2지원이 없어요!」
신월이는 생각도 하지 않고 말했다.
「없다구? 만일 제1지원에 못 가면 퇴로가 있어야지.」
「저는 자신에게 퇴로를 남기고 싶지 않아요. 내가 합격하지 못한다고 생각하지도 않구요.」
「오!」
한자기는 놀라움을 금할 수 없었다. 딸의 능력을 잘 알고는 있지만 이 정도로 자신이 있는 줄은 몰랐다. 마치 미래의 운명을 이미 자기 손에 틀어쥔 듯하였다. 딸애의 말을 듣자 한자기는 가슴속을 짓누르던 무거운 돌을 내려놓은 듯 후련했다.
「아빠는 네가 그렇게 결사적인 각오로 시험에 임하는 정신을 좋아한다. 퇴로를 남기지 말아야지. 퇴로란 나약한 사람들에게 남겨지는 거란다.」
「고마워요, 아빠. 저는 꼭 북경대학에 합격하여 아빠의 기대에 어긋나지 않겠어요.」
「네가 지금 말하는 북대가 어디에 있지? 멀지 않아?」
한참 동안 참견하지 못하고 있던 고모가 별안간 물었다. 비록 알아듣지는 못해도 염려는 대단했다.
「멀지는 않아요.」
한자기는 국수를 먹으면서 말했다.

맛국물국수의 맛을 그제야 느꼈다.

「바로 그 사탄(沙灘)이라는 데 있는 홍루(紅樓)가 북대일걸요.」

「아니예요, 아빠. 그건 옛날 일이구요. 지금 북대는 오래 전에 서교(西郊)로 옮겨 갔어요. 멀어요.」

한자기가 화들짝 놀라며 말했다.

「그럼 본래 연경대학이 아니냐?」

신월이가 머리를 끄덕이면서 대답했다.

「맞아요. 바로 거기예요.」

「뭐라구?」

국수를 먹느라고 머리도 들지 않던 한씨 부인이 젓가락질을 멈추고 놀란 듯이 신월이에게 물었다.

「그 학교란 말이야?」

「왜요?」

신월이는 의아스러워하며 물었다.

「너는 왜 기어코 그 학교에 가려고 하는 거냐?」

한씨 부인은 더 이상 먹을 수가 없어서 젓가락을 사발 위에 놓았다.

「왜요? 북대가 나쁜가요? 우리 선생님이 그러시는데 북대는 전국에서 가장 좋은 대학이고 역사도 가장 오래되고 5·4운동 때…….」

신월이는 자세히 설명하려 하였다.

「나도 나쁘다는 것이 아니야.」

한자기가 중얼거렸다.

「저기 말이야.」

고모가 옆에서 한마디 했다.

「네 엄마나 아빠는 너무 멀다고 그러나봐. 가까운 데 가면 안 되니?」

「그래.」

한사기가 곧 말을 받았다.

「다른 학교를 지원할 수 있지 않니? 거기보다는 좀더 가까운 외국어 대학이나 대외무역대학…….」

「싫어요. 저는 꼭 북대에 가겠어요!」

신월이는 조금도 동요하지 않았다.

「왜? 왜? 거기와 무슨 인연이 있는 거야? 응?」

한씨 부인의 얼굴에는 또 노기가 서렸다.

「왜냐하면…….」

신월이는 엄마와 아버지를 둘러보고 말했다.

「북대의 합격점수가 가장 높아요. 그리고 시험도 힘들고. 저는 높은 수준으로 자신의 실력을 시험해 보려고 해요. 엄마, 내가 합격만 된다면 좀 멀다해도 무슨 상관이에요? 아빠, 안 그래요?」

식탁 위에 침묵이 흘렀다.

「좋아. 너의 소원이 그렇게 간절하다면 나도 말리지 않겠다.」

한자기는 마침내 할 수 없다는 듯이 말했다.

「그럼 저는…….」

신월이는 긴장이 풀리지 않다. 다시 한번 물었다. 그녀는 아버지가 이런 알 듯 말 듯한 말을 하지 말고 명확한 대답을 해주기를 바랐다.

한자기는 머리를 푹 숙이고 말했다.

「다시 엄마의 의사를 들어보렴.」

「엄마.」

신월이는 난감한 표정으로 엄마를 바라보았다.

「나한테 물어볼 것 없어. 애비 딸이 잘 상의했겠다, 엄마가 감히 너의 앞길을 막겠니? 흥!」

한씨 부인은 신월이를 보지도 않고 눈썹만 약간 찌푸리면서 천천히 말했다. 그 음성만 들어도 소름이 끼쳤다. 한씨 부인은 사발을 밀어놓고 일어나서 나갔다. 문 앞까지 가서 또 한마디 내뱉었다.

「그애 일은 나보고 참견하지 말라고 했지요? 차라리 잘 되었네.」

한자기 손에 쥐어졌던 젓가락이 탁자 위에 떨어졌다. 그의 여윈 두 어깨가 무너지는 듯 축 내려앉았다.

신월이의 마음은 낭떠러지에 떨어진 듯하였다. 그녀는 이제야 다 알았다. 저녁 때 부모가 다툰 것도 바로 자기 때문이었다. 그들은 무슨 일로 서로 충돌이 생겼을까? 자기의 대학입시 때문에 싸웠을 것이다. 부모가 어떤 지원을 택할 건지 하는 것 때문에 다툰 것 같지는 않다. 엄마는 입시에 참가하는 것조차 찬성하지 않는 것 같다.

날이 어두워졌는데도 매미들은 마냥 울어대고 있었다. 대낮의 불더위가 약간 식은 것 같다. 미풍이 살살 불어온다. 여름 하늘에서는 무수한 별들이 차가운 빛을 반사하고 있다. 꼬부장한 초생달이 서남쪽 하늘 끝에서 올라와 저 멀리 숲 위에 떠 있는데 자그마하고 예쁜 달은 검은 비로드 천 위에 놓인 상아 같았다. 아니, 물속에 잠겨 끝만 약간 드러낸 백옥 같기도 하고 또 물 위에 뜬 쪽배 같기도 하였다. 쪽배는 어디로 가지?

신월이는 고모 방에 오래 앉아 있다가 나왔다. 부모님이 다툰 일과 대학입시 지원이 결정되지 못한 것 모두가 그녀를 불안스럽게 하였다. 그렇다고 누구에게 하소연할 데도 없었다. 오직 고모만이 그녀를 가장 사랑하고 아끼고 위안을 주곤 한다. 마음이 불쾌할 때면 그녀는 먼저 고모에게 가서 위안을 얻는다. 고모는 같은 말을 이렇게도 해보고 저렇게도 해보면서 신월이가 웃을 때까지 달랜다. 그런데 이번만은 고모도 별수가 없었다. 대학에 들어가는 일은 너무도 큰일이어서 고모도 뭐라고 주장하지 못한다.

「급하게 생각하지 마. 다시 엄마와 상의하면 될 거야. 엄마에게 딸이라곤 너밖에 없으니 네 마음을 이해해 줄 거야.」

그러면서 또 하는 말이 여자는 대학에 안 가도 괜찮아……. 아이 참, 고모는 글을 모르니 아는 것이 너무 적었다. 말하는 것도 초점 없이 분주하기만 하였다.

신월이는 고모방에서 나와 안절부절못하면서 방으로 걸어갔다. 그녀는 문득 머리를 들어 하늘의 조각달을 쳐다보았다. 자기는 바로 저 신비한 천체와 같은 이름을 가지고 있다. 십칠 년 전 그때도 초생달이 떠오를 때 그녀는 인간세상에 태어났다. 초생달같이 떠올랐다. 십칠 년 동안 그녀는 큰 처녀로 자라났다. 앞으로의 길은 어떻게 걸어야 하는가? 하늘의 달은 회전궤도가 있어서 거침없이 늠름하게 앞으로 나아가는데 그녀는? 그녀는 지금 십자로에서 망연히 방황하고 있다.

그녀는 뜰안에 서서 남채를 바라보았다. 남채 동쪽에 부모님의 침실이 있다. 창문에 불빛이 비치지 않아서 부모님이 주무시는지 잘 알 수가 없다. 그녀는 다시 부모님께 말씀을 드리고 싶어서 처마 밑까지 갔다가 안에 인기척이 없어 주저하고 말았다. 이미 주무시는 모양이다. 그녀는 감히 엄마를 깨울 용기가 없었다. 잠깐 서 있다 조용히 되돌아섰다.

서채로 돌아와서 그녀는 불도 켜지 않고 옷을 입은 채로 힘없이 침대에 누워버렸다. 방안은 어두웠다. 희미한 달빛이 창문으로 비쳐들어왔다. 창의 문종이는 백연색으로 변했다. 벽에 세워 놓은 옷장이나 탁자가 검은 그림자처럼 보였다. 그녀는 마치 자신이 인적없는 빈 골짜기에 들어선 듯이 고독하고 처량하였다. 그녀가 누운 침대는 양쪽에 구리장식을 단 더블 침대였다. 그녀가 어릴 때부터 누워 자곤 하던 곳이다. 엄마도 여기서 지내셨단다. 고모 말씀에 의하면 엄마가 오빠와 그녀를 낳은 것도 모두 이 침대에서였다 한다. 너무 오래 전 일이어서 그녀는 자기가 갓난아이일 때 어떻게 엄마 품속에서 젖을 먹었는지 모녀간이 어떻게 친근하게 지냈는지 생각나질 않았다.

그녀의 기억으로는 어렸을 때 그녀와 같이 자고 옷을 입혀주고 밥을 먹여주고 같이 놀아주던 사람은 고모뿐이었다. 국민학교에 다니게 되자 고모가 가방을 손수 만들어주었고 학교 문 앞까지 데려다주었다. 학교가 끝날 때면 고모가 학교 문 앞까지 와서 그녀를 기다려주었다. 그렇게 몇 년간 계속하다가 그녀가 초중에 다니게 되자 고모는 그녀가 이제는 혼자서 설 수 있으리라고 확신하고 그만두었다. 그러나 학교에서 돌아올 무렵이면 항상 눈이 빠지게 그녀가 돌아오기를 기다렸다. 열두 살 때 그녀는 처음으로 자기 침대보에 묻은 핏자국 때문에 몹시 놀랐는데 고모는 약간 눈을 흘기면서 말했다.

「이렇게 큰 처녀애가 그것도 몰라.」

그러면서 침대보를 빨아주었다. 고모는 그녀에게 가만히 알려주었다.

「신월아, 너도 이젠 큰 처녀야. 겁내지 말아. 이건 병도 아니고 상처도 아니야. 고모가 얘기해 주마.」

그로부터 오 년이란 세월이 흘러갔다. 그녀는 정말 자신이 하루하루 커가는 것 같았다. 점차 그녀는 자신의 모든 것을 처리할 줄 알게 되었고 고모도 이제부터는 혼자 조용히 있는 시간을 가지라면서 자신의 방으로 돌아가 주무셨다. 그러나 고모는 여전히 그녀 일을 찾아 해주었다. 옷을 기워주고 빨아주고 말없이 그녀의 모든 것을 걱정해 주었다. 오늘의 생일 음식도…….

엄마는 이 모든 것에 별로 관심이 없었다. 지금 그녀는 고중을 졸업하고 격렬한 싸움이 벌어지고 있는 대학입시를 앞두었으니, 그것은 그녀 인생 가운데서 중요한 고비다. 자신의 피나는 노력도 있어야 하고 가족의 지지와 고무도 필요하다. 아버지는 확실히 그녀를 지지하고 있는 것 같다. 그러나 고민도 많은 것 같다. 엄마가 찬성하지 않으면 아버지는 최후의 결정을 내리지 못하는 것 같다. 아버지는 오늘 힘빠진 소리만 했고 엄마의 눈치만 살폈다. 엄마는 참견하지 않는다고 말했지만 결국엔 참견하고 막으려 하고 운명을 결정하는 이때 딸의 전도를 바꾸어 놓으려 함이 확연하다. 도대체 무엇 때문인가?

그녀는 너무도 답답하여 침대에서 일어나 앉아 책상 전등을 켰다. 전등 아래 그녀의 지원서가 놓여 있었다. 진학 지원란은 아직도 비어 있다. 그녀는 내일 어떻게 선생님께 지원서를 낼지 방법이 생각나지 않았다. 이미 결사의 각오를 한 소녀에게도 넘기 힘든 장애가 놓여 있다. 그 장애물이 자신의 친부모가 만든 것이라니 너무도 한심했다.

눈물이 방울방울 지원서에 떨어졌다. 그녀는 손수건으로 눈물자국을 살살 닦아버리고 지원서를 영어책 갈피 속에 끼웠다. 두 팔을 책상 위에 세우고 전등불을 바라보며 망연히 사색에 잠겼다. 그녀의 눈은 책상등 옆에 놓인 자그마한 사진틀에 멎었다. 사진틀 안에는 색깔이 누렇게 바랜 6인치짜리 사진이 들어 있다. 그 사진은 그녀가 엄마와 찍은 것이다. 사진 속의 엄마는 단정하고 얌전하며 얼굴에는 온화하고 자애로운 웃음을 띠고 있었다. 예쁘게 생긴 한쪽 손으로는 신월이의 허리를 감고 다른 한손으로는 신월이의 손을 잡고 있었다. 엄마 무릎 위에 앉은 신월이는 기분좋게 엄마 품에 기대어 큰 눈으로 앞을 내다보며 달콤하게 웃고 있었다. 신월이는 긴 머리를 어깨까지 드리우고 하얀 드레스를 입고 희고 긴 양말에 흰 구두를 신고 있었는데 엄마는 마치 인형을 안고 있는 듯싶었다. 그녀는 두어 살밖에 되지 않은 듯 보인다. 신월이는 얼굴형이나 눈썹이나 눈, 코, 입 모두 엄마를 닮았다. 이후로 엄마는 다시는 그녀와 같이 사진을 찍지 않았다. 십칠 년 동안 그 한 장의 사진밖에 없다. 신월이는 아쉬운 눈길로 사진을 바라보았다. 그녀는 지금 자신이 다시 작아져서 엄마의 품속에 안기고 싶었다. 사진의 엄마는 지금보다 훨씬 젊었다. 엄마는 아름답고 젊은 부인이었으며 머리도 예쁘게 퍼머하고 기포(旗袍)를 입고 있었다. 지금 엄마는 늙었다. 단장도 달라졌다. 그러나 얼굴형이나 눈의 생김새는 별로 큰 변화가 없다. 크게 달라진 것은 엄마의 겉모양이 아니라 엄마의 그녀에 대한 감정이다. 눈앞에 엄마의 모습이 떠올랐다. 엄마의 얼굴은 흐린지 개었는지 가늠하기 힘들었다. 비록 웃음을 띠기도 하고 말도 친절하게 할 때가 있으나 쌀쌀한 기분을 느낄 때가 많고 심지어는 얼음장같이 차갑게도 보였다. 그녀는 늘상 엄마를 무서워하고 피해 다녔다. 신월이는 엄마가 사진 속에서처럼 자애롭기를 바랐다. 그 옛날의 자애로움은 어디로 갔을까? 무엇이 그들 모녀간에 보이지도 않고 만질 수도 없는 깊은 골짜기를 만들어 놓았을까? 엄마, 엄마는 왜 그렇게 이해하기 힘들어요?

신월이는 몰랐다. 그날 저녁 신월이가 애가 타서 잠들지 못하고 있을 무렵 그녀의 부모도 잠을 이루지 못했다. 남채 동쪽의 침실에서 늙은 부부는 딸의 진학 문제를 둘러싸고 깊은 밤중에 담판을 벌였다.

회갑이 멀지 않은 한자기는 이미 십여 년 전부터 아내와 한자리에 들지 않았다. 남채의 동쪽 방은 원래 그들 부부의 침실이었다. 방문 쪽의 벽에는 느릅나무로 만든 옷장이 있고 남쪽 벽 아래에는 구리 테두리를 두르고 구리로 자물쇠가 걸린 옷궤가 네 개나 쭉 늘어서 있었다. 동쪽 벽 옆에는 나무 탁자가 하나, 그 옆에는 명나라식으로 만든 등받이 의자가 두 개 놓여 있었다. 침대 머리맡 한쪽에는 서랍이 달린 작은 궤가, 다른 한쪽에는 돈궤와 경대가 놓여 있다. 그 가구들은 그들이 박아댁으로 새로 이사올 때 산 것인데 이십오 년이나 지났건만 색깔이 좀 빛을 잃었을 뿐 모양은 하나도 변하지 않았다. 구리로 만든 커다란 침대가 방의 사분의 일이나 되는 면적을 차지했다. 박아로 이사해 오면서 한자기는 옛날식 구들을 뜯어버리고 서양식 침대를 산 것이다. 침대 양쪽의 높다란 난간에는 화초가 부각되어 있어 방안의 가구들과 퍽 살 어울렸다. 방은 지금까지 여전히 말로는 부부의 침실이라 베개도 두 개 놓여 있고 이불도 두 채나 포개져 있으나 사실상 한자기는 사십여 세 때부터 여기서 자지 않았다. 그의 침실은 서쪽의 서재였다. 서재 안의 서양식 소파가 바로 그의 침대였다. 매일 아침 특수 공예품 수출공사에 출근해 저녁에야 돌아오므로 서재는 늘상 잠겨 있어 아들딸도 부부간의 비밀을 몰랐다.

오늘 한자기는 평소와 달리 울분을 억누르고 굽신거리며 아내의 방으로 들어갔다. 한씨 부인도 아직 자지 않고 있었는데 그가 들어오는 것을 보고 눈만 한번 흘기고는 거들떠보지도 않았다. 한자기는 묵묵히 걸상에 앉아 머리를 숙이고 멍하게 있었다.

「할 말이 있으면 해요. 또 그 일이겠지 별거겠어요?」

한씨 부인이 먼저 말문을 열었다.

「그래, 그 일인데, 내가 이미 신월이에게 승낙했으니 당신도 더 말리지 마오.」

「나도 승낙하지 않았어요?」

그녀는 차갑게 비꼬아 말했다.

「그것도 승낙이라 하오? 아이가 겁이 나서 말도 못 하는데.」

「그 계집애는 할 말을 다 했잖아요. 흥! 그 계집애가 하필이면 그 학교에…….」

한씨 부인은 여기까지 말하고 끝말을 흐렸다.

「나도 잘 알고 있소. 당신이 그애가 북대에 가는 것을 싫어한다는 사실을…….」

한자기는 한숨을 길게 내쉬면서 말끝을 맺지 못했다. 그의 한숨 속에는 여태까지 참았던 많고 많은 말들이 내포되어 있었다. 아내에게는 말할 필요도 없다. 한씨 부인은 다 알고 있다. 딸에게는 말할 수 없다. 딸이 알아서는 안 되는 것이다.

「흥! 무슨 대학이든 가지 말아야 한단 말이에요!」

한씨 부인은 잠깐 침묵을 지키더니 어두운 표정으로 냉랭하게 말했다.

「그건 왜 그렇소?」

한자기가 놀라서 물었다.

「왜긴 왜? 계집애가 고중까지 나왔으면 됐지. 무슨 욕심이 그렇게 많아? 다 컸으니 이제 마땅한 자리에 시집이나 보내면 그뿐이지. 밖에서 뛰어다니면 말도 안 들을 테고. 대학에 가면 무슨 소용이 있어요? 외국말이나 해가지고 뭘 하려고? 그래 당신, 그애를 외국에 보내려고 그러는 거 아니예요?」

「난…… 난 그렇게는 생각도 못 했소!」

한자기는 급해졌다.

「나는 그저 그애 소원을 들어주고 나도 한시름 놓으려고 한 것뿐이오. 그애는 좋은 인재감이오. 옥돌이란 말이오. 옥돌은 다듬지 않으면 옥이 되지 않듯이 우리가 부모로서 그애를 더 공부시키지 않고 중도에서 포기하게 하면 그애는 한평생을 망치지 않겠소? 나는…… 우리는 딸이 그애 하나뿐이잖소.」

「아들은 하나뿐이 아닌가요?」

한씨 부인이 되물었다.

「천성이는 중도에서 포기하고 한평생의 전도를 망쳤는데 왜 그애는 말하지 않지요? 그애도 신월이와 같이 당신 핏줄 아네요.」

한자기는 할 말이 없었다.

한씨 부인은 천성이 말만 나오면 슬퍼하곤 한다.

「같은 자식인데 왜 똑같이 대해 주지 않느냔 말이에요. 천성이가 우둔해요? 아니면 제 구실을 못해요? 언제 그애보고 대학에 가라고 말이라도 한번 했어요? 고중에도 못 가고 일하러 갔단 말이에요. 그때 겨우

쉴다섯 살인데…….」
사람마다 자기 마음에 맺힌 것이 따로 있는 법이다. 한씨 부인은 옛 일을 생각하고 눈물을 흘렸다.
「말하지 마오.」
한자기는 부끄러운 듯이 머리를 숙이고 두 손으로 얼굴을 감싸쥐고 손가락으로 주름이 얼기설기진 이마를 만졌다. 아내의 말은 그의 아픈 곳을 찌른 것이다.
「말하지 마오! 천성이가 공부를 그만둔 일만 생각하면 가슴이 쓰라리고 아프오. 내가 애비 노릇을 못한 탓이오. 그러나 그때는…… 후유, 천성이는 좋은 기회를 만나지 못해서 그렇소. 사람의 일생에서 성공하느냐 실패하느냐 하는 것은 기회가 중요하오. 운명은 사람이 장악하기 힘드오.」
「좋은 기회는 다 신월이에게 주었지 뭐예요? 돈도 마음대로 쓰고 공부도 마음대로 하고. 그래, 그 계집애가 오빠를 대신할 수 있단 말이에요? 글쎄 내가 신월이를 미워하는 것도 여자라고 천대하는 것도 아니란 말이에요. 계집애는 아무리 잘나도 아들을 대신하지 못한단 말이에요.」
「사람이 살면서 그 누구도 다른 사람을 대신할 순 없지 않소. 자식을 낳아 기르는 것은 부모를 위해서라기보다 자식들을 위한 것이니 각자의 길은 자기들이 알아서 가게 해야 하오. 내가 이미 아들의 전도를 망쳤는데 딸까지 망치게 할 수는 없지 않소.」
한씨 부인은 남편이 자책하는 말을 듣고 은근히 기뻐했는데 다시 신월이에게로 말을 돌려 괘씸하기 그지없었다. 남편의 마음속에 중요한 것은 신월이뿐이다.
한씨 부인은 별안간 냉정해졌다. 눈물도 흘리지 않았다. 이미 지나간 일은 더 말해도 소용없다. 지금 상황이 중요하지. 그녀는 담판을 끝맺으려 하였다.

「한밤중에 찾아와서 이러구저러구 하는 것은 나보고 한마디하라는 것 아녜요? 흥, 오늘 난 죽어도 대답하지 않을 거예요. 어쩌겠어요? 재간 있으면 혼자서 주장을 세워볼 거지. 나와는 더 말도 마세요!」

「그…… 그러지 마오, 제발.」

아내가 강하게 나오자 한자기는 더욱 나약해졌다. 그는 소리를 낮추어 아내의 얼굴을 보면서 애걸하였다.

「신월이가 입학시험을 곧 치르게 되는데 찬물을 끼얹어서야 되겠소. 아이가 아직 어려서 고통을 견디지 못할 거요. 당신이 나한테 어떻게 하든 상관없지만 그애는 괴롭히지 마오. 제발 비오. 그애를 대학에 보내려고 한 것은 오늘 생각해낸 것이 아니지 않소. 우리는 서로 약속을 하지 않았소. 우리가 약속을 어길 수 있소? 여보, 제발…….」

한자기의 얼굴이 고통으로 일그러졌다. 깊숙한 두 눈에는 후회와 공포가 서려 있는가 하면 희망의 빛도 있었다. 그는 의자에서 몸을 일으켜 아내가 기대고 있는 침대난간을 붙들고 거의 무릎 꿇고 절이라도 할 듯하였다.

한씨 부인은 침대난간에 비스듬히 기대앉아 눈을 흘기면서 남편을 보면서도 말리려고 하지 않았다. 남편이 자기에게 무릎을 꿇고 비는 것도 나쁠 것 같지 않았다.

「약속? 당신도 약속을 알아요? 정말 말한 대로 하는 사람이라면 오늘 나도 당신에게 약속을 받아야겠어요.」

그녀는 대수롭지 않은 듯 말하면서 화제를 슬쩍 멀리 끌어갔다. 금방 다투던 내용과는 아무 상관도 없는 일이었다.

「천성이 이젠 스물다섯이에요. 당신 알고 있어요?」

「물론 알고 있지.」

한자기가 말했다.

「1935년생이니까 스물다섯이지. 생일도 지났으니까.」
「나는 생일을 말하는 게 아니예요. 한끼 맛국물국수 따위는 못 먹어도 괜찮지만 눈앞에 대사가 있는데, 당신 생각이나 해보았어요?」
「무슨 일인데?」
한자기는 어리둥절했다.
「아들이 크면 장가를 들여야지, 그래 언제까지 미루려고 해요?」
「오!」
한자기는 그제서야 그것도 큰일임을 의식하였다.
「그런데 그앤 아직 상대자도 없지 않소.」
「흥, 당신이야 모르는 척하지만 나야 가만 있을 수 있어요? 아들 일은 그르쳤지만 손자야 지체할 수 없지. 내가 지금 알아보고 있어요. 오늘 당신에게 먼저 귀띔이나 하고 돈문제를 의논하자는 거예요. 아들이 결혼할 때는 옛날 당신이 나와 결혼할 때처럼 대강은 못 해요. 난 아들이 그애 하나뿐이어서 크게 차릴 거니까 그리 알고 돈이나 내놓아요!」
「얼마나 있어야 하오?」
한자기는 자신도 모르게 웃옷 호주머니를 만졌다. 마치 당장이라도 돈을 꺼내려는 듯하였다. 오랫동안 지니고 있던 자책감이 그로 하여금 아들에게 진 빚을 갚아주고 싶어했다.
「이만큼은 있어야 돼요.」
한씨 부인은 두 손가락을 내밀었다.
「뭐? 이천 원?」
그는 깜짝 놀라며 말했다.
「그렇게 많은 걸 내가 어디서 낸단 말이오.」
「당신이 식당에 가서 실컷 먹은 돈은 낼 수 있고, 또 그 계집애를 고중에 보내고 또 대학에 보낼 돈은 낼 수 있는데 아들한테만은 못 낸단 말이에요? 흥!」

「그건…… 당신이 잘 알지 않소. 나는 저금도 없고 매달 노임이 어느 정도인지 당신이 모르는 것도 아니고. 집도 이젠 빈 껍데기만 남았지. 그렇다고 집을 팔 수는 없는 노릇이니.」

「아니, 당신 가진 물건이 있잖아요. 정말 아들을 아낀다면 당신이 애지중지하는 것을 약간만 꺼내면…….」

한자기의 안색이 대번에 변했다. 그는 아내가 그쪽으로 진격할 줄은 몰랐다. 그쪽은 그에게 가장 민감한 부분이었다. 그것은 그의 개인적인 비밀이고 정신적 기둥이며 생명의 한 부분이기도 하다. 몇 년 동안 세상과 동떨어진 무인도였다. 아내가 애지중지하는 것이라고 말한 것도 지나치지 않다. 지금 아내가 그곳에 손을 내밀고 있다.

「그건 안 돼. 절대 안 되오. 나는 아까워서 그렇게는 못 하겠소.」

그는 후들후들 떨면서 말했다.

「그럼 당신의 신월이가 대학교에 가지 못하는 것은 아깝지 않겠지? 흥!」

그녀는 승리자의 자태로 그렇게 말하면서 한자기의 말문을 막아버렸다.

한자기는 어안이 벙벙했다. 이렇게 적나라한 거래인 줄은 몰랐다.

진퇴양난에 빠진 한자기는 어떻게 했으면 좋을지 몰랐다. 그래도 그는 투항조건을 받아들일 수 없었다. 그는 핑계를 대지 않으면 안 되었다.

「아니, 내 말 좀 들어보오. 밖에서는 모두들 내가 일찍 파산한 줄로 알고 있소. 그렇지 않았다면 공사합영할 때 나를 자본가로 몰아붙였을 것이오. 그런데 지금 나는 국가공무원이오. 그 물건들이…… 만일 말이 새나가면 입이 열 개라도 변명하지 못할 거요. 그럼 난…… 난 끝장이오!」

「방정 고만 떨어요. 정말 겁도 많네.」

그녀는 내번하게 말했다. 그녀는 한자기의 말에 겁을 먹을 여자가 아니다. 벌써부터 그 점에 대해서도 면밀한 준비를 하고 있었다.

「어찌 당신을 망신시키겠어요. 우리 집은 당신을 믿고 사는데. 이 일은 당신이 나설 필요도 없고 나도 나서지 않아도 돼요. 때가 되면 우리와 아무 상관없는 사람이 나서서 해결해 줄 거니까. 당신은 말이에요, 그 방문이나 열어주면 끝이에요. 며느리 삼는 일은 내가 다 맡아 할 테니까 걱정 말아요.」

한자기는 멍하니 그녀가 하는 말을 듣고 놀라지 않을 수 없었다. 아내가 이 일을 계획한 게 하루이틀이 아닌 것은 너무도 분명했다.

「당신은 걱정마세요. 도와주는 사람은 중간에서 돈이나 좀 벌려고 하는 것이니까. 그 사람은 어느 집 심부름을 하는지조차 알 수 없어요.」

그녀는 한걸음 더 나아가 남편을 안심하게 해서 그로 하여금 퇴로가 없게 만들려고 하였다. 한자기는 말이 없었다. 예리한 칼날이 그의 가슴을 찌르고 그가 애지중지하는 보배를 가슴속에서 꺼내려 하는 것 같았다. 부스럼을 고치려고 자신의 가슴살을 도려내야 한단 말인가? 그는 기가 막혔다.

「아이구, 당신 보세요. 우리 두 사람 다 얼마나 힘들어요. 모두 아들딸을 위해서니까 방법이 없지요.」

한씨 부인은 자기가 칼자루를 쥔 것이 아니라 한자기와 같은 운명에 처한 것처럼 말하고 있다.

마지막 말은 한자기의 마음을 무겁게 때렸다. 바로 문제의 급소를 알려준 셈이다. 그는 이미 아내가 만들어 놓은 함정에 빠졌음을 깨달았지만 별다른 방도가 없었다. 좋으나 싫으나 그녀 말대로 해야 했다.

서쪽 하늘에 걸려 있던 달은 이미 동남쪽으로 미끄러져 갔다. 칠흑 같은 어둠도 이젠 뿌연 잿빛으로 변했다. 한자기는 말없이 아내의 침실에서 나와 밤낮 지니고 있던 열쇠로 그의 서재 옆 제일 서쪽 끝의 방문을 열고 그만의 비밀스런 세계 안으로 들어갔다.

날이 밝자 온밤을 뜬눈으로 새운 신월이가 가방을 메고 대문을 나섰다. 얼굴은 창백하고 피곤해 보이나 두 눈은 유달리 빛났다. 집을 나서기 전 엄마가 얼굴에 미소를 띠고 정식으로 그녀에게 말했다.

「신월아, 엄마는 네가 대학에 합격되기를 기다리겠다.」

아침밥을 짓던 고모도 기뻐서 눈물까지 흘렸다. 신월이는 너무도 놀라서 믿지 못할 정도였다. 엄마는 사진 속의 자애로움을 회복한 것이다. 신월이는 저도 모르게 두 팔을 내밀어 엄마의 목을 끌어안았다. 그러고는 엄마의 볼에 살짝 입을 맞추었다. 아, 엄마!

한자기는 뒷짐을 지고 한걸음씩 대문앞 푸른 돌계단을 내려와서 딸이 가는 방향과 반대쪽으로 걸어갔다. 그는 출근하는 길이었다. 몇 걸음 걷고 나서 걸음을 멈추고 돌아서서 딸의 뒷모습을 바라보았다. 신월이의 흰 치맛자락이 아침안개가 자욱한 햇빛 속에서 미풍에 나부끼며 멀리 사라지고 있었다. 한자기의 얼굴에는 좀체로 볼 수 없던 웃음이 떠올랐다. 딸애는 이제 희망의 길로, 성공의 길로 들어섰다. 딸애는 행복할 것이다. 저애만은 영원히 자기를 위해 아버지가 어떤 대가를 치렀는지 몰라야 한다!

3
기진재에 떨어진 재난

학생들이 조가루(趙家樓)를 태우자 사태는 걷잡을 수 없이 커졌다. 군벌정부는 군대를 보내 진압하고 사람을 삼십여 명이나 잡아 가두었다. 전 북경시의 학생들이 일제히 동맹휴학을 하였고 전국에 전보를 보내 항의를 표시하였다. 뒤따라 상해, 광주, 천진의 학생들도 거리에 나가 시위를 하였다. 소문에 따르면 천진의 학생 수령은 회회인데 이름이 마준(馬駿)이라 했다. 양역청은 학생들이 하는 일을 모두 알기는 힘들었다. 그저 북경이나 중국 전국이 금후에 편안한 날이 없을 것 같다는 느낌이 들었다. 학생들이 무리를 지어서 거리로 나와 모금을 하였다. 양역청은 그들의 격앙된 언사는 별로 알아듣지 못했지만 기진재의 옥반 하나를 바쳤다. 이 옥반은 원래 이브라흠이 깬 그 옥사발과 한 세트였다.

중국사람은 모두 중국이 잘 되기를 바란다. 그는 늘 청빈하게 살아왔기에 아무리 어려워도 견디어낼 수 있었다. 옥반 하나를 살림에 보태려고 떠는 사람은 아니었다. 그러나 기진재에 말썽이 생길까봐 우려

되어 학생들에게 옥반을 누가 냈다는 말은 하지 말라고 재삼 부탁하였다. 학생들은 그에게 고맙다는 말을 거듭 하고 구호를 외치며 가버렸다. 그들은 모두 담대한 인물들이야. 나리들도 무서워하지 않고 군경들도 겁내지 않으며 죽음도 두려워하지 않고 오로지 그들 마음속의 목표를 위하여 용감하게 앞으로 달려나가는 사람들이야.

투러여띵도 떠나갔다. 그는 천년 역사가 깃든 비단길을 따라서 성지 메카를 향하여 걸어갔다.

사람들의 마음속의 신앙은 움직이지 않는다. 각자가 자기의 신성한 신앙을 위하여 목숨을 바치고 생명의 귀착점에 이른다.

이브라흠은 투러여띵을 따라가지 않고 북경에 남았다. 넓고 웅장한 북경이 그의 마음을 끌고 주옥이 찬란한 기진재가 그로 하여금 미련을 가지게 했다. 그는 마치 바람에 흩날리는 풀씨처럼 끝내 비옥한 땅에 떨어진 것 같았다. 금수교 아래의 옥천수와 사직단(社稷壇) 위의 오색로는 그가 자라기에 가장 합당한 터전 같았다. 그는 북경에서 뿌리를 내리고 싹을 키우고 꽃을 피우며 열매를 맺으려 하였다. 참배하러 가는 길에 그는 돌연히 방향을 바꾸었는데 그것은 단순히 옥사발을 배상하기 위한 것이 아니었다. 투러여띵 빠빠는 길게 탄식하고 떠났다. 그는 이브라흠을 강요하지 않았다. 아마 이브라흠이 신앙을 버렸다고 느꼈을 것이다. 사실상 그때 이브라흠은 아직 무엇이 신앙인지 잘 몰랐다. 그가 한평생을 옥기 만드는 데 바치려고 생각한 것도 신앙이라고 한다면 다른 사람들의 신앙에 비하면 너무도 미미한 신앙인 것 같기도 했다.

기진재 주인 양역청은 정식으로 이브라흠을 제자로 삼았다. 그애는 그의 평생에 처음이기도 하고 마지막이기도 한 제자였다. 양씨는 본래 자기의 귀중한 기술과 재간을 오랫동안 기다려온 아들에게 전해주려고 하였으나 아들을 얻지 못했다. 그는 알라께서 자신에게 하늘 끝으

교부터 계시를 보내주었다고 확신했다.

스승을 모시는 의식은 아주 간단했다. 향도 태우지 않고 절도 하지 않았다. 모슬렘의 가장 존귀한 예절은 악수례인데 스승과 제자가 두 손을 힘있게 마주잡는 것이다. 옥다듬는 일과 인연이 있는 두 사람의 손과 같은 일에 열중하는 두 사람의 마음이 한데 이어졌다.

양역청은 제자를 데리고 서변문(西便門)에 있는 조상들의 묘지에 가서 제사를 드렸다. 여기에는 양씨 집안 세세대대의 선인들이 묻혀 있다. 옥다듬는 비상한 재간은 이렇게 대대로 전해져 내려온 것이다. 이제부터 이브라흠에게 물려주게 되었다. 양역청은 조상들이 양해하여 주시기를 바랐다. 이브라흠은 비록 양씨 집안의 혈육이 아니지만 그도 모슬렘이고 몸에는 자기와 같은 피가 흐르고 있다.

눈앞에 펼쳐진 분묘들을 바라보며 이브라흠은 흐르는 강물을 생각하였다. 사나이들이 한줌 흙에 묻혀서 떠나갔다. 모슬렘들은 하나하나 떠나갔지만 아무것도 지니고 가지 않았다. 남겨두고 간 모든 것들이 옥의 큰 강을 이루었다. 지금 그는 존경하고 우러르는 마음을 지니고 강물에 들어서는 것이다. 한평생 변함없을 것이다.

「사부님, 우리들의 첫번째 조사님도 여기에 묻혀 있습니까?」

이브라흠이 양역청에게 물었다. 투러여멍을 따라 사방을 떠돌아다닐 때 그는 많은 수공업자들과 예인들을 만났는데 그들한테서 들은 바에 의하면 각 업종은 모두 자기의 조사가 있다고 한다. 예를 들면 칠장이들의 조사는 오도자(吳道子)이고 대장장이들의 조사는 이로군(李老君)이며 미장이들은 노반(魯班)을 모신다. 수공업자들은 모두 마음속에 자기의 긴 강물이 있는데 늘상 그 강의 발원지를 자랑스레 말한다. 그럼 옥의 강물은 발원지가 어디에 있는가? 그는 알고 싶었다.

「첫번째?」

선조들의 묘지를 바라보는 양역청은 대답하기 힘들었다. 너무 오래 전 일이어서 알 수 없다. 그는 그의 아버지한테서 수등을 물려받았고 아버지는 또 빠빠의 손에서 물려받았다는 것밖에 모른다. 그렇게 한 대 한 대씩 올라가면 누가 첫번째 선인인지? 그는 일자무식이고 족보도 없으며 자기 집의 역사에 대해 아는 것이 너무 적었다. 그는 유감인 듯이 한숨을 쉬었다.

「똑똑히 모르겠어.」

이브라흠은 고집스레 사부님을 바라보았다. 그는 과거의 모든 것을 알고 싶었다.

「그런데 북경 옥기업에는 조사님이 있어. 모두들 그를 존칭해 구조(邱祖)라 부른다.」

「구조? 그는 누구신데요?」

「구조는 우리 회회가 아니야. 그의 이름은 구처기(邱處機)라고 하는데 도사님이야. 그의 도호(道號)는 장춘인데 본래는 산동사람이었지. 어렸을 때 집이 가난하여 아버지의 뒤를 이어 책짐을 메고 떠돌이 행상을 하였지. 책이며 종이며 먹이며 붓 같은 것들을 팔았다고 해. 후에 그는 도사가 되어 사방으로 다니면서 많은 재간을 배웠어. 특히 옥다듬는 기술을 배웠지. 그는 하남, 사천, 섬서, 감숙 등지를 다녔는데 제일 멀리는 신강까지 갔지. 화전옥이 나오는 산에 가서 옥을 찾았고 옥을 많이 보았지. 옥을 보는 안목이나 학문이나 손재간이나 모두 대단했어. 그는 천신만고를 겪으며 서북으로부터 북경까지 와서 여기서 멀지 않은 백운관에 머물렀어.」

장춘 도인의 특수한 경력은 이브라흠의 마음속에 친근감을 불러일으켰다. 그는 자기의 상상으로 사부님의 간단한 서술을 보충해 보았다. 그에게도 역시 만리길을 헤쳐온 경력이 있다. 그런데 그때는 장춘 도인처럼 재간을 배우지 못했다. 왜냐하면 그는 아직 기진재의 양 사부님을 몰랐으며 옥의 정령이 머나먼 북쪽에서 자기를 기다릴 줄 몰랐기 때문이다. 그러나 지금 그는 마침내 이곳에 온 것이다.

양역청은 계속하여 말했다.

「……그때 말이야, 여러 차례 전쟁을 겪고 나서 백성들은 너무도 고생스럽게 지내고 있었단다. 모두들 살길을 찾아 헤매는 떠돌이가 되었지. 장춘 도인은 손이 재빠른 젊은이 몇 사람을 뽑아서 옥다듬는 재간을 배워주었지. 그때부터 북경에 옥기업이 생긴 거야. 원나라 태조인 칭기즈칸도 장춘 도인의 명성을 듣고 그를 황궁에 불러들였지. 그리고 세상에 보기 드문 비취를 꺼내 보이면서 그에게 임금이 쓸 물건을 만들라고 명했대. 장춘 도인은 그 새파란 비취를 가지고 와서 보고 또 보고 생각하더니 그 모양대로 푸른 잎사귀가 달린 참외를 만들어서 칭기즈칸에게 바쳤어. 칭기즈칸은 푸른 참외를 보고 기뻐서 어쩔 줄을 몰랐지. 그런데 자세히 들여다보니 참외는 덮개가 있는 함이었어. 덮개를 살짝 열어보니 글쎄 길고 푸른 사슬이 고리에 고리를 물고 덮개와 함을 이어주고 있지 않겠어. 기막히게 만들어진 거지. 칭기즈칸은 장춘 도인의 재간에 탄복해서 또 양지백옥(羊脂白玉) 하나를 꺼내주었지. 장춘 도인은 그 백옥으로 옥병을 만들었는데 그 병이 어찌나 얇은지 손바닥의 지문까지 들여다보였어!」

이브라흠은 마치 그 참외와 옥병을 눈앞에 보는 것만 같았다. 재치 있는 옥기 예인들의 마술사와 같은 재간에 그는 이미 기진재에서 탄복했었다.

「……칭기즈칸은 후에 장춘 도인을 백옥대사로 봉했어.」

양역청은 잠깐 말을 끊었다가 다시 이었다.

「그렇게 말하는 사람도 있지만 또 다른 설에 의하면 장춘 도인은 좀 거만해졌던 모양이야. 칭기즈칸이 그에게 옥잔을 하사했지. 한번은 칭기즈칸이 백운관에 왔는데 그가 그 옥잔을 안 쓰는 것 같아 물어보았대. 장춘 도인의 대답은 '임금님이 하사한 성물을 제가 어찌 감히 쓰겠

나이까? 머리에 이고 다닙니다.' 했다는 거야. 칭기즈칸이 그제야 그의 머리를 유심히 보니 그 옥잔에다가 장춘 도인이 구멍을 내어 상투에 얹은 다음 머리 비녀로 꽂은 것이야. 칭기즈칸은 자기의 선물을 머리에 이고 다니는 것을 보고 흐뭇해서 말했지. '오! 하늘을 떠받들고 땅위에 우뚝 섰으니 자네는 옥업의 우두머릴세.' 이것은 칭기즈칸이 그에게 준 직함일 뿐이야. 장춘 도인 자신은 별로 큰 재간이 없다고 해. 나는 학식이 없어서 두 가지 말 중에 어느 것이 진짠지 모르겠어. 아무튼 그 후부터 장춘 도인은 북경 옥기업의 조사님이 되어 모두들 구조라고 불렀지. 사방에 떠돌아다니는 도사들이 수등의 가요를 부를 줄만 알면 그가 백운관에서 나온 게 틀림없다고 옥기장인들은 그들을 융숭하게 대접해 주었어. 정월 보름은 구조의 생일이어서 해마다 그맘때가 되면 백운관에 가서 참배드리지. 9월 초사흗날은 구조께서 승천한 날인데 그날은 유리창(琉璃廠) 사토원에 있는 장춘회관에 가서 집회를 가지지. 거기에는 구조의 조각상을 모시고 있는데 교가 달라서 회회들은 참배하러 가지 않아. 우리들의 선조가 재간을 어떻게 배웠는지 나도 모르겠어. 구조한테서 배웠는지 아니면 다른 조사님이 있었는지.」

「다른 조사님이 있겠지요. 구조도 사부가 있었을 테고요.」

이브라흠은 깊은 생각에 잠겼다. 사부님이 들려준 전설 같은 이야기는 그 긴 강의 발원지가 아님이 틀림없다. 그는 더 알고 싶었다.

기진재에 돌아오니 점심때가 되었다. 이제부터 이브라흠은 정식으로 양씨의 부인 백씨를 사모님이라 부르고 벽아와 옥아는 사매라 부르게 되었다. 사매들은 그냥 이름을 부르면 된다.

「그런데 너의 이름이 뭐지?」

벽아가 밥을 차리면서 물었다.

「나? 이브라흠이야.」

그는 벽아를 도와 반찬과 젓가락을 나르면서 빙그레 웃으며 말했다.

「내가 처음 왔을 때 알았잖아.」

「그래 알았지. 그런데 그건 너의 경명이고 원래의 이름은 뭐지?」

「원래 이름?」

「그래.」

양역청도 말했다.

「우리 모슬렘은 사람마다 경명도 있고 본명도 있지. 예를 들면 나의 경명은 아브두러이고 본명은 양역청이야. 너는? 이브라흠이라는 이름 외에 또 뭐라고 불러?」

「내게도 다른 이름이 있었으나 오랫동안 부르는 사람이 없었어요.」

이브라흠은 수줍은 듯이 말하면서 고개를 숙였다.

「아빠 엄마가 살아 계셨을 때는 저를 소기자(小奇子)라고…….」

「소기자?」

벽아가 되풀이하였다. 그 이름이 재미있기도 하고 우습기도 하였다.

소기자는 얼굴을 붉혔다. 양역청이 웃으며 말했다.

「그것은 아명이고 정식 이름도 있어야 될 것 아냐. 이후에 네가 재간을 배운 다음 사람들 앞에 나설 때 모두들 너를 소기자라고 부를 수는 없지 않니. 그런데 네 성은 무엇이냐?」

소기자는 말이 없었다. 그의 성은 오랫동안 묻는 사람이 없었다. 부모가 없는 고아의 성에 대해 그 누구도 관심이 없었다. 그를 수양한 투러여띵 빠빠가 그에게 이브라흠이라는 경명을 지어주어 그의 이름으로 대체했고 그의 성도 대체해 버렸다. 그가 출생한 혈연에 대해서는 누구도 몰랐다. 지금 사부님이 물으니 멀고 먼 옛일이 머리에 떠올랐다. 말하기 힘든 감정이 솟아올라 눈물이 고였다.

벽아가 말했다.

「그럼 너도 우리 양씨 성을 따르렴.」

「아니야. 나도 성이 있어.」

소기자는 입술을 깨물고 눈물을 참아내고 있었다.

「나는 성이 한씨야.」

「음.」

양역청은 생각했다.

「정식 이름을 지어야지. 한…… 한 무어라 하면 좋을까?」

글을 몇 자밖에 모르는 옥기 예인은 제자의 이름을 지어줄 재간이 없었다. 그는 제자의 이름이 부르기도 좋고 듣기에도 훌륭하며 또 옥기업과도 다소 관련이 있는 이름을 지어주고 싶었다. 마치 군벽(君璧)이나 빙옥(氷玉)이처럼 말이다. 그는 소기자를 데리고 박아댁 노선생을 찾아갔다.

옥마 노인은 양역청이 제자를 거느렸다고 아주 기뻐하였다. 옥기 양씨의 기막힌 재간이 이제부터는 계승자가 생겼으니 얼마나 좋은가. 노인은 생각하고 생각하더니 별안간 물었다.

「소기자라고? 귀댁의 아호인 기진재(奇珍齋)의 기(奇)자가 아닙니까? 기자란 두 글자를 거꾸로 놓으면 되겠구만. 그래 자기(子奇)라. 참 그럴 듯한데. 옛날에 옥기대사로 육자강(陸子岡)이 있었는데 오늘은 한자기가 있다. 참 좋아. 좋은 이름일세!」

한자기. 이것이 이때부터 이브라흠－소기자의 정식 이름이 되었다. 몇 년 후 옥기업 내에 이 이름이 날리고 북경성에서도 명성이 자자할 줄은 그와 그의 사부님도 생각하지 못했다.

봄이 가고 가을이 오고 계절이 바뀌면서 문 앞의 백양나무도 세 번이나 꽃이 피었다가 지고 뜰안의 석류도 세 번이나 열렸다. 한자기는 수등 앞에서 수없이 많은 낮과 밤을 보내면서 그도 느끼지 못하는 시간 속에서 성장하였다. 안정된 생활과 화목하고 따뜻한 가정 분위기가 그의 유랑생활에서 차가워진 마음을 다시 뜨겁게 하였다. 간단하지만 넉넉한 음식은 그가 소년으로부터 청년으로 성장하는 과도기의 급증

하는 영양수요를 만족시켜 주었다. 옥다듬는 재간을 배우려는 열정적인 창조열이 그로 하여금 인생을 충실하게 살려는 신념을 가지게 하였다. 그리고 번화한 도시환경은 생존경쟁 의식을 그에게 심어주었다. 삼 년이란 기간에 그는 거듭난 셈이다.

그는 사부님이 쏟는 심혈과 북경의 물을 먹으면서 날로 건장한 사나이로 자라났다. 키도 사부님만큼 컸고 넓은 어깨와 든든한 허리는 청춘의 힘이 넘쳐흘렀다. 소년티와 수줍음은 가시고 코밑에는 부드러운 수염이 자라 열아홉 살 나이에 비해 훨씬 어른스럽고 노련해 보였다. 부리부리한 두 눈은 옥돌만 보면 용맹스런 매처럼 날카롭게 빛이 났으며 여위고 거친 두 손은 수등 앞에 척 앉기만 하면 마치 능란한 백정이 소를 잡는 것처럼 제마음대로 익숙하게 놀리면서 재치 있게 움직였다. 그 모습을 보면 조물주가 어쩌면 또 하나의 양역청을 만들지 않았나 하는 생각마저 들게 한다. 그는 사부님의 온후하고 순박한 기질을 닮았으나 사부님과는 달리 말재간도 있었다. 그는 원래 남방 사투리가 섞인 이상한 억양의 북방말을 했는데, 이제는 완전한 토박이 북경말을 썼고 사람을 대하는 태도도 겸손하고 친절했다. 내막을 모르는 사람은 그가 지난날 몹시 여윈 유랑 소년이었으리라고는 상상도 못할 것이다.

그는 투러여띵에게서 약간의 한자를 배웠는데 북경에 와서는 짬짬이 이유당(二酉堂)에서 찍은 『삼자경』『천자문』을 읽어서 이젠 사부님을 도와 장부도 적고 편지 쓰는 것쯤은 어렵지 않게 되었다. 비록 큰 가게의 회계 선생이나 박아댁의 노선생에게는 비할 바가 아니지만 사부님의 눈에는 제자가 학문 있는 사람으로 보였다.

세월은 사부님을 빨리도 늙게 하였다. 얼굴의 주름살은 모르는 사이에 깊숙이 패여 들어가고 검은 머리도 모르는 사이에 하얗게 변했다. 그것은 머리에 묻은 옥가루가 아니라 영원히 씻겨지지 않을 백발이었다. 사부님의 손은 온종일 물에 담그고 금강사에 닦여져 울퉁불퉁하고

껍질이 너덜너덜한 늙은 나무뿌리 같았다.

그는 여전히 쉴새없이 일했다. 작업장에는 두 개의 수등이 나란히 놓여 있었다. 사부님과 제자는 사륵사륵하는 소리로 모든 것을 주고받았다. 그것은 그들이 영원히 다하지 못할 말이었다. 보통 한자기는 꽂꽂이며 문진이며 도장집 같은 작은 것만 만들었다. 떨어지는 돈은 보잘것 없지만 많이 팔리는 것들이라 계속 옥기가게에 공급되고 있었다. 양역청은 큰 것만 만들었다. 모두가 고객들이 특별히 주문하는 정제품들이었다. 삼 년 내내 한 작품을 만들고 있었는데 지금도 다 만들지 못했다.

그것은 외국과 전문적으로 장사를 하는 회원재의 주인 포수창(蒲壽昌)이 주문한 것인데 원래 주인은 사이먼 헌트라는 영국사람이었다. 그 사람은 중국의 그림과 문물에 특별한 흥취가 있어 중국에도 몇 번 왔었다. 그는 포수창의 단골손님이었다. 한번은 그가 채색그림 한 장을 가지고 와서 포수창에게 그림대로 옥을 새겨 달라고 하였다. 포수창은 비록 하루에도 금이 한 말씩 들어오는 옥기가게 회원재의 주인이었으나 옥을 다듬을 줄 몰라서 작업장은 가지고 있지 않았다. 모든 상품은 민간에서 수집해온 것이고 새 것들은 모두 전문적으로 옥만 다듬고 가게가 없는 작업장에서 만들어주었는데, 기진재가 바로 오랫동안 합작해온 상대자 중의 하나였다. 헌트의 주문을 받고 나서 포수창은 이것은 양역청이 아니고는 누구도 만들지 못하리라고 생각했다.

양역청이 그림을 펼쳐보니 한 폭의 「정화항해도(鄭和航海圖)」였다. 파도가 치솟고 물 위에는 웅장한 배가 떠 있는데 돛대를 높이 달고 깃발들이 펄럭이는 그림이었다. 늙은 선공이 키를 잡고 있었는데 수십 명의 웃통을 드러낸 선원들이 온 힘으로 커다란 캡스턴을 돌리면서 풍랑과 싸우고 있다. 갑판 위의 무사들은 모두 갑옷에 칼을 찼는데 이상한 옷차림의 길잡이꾼이 앞을 보면서 손짓하고 있다. 길잡이꾼 옆에는 붉은 도포를 걸친 씩씩한 사나이가 뱃머리에 우뚝 서서 왼손에는 나침반을 들고 오른손으로는 먼 바다를 가리키고 있었다. 그가 바로 일곱 번이나 서양에 갔다와서 천하에 이름을 떨친 삼보태감 정화였다. 화면은 소리없는 역사였지만 보는 사람들로 하여금 격동이 일게 하였다. 마치 하늘과 땅을 덮치려는 무서운 파도소리가 들려오고 차디찬 해풍이 불어오는 듯하였다.

양역청은 그림을 보고 한참 말이 없었다. 종이는 평면이지만 그림 중의 수치는 한 치가 천 리의 간격을 가지고 있었다. 배 위의 누각이나 돛대, 돛, 깃발이 모두 입체로 되어 있고 각기 다른 질감과 조형을 가지고 있었다. 어떤 것은 조각된 것이고 어떤 것은 곧게 세워진 것이고 어떤 것은 공중에 휘날렸으며 서로 교착되고 중첩되어 이어질 듯 말 듯하였다. 그림 속의 인물들은 신분, 복장, 연령, 자세 모두가 달랐으며 또 사람마다 살아있는 듯 생동감이 넘쳤다. 이런 단청묘필을 그대로 옮겨 옥조각품으로 만든다는 것이 어찌 쉬운 일이랴!

포수창은 양역청이 침묵을 지키자 먼저 입을 열였다.

「양 주인, 이 일은 당신을 위해 특별히 주문받은 거외다. 금방망어가 없으면 뭣하러 용궁에 들어가겠습니까? 헌트 선생 말이 중국의 정화가 항해한 것은 에스파냐의 콜럼버스보다도 백 년이나 앞섰답니다. 그것이 기묘한 것 중의 하나이고, 중국의 그림은 그 특징이 서양화와 다르기에 그것이 또 기묘하고, 중국의 옥기조각 또한 그 새김이 정교롭고 운치가 독특하여 또 기묘하니, 그분은 이 세 가지 기묘한 것을 하나로 만들어 간직하고자 한답니다. 양 주인, 그런 외국친구를 만나기도 쉽지 않지요. 당신은 한평생 이것 하나만 만들어도 산 보람이 있을 겁니다.」

양역청은 그래도 말이 없었다. 만들 재간이 없는 것이 아니라 이 물건은 품이 많이 들어 적어도 삼 년 이상의 시일이 걸릴 텐데, 그 삼 년 동안 이것만 만들면 집안 식구는 무엇으로 배를 채우겠는가?

금방 제자가 된 한자기는 아직 사부님이 걱정하는 바를 몰랐다. 그 그림과 포수창의 달콤한 말이 그의 창조 욕망을 불러일으켰다. 그는 옆에서 말했다.

「사부님, 이 일은 사부님이 할 수 있어요. 나에게도 두 손이 있잖아요.」

양역청은 묵묵히 그를 바라보고 속으로 말했다. 하룻강아지 범 무서운 줄 모른다더니, 네가 무얼 안다고!

포수창은 권해서 안 되니까 이제는 사람을 격하게 하여 분발시키는 격장법을 썼다. 그는 한편으로는 천천히 그림을 말면서 한숨을 지으며 말했다.

「양 주인이 힘들다면 다른 사람을 찾을 수밖에 없네요. 헌트 선생도 어느 사람 지목해서 해달라고는 하지 않았습니다. 그저 잘 만들면 되니까요. 나는 그래도 우리 두 사람의 오랜 정분을 보아서 먼저 양 주인께 물어보았을 뿐입니다. 그렇지 않고 아무한테나 맡기면 너무 의리가 없는 것 같아서요. 어쩌겠어요, 양 주인? 그럼 난…….」

「잠깐만.」

양역청은 별안간 그의 손을 잡으면서 말했다.

「그림을 두고 가시오.」

포수창은 웃었다.

「그래도 양 주인은 속에 이미 타산이 있었구만요. 재간있는 사람은 겉으로 잘 내색하지 않으니까요. 그럼 두말할 것 없이 값은 잘 의논할 수 있습니다. 그렇지 않아도 오늘 선금을 가져왔습니다. 6백 원은 먼저 쓰시고 나머지는 일이 끝나면 다시 결산합시다.」

그렇게 말하면서 그는 묵직한 돈 꾸러미를 꺼내 상 위에 놓았다. 양역청은 한자기보고 받아넣으라고 하였다. 포수창은 입으로는 잘 의논할 수 있다고 했지만 사실 값은 이미 결정된 셈이다. 의논할 여지도 없었다. 본래 삼분의 일의 선금을 주는 법이니까. 포수창이 6백 원을 주었으니까 이 일의 값은 2천 원인 셈이다.

「양 주인, 만일 할 만하다고 생각하시면 여기에다 이름을 쓰시지요. 우리의 교분상 이전의 작은 거래는 문서를 만들지 않았지만 이번만은 나도 본전을 다 밀어넣었습니다. 입으로 한 말은 신빙성이 없으니 그래도 문서를 만들어야 증거가 있지요. 친형제라도 계산은 제대로 해야 한다고, 금후 일이 끝나면 뒤가 깨끗하지요. 그렇지요?」

포수창은 이미 써놓은 똑같은 두 장의 계약서를 꺼냈다. 양역청도 대강 알아볼 수 있었다. 그림대로 옥을 새겨 현금 2천 원을 지불하는데 삼 년을 기한으로 기약 내에 물건을 바친다는 등의 내용이었다. 포수창은 물 한 방울 새지 않게 빈틈없이 만들었다. 기한도 양역청이 생각한 것과 비슷하게 정해놓았다.

양역청은 두말없이 그 위에 자기의 이름을 비뚤비뚤 써넣었다. 이제는 포수창이 그의 어깨에 올려놓은 천근 무게의 짐을 메야만 했다.

포수창은 안도의 숨을 내쉬고 흡족해 하면서 돌아갔다.

「사부님, 이 일은…….」

한자기는 사부님의 생각을 들어보고 싶었다. 그는 사부님이 그 일을 맡을 때의 태도는 아주 조심스러웠지만 거절하지 못할 것이라는 판단을 했었다. 사부님과 배를 만들고 나면 보다 많은 재간을 배울 수 있을 것 같았다.

「이건 보통 일이 아니야. 나는 죽을 힘을 다해야 할 것 같구나.」

양역청은 미간을 찌푸리고 말했다.

「그럼요. 기진재의 명성도 이 일로서…….」

「아니야. 내가 일을 맡은 것은 기진재의 간판을 위해서나 돈 때문이 아니야. 내가 결심을 하게 된 것은 삼보태감 정화가 바로 우리 모슬렘이기 때문이야. 그도 회회란 말이야.」

「네? 그분이…… 회회예요?」

젊은 한자기는 그 일에 대해 조금도 알지 못했다.

「우리 회회들 중에도 세상에 명성을 떨친 사람들이 있단다. 명나라의 해청천 해서(海瑞)와 이 정화가 모두 우리와 혈맥이 통하는 회회야. 사람은 자기의 선조를 잊어서는 안 돼. 그들을 위해 나는 늙은 목숨을 내걸고라도 배를 만들어야겠어. 외국사람들도 중국 모슬렘이 조상에게 미안해 하지 않는다는 것을 알게 말이야.」

양역청의 말에는 회회민족에 대한 애정이 철철 흘러넘쳤다. 그는 비록 양씨 가문의 족보는 잘 모르지만 청사에 이름을 남긴 회회들에 대해서는 알고 있었다. 그 정화는 원래 성이 마씨이고 이름이 삼보였는데 선조들은 운남 회회들의 마을에서 살았다. 조부와 부친은 모두 이슬람의 성지에 가서 커얼배를 참배했으므로 마하즈라고 불리었다. '하즈'는 모슬렘 중 성지에 갔다온 사람만이 가질 수 있는 영광스러운 존칭이었다. 원나라 말에 명나라 군대가 운남을 들이쳐 열두 살의 마삼보는 일가족 모두가 피살되어 유랑아가 되었는데, 불행히도 명나라 군대의 포로가 되어 참혹하게 거세당했다. 그는 그때부터 연왕(燕王) 주체(朱棣)의 태감이 되었다. 명나라는 태감이 글을 배우지 못하도록 정해져 있어서 마삼보는 황궁에 들어갔지만 일자무식의 노예일 뿐이었다. 후에 공을 세워서 점차 비천한 신세를 벗어나게 되었으나 황실에서는 그의 성씨를 꺼려했다. 왜냐하면 말[馬]은 금전(金殿)에 오르지 못한다는 법도가 있기 때문이었다. 황실에서는 그에게 정(鄭)씨를 하사하였고, 그는 이름을 정화라고 고쳤다.

연왕 주체가 영락황제가 된 후 정화에게 선원과 관리, 병사 2만 7천 8백여 명을 거느리고 배 62척에 비단, 금, 은, 동, 철, 도자기, 옥 등을 싣고서 멀리 서양으로 항해하게 하였다. 일곱 차례나 되는 항해를 하고 돌아왔을 때 그의 나이는 쉰네 살이었다. 정화가 일생 겪은 고생과 그가 이루어놓은 업적은 보통 사람에 비길 바가 아니었으며, 그는 자기의 모든 것을 명나라에 바쳤다고 말할 수 있다. 그렇다고 그가 소년 시절에 받은 치욕과 황궁에 들어와 받은 능욕을 잊어버렸겠는가? 아니다. 잊지 않았다. 그가 잊었다면 후에 그렇게 큰 용기로 망망창해에서 험악한 풍랑과 싸우며 구사일생으로 배를 타고, 성지 메카까지 가서 그 가문의 제3대 마하즈가 될 수 없었을 것이고, 천하에 이름을 떨친 중국 모슬렘이 될 수 없었을 것이다. 그는 그렇게 많은 고생 속에서도 알라만 생각하고 자기가 회회임을 잊지 않고 있었다.

「후유! 회회…….」

양역청은 감탄하면서 오랫동안 「정화항해도」를 들여다보았다.

이튿날 포수창이 사람을 시켜 길이와 넓이가 다섯 치나 되며 높이가 한 자나 되는 양지백옥을 보내왔다. 미래에 만들어질 배의 모태였다.

양역청은 그림과 대조하며 옥을 거듭거듭 들여다보았다. 사흘이 지나도록 이렇게 보기만 하였다.

「사부님은 왜 보기만 하시나요?」

한자기는 급해졌다.

「만사는 시작이 힘든 것이야. 급해서 될 일이 아니야.」

양역청은 말했다.

「그림 그리는 사람은 마음속에 먼저 그림이 있어야 그리기 시작하는 법이고, 우리는 옥을 앞에 놓고 눈에 보이는 것에 확신이 서면 일은 이미 다한 것과 마찬가지야. 그때라야 손을 댈 수 있지. 이 옥은 마치 거푸집과 같이 배를 안에다 싸고 있어. 우리의 재간은 바로 그 거푸집을 벗기고 쓸데없는 곳을 깎아버리고 쓸모있는 부분을 남기는 거야. 옥을 다듬는 일은 찹쌀가루 인형이나 진흙인형을 만드는 것처럼 어딘가 잘되지 않으면 더 붙이거나 다시 주물러서 만들 수 있는 것이 아니야. 우리가 다듬는 재료는 단단하고 부서지기 쉬운 옥이야. 갈아버린 것은 다시 붙일 수 없지. 머리카락만큼이라도 차이가 있으면 버리게 되는 거야.」

「사부님은 아직도 생각해 내지 못했어요?」

「그래.」

양역청은 사실대로 말했다.

「나는 남을 속일 수도 없고 자신도 속이지 못하겠어. 만약 배만 만든다면 힘들지 않거든. 여기 좀 봐. 이 옥은 길쭉한데 앞이 넓고 뒤가 좁으며 위는 약간 둥글어서 옥의 형태대로 다듬으면 배가 되는 거야. 그런데 그러면 배가 바다 위에 떠있는지 아니면 강 위에 떠있는지 알 수 없거든. 포 주인은 그림대로 살리라고 하는데 그러자면 배가 큰 바다 위에서 항해하는 기세와 위풍을 보여주어야 할 게 아니겠어? 그렇지 않고야 어떻게 정화가 서양에까지 간 것을 알 수 있겠나. 하물며 배 위의 돛대나 돛줄, 깃발은 모두 받치는 것이 있어야지 그렇지 않으면 쉽게 부서질 테니까…….」

한자기는 침묵을 지켰다. 사부님이 말한 각별히 신경을 써야 할 곳은 그가 미처 생각도 하지 못했던 것이다. 이제 금방 수둥 앞에 앉아본 그가 무슨 경험이 있겠는가. 그런데 그는 별안간 눈앞의 옥조각품과는 아무런 관련이 없는 일이 생각났다.

「사부님, 생각나세요? 박아댁의 목조 가림벽 말입니다. 그 위의 그림들은 가까운 곳의 산이나 나무 그리고 집들은 모두 튀어나와 있거든요. 그리고 멀리의 산과 물, 구름과 달은 모두 나무판에 붙어 있던데요.」

「음? 참말 그렇구나.」

양역청은 제자의 기발한 발견이 무척 기뻤다.

「나도 생각해 보았단다. 어떻게 하면 목공들이나 칠장이들한테서 좋은 수를 얻을 수 없겠는가고. 옛날 노인들의 말에 의하면 황궁에는 큰 옥산이 있는데 건륭년간의 것이라고 하였지.」

양역청의 눈앞에는 건륭 35년에 양주(揚州)의 옥기장인들이 만들어 낸 진품인 「추산행려도(秋山行旅圖)」가 떠올랐다. 그 옥산은 전후 이삼만 명이 공을 들여서 5~6년간에 걸쳐 만들었다. 백은만도 삼천 냥을 썼다고 하는데, 그 설계도는 청나라 궁정화가인 김정표(金廷標)가 만들었다. 만들 때 쓴 옥돌은 신강의 청옥이었는데 그 옥돌은 돌 성분이 많고 무늬가 많으며 청황색을 띠고 있었다. 장인들이 이러한 특성을 잘 이용하여 수림의 가을풍경을 다듬어냈는데 너무도 자연스럽고 생생했다. 묘한 것은 장인들은 본래 그림의 짜임새에 제한을 받지 않고, 옥돌의 자연형태에 맞추어 돌의 기복에 따라 정자누각을 세우고 다리를 놓고 강을 만들었으며 사람들은 그 중 마땅한 자리에 만들어 놓았다는 것이다. 그리하여 옥산 전체가 어울리고 인물, 수목들을 자연스러운 위치에서 잘 드러내 놓은 것이나 보일 듯 말 듯한 것이나 모두 옥산 위에 조화를 이루고 있었다. 화가의 필묵이 입체적으로 나타났으며 원작의 풍모나 이미지 또한 그대로 살아 있었다.

양역청의 생각이 점점 뚜렷해졌다. 그는 마침내 옥으로 조각된 배가 서양으로 가는 항선을 찾았다. 그는 다시 조각하지 않은 옥을 뚫어지게 바라보았다. 그는 이미 완성된 조각품을 본 것이다.

전체 조각품은 세 층으로 나누어지는데 세 가지 모두 다른 조각방법을 썼다. 첫번째 층은 배였다. 배의 몸체는 파도 위에 떠있고 뱃머리가 높이 솟아 선루는 웅장하며 갑판, 캡스턴이며 닻이며 철, 사슬들이 역력히 보였다. 정화와 문관, 무사, 길잡이꾼, 선원, 키잡이공, 잡역 등이 모두 제 할 일을 하고 있어 생생하게 살아 있는 듯하였다. 그것들은 모두 입체적으로 조각하였다. 두번째 층은 돛대, 돛, 밧줄, 깃발들인데 모두 뚫어지게 하는 수법과 양각의 수법을 결합하여 바람에 나부끼는 모습을 보여주었다. 세번째 층은 앞의 두 층을 돋보이게 하는 바닥이다. 얇은 양각의 수법으로 하늘로 치솟는 파도와 떠다니는 구름, 그리고 날아다니는 해오라기, 해와 달, 별이 그 중에 나타나게 새기는데 앞의 돛대와 돛, 밧줄, 깃발들이 모두 받쳐주는 광경이다. 옹근 조각은 조각 수법의 변화가 다양하여 그림의 평면과 조각의 입체성을 잘 결합시켜 호탕하고 웅장하며 위엄있고 비장한 기세와 이미지를 잘 보여 주어 마치 오백 년 전 그 세계를 놀라게 한 항해 기적이 다시 나타난 듯하였다.

옥기 작업장에는 사륵사륵하는 소리가 다시 울리기 시작했다. 양역청은 자신의 마음과 몸을 모두 그 정교로운 제작에 쏟아부었다. 옥기 양씨의 조상 대대로 전해온 뛰어난 재간과 양역청 한평생의 추구, 그리고 모슬렘 마음속의 신앙은 모두 그 조각품에 기대를 걸고 있었다. 한자기는 사부님을 동반하여 해가 뜰 때부터 시작하여 해가 지면 등불을 켜고 일에 몰두하였다. 눈코 뜰 사이도 없이 일했다. 양역청은 첫단계는 한자기에게 맡겨 자신의 지도 아래 대담하게 다듬게 했으나, 정교로운 조각을 해야 할 단계에서는 혼자서 다듬었다. 한자기는 다른 수등 앞에 앉아 작은 옥기제품을 만들어 식구를 먹여 살리고 있었다. 그는 사부님께서 한평생 최고 수준의 작품을 완성할 수 있도록 걱정을 덜어주려고 애썼다.

옥으로 조각된 배는 힘겹게 탄생되고 있었다. 한자기는 매일매일 그 미묘한 변화를 지켜보고 있었다. 삼 년의 시간이 그렇게 긴 것도 아니었다.

세월은 아이들도 성장시켜 벽아와 옥아도 많이 컸다. 열다섯 살인 벽아는 이미 성숙한 처녀가 되었다. 여자는 크면서 열여덟 번 변한다는 말처럼 벽아는 자랄수록 더 예뻤다. 어릴적 동그스름하던 얼굴은 갸름한 얼굴로 변했고, 까만 두 눈은 더욱 빛났으며 두 눈썹은 반달같이 길게 뛰었다. 반들반들 윤기나는 검은 머리는 한가닥으로 기다랗게 땋아서 허리까지 치렁치렁 드리웠다. 키도 삼 년 전보다 더 컸고 폭넓은 옷도 이젠 그녀의 성숙한 모습의 몸매를 가릴 수 없었다. 나이가 들면서부터 그녀는 아버지나 오빠를 대할 때도 그전처럼 마음대로 할 수가 없었다. 그녀는 스스로 아버지와 오빠를 위해 그들이 제때에 맛있게 식사를 할 수 있게 하였고, 옷도 모두 자신이 알아서 챙겨두었다가 주었다. 그런 일은 엄마가 분부하지 않아도 앞서 하였다. 엄마는 늙고 또 늘상 앓아 누웠는데, 어쩌면 알라께서 성령으로 엄마를 돕는 건지 벽아는 거의 모든 일을 엄마 대신 해치웠다.

가게의 일은 오빠가 온 후부터는 벽아가 하지 않아도 되었다. 오빠는 아버지의 훌륭한 조수였다. 재료를 사들인다든가 아니면 물건을 배달한다든가 돈을 받아오든가 하는 일을 아버지는 모두 그에게 맡겼으며 그는 한번도 틀린 적이 없었다. 매번 심부름을 하고 돌아오면 사부님께 결과를 말씀드리곤 하는데 사부님은 그저 '됐다.'고 한다. 사부님은 그의 말을 듣기 전에 이미 판단하고 있으며, 옆에서 듣는 벽아도 짐작할 수 있기에 틀림이 없는 그를 더욱 믿는 것이다. 동업자들은 모두 '양 주인의 제자가 어디 제자 같아. 완연한 아들이지.' 하고 말하곤 했다. 어떤 이들은 심지어 사위 같다고도 했다. 그런 말은 자연히 양씨 집안에도 들려왔지만 모두들 일부러 모른 척했다. 아들이면 어떻고, 사위면 어떻단 말이야. 그래 당신들 집안의 딸들은 팔십까지도 시집 안 가나? 벽아는 분하면서도 당황스러웠다. 마치 봄날의 꽃봉오리가 바람에 이리저리 흔들리는 것 같았다. 꽃은 조만간에 필 것이다.

벽아는 오빠와 말할 기회가 많지 않았다. 그녀는 엄마가 하는 대로, 역시 모슬렘 부녀들이 해 왔던 대로 자기의 소망을 경건한 신앙 속에 융화시켰다. 그녀는 하고픈 말을 조물주이며 어느 곳에나 계시는 알라께 하였다. 알라여! 그녀의 그 호소를 알라께서 들을 수 있다고 믿었고, 알라께서 그녀 마음속의 모든 것을 아시리라고 믿었으며 자신에게 행복과 안녕을 주시리라고 굳게 믿었다.

여동생 옥아는 이제 일곱 살. 마치 벽아를 보는 것같이 그들은 자랄수록 더 닮아서 자주 오지 않는 손님은 옥아를 벽아로 착각하기도 했다. 옥아는 언니보다 운이 좋아 서당을 폐하고 학교를 세우는 시대에 자랐다. 딸을 아들처럼 대하는 아버지는 옥아를 학교에 보내려 했으나 부인 백씨는 반대했다.

「우리 회회의 계집애들이 누가 학당에 다니는 걸 보았어요? 배워서 무슨 소용이 있어요. 크면 시집가서 빨래하고 밥이나 짓는걸.」

양역청은 그렇게 보지 않았다.

「내가 만약 글을 읽었더라면 기진재가 오늘 이 꼴이 아닐 거요. 후! 나의 평생은 손재간으로 밥먹을 수밖에 없지만 자식들은 어쩌겠소? 여자애들은 손재간도 못 배우는데 글까지 모르면 고생할 수밖에 없소. 벽아는 때를 잘못 만났지만 옥아까지 때를 놓칠 순 없소.」

한자기도 동생을 위해 말했다.

「사모님, 학당에 가는 것은 돈도 얼마 안 들어요. 저와 사부님이 일하니 돈을 댈 수 있어요.」

벽아는 평소에 동생을 대하는 것이 마치 엄마같이 자상하였다. 그녀는 여동생이 장래에 자기보다 낫기를 바랐다.

「엄마, 집안일은 나 혼자면 돼요. 옥아는 집에 있어도 할일이 없는데 가서 글이나 몇 년 읽으면 우리들에게 경문이라도 적어줄 수 있잖아요.」

백씨는 본래 주견이 없는 사람이라 더 말리지 않고 옥아를 학교에 보내기로 했다.

어느 날, 옥아는 학교에서 돌아오자마자 작업장으로 뛰어와서 말했다.

「아빠, 오빠, 내가 사온 토끼님을 한번 보세요.」

양역청은 너무 바빠서 돌아다볼 틈도 없었다. 그는 머리도 들지 않고 말했다.

「무슨 토끼님이야? 우리 회회는 그런 신을 믿지 않아!」

한자기는 하던 일을 멈추고 옥아가 들고 있는 진흙 장난감을 받았다. 그것은 높이가 2센티 정도의 정교하게 만들지는 않았으나 재미있고 사랑스러웠다. 사람의 몸에 토끼얼굴로 기다란 귀에 붉은 저고리를 입고, 입을 벌리고 웃는 모습이었다.

「사부님, 이것은 노리개예요. 누구도 신이라고 여기지 않을 거예요. 추석이 곧 다가와서 그런지 거리에는 토끼님을 파는 사람이 수두룩해요. 이것도 역시 돈을 벌 수 있는 장산걸요. 우리가 옥으로 토끼님을 만든다면 이것보다는 더 그럴 듯할 텐데요. 돈 있는 사람이 명절에 진흙으로 만든 걸 사겠어요?」

「그래? 그럼 해보려무나. 너 이 녀석, 생각은 참 빠르다.」

한자기는 한참 동안 그 장난감을 만지작거렸다. 추석 전에 만들어야겠다. 그 토끼님이 팔릴 때쯤 사부님의 조각품도 완성될 것이다.

「수박 사세요, 꿀맛이에요!」

「수박 사세요, 시원한 수박이오!」

수박장수의 외침 소리와 온 거리의 토끼님은 날로 가까워진 8월 추석을 맞이하고 있었다.

벽아가 쪼갠 수박을 쟁반에 들고 작업장으로 들어왔다.

「아빠, 오빠, 좀 쉬세요. 목이나 축이세요.」

양역청은 그제야 아쉬운 듯이 수등 옆에서 일어나 빨간 수박을 바라보았다. 목이 무척 말라서 하나 집어 들고는 먹기 전에 물었다.

「엄마한테도 갖다 드렸느냐?」

「뒤에 있어요. 이건 아빠와 오빠 거예요.」

벽아가 대답했다.

양역청은 손에 든 것을 옥아에게 건네주고 또 하나를 집어 벽아에게 주고는 한자기를 불러 같이 먹기 시작했다.

옥아는 책가방을 내려놓고 달고 시원한 수박을 먹으며 아버지가 삼 년이란 시간을 들여 만든 옥배를 보면서 물었다.

「이 배는 언제 다 만들어요? 오빠가 그러는데 다 만들면 우린 많은 돈이 생기게 된다면서요. 오빠는 우리를 데리고 천교에 놀러간대요. 그리고 융복사와 북해에도 놀러간대요.」

「오래 걸리지 않을 거다.」

양역청은 작은딸의 꾀꼬리 같은 목소리를 듣는 것이 수박 먹는 것보다 더 시원했다.

「저 달을 보렴. 달이 날마다 둥글어지는데 달이 옥반만큼 둥근 때가 되면 8월 추석이야. 그때면 배도 다 만들어질 거야.」

한자기도 그날을 기다리고 있었다. 그는 옥아를 보면서 말했다.

「그때가 되면 나는 너희들을 데리고 의화원에 갈 거야. 거기 가서 만수산에도 올라가 보자꾸나. 배를 하나 빌려서 사부님이랑 사모님이랑 벽아랑 너랑 모두 앉고 내가 배를 저어 곤명호를 실컷 구경하고 용왕묘 옆으로 돌아서 다시 십칠공교 밑으로 나오자꾸나. 어때, 좋지?」

「아이, 좋아!」

옥아는 포동포동한 작은 손을 내저었다. 수박을 급히 먹느라 수박씨 하나가 얼굴에 기미처럼 붙었다.

「까불기는, 배운전(排雲殿) 앞에서 돈내고 사진도 한 장 찍자꾸나. 사부님과 사모님이 중간에 앉고 너와 벽아는 옆에 기대서고 나는 뒤에…….」

「그럼 더 좋지!」

옥아는 환호하다시피 소리쳤다.

벅아는 얌전히 웃었다. 오빠가 말한 아름다운 꿈은 얼마 안 있어 실현될 것이다.

한자기는 옅은 남색 장삼을 입고 빽빽히 들어선 노점상을 빠져나와 유리창 동가를 지나서 연수가로 들어섰다. 다시 동쪽으로 돌아 낭방이조로 돌아왔다. 그는 유리창의 회원재에 물건을 갖다주고 오는 길이다. 낭방이조에서 유리창까지는 별로 멀지 않으나 사부님은 그에게 동전을 20개나 주면서 인력거를 타고 갔다 오라고 하였다. 그것은 물건을 안전하게 전달하기 위함과 체면 때문이었다. 골동품 옥기항업에서는 잘살든 못살든 문 밖에 나갈 때면 체면을 지켰다. 가게의 일꾼들도 반듯하게 다린 장삼을 입어야 했다. 한자기는 돈을 아끼려고 회원재까지는 차를 타고, 일을 마치고는 걸어서 집에 돌아왔다.

거리는 곳곳마다 추석을 앞둔 명절 분위기가 흘러넘쳤다. 추석은 연중에 큰 명절인데 장사하는 사람들은 봄여름의 장부를 정리하고 빚진 사람은 이때 빚을 갚아야 한다. 어떤 집은 기쁨이 넘치고 어떤 집은 걱정에 싸이기 마련이지만 다가오는 명절은 다소나마 마음을 가볍게 한다. 한자기는 거리에서 팔고 있는 알록달록한 토끼님을 보자 자기가 만든 창작물이 생각났다. 오늘 회원재에 가져간 옥토끼님을 보고 포주인이 치하를 아끼지 않았는데, 며칠 안으로 너도나도 다 사갈 것이다. 많은 사람들은 명절의 들뜬 분위기에 휩싸일 것이고 옥기 양씨네 집에서도 추석을 즐겁게 맞을 수 있을 것이다. 회원재에서 주문한 옥배 조각품은 바로 삼 년 전 추석에 계약서를 썼는데 오래지 않아 기한이 차게 된다. 사부님께서 큰일을 끝내고 돈을 받으면 금년 추석은 참말 멋질 것이다.

곧 바로 눈앞에 펼쳐질 아름다운 전경이 한자기의 마음을 기쁨으로 들뜨게 하였다.

지난 삼 년간 오로지 한 가지 일이 그를 유감스럽게 하였다. 바로 박아댁의 노인이 돌아가신 것이다. 그분은 재간과 포부를 펴지 못한 한을 안고 헤아릴 수 없이 많은 학문을 깨우치고 옥을 감별할 수 있는 특이한 안목을 가진 채 다른 세계로 가버렸다. 한자기는 원래 노인께 많은 것을 배우려 했으나, 삼 년 동안 매일같이 수등 앞에서 일하다 보니 여가가 없었다. 아직은 시간이 많다고 생각했는데 노인께서 기다리지 못하고 가실 줄 몰랐다. 옥마 노인이 돌아가시자 만 권이 넘는 고적과 평생을 보아온 주옥 골동품을 자식들이 다 팔아버렸다. 양역청은 살 만한 돈이 없어 탄식만 할 뿐이었다. 후에 박아댁까지 팔리자 양역청과 한자기는 다시는 그곳에 가지 않았다. 옛날 박아댁에는 비록 수후의 구슬이나 화씨의 벽옥은 없었어도 세상에 드문 몇 가지 진품이 있어서 노인도 웬만해서는 남에게 보이지 않았는데 지금은 모두 바람에 날려가 버리고 만 것이다.

노인을 생각하기만 하면 한자기의 마음은 은은히 아파왔다. 노인은 가셨지만 그의 수장품들은 아직 세상에 남아 있다. 옥은 천년의 수명과 만년의 청춘을 지니고 있기에 기진재도 언젠가 돈이 생기면 흩어진 보옥들을 찾아낼 수 있을는지 모른다. 그에게는 사부님께 여쭈어볼 큰 계획이 있었다.

기진재에 돌아온 한자기는 장삼을 벗고 나서 사부님께 장부를 말씀드리고 물건값과 차비 중 남은 돈을 드렸다.

양역청은 그를 나무랐다. 그는 머리를 숙이고 계속 일하면서 물었다.

「물건은 다 드렸어? 포 주인이 뭐라고 하던?」

「토끼님을 더 만들어 달라고 하더군요.」

한자기는 사부님의 뒤에 서서 부채로 사부님의 땀에 젖은 잔등을 부쳐주었다.

「포 주인이 옥배가 명절에 다 될 수 있는지 묻던데요. 제가 된다고 했어요. 사부님, 어때요?」
「나도 추석 후까지 미루려고는 안 했어. 제때에 해내는 것이 양쪽에 서로 편하니까.」
「사부님, 우리 배를 살 서양 사람이 이미 왔어요. 물건 가지러 온 것 같던데요. 금방 회원재에서 보았는데…….」
「포 주인은 외국장사를 하는 사람이어서 서양인이 많이 와. 누가 누군지 네가 어떻게 알겠니?」
「글쎄요. 저도 처음에는 눈여겨보지 않았는데 노란 수염에 눈알이 파란 서양 사람을 포 주인이 문 앞까지 배웅하더군요. 뭐라 얘기하면서…….」
「그들이 말하는 외국말도 모르면서.」
「물론이지요. 제가 안에서 기다리고 있는데 그 집 일꾼들이 낮은 소리로 속삭이는 말이 헌트 선생이 옥배가 얼마나 되었는가 묻더라던데요.」
「응, 그럴 수도 있어. 포 주인은 서양 사람에게 어떻게 말했다더냐?」
「그건 저도 몰라요. 회원재의 장사는 물어보기도 힘들어요. 포 주인은 제자들을 엄격히 단속해서 그애들도 저한테 말을 하지 않아요. 그저 얻어들었을 뿐이에요.」
「괜찮아. 서양 사람이 와도 좋아. 나도 그가 찾아가기를 바라고 있어.」
「사부님, 그 헌트 선생이 직접 우리한테 와서 찾아가나요?」
「아니지. 우리가 포 주인에게 드리는 거야. 우리는 포 주인하고 계약을 맺었으니까. 포 주인이 서양인에게 주는 거지.」
「무엇 때문에 포 주인은 그 헌트 선생을 우리와 만나게 하지 않지요?」

「그야 이 장사가 포 주인의 것이니까.」

양역청은 제자를 흘끗 보고는 말했다.

「너 오늘 웬일이지? 온종일 헌트 선생, 헌트 선생 하면서 말이야.」

「저요?」

한자기는 웃으면서 말했다.

「저는 우리 옥배를 헌트 선생이 값을 얼마나 쳐주는지 알고 싶거든요.」

「그야 물론 2천 원은 아니지. 만일 우리에게 전부 준다면 포 주인은 뭐하러 장사하겠어?」

「그 사람이 그 중에서 얼마나 벌어요?」

한자기는 여기에 흥미가 있었다.

「그건 우리 알 바가 아니야.」

양역청은 그 숫자에는 별로 관심이 없었다.

「장사꾼은 돈을 벌기 위한 것이야. 떠돌이 야채장수도 돈을 버는 거야. 많이 벌건 적게 벌건 모두 그들의 재간이니까.」

한자기는 두 눈을 빛내며 말했다.

「제가 보기에는요, 이 옥배만으로도 포 주인은 만 원쯤 벌 것 같아요.」

「그걸 네가 어떻게 아니?」

양역청은 오늘 한자기가 하는 말이 좀 의외라는 생각을 하였다.

「제가 그 집 장사를 한참 지켜보았는데 어떤 서양 여인이 제가 만든 옥병을 사가는 것을 보았거든요. 글쎄 5백 원에 사갔어요. 그런데 포 주인이 우리 손에서 가져갈 때는 십몇 원만 냈거든요. 생각해 보세요, 몇 배나 올렸는가.」

양역청은 한참 동안 말을 하지 못했다. 그러다가 마음을 가라앉힌

듯 한숨을 내쉬면서 말했다.

「우리를 그와 비교할 수는 없어. 그는 장사꾼이어서 입만 움직이고 손을 놀리지 않지만, 우리는 재간으로 사는 사람이라 손을 놀려 사는 거란다. 모두 제 할 일을 하는 거란다. 누구도 남을 부러워할 것도 없고 남을 업신여기지도 않으면 되는 거야. 한입에 뚱보가 되듯이 벼락부자가 되었더라도 어느 날 운이 나쁘면 바람 한 번 불어도 넘어지고 밥그릇도 깨질 거야. 그 사람은 입에 풀칠할 재간도 없지만 우리들은 재간으로 살아가니까 적은 물이 오래 흐르듯 어떤 세월에도 손만 있으면 굶지 않아.」

「사부님, 사람이 세상 사는 게 밥만 먹으면 되는 것이 아니예요. 우리 기진재도 장원한 타산을 해야지 일만 해서는 안 돼요. 우리 피땀과 재간으로 남이 돈을 벌게 해서야 되겠어요?」

한자기는 사부님의 생각이 어딘지 무능해 보였다.

「그럼 어쩌려는 거야?」

양역청은 제자가 하는 말에 자신을 훈계하려는 투가 있는 것 같아서 기분이 나빴다.

「저는…… 이렇게 생각해요. 이제부터는 회원재를 제쳐놓고 직접 서양사람과 장사를 하려구요.」

한자기는 사부님을 바라보면서 오래 전부터 생각해온 말을 하였다.

양역청은 제자가 잠꼬대하는 것 같아 보였다.

「그게 어디 될 말이야? 포 주인은 우리 단골손님인데 우리 욕심을 채우려고 의리를 버리고 그들의 장사를 깰 수 있단 말이냐! 우리 양씨네 가문은 그렇게 신의를 저버리는 일은 안 해!」

「사부님은 너무도 순직해요.」

한자기는 한숨을 쉬었다.

「포 주인이 우리와 왕래하는 것은 돈을 벌기 위해서지 무슨 의리가 있어요? 그가 만약 의리를 지킨다면 그 집 가게는 지금도 우리 기진재보다 작을 거예요. 들리는 말에 의하면 포 주인은 원래 아무것도 없었대요. 북을 두드리면서 고물을 거두어서 팔던 신세였는데 가게를 열고 다른 사람의 장사에 끼여들고도 얼굴 한번 붉히지 않았대요. 장사란 바로 돈만 알지 사람은 모르는 거예요. 재간이 있으면 그가 판을 치는 거예요. 저기 천가게 서부상(瑞蚨祥)을 보세요. 며칠 전 사모님이 저보고 천을 사오라 해서 가보았는데 그 집 일꾼이 그러더군요. 서부상 가게도 원래는 골목에서 산동무명을 파는 노점상이었는데 서양물건으로 돈을 벌 수 있음을 알고 은 팔만 냥으로 비단 캘리코점을 차려서 이젠 팔대상(八大祥) 중의 첫번째가 되었대요. 남들은 모두 자기가 합당하다고 생각하면 일을 하는 거지 남의 체면을 전혀 보지 않아요. 누구와 의리를 지키지요?」

양역청은 한자기가 이렇게 야심있게 변한 줄은 몰랐다. 무엇이든 수월하게 생각하고 있는 것 같았다. 그는 냉소를 금할 수 없었다.

「그럼 너도 해보려고? 서양사람과 장사하자면 서양말을 알아야 하지 않겠니?」

「서양말이 뭐가 그리 대단해요? 그것도 사람이 하는 말인데. 포 주인도 날 때부터 서양말을 알고 서양글을 아는 것이 아니예요. 그도 배운 거예요. 제가 삼 년 동안 사부님의 재간을 배운 것처럼 또 삼 년을 서양말을 배운다면 왜 모르겠어요!」

한자기의 마음은 바람에 날려간 연처럼 점점 더 멀리 달아났다.

「소기자야!」

양역청은 별안간 수등 앞에 일어서서 무섭게 고함쳤다.

「사부님…….」

한자기는 깜짝 놀라며 끝없는 환상에서 깨어났다. 그는 겁에 질려 사부님을 바라보았다. 삼 년 동안 사부님이 처음으로 성을 내고 처음 그의 아명을 부른 것이다.

양역청의 얼굴색은 무섭게 흐려 있었고 옥가루와 땀으로 뒤범벅된 이마에는 푸른 핏줄이 튀어올랐다. 그리고 두 눈은 과로로 인해 핏줄이 서 있었다.

「이건 누구냐? 응? 나도 못 알아보겠구나. 삼 년 동안 너는 재간둥이가 되었나 보구나. 내 재간을 다 배웠으니 이젠 이 가난뱅이 사부도 깔보는 거냐? 기진재는 네가 있을 곳이 못 되는 거야? 알려줄게. 넌 아직 여기서 삼 년 만기도 되지 않았어.」

「사부님, 그건 저도 알아요…….」

「네가 안다구? 무얼 안다는 거야? 남들은 양역청이 제자를 아들처럼 대한다고 한다. 다른 가게의 제자들이 어떻게 지내는지 알기나 알아? 꼭두새벽부터 밤늦게까지 맞고 욕을 먹으면서 머슴처럼 심부름꾼처럼 일하는 거야. 삼 년 동안 수등 앞에 앉아보지도 못한 사람도 많아. 재간은 가만가만 배우는 거야. 왜 그런지 알겠어? 장인들은 옛날부터 이런 말을 들어왔어. 제자를 가르쳐 재간을 익히게 하면 사부는 굶어죽는다고. 그런데 난 바보였어. 너를 남으로 생각하지 않고 제 속을 채우지 않았지. 나는 아들이 없어 내가 늙은 다음 눈도 보이지 않고 손도 말을 듣지 않고 발도 수등을 밟을 수가 없을 때는 네가 나에게 밥 한 그릇은 줄 거라고 믿고 모든 재간과 대대로 내려온 묘법까지 다 너에게 전해준 거야. 그런데 아직 기한도 마치기 전에 네가 이렇게 방자할 줄 누가 알았겠어!」

한자기는 사부님이 이렇게까지 화를 내면서 그를 책망할 줄 몰랐다. 그는 목구멍까지 올라온 말을 삼키고 공손하게 머리를 숙여 사부님이 야단하는 것을 듣고만 있었다. 두 눈에서는 뜨거운 눈물이 줄줄 흘러내렸다. 사부님의 말씀은 그로 하여금 지난 삼 년을 돌이켜보게 하였다. 그는 사부님이 늘상 고마웠다. 사부님께서 그를 받아주지 않았더라면 그는 지금도 유랑하는 걸인이었을 것이고 예기치 못한 일로 죽었을 수도 있다. 그런데 이제 그는 사부님의 따뜻한 재배를 받으면서 어른으로 자라났다. 사부님이 하신 말씀은 모두 사실이다. 삼 년 동안 사부님은 그를 두 친딸보다도 더 잘해 주었다. 그가 남자이고 손재간이나 밥줄이 모두 그에게 달려 있기 때문이었다. 그도 사부님께 효도한 것이 아들에 못지 않았다. 하루 사제간이 평생 부자간으로 된다는 말을 그는 영원히 잊지 않고 있었다.

그는 속으로 혼자 말했다. 사부님! 당신이 저를 사랑한 것은 제가 알고 있습니다. 다시 말하실 필요가 있습니까. 당신이 저를 사랑했음을 증명하느라고 저를 은혜도 의리도 모르는 소인으로 취급하시면 너무도 억울합니다. 너무 억울해요!

여기까지 생각하자 참을 수 없는 치욕이 더러운 오물같이 머리에 끼얹어진 것 같은 느낌을 받았다. 그가 말을 안 하면 사부님이나 사모님이나 동생들의 눈에 자기는 의리없는 인간이 되고 자신이 아무리 예전처럼 해도 이 집 식구들은 자신을 딴눈으로 볼 것이다. 안 돼. 참을 수 없어. 만일 자기가 무슨 잘못을 저질렀다면 이보다 더 험한 욕을 먹고 심지어 맞는대도 할 말이 없지만 지금 그는 잘못한 게 없는 것이다.

「사부님!」

그는 오른손으로 눈물을 닦고 말했다.

「제가 만일 당신 곁을 떠나 더 좋은 곳으로 가려는 마음이 있다면 이렇게 사부님께 꺼내놓고 말할 수 있겠어요? 가령 그렇다면 참고 있다가 만기만 되어 기진재를 떠나 멀리 가버린다 해도 사부님이 무슨 방법이 있겠어요? 사부님 저는 못 가요. 기진재에 들어선 그날부터 나갈 생각은 하지 않았어요. 기진재를 나의 집으로 여겼고 사부님을 친아버지라고 생각했어요. 저는 우리의 장사가 날로 커져서 가게 이름이 나고 가게도 크게 차려 회원재와 같이 금박 간판을 걸려고 했어요. 남의 상사가 부럽거나 샘이 나서 그런 것은 아니예요. 우리들의 손재간을 업신여기는 게 아니예요. 우리 재간꾼들은 너무 고생스럽고 너무 억울해요. 우리 손은 금산 은산을 벌어오지만 모두 남한테 빼앗긴단 말이에요. 무엇 때문에 그들은 앉아서 복을 누리고 우리는 죽을 고생을 해야 하는 거예요? 언제까지 이 고생을 해야 하나요? 사부님은 오십이 가까워 오고 사모님은 허약하며 벽아도 곧 시집가야 할 텐데 혼수감도 장만해야 하고 옥아 공부하는 데도 돈이 들어야 해요. 손재간만 있어서 되겠어요? 사부님, 좀 멀리 생각해 보아야지요.」

양역청도 자신이 금방 너무 과했다고 생각해서 마음이 안쓰러웠는데 한자기가 그렇게 말하는 것을 듣고 눈물을 흘렸다. 그는 한자기의 어깨를 쓰다듬으면서 말했다.

「자기야, 너의 마음을 사부는 다 알았어. 그러나 너의 마음이 너무도 높구나. 사람의 복은 자신이 찾는 것이 아니라 알라께서 도우시는 거야. 사람은 자기의 운명과 싸워서는 안 돼. 나의 아버지가 임종하실 때 '창업하기도 힘들지만 지키기도 힘들다. 기진재는 너에게 넘겨주겠다.'라고 말씀하셨지. 나는 그때 이렇게 말했단다. '아버지, 시름 놓으세요. 저는 선조님께 미안한 일을 하지 않겠습니다. 굶어서 빌어먹을지라도 수등을 메고 다니겠습니다.' 이런 약속을 받고서야 아버지는 눈을 감았어. 나는 조상 때부터 전해온 이 가게를 잘 지켜야 해. 마구 덤비다가 실수나 있으면 가업을 망치고 선인들을 만나볼 면목이 없게 되는 거야. 그러니까 우리는 꿈을 꾸지 말고 우리의 재간으로 고생스럽더라도 살아가야 해. 그때그때에 따라 살길이 있겠지. 나는 벽아와 옥아가 밥이나 먹을 수 있는 회회댁에 시집가는 거나 보고 네가 장가들면 기진재를 넘겨주고, 나와 너의 사모는 죽어도 근심걱정없이 알라께 갈 거야!」

사제 두 사람은 마주 앉아 눈물을 흘리며 흉금을 털어놓았다. 서로 상대방에게서 감동을 받고 흐느꼈다. 한자기가 일으킨 논쟁은 이렇게 흐지부지되고 말았다. 누구도 서로를 설복시키지 못한 것이다. 누구도 더 말을 하고 싶어하지 않았다. 눈물은 어떤 때 아주 신기한 작용을 일으킨다. 완전히 다른 생각을 가진 사람도 그럭저럭 한곳에 붙여놓기도 하고 케케묵은 의식도 따스한 감을 주고 생기발랄한 새싹도 애무 중에 죽여버린다.

석유 등잔은 희미한 빛을 반사하고 있다. 옥아는 등잔 밑에서 숙제를 하고 있다. 언니 벽아는 바느질에 한창이다. 며칠 전 엄마가 오빠보고 천을 사오라고 했는데 그녀는 지금 그 천으로 자기와 동생을 위하여 옷을 짓고 있다. 오빠는 남자지만 정말 잘 골라 사왔다. 천은 초록색 바탕에 잔잔한 흰 꽃이 가득 펴져 있어 마치 푸른 잎 위에 옥잠화가 놓인 듯하였다. 캘리코천은 가볍고 만져보니 그렇게 보드라울 수가 없었다. 벽아는 동생의 몸을 재어보고 또 자기의 낡은 옷에 맞추어 옷 두 벌을 재단해 놓고 한 뜸 한 뜸 바느질을 했다. 추석이 곧 다가오는데 아버지의 옥배도 곧 완공된다. 오빠는 온 가족을 데리고 만수산에 놀러 가서 사진을 찍는다 했다. 새옷은 그날 입기에 딱 맞춤이다. 벽아는 아직 사진을 찍어보지 못했기에 먼 길을 나설 사람처럼 일찍부터 준비하고 있었다. 그날이 되어 자기와 동생이 새옷을 입고 찍은 사진은 아주 예쁠 거다. 만수산에 구경온 사람들이 몰려와서 사진 찍는 그들을 구경할지도 모르지.

「누구집 처녀애들인지 그림 속의 미인보다 더 예쁘네!」

「옥기 양씨네지!」

그때는 겁내지도 부끄러워하지도 말아야지. 그러지 않으면 사진이 예쁘게 찍히지 않을 거야……. 그렇게 생각하곤 자신도 모르게 웃고 말았다.

「언니, 왜 웃어?」
옥아가 물었다.
「언니는 너무 좋아서 웃는 거야. 이 새옷을 보렴. 너는 기쁘지 않니?」
「내가 왜 기쁘지 않겠어? 입고 싶어 기다리고 있는 참이야. 그래서 매일 달을 쳐다보고 있잖아. 달이 옥반처럼 둥글기를 바라는데 왜 이렇게 굼뜬지 몰라!」
「오래지 않아.」
딸을 도와 천단추를 만들던 백씨가 말했다.
「대추가 붉어지고 달이 밝아질 날이 오래지 않았어. 우리 회회들은 추석을 별로 대단하게 여기지 않는단다. 그저 온 가족이 단란히 모여 앉는 기쁨이지. 그날 엄마가 너희들에게 설탕계화속을 넣은 월병과 팥속, 대추속을 넣은 모슬렘 월병을 사주마. 그리고 수박도 사주고 과일도 사줄게. 오늘은 며칠인가요. 저의 사과와 해당과를 사세요. 향기로운 과일이에요.」
병에 시달리는 백씨지만 구슬 같은 두 딸을 바라보니 행복한 기분이 들어 가느다란 소리로 과일장수의 외침 소리를 흉내내 보았다.
「너희 아빠도 밤낮없이 삼 년이나 고생했는데 좀 쉬어야지.」
어머니의 말은 옥아의 바람을 더욱 간절하게 하였다. 그녀는 붓을 놓고 구들 위에 올라가 창문의 종이커튼을 거두고 아직 채 둥글지 않은 달을 쳐다보았다.
뜰안은 물을 뿌린 듯 깨끗하고 고요하였다. 달빛에 비추어진 대추도 붉었고 석류도 익었다. 창문 밖에 심은 꽃들이 향기를 한껏 뿜고 있었다. 찌르레기가 풀속에서 찌륵찌륵 울고 있다. 마치 아름다운 나날이 빨리 다가오라고 재촉하는 듯했다.
앞채 작업장의 창문엔 아직도 불이 켜져 있다. 사륵사륵 옥을 가는 소리 속에 양역청은 정화가 서양으로 가는 중인 배를 들고서 한창 정교로운 조각을 하고 있었다. 약속기한은 눈앞에 다가오고 있다. 포 주인과 사이먼 헌트 선생이 그를 기다리고 있으며, 환난을 같이 겪어온 아내와 두 딸이 기다리고 있고, 자신도 배가 준공되는 날을 기다리고 있다. 삼 년 동안 그는 가난한 항해를 하였다. 그는 마치 오랫동안 파도를 헤쳐온 키잡이꾼처럼 꿋꿋하게 키를 잡고 무서운 풍랑과 격류 속에서 조심스레 배를 몰고 왔다. 티끌만한 잘못도 조그만한의 실수도 없이 용케 항해를 해왔다. 이제 먼 길은 이미 뒤로 물러가고 해안이 곧 눈앞에 보인다.

그는 숨을 내쉬고 손으로 배를 살살 만져보면서 흐뭇한 웃음을 띄웠다. '참말 쉽지 않습니다, 마하즈 정화 어른. 이 양역청은 당신을 모시고 함께 여기까지 왔습니다.' 그는 기개가 비범한 정화와 갑판 위의 각각의 사람들을 주시해 보면서 자신도 그 웅장한 대열에 들어선 듯 느껴졌다. 메카로 가는 그 배에는 투러여띵도 있는 것 같았다. '아, 빠빠여. 당신은 지금 어디에 계십니까? 나의 마음은 줄곧 당신 곁을 따라가고 있습니다. 내게 당신의 이브라흠을 남겨서 이미 어른으로 성장시켰고, 이 모슬렘의 배는 그가 저하고 같이 만든 것입니다.'

그는 노랑수염과 파란 눈을 가진 헌트 선생의 앞에 배가 놓일 때 그가 얼마나 놀랄까, 어떻게 찬탄할까 하고 상상해 보았다. 그는 우리가 알아듣지 못하는 서양말로 이렇게 말할 것이다. 오! 중국에는 정말 재간있는 사람이 있어서 세 가지 기묘함을 하나로 만들었구나. 그는 헌트 선생이 배를 어떤 만국박람회에 전람시켜 많은 사람들의 찬사를 듣는 것까지 상상하였다. 그것은 헛된 생각이 아니었다. 민국 15년(1926년)에 미국 샌프란시스코에서 열린 파나마 만국박람회에서 북경의 상아조각이 금상을 받았다. 물론 양역청은 그것을 위해 만든 것은 아니었다. 옥배에는 그의 평생의 심혈과 신앙이 담겨져 있다. 배가 전세계

[illegible] 사람들이 중국의 옥기조각 예인들이 어떤 손재간을 가지고 있는지만 알게 된다면 그것으로 만족한다. 옥기 양씨의 대대로 이어온 명예에도 손상이 없을 것이다. 옥배를 구경하는 많은 사람 중에 꼭 모슬렘도 있을 것인즉, 만일 그들이 이 예술품이 중국 모슬렘이 만든 것인 줄 알면 뒤스티로서 자랑을 느낄 것이다. 안 돼. 그건 안 될 거야. 이 배에는 경자도아(經字堵阿)라는 글도 새겨 있지 않고 양역청의 이름도 새겨 있지 않아 누구도 그를 알 수 없을 것이다.

양역청은 말할 수 없는 유감을 느꼈다. 수예장인은 필경 장인이다. 책을 쓰는 문인이나 그림 그리는 화가들과 비길 수 없다. 심혈을 기울여 만든 기물에 이름을 쓰거나 도장을 찍을 수도 없으니. 예인은 비천한 장인이고 예로부터 '훌륭한 사람은 장인이 되지 않고 좋은 말은 맷돌을 갈지 않는다.'고 했다. 명나라의 옥기대사 육자강도 황궁에 불려 들어가 어용 옥기를 만들 때 그 위에 이름을 남기려다가 하마터면 머리가 떨어질 뻔했다…….

오만한 유감은 양역청의 마음속에 잠깐 나타났다가 사라져버렸다. 수예인이 그런 것을 생각해서 뭘 하랴. 천하의 삼백육십 업종 안에 재간있는 장인은 옥기 양씨뿐이 아니다. 그러나 역사에 이름을 남긴 사람은 몇이나 될까? 자금성 안의 궁전이며 의화원의 만수산, 그리고 천단(天壇)의 환구대(寰丘台), 기년전, 노구교의 사자, 만리장성은 모두 목수, 석수, 미장이들이 만든 것인데 그 위에는 어느 장인의 이름도 새겨넣지 않았다. 지금 세상사람들은 모두 진시황이나 서태후에게 그 공로를 돌리고 있다. 거기에다 심혈과 목숨까지 바친 그 많은 장인들을 어느 후세 사람들이 알랴!

수등 위의 회전 숫돌이 다시 돌기 시작했다. 양역청은 모든 잡념을 집어던지고 또다시 창작에 열중했다. 그는 삼보태감 정화의 두 눈 사이를 살짝살짝 새기고 있었다. 중국 모슬렘의 걸출한 인물인 정화는 손에 나침반을 들고 메카를 바라보며 풍랑과 싸우는 배를 지휘하면서 태연 자약하고 침착한 마음에 거리낌없이 늠름하였을 것이다. 인간세상의 고생과 자신의 명예와 치욕은 염두에 두지도 않고, 먼 장래에 세계 항해사와 중국 모슬렘 공훈사에서 중요한 한 자리를 차지하리라고는 생각도 하지 않았을 것이다. 양역청은 우러나오는 경의를 품고 정화의 두 눈을 주시하면서 일을 계속하였다. 눈초리 하나 까딱하거나 호흡 한번 크게 못하고 오직 정화의 그 빛나는 눈을 조각하기 위해 숨을 죽이고 일했다.

돌연히 그의 두 눈이 흐려지면서 어지러웠다. 마치 정화가 피로와 멀미로 쓰러지려는 듯하였다. 아니다. 양역청의 눈이었다……. 눈이 어떻게 된 건가? 얇은 구름이 앞을 막고 떠다니는 것 같았다. 그는 두 눈을 몇 번이나 크게 뜨려 했으나 눈앞의 정화가 보이지 않았다.

「사부님! 왜 그러세요?」

한자기는 사부님 옆에 서서 그 절묘한 재간을 지켜보고 있었다. 이것은 다른 사람들은 누릴 수 없는 영광인 것이다. 별안간 그는 사부님의 안색이 달라진 것을 보았다.

양역청은 수등을 딛던 발을 멈추고 피곤한 눈을 감으며 웃었다.

「이 일은 마지막일수록 눈이 힘들어지는 거야.」

한자기는 말없이 사부님의 눈을 들여다보았다. 두 눈은 눈확 속에 깊이 꺼져 있었는데 아래위 눈가죽은 서너 겹이나 포개져 있었고 눈썹과 눈초리에는 옥가루가 붙어 있었다. 몇십 년 옥을 다듬은 세월이 그를 빼빼 마른 늙은 옥인으로 다듬어 버렸다. 검고 밝던 두 눈동자는 안개가 씌워진 듯이 흐려져 있었으며 흰자위 위에는 새빨간 핏줄이 얼기설기 서려 있어 마치 마노 같았다. 한자기는 사부님이 애처로웠다. 그리고 자신이 부끄러워졌다. 사제간은 부자와 같은데 자기는 사부님을 위해서 한 일이 너무 적었다.

「사부님, 좀 쉬세요. 이 일은 내일 계속하지요.」

「내일? 안 돼. 내일은 팔월 열이틀이지. 미련하게 추석날까지 미루어 놓을 수 없어. 하루라도 일찍…….」

「그럼 제가 계속할게요. 좀 쉬다가 봐 주세요.」

양역청은 절레절레 머리를 저으며 견결하게 말했다.

「그건 안 돼. 옛날부터 제자는 용을 그리고 사부가 눈을 그리는 거야. 법을 어길 순 없어.」

「사부님, 법은 어기지 않겠어요. 제가 좀 하다가 고비에 가서는 사부님께서…….」

사부는 자신만만하고 남에게 지지 않으려는 제자를 보더니 잠깐 주저하다가 말했다.

「얘야, 사부가 너를 믿지 못해서 그러는 게 아니야. 삼 년 동안 너는 이미 재간을 다 배웠어. 사부보다 못하지 않아. 이 배도 사실은 우리 부자가 만든 거야. 그저 내가 좀더 많이 했을 따름이지. 예전엔 중요하지 않은 부분을 너한테 시키기도 했지만 지금은 안 돼. 가장 관건이어서 만일의 일이 무서워서 안 돼. 내가 마무리지어야겠어. 한평생 옥을 다듬었지만 제일 마음에 드는 것은 이 옥배야. 이건 나에게 가장 중요한 마지막 고비야. 이 고비만 넘기면 나도 옥기명수라 할 수 있지. 금후부터는 나는 입이나 놀리고 네가 재간을 피워야 할 때야. 좀더 기다려…….」

사람의 마음은 말로써 다 표현할 수 없는 것이다. 사부님은 아직도 완전히 제자를 잘 알지 못했다. 만일이란 말을 듣고 한자기는 말없이 손을 내렸다. 그도 사부님께 더 걱정을 끼치려 하지 않았다. 그건 수예인이 창조의 기쁨과 영예를 얻는 관건의 시간이므로 사부님께서 몇십 년 쌓아온 경험으로 마무리를 잘하시기를 바랐다.

「잘 들어 두어라.」

양역청은 잠깐 쉬고 나니 눈도 회복된 것 같고 마음도 평온해진 듯했다.

「수예인은 조각품을 자기의 목숨과 마음으로 간주해야 하느니라. 목숨과 마음을 다 조각품에 두면 그 물건은 살아날 것이다. 사람의 수명은 한이 있어 죽으면 만사가 그만이지만 네가 만든 물건은 세상에 살아 남을 것이야. 옛날의 재간 많던 장인들은 지금까지 한 사람도 남아 있지 않지만 그들이 다듬어낸 옥기는 지금도 살아 있어.」

회전 숫돌이 또 돌기 시작했다. 그때의 양역청은 자신을 완전히 잊어버렸다. 그의 생명과 마음은 배와 정화와 하나로 융합되었다. 배 위의 돛은 바람에 팽팽하게 부풀어올랐고 깃발은 바람에 나부꼈으며 키잡이꾼과 선원들이 부르는 메김소리와 파도소리가 천지를 진동하듯 울려퍼졌다. 삼보태감 정화가 선두에 서서 빛나는 눈으로 앞을 내다보면서 수시로 앞에 나타날 일을 감시하고…….

별안간 모든 것이 순간에 정지되었다. 양역청의 두 손이 풀리고 몸은 힘없이 넘어져서 아직도 돌아가는 회전 숫돌을 눌렀다.

「사부님! 사부님!」

한자기는 마치 꿈속에서 하늘이 무너지고 땅이 꺼지는 것을 보는 것 같았다. 그는 깜짝 놀라며 울부짖었다. 힘없이 쓰러져 버린 사부님을 들어 안았다.

양역청은 제자의 품속에서 힘겹게 두 눈을 뜨고 옥배, 옥배 하면서 미약한 소리로 불렀다. 순간 그의 눈은 밝게 빛났다. 그는 자기의 혼신과 심혈로 만들어진 목표를 찾고 있었다. 그의 두 눈이 옥배와 마주쳤을 때 두 눈동자가 타고 있는 혜성처럼 빛을 폭발하더니 이내 꺼졌다…….

옥으로 만든 배가 머나먼 항해를 마치고 곧 해안에 닿게 되는 순간 하늘에서 재난이 떨어졌다. 먼 곳을 가리키는 삼보태감 정화의 오른팔이 부서졌다. 그것은「정화항해도」에서 가장 중요한 부분이었다. 전체 옥조각의 핵심 부위가 훼손된 것이다. 구처기나 육자강이 다시 세상에 돌아온대도 이 손실을 만회하지 못할 것이다.

아! 하고 양역청이 가슴이 터지는 듯한 소리를 지르더니 입에서 피가 뿜어나와서 하얀 옥배를 물들였다. 생명이 눈깜박할 사이에 끝난 것이다. 그는 깨진 옥배 위에 넘어졌고 뜨거운 선혈이 옥기장인과 부서진 옥을 하나로 만들어버렸다.

「사부님! 사부님!」

한자기는 미친 듯이 사부님 몸 위에 엎어지면서 울부짖었다. 작업장에서 처량한 울음소리가 터져나왔다.

양역청은 자신의 생명을 다 짜버린 수등 앞에 뻣뻣하게 누워 있었다. 그는 말없이 한평생 열중해온 사업과 고별하고 있었다. 유감스러운 것은 사업을 끝맺지도 못하고 첩보도 듣지 못하고 죽은 것이다. 그는 그의 옥배와 같이 훼멸되었다. 그의 거친 두 손은 아직 세상에 빛을 보이지 못하고 훼손된 배를 꼭 잡고 있었고 피 맺힌 그 두 눈을 부릅뜨고 입은 크게 벌리고 있었다.

그는 마치 이렇게 외치고 있는 것 같았다.

알라여! 저에게 시간을 좀더 주소서!

달빛 아래 고요하던 뜰안은 어수선해지기 시작했다.

4
고요한 연원의 밤

초가을 서늘한 바람은 여름 더위를 쓸어버렸다. 서채 앞의 해당화도 붉게 물들었다.

전국 대학입학고시는 이미 한 달 전에 끝났다. 치열한 경쟁이 이제 지나가 버렸다. 그래도 신월은 시험장에서의 누에가 뽕잎을 먹는 것 같던 사륵사륵 글쓰는 소리가 지금도 귓가에 들려오는 것 같다. 자연재해와 인간재해로 인한 식량난은 학생들의 식욕을 자극시킴과 동시에 지적 욕구와 질투심도 자극하였다. 먹지 못해 여위어 두 눈이 더 커 보이고 귀여워 보이는 학생들은 미래를 위하여 결사적으로 달려들었다. 남보다 뛰어나 다른 사람을 물리쳐야만 자기가 이기는 것이다. 그 장엄한 시각에 개개인은 평등하고 솔직했다. 운명의 선택 앞에서 어떠한 위장이나 허식과 요행을 바라는 심리는 아무런 의미도 없었다. 자기로 하여금 진정시킬 수 있는 것은 오로지 실력뿐이었다.

처음에는 신월도 긴장감에 떨었고 또 말할 수 없는 두려움을 느꼈다. 시험지가 앞에 펼쳐지자마자 그녀는 빠른 속도로 쭉 훑어보았다.

그제야 마구 뛰던 심장도 정상적으로 박동하기 시작했다. 그녀는 오빠의 말이 생각났다.

「너는 거기가 시험장이라 생각 말고 평소 하던 대로 학교의 숙제를 하듯이 하면 돼. 반에서 제일 잘하는 학생은 나가서도 제일이야. 모두 목 위에 머리 하나만 달고 있어. 어디 더 대단한 사람 있는 줄 아니? 겁낼 것 없어.」

오빠는 대학시험을 쳐보지 않았지만 그의 말에는 일리가 있었다. 신월의 마음은 차차 가라앉았다. 자기가 세워놓은 목표를 향하여 걸어나가면 될 것이다. 지금은 그 누구도 자기를 도울 수 없고 또 도움도 필요없다. 자신의 힘으로 평가 받고 선택을 해야 한다. 자신은 반드시 인생의 이 고비를 승리로 넘어야 한다. 왜냐하면 제2지원이 없고 퇴로가 없기 때문이다. 그녀는 주위의 모든 것을 잊고 눈앞의 시험지만 생각했다. 그녀는 자기가 마치 나무가 빽빽히 들어선 수림 속에 들어선 것 같았다. 검푸른 색깔이 하늘까지 덮었는데 창망한 수림은 그 끝이 보이지 않았다. 거기에는 새소리도 들리지 않았고 인적도 없었다. 오로지 고요한 달빛 아래 비춰진 오솔길이 보였는데 그녀는 이슬이 내린 풀을 밟으며 걸어가고 있었다.

그녀는 끝내 이겼다. 우편배달부가 높이 소리쳤다.

「한신월의 편지요!」

북경대학의 입학통지서가 왔다. 아버지가 먼저 뜯어보았다. 편지의 공식문 서식 몇 마디 글귀를 읽으며 아버지는 너무도 감격하여 입술을 떨고 있었다. 그때 옆에서 귀를 기울이고 듣던 고모도 앞치마로 눈가를 찍으면서 말했다.

「알라여! 알라께 의지하고 알라의 존재를 깨닫고 있습니다.」

오빠는 통지서를 받아서 자세히 보고 또 보더니 정중하게 신월에게 주면서 말했다.

「너 이젠 됐어!」

엄마는 아무런 내색도 없이 '음' 하고는 더 말이 없었다. 그 소리를 들은 사람은 갈피를 잡을 수 없었다. 딸이 이제부터 자기의 단속을 받지 못하게 되어 유감스러운 건지 아니면 딸이 멀리 떠난다고 아쉬워하는 건지 모를 일이었다.

여름방학 동안 신월은 떠날 준비를 하였다. 고모는 이부자리를 뜯어 빨아주었고 추동복도 다시 고쳐주었다. 신월은 동안시장에 가서 새로 침대보 하나와 베갯잇과 새 구두를 샀다. 그건 오빠가 사주는 것으로 그녀는 오빠의 호의를 저버릴 수 없었다. 엄마는 그녀에게 15원을 주었는데 그것은 개학 후 첫달의 식비와 용돈이었다. 아버지도 또 그만한 돈을 그녀에게 주면서 부탁했다.

「이건 엄마한테는 말하지 말아라.」

그 표정은 마치 아무 일도 없는 듯이 보이려고 애쓰고 있었으나 엄숙하고 신비스러워 그가 마치 엄마 몰래 나쁜 일을 하는 듯한 감을 주었다. 신월은 정말 의아스러웠다. 부모 자식간에 무엇 때문에 이렇게 되었는가? 그녀는 아버지의 돈을 받지 않으려 했으나 아버지의 자애롭고 수심에 잠긴 두 눈을 바라보고는 차마 아무 말도 할 수 없었다. 아버지는 약간 낡은 갈색 가죽 트렁크를 그녀에게 주었다. 신월은 그 트렁크를 받으면서 마치 유산을 받는 듯한 기분이 들었다. 그녀는 마음속으로 말했다. 아빠, 아빠는 저를 인생의 길로 들어서게 했으니 이것이면 족해요. 그 외에 또 무엇을 아빠한테 바라겠어요.

그녀는 자신의 옷과 책, 필기도구 등을 가죽 트렁크에 넣었다. 덮개를 덮었다간 열어보고, 열어보고는 또 닫고 하면서 혹시 빠뜨린 물건은 없는지 걱정하였다.

「너는 이 방의 것을 다 가져가지 못해 애쓰는구나.」

한씨 부인은 하릴없이 딸의 짐정리하는 것을 구경하고 있었다.

「그래, 마치 아주 먼 길을 떠날 것처럼.」

고모도 옆에서 옷가지를 챙겨주면서 말했다.

「거기에 가면 춥든 덥든 네 몸은 네 스스로 돌보아야 해. 집에서는 늘 하던 일도 밖에 나가면 힘드니 차근차근 다 준비해 가야 해.」

「그것도 가지고 가려고?」

한씨 부인은 신월이 책상 위에 놓인 자그마한 사진틀을 트렁크에 넣는 것을 보고 물었다.

「집 생각이 날까봐 그러겠지. 당신 모녀의 사진을 그래서 가져가는 걸 거야. 엄마를 여태껏 떠나보지 않아서 그래.」

고모는 신월을 대신해서 말해 주었다. 고모의 설명은 너무도 불필요한 것이었다. 도리대로 하자면 엄마가 딸의 심정을 더 잘 이해해야 할 텐데.

사실 신월의 생각도 복잡하였다. 사진 속에서의 엄마는 그렇게 자애롭고 유순하며 자기와 친근한데, 생활 속에서는 전혀 종잡을 수 없다. 신월은 실제 엄마의 모습이 영원히 사진 속과 같기를 바랐다. 그래서 사진을 항상 가까이 지니고 있는 것이 좋았다. 그런데 엄마는 그녀가 사진을 가져가는 것조차 못마땅해 하는 것이 분명하다.

「그럼…… 엄마가 두세요.」

신월이는 잠시 주저하다가 사진틀을 트렁크에서 꺼내놓으며 엄마를 돌아보았다.

「싫다! 난 그까짓 것 둘 데도 없어!」

엄마는 버럭 소리지르며 홱 돌아서더니 딸의 침실에서 나가고 있었다. 그리고 서채 방문가에 가서는 한숨을 쉬고 말했다.

「이제 이 나이에 거울 보기조차 싫어졌어. 언제 젊었을 때의 사진 보겠니?」

혼잣말 같기도 하고 신월이한테 설명하는 것 같기도 하였다.

설명! 생활 중에 이렇게 많은 설명이 필요한가? 모녀간에도 설명을 해야 하는가? 그런데 엄마와 그녀는 늘 서로 설명이 필요했다. 진솔하게 말을 나누어본 적은 손으로 꼽을 정도다. 항상 서로 조심하며 지내야 했고 상대방이 오해할까봐 두려워했다. 그 결과 서로간의 보이지 않는 벽만 더 두꺼워지게 하였다. 그녀는 엄마의 성격을 잘 알았다. 그러나 엄마의 생각은 몰랐다. 엄마의 태도는 늘상 많은 일에서 기복이 많았다. 아무런 숨김도 없이 무의식 중에 나타낸 감정과 냉정해진 후에 하는 설명은 너무도 달랐다. 한 사람이 어쩌면 저렇게 다를까 하는 생각이 들기도 한다. 도대체 엄마가 진정 생각하는 것은 무엇인지 알 수가 없었다. 그녀가 북경대학에 시험을 치는 것을 엄마도 동의했었다. 그런데 이제 합격하고 나니 오히려 좋아하지 않는다. 막연해 하고 이젠 별수가 없다는 듯한 태도가 숨김없이 드러난다. 신월은 어리둥절하고 불안해졌다. 엄마는 그녀가 이해할 수 없을 정도로 변했고 이제 그녀와 친하지도 않다.

엄마의 멀어져가는 걸음소리를 들으며 손에 사진을 들고 있던 신월은 어떻게 해야 좋을지 몰랐다. 할 수 없이 사진틀을 원래의 자리에 놓았다. 원래대로 두자. 그녀와 엄마의 감정은 모르는 사이에 또 멀어졌다. 신월은 집에 대해서 별로 아쉬운 것이 없었다. 그녀는 떠나가려 한다. 이 비좁은 천지와 무거운 공기를 빠져나가 새로운 생활을 시작하려고 한다. 북경대학 서방언어문학과에서 그녀를 기다리고 있었다. 그녀는 여름방학이 어서 지나 하루라도 빨리 새 학교에 들어가기를 고대하였다. 마치 곧 둥우리를 떠나려는 어린 제비가 하늘로 날아오르려고 발돋움하는 것처럼.

그날은 마침내 왔다. 그녀는 떠나야 한다.

신월은 서채에다 짐을 다 꾸려놓았다. 여행용 큰 가방 하나, 가죽 트렁크 하나, 세숫대야와 세면도구를 담은 그물 망태 하나였다. 그녀는 성대 앞에 서서 자신을 비추어보았다. 위에는 흰 산동주 블라우스에다 아래에는 푸른색 멜빵 바지를 입었다. 바지 허리는 잘룩하고 멜빵은 길었다. 블라우스를 바지 속에 넣어 입어서 키가 더 커보였고 발랄해 보였다. 발에는 반짝거리는 새 구두를 신었다. 그녀는 거울에 비친 자신의 얼굴을 들여다보았다. 맑고 흰 얼굴은 흥분되어 약간 홍조를 띠고 있었다. 이젠 더 지체할 것이 없었다. 그녀는 떠나야 했다.

고모는 눈물을 닦고 있었다. 마치 신월이 멀리 외국에라도 가서 다시 돌아오지 않을 것같이 슬퍼하였다.

「고모, 왜 우세요? 전 토요일이면 돌아와서 고모를 뵈러 올 건데요. 며칠이라는 시간은 눈 깜박하는 사이에 지나가요. 저를 기다려주세요, 네?」

신월의 마음도 무거워졌다. 이 집에 대해서 그래도 서운한 감정이 있긴 있는 것이다. 특히 고모가 그랬다. 고모는 그녀를 보내려고 성의껏 도와주었지만 그녀와의 이별을 아쉬워했다. 그녀가 가면 고모는 쓸쓸할 거다.

「그래, 그래…….」

고모는 억지로 웃어보였다.

오빠는 말없이 나오더니 짐을 뜰안으로 들어다 자전거 뒷자리에 묶었다.

원래는 그녀의 중학교 동창인 단짝 진숙언이 와서 그녀를 배웅하기로 약속했지만 그녀는 친구를 기다리지 않기로 했다. 진숙언은 경공업 대학에 지망했었다. 둘은 만약 한 사람만 합격되더라도 합격되지 못한 사람이 합격된 사람을 배웅하기로 서로 약속하였다. 그런데 진숙언은 낙방한 것이다. 신월이 숙언이를 방문했을 때 그녀는 울면서 말했다.

「신월아, 난 운이 나쁘다. 그렇지만 너 때문에 기뻐 정말이야. 내가 꼭 너를 배웅할 거야. 9월 1일이지, 집에서 기다려 줘.」

그러나 신월은 그렇게 하기가 마음이 아팠다. 운명은 젊은이들을 서로 경쟁하게 한다. 그것도 너무 잔혹한데 어찌 실패자보고 승리자를 전송하라고 하겠는가? 친구의 상처에 소금을 뿌리는 게 아닌가?

'숙언아, 날 욕하지 마.'

그녀는 속으로 말했다.

'우리는 지망한 학교도 다르고 또 같은 전공도 아니어서 내가 너의 자리를 빼앗은 것은 아니지만 너는 나와 같은 행운을 누리지 못하게 되었으니 내가 어찌 너의 마음을 자극하겠니.'

그녀는 집 떠나는 날을 하루 앞당겼다.

'숙언아, 이해하여 줘.'

「떠나자꾸나.」

오빠는 짐을 다 꾸리고 나서 그녀를 기다리고 있었다.

신월이 서채를 나오자 뜰안에는 햇볕이 쫙 퍼져 있었다. 해당화가 바람에 살랑살랑 흔들리고 있었다.

「난 시름 놓았다. 신월아, 스스로 잘 알아 해라.」

아침에 출근하면서 아버지가 신월이에게 말씀하셨다. 그런데 엄마는 아직 얼굴도 내밀지 않고 있다.

「엄마, 저 가겠어요!」

신월이 남채 처마 밑에 가서 안에 대고 말했다.

「그래, 가라, 어느 때건 떠나야 하니까.」

엄마의 목소리가 안에서 들려왔다. 마치 딸을 시집 보내나 그리 내키지 않으니 할 수 없다는 것같이 들렸다.

신월이의 얼굴에는 그늘이 깔렸다. 그녀는 잠깐 말없이 서서 엄마를 기다리다가 돌아서서 오빠를 따라 밖으로 나갔다.

고모는 골목 끝까지 따라 나와서 오누이가 큰 길로 들어설 때까지 그 자리에 서서 바라보고 있었다.

오누이는 19선 버스역까지 걸어갔다. 오빠는 동생을 버스에 태우고서야 자전거에 올라탔다.

그는 신월이에게 말했다.

「19선 타고 끝까지 가서 동물원역에서 내려라. 그리고 다시 32선을 타고 북대 남문 앞에서 내리면 된다. 내가 다 알아보았다. 남문에서 신입생 등록을 한단다. 거기 가서 내가 너를 기다릴게.」

「오빠, 내가 먼저 갈지도 몰라요.」

「아니야, 내가 버스보다 더 빠를 거야.」

「왜?」

「자전거는 역에 설 필요가 없으니까.」

그 말은 사실이었다. 버스와 오빠의 자전거가 경주를 하였는데 역을 몇 개 지나니 오빠는 그림자도 보이지 않았다.

차창 앞에 서니 서늘한 바람이 솔솔 불어왔다. 길가의 가로수들이 뒤로 물러나고 있었다. 신월의 마음은 새처럼 날고 있었다. 아, 맑고 깨끗한 9월의 하늘이여!

「북대 남문입니다. 북경대학에 가실 분들은 내려주십시오.」

차장이 역이름을 말하고 있었다. 그 말은 마치 신월에게만 말해주는 것처럼 들렸다. 신월이는 벌써부터 자리를 떠나 문 옆에 서서 기다렸다가 역에 닿기 바쁘게 재빨리 뛰어내렸다. 오빠는 벌써 길 옆에 서서 그녀에게 손을 흔들어 보였다.

북경대학이란 글을 새긴 큰 차가 그들 옆을 지나서 갔다. 북경역에 가서 신입생들을 실어오는 학교 차였다. 외지에서 북경에 온 신입생들은 창가에 모여 목을 빼고 밖을 내다보고 있었다. 그들도 빨리 전국의 최고학부를 구경하고 싶어했다.

천성이는 자전거를 밀고서 동생과 함께 그 차 뒤를 따라갔다. 북경

대학의 남문이 길 옆에 나타났다. 북경 시내 안의 신입생들은 모두 그리로 찾아왔다. 그들은 무거운 짐을 들고 흥분에 들뜬 웃음을 지으며 서로 인사를 하고 있었다. 어떤 사람들은 그들의 짐을 들어주기도 했다. 그래서 누가 신입생을 데리고 온 식구들인지 누가 신입생을 영접하는 사람들인지 분간할 수 없었다.

천성이는 자전거를 정문 앞에 세우고 짐을 내려놓았다. 내리자마자 신입생을 영접하는 사람들이 짐을 옮겨주었다. 신월은 아직 학교 생활을 하지 않았지만 벌써 집처럼 친절한 따스함을 느낄 수 있었다.

「그럼…… 난 돌아갈 테다.」

천성이는 차를 붙잡고 신월에게 말했다.

「오빠, 함께 들어가요. 이건 우리 학교인데.」

신월이 기뻐하면서 오빠를 끌었다. 그녀는 자신도 모르는 사이에 우리란 말을 썼다. 마치 학교가 오래 전부터 그녀의 것인 듯하였다.

「아니야, 난 가야 해!」

천성이는 목을 꼿꼿이 들고 자전거를 돌려 세웠다. 그러고는 총총히 가버렸다. 신입생을 영접하는 사람들에게 인사도 하지 않고 갔다.

신월은 쑥스러웠다. 그러나 그녀는 금방 오빠를 이해할 수 있었다. 오빠가 대학에 갈 수 없었고, 앞으로도 다시 대학에 갈 일은 없을 것이며, 동생을 대학교에 보내는 것은 그에게 커다란 자극이었기에 오빠가 대학문에 들어서려 하지 않았음을 알았다. 오빠를 여기까지 오게 한 자신이 부끄러웠다. 그런데 부모님은 무엇 때문에 오빠에게 대학공부를 시키지 않았을까. 오빠는 공부를 잘할 수 있었을 텐데.

북경대학은 자애로운 어머니처럼 두 팔을 벌리고 새로운 아들딸들을 영접하였다. 등록처에는 커다란 플래카드를 걸어놓았다.

「신입생들을 환영합니다!」

기다란 책상 앞은 등록하려는 신입생들로 북적거렸다.

「학생, 등록하시오, 어느 과입니까?」

「서방언어문학과의 영어전업입니다.」

신월은 열심히 대답하였다. 새로운 사람들에게 행여 실수라도 할까 하여 몹시 조심하는 것이다.

「오? 그럼 우리 반이구먼.」

그녀가 머리를 숙여 등록하고 있을 때 뒤에서 이렇게 영어로 말하는 사람이 있었다.

그녀는 호기심이 생겨 뒤를 돌아다보았다. 그렇게 말을 한 사람은 키 큰 청년이었다. 그 사람은 그녀가 본 첫 동창임에 틀림없었다. 그녀도 영어로 물었다.

「그럼 거기도 영어전업이에요?」

「그렇지요.」

그는 대답하면서 신월의 짐을 들어주었다.

「자, 내가 들어줄 테니. 우리 반 여학생 숙소는 27재에 있지요.」

「고맙습니다.」

신월은 말하면서 가죽 트렁크를 들고, 여행용 가방과 그물 망태를 든 청년을 따라서 걸어갔다. 그녀는 속으로 그 청년의 도움에 감사했으나 아직도 서먹서먹한 감정을 느꼈다.

그들은 등록처에서 줄곧 동쪽으로 걸어갔다. 그 청년은 가는 동안 그녀에게 영어로 이것저것 물었다.

「참 이름은 무엇이지요?」

「나는 한신월입니다.」

그녀도 영어로 대답했다.

「오, 한신월…….」

「거기는요?」

「나요? 나는 성이 초씨(楚氏)이고 이름은 안조(雁潮)라 하지요.」

그가 자신을 소개하는 것이 좀 부자연스러웠기 때문에 신월은 좀 이상한 생각이 들었다. 그녀는 얼굴을 돌려서 초안조를 보았다. 그는 아주 소박한 청년이었다. 회색 카키복 바지와 흰 셔츠를 입었는데 얼굴에는 안경을 쓰고 점잖아 보였다. 신월은 저 청년이 자기 이름을 말하면서 왜 저렇게 부끄러워하는지 알 수 없었다. 그도 금방 내 이름을 묻고서는 말이다.

초안조는 금방 있었던 실수를 감추려는 듯이 화제를 바꾸었다.

「우리 반 학생들은 이제 거지반 다 왔는데…….」

「그래요?」

신월이는 자기가 늦었음을 민망해 하였다.

「우리 반은 모두 몇 명이나 되나요?」

「열여섯이지요.」

「여학생은?」

「넷이에요.」

「거기는 어디에서 시험을 쳤어요?」

신월이 물었다.

초안조는 약간 주저하더니 말했다.

「나는 집이 상해에 있어요.」

그들은 숙소로 정해진 건물에 들어서서 계단을 올라갔다.

「한신월.」

초안조는 한어로 말하기 시작하였다.

「영어를 참 잘하시는군요.」

「그래요?」

신월이는 얼굴을 붉혔다. 그녀는 비록 영어회화에 자신이 있었으나 남이 칭찬해 주자 쑥스러워졌다. 그녀가 금방 영어로 초안조와 대화한 것은 자신의 실력을 자랑하고 싶어서가 아니었다. 그녀는 바삐 설명하였다.

「영어전업의 학생들은 학교에서 반드시 영어로 말해야 한다는 말을 들었거든요. 그리고 영어로 물으니 나도 영어로…….」

「나는 습관이 되어 그런 건데.」

초안조는 수줍게 웃으면서 말을 이었다.

「사실 학교에 그런 규정은 없지요.」

신월이는 너무 부끄러워졌다. 머리를 숙이고서 말했다.

「나도 습관적으로…….」

「귀국화교인가요?」

「아니예요. 내가 화교 같은가요?」

「어감이 어쩐지 국외에서 자란 것 같아서…….」

「그래요? 그렇지는 않은데.」

신월이는 그렇게 말하면서 저도 모르게 되물었다.

「거기도 어감이 좋은데요, 외국에서 배웠어요?」

「아니, 모두 이 학교에서 배웠는데요.」

신월이는 그 말을 듣고 깜짝 놀랐다. 그럼…….

「어, 다 왔군요.」

초안조는 짐을 내려놓고 노크를 하였다. 안에서 아무 기척이 없자 문을 밀었다.

「모두 나간 모양이군요. 들어갑시다.」

신월이는 그를 따라 숙소로 들어가서 짐을 바닥에 내려놓았다. 그런데 그가 한 말이 아직도 미심쩍어 물었다.

「이 학교에서 배웠다구요? 우리 반 학생이라면서.」

초안조는 난처해 하면서 얼굴을 붉혔다.

「나는 이 반의 주임인데…….」

아! 신월이는 너무도 부끄러워서 어쩔 줄을 몰랐다. 그녀는 초안조를 새 동창으로 알았다. 그가 선생님일 줄이야. 그녀는 북경대학의 선생님들은 모두 머리가 허연 노교수들이겠지 하고 생각했기 때문에 이와 같은 일이 생긴 것이다.

「초 선생님, 죄송해요.」

그녀는 머리를 숙였다. 얼굴도 빨갛게 달아올랐다.

「저는 몰랐습니다…… 저는 학생인 줄 알고.」

그녀가 이렇게 난처해 하자 젊은 주임이 오히려 어쩔 줄 몰라 했다. 왜냐하면 오해는 그가 만든 것이기 때문이었다. 그는 젊어서 학생으로 보이기가 십상이다. 남들이 학생으로 보면 또 밝히기도 어색하였다. 결과는…… 여기까지 생각이 미치자 그는 여학생에게 미안하였다. 학교에 들어오자마자 이런 궁지에 몰리게 했으니 말이다.

「한신월 학생, 괜찮아요.」

그는 쑥스러워하면서 설명하였다.

「사실 나도 졸업한 지 일년밖에 안 되는 학생입니다. 나도 선생님이라 불리는 게 어색한 걸요. 우리 반의 학생들이 나를 친구나 동창으로 여겼으면 좋겠는데요.」

신월은 무엇이라 말해야 할지 몰라서 감히 선생님을 쳐다보지도 못하고 머리를 숙이고 자기 짐만 만지작거렸다. 초안조는 난처한 분위기를 바꾸려고 신월의 짐을 들면서 말했다.

「자, 짐이나 정돈합시다.」

「선생님, 가서 일 보세요. 저 혼자 할 수 있어요.」

「그래요, 그럼. 먼저 자리를 정돈하고 좀 있다 회식과에 가서 식권을 바꾸시오. 그렇지 않으면 먼저…….」

초안조는 호주머니를 뒤졌다.

「아니예요, 선생님. 제가 바꾸겠어요. 조금 있다 여학생들이 오면 알려줄 겁니다.」

「그럽시다. 좀 쉬다가 오후에 반모임이 있을 텐데 정효경 학생이 알려줄 겁니다. 그럼 난 가겠습니다.」

초안조는 말을 마치고 총총히 가버렸다.

「고맙습니다, 선생님.」

신월은 그가 나간 후 문을 닫았다. 그제서야 그녀는 편안히 숨을 쉴 수 있을 것 같았다. 조금 전 선생님이 여기 있을 때는 호흡도 제대로 쉴 수가 없었다.

이제 방안에는 혼자였다. 긴장이 다소 풀렸다. 그녀는 짐을 정돈하려고 방안을 살펴보다가 침대나 먼저 정해야겠다고 생각했다.

여기서 그녀는 오 년간 쭉 살아야 한다. 그러니 집이나 마찬가지였다. 방은 크지 않았으나 방 가운데 사면에 서랍이 달린 네모난 책상이 놓여 있었다. 양옆으로는 침대 두 개가 놓여 있었는데 이층 침대로 네 사람이 함께 사용하게 되어 있었다. 그녀는 침대를 살펴보았다. 왼쪽 위에는 옅은 자주꽃이 새겨진 침대보가 깔려 있고, 비단 이불과 연두색 타월 담요가 잘 포개져 있었으며 침대머리에는 수놓은 베개가 놓여 있었다. 그 아랫자리에는 천도 씌우지 않은 망태기로 씌운 솜이 깔려져 있고 침대보도 없이 솜 위에 참대로 짠 돗자리가 깔려 있었다. 이불천도 돗자리처럼 꺼칠했는데 이상한 무늬가 찍혀 있었다. 베개도 참대로 엮은 것이었다. 오른쪽 위침대에는 아직 풀지도 않은 짐이 놓여 있는데 군용담요 감은 것이었다. 그 아랫자리는 비어 있었다. 선택할 여지도 없이 그것이 그녀의 자리가 된 것이다.

그녀는 여행용 가방을 빈 침대에 놓고 그 안에서 이부자리와 침대보를 꺼내서 짐을 정돈하려다가 그만두었다. 이 자리는 창문과 딱 맞닿아 있고 또 책상 옆이라 누구든 여기에 앉아 책을 보고 음식을 먹고 한가롭게 이야기를 하고 또 트럼프를 칠 것이다……. 그녀는 조용한 곳을 찾고 싶었다. 그런데 두 개밖에 없는 이층 자리는, 하나는 이미 사람이 들었고 다른 하나도 이미 짐이 놓여 있으니…….

그녀는 자신이 일찍 오지 않은 것을 몹시 후회하였다. 이 사소하고 별로 유쾌하지 않은 일은 열일곱 살 소녀에게 유감을 느끼게 하였다. 별안간 그녀는 아직 사람이 없을 때 자기의 운명을 바꾸고 싶은 충동을 느꼈다. 그래, 맞아. 위침대의 짐은 아직 풀지도 않았지. 그 짐의 주인도 그저 되는 대로 놓았을지 모르지. 그녀는 아래층을 더 좋아할지도 몰라. 자신의 생각이 그럴싸하다고 생각한 신월은 아래침대를 디디고 서서 윗자리의 무거운 짐을 내려놓았다. 그러고는 자기의 짐을 힘들게 위로 올려놓았다. 그녀는 신을 벗고 올라가서 여행 주머니에 넣어온 자그마한 구들비로 침대 위의 먼지를 쓸고서 자리를 폈다. 일할 때 그녀는 숨이 가빴고 가슴이 탕탕 뛰었다. 끝내고 나니 그곳이 확실히 자기 자리인 것처럼 느껴졌다. 그녀는 베개에 누워보았다. 참 좋았다. 온 방안이 모두 자기의 시선 안에 들어 있어 누구와 말하고 싶어도 다할 수 있었고, 말하기 싫으면 누구도 그녀를 방해할 수 없는 위치였다.

'딱 맘에 드는구나.'

그녀는 좋아서 혼잣말로 중얼거렸다.

복도에서 노랫소리가 들려왔다. 여학생들의 목소리였다.

「수림을 지나 바다를 건너서 우리는 사방에서 모여왔네. 천만의 젊은이들이 한자리에 모여서 손에 손잡고 노래하고 춤추네. 모두들 우정을 노래하네…….」

가벼운 발걸음소리가 났다. 이쪽으로 걸어오는 것 같았다. 신월이 얼른 일어나 앉으니 문이 열리며 세 여학생들이 바람처럼 들어왔다. 침대 위에 앉아서 그들을 내려다보는 신월이를 보고 세 사람은 모두 놀랐다.

「어머나, 이거 잘못 들어온 거 아니야?」

그 중 짧은 머리태를 땋은 여학생이 놀라 외치며 뒤로 물러섰다.

「아니야, 틀림없어.」

그녀 앞에 섰던 낡은 군복을 입은 여학생은 숙소 문의 번호를 확인하면서 신월이를 보고 물었다.

「너는 새로 왔지?」

신월이는 재빨리 침대에서 내려오면서 말했다.

「조금 전에 왔어. 한신월이라 해.」

「환영한다. 나는 정효경(鄭曉京)이라 불러.」

군복을 입은 여자애는 정확한 북경어를 구사했다. 그녀의 몸집은 작고 말랐으며 얼굴색도 창백해서 그녀가 입은 남자 군복과 그리고 시원한 어투와는 어울리지 않았다.

「난 나수죽(羅秀竹)이라 부르는데 호북성 의창지구에서 왔어.」

짧은 머리태를 땋은 여자애는 서먹서먹해 하면서 말했다. 그녀는 동그란 얼굴이었는데 눈매가 예쁘게 생기고 얼굴도 발그스레한 것이 귀여웠다. 옷은 모두 집에서 짠 무명으로 지은 것이라 너무도 크고 넓어서 몸매도 나타나지 않았다.

「너까지 왔으니 우리 반 여학생들은 다 온 셈이야. 모두 네 명이니까.」

정효경은 말하면서 신월을 끌어당겨 함께 침대가에 앉았다.

신월은 마지막에 들어온 여학생을 보았다. 자그마한 몸집에 예쁜 얼굴이었는데 검정색 치마와 연한 자주색 블라우스를 입었고 머리는 곱실곱실하게 웨이브를 만들었다. 그녀는 재빨리 신월에게 머리를 약간 끄덕여 보이고는 말이 없었다. 신월은 이 학생이 맞은편 위침대의 주인임을 알아챘다. 그녀의 옷맵시에서 느껴지는 분위기가 그녀의 물건과 일치했기 때문이었다. 아니나다를까 그녀는 들어오자마자 자기 자리로 올라갔다. 마치 다른 사람 침대에 앉아서 이야기 나누는 것이 싫은 것처럼 보였다. 그녀는 신월이 자기를 쳐다보는 것을 보고 웃으면서 말했다.

「나는 사추사(謝秋思)라 하는데 상해에서 왔어.」

그녀가 하는 표준어에는 상해 억양이 있었다.

신월은 정효경을 바라보면서 말했다.

「그럼 우리 둘이 한 고향이구나.」

「그래. 우리는 모두 하나의 혁명목표를 위하여 사방에서 왔지.」

정효경은 말하면서 두 손을 벌려 모든 것을 끌어안을 자세를 취하였다. 마치 자신이 큰 정치가나 된 듯이 말이다.

「혁명대오 안의 모든 사람들은 서로 관심을 갖고 서로 사랑하고 서로 도와주어야 하지.」

신월이는 정효경의 조직 재능을 금방 알아보았다. 정효경은 타고난 학생수령인 것 같았다. 미래의 반장은 그녀임이 분명하다.

「자, 신월아. 내가 너의 자리를 마련해줄게.」

정효경은 과연 학생수령처럼 행동했다. 그녀가 이렇게 말하면서 돌아섰을 때는 멍해질 수밖에 없었다.

「응? 누가 내 물건을 내려놨어?」

신월은 깜짝 놀라 얼굴을 붉히며 말했다.

「내가…….」

정효경은 머리를 들어 위침대를 바라보았다. 거기에는 이미 주인이 바뀌어져 있었다. 조금 전에 신월이 거기 누워 있었는데 그녀는 눈여겨보지 않았던 모양이다. 그녀는 손가락으로 신월이를 가리키면서 말했다.

「어이구, 늦게 와서 남의 자리를 빼앗았구나!」

신월은 미안한 듯이 말했다.

「난…… 난 윗자리가 재미있어 보여서…….」

그녀는 우물쭈물 설명하면서도 자기가 아래침대에 있기 싫은 진짜 이유를 말하지 않았다. 다시 물려야 할 것 같았다.

「네가 싫으면 다시 옮길게. 나는 그 짐이 누구 건지 몰랐어…….」

새로 사귄 동창끼리 침대 때문에 난처하게 된 것 같자 마음이 약해 보이는 나수죽은 얼굴은 붉히면서 말했다.

「치우지 말아. 그럼 나하고 바꿀까? 나도 아래침대인데…….」

상해 여자애 사추사는 모르는 척 구경만 하였다.

「됐어.」

정효경은 하하! 웃으면서 신월에게 말했다.

「내가 금방 장난을 하였어. 진짜인 줄 알았니? 나는 여기도 기차 안의 침대칸처럼 모두들 아래침대를 좋아할 거라 생각하고 일부러 늦게 온 친구에게 양보한 거야. 그런데 너는 내 성의를 받아주지 않으니 이젠 내가 차지하여야겠어.」

그녀는 그렇게 자신만만하고도 자연스럽게 말했다. 남을 도와주고 양보하는 것도 하나의 향수인 듯하였다. 그녀는 마치 큰언니와 같았다. 신월은 생김새가 수수한 이 친구가 마음에 들었다.

정효경은 자기의 침대를 정돈하기 시작하였다. 그녀의 이부자리와 침대보는 모두 청일색으로 군용이었다. 신월이는 정효경의 부모가 군인임을 추측할 수 있었다. 정효경은 자리를 펴면서 말했다.

「사실 말이야, 나의 짐을 여기다 버린 지는 며칠되었지만 저녁마다 집에 가서 잤거든, 우리 집은 여기서 가까우니까.」

그녀는 집이 어디인지는 말하지 않았다.

똑, 똑, 똑!

그때 노크 소리가 들렸다.

「누구세요? 들어오세요.」

정효경이 말했지만 문 밖의 사람은 대답도 없고 들어오지도 않았다. 노크 소리가 멈추더니 상해말을 하는 남자의 목소리가 들려왔다.

「사추사, 안에 있지? 우리 함께 나가 노는 게 어때?」

「좋아, 기다려.」

할 말이 없어 답답해 하던 사추사는 흥겹게 대답하고 침대에서 내려와 밖으로 나가려 하였다.

「잠깐 기다려!」

정효경이 사추사를 불러 말했다.

「사추사, 나가 노는 것은 괜찮아. 그런데 오후에 있을 반모임에는 시간을 어기지 말아야 해.」

사추사는 손목시계를 들여다보며 말했다.

「아직 이른데 뭘. 시간 되면 함께 갈게.」

사추사는 말을 끝내자 문을 열고 나가 버렸다. 밖에서 기다리던 상해 남학생이 언뜻 보이더니 문이 닫혔다.

「우리도 학교 캠퍼스를 돌아볼까? 나는 어제 저녁에 왔는데 아직도 학교가 어떻게 생겼는지 몰라.」

나수죽이 조심스레 제안하였다.

「그거 참 좋은 생각이다!」

신월은 일어나면서 정효경에게 물었다.

「갈까?」

「너희들이나 가려무나. 조금 있다 나는 초 선생님하고 오후의 반모임을 준비하겠어. 잊지 말아야 해. 세시에 모여야 해. 32재의 2호 방이야. 그곳이 우리 반 남학생 숙소야.」

정효경이 말했다.

과연 그녀는 학생 수령이었다. 이런 사람들은 회의를 여는 흥취가 다른 것보다 더 크니까 늘상 바쁜 거야. 신월 그렇게 생각하면서 나수죽과 함께 방을 나왔다.

그들은 계단을 내려와 밖으로 나왔다. 신월은 그제서야 이름이 퍽이나 옛스럽고 우아한 27재를 바라보았다. 삼층으로 된 ㄷ자형 서양식 건물이었다. 벽은 회색 벽돌이고 지붕은 중국식이었는데 중국식과 서양식을 결합한 건축 양식이 협화병원의 건축과 비슷하였다. 다만 지붕은 유리기와가 아닌 회색기와를 얹었다. 건물 앞의 잔디밭에는 푸른 소나무가 서 있었고 수양버들도 흐느적거렸다. 신월은 장소의 특징을 잘 기억하여 돌아올 때 길을 잃지 않으려고 하였다. 그런데 옆을 둘러보니 같은 격식의 재(齋)들이 한 줄로 서 있어서 구별하기가 힘들었다. 그리고 어느 건물 앞에나 모두 소나무, 버드나무가 있었다. 이 따위 것을 기억해서는 도저히 안 되겠다. 마침 그녀는 재들의 벽마다 번호가 있음을 발견하였다. 그제야 그녀는 나수죽과 함께 건물 앞의 길을 따라 북쪽으로 걸어갔다.

길 옆에는 푸른 나무가 우거지고 꽃나무들에 에워싸인 건물들이 즐비하게 늘어섰는데 대부분 중국식과 서양식이 결합된 건축들이었다. 모두 27재보다 커보이고 우아하였으며 지붕 위에는 작은 짐승들을 묘하게 얹어놓았고 처마 밑에는 채색 단청이 되어 있었다. 여기까지 걸어오니 궁전이나 사원 같은 장엄하고 엄숙한 기분이 드는 동시에 조경풍치림이나 별장에 온 것 같은 맑고 새로운 운치가 느껴졌다.

「우리 학교는 참말 크고 아름답구나!」

나수죽은 감동한 듯이 말을 이었다.

「우리 집이 있는 현성 거리도 이만큼 크지 않고, 성황묘도 이렇게 아름답지 않단 말이야.」

「그래!」

신월이도 감탄하지 않을 수 없었다. 그녀는 북대를 나수죽처럼 고향의 현성이나 성황묘에 비길 수 없었으나 강렬한 인상을 받았다.

「나도 여기가 처음이야. 고궁과 의화원을 빼놓고 이보다 더 아름다운 곳은 없을 거야. 듣건대 여기는 원래 청나라 황실의 조경 풍치림이었대. 원명원(圓明園)과 이어져 있었다나. 영불연합군이 지른 그 불이 여기까지 태우지 않았으니 얼마나 다행이야. 만일 그랬다면 우리에게 이렇게 아름다운 캠퍼스는 없겠지.」

나수죽은 그런 역사적 사실까지는 알지 못했다. 하지만 이 시골처녀는 천하흥망과 인간세상의 변혁에 대해 감개를 금할 수 없었다.

「아이구, 영불연합군! 그런데 우리는 그자들의 언어를 배워야 하다니.」

「언어? 언어에 무슨 죄가 있니?」

신월은 대수롭지 않게 생각하며 물었다.

「너는 영어 배우는 걸 싫어하니?」

「후유!」

나수죽은 한숨을 내쉬었다.

「나는 고중 때 러시아어를 배웠어. 지망도 러시아어전업을 썼는데 말이야 글쎄, 영어전업에 넣어놓았지 않았겠어. 한심해서.」

신월이는 처음으로 그런 말을 들었다.

「그럼 너의 러시아어 성적은 아주 좋았겠네?」

「그럼, 물론이지. 난 자신있어!」

겁이 많던 나수죽은 그 점에서만은 자신이 있어 보였다.

「그럼 전업을 바꾸려고 생각하니?」

「아니, 아니야, 누가 감히?」

나수죽은 또 겁에 질렸다.

「대학에 온 것만도 쉬운 일이 아니야. 어떻게 이것저것 고르겠어. 닭에게 시집가면 닭을 따라야 하고 개한테 시집왔으면 개를 따르라더라.」

신월이는 그녀의 합당하지 않은 비유와 순박한 인내심이 우스웠지만 웃을 수는 없었다. 신월은 나수죽을 위로했다. 괜찮아, 처음부터 배우면 돼. 일학년이니까. 우리는 모두 처음부터 시작하는 거야. 그녀는 자신의 우세를 나타내고 싶지 않았다. 그러나 마음속으로는 합격된 학생들이 모두 우수한 것은 아니구나 하고 생각하였다.

신월의 위로가 효력을 발생했는지 나수죽의 근심도 금세 사라졌고 얼굴에는 웃음이 떠올랐다.

「나한테 힘든 일이 있으면 넌 나를 도와줄 거지? 기말시험을 칠 때는 나도 그런 편지를 쓰지 않겠지.」

「어떤 편진데?」

신월은 무슨 말인지 몰라 물었다.

「넌 그 노래를 모르니?」

나수죽은 재미있다는 듯이 외웠다.

Father mother 안녕하세요?
아들은 학당에서 book을 읽어요.
과목마다 모두 good인데요.
English만은 불합격이에요!

너무도 우스운 노래였다. 표준말에 남방사투리 억양이 섞인 한어에 영어 단어를 넣은 노래를 나수죽은 머리를 흔들면서 외웠는데 유머스럽고 재미있었다. 원래 이 호북계집애는 겁쟁이만은 아니었다. 그녀가 입을 열기만 하면 특이한 언어 풍채가 풍겨 나오는 것이었다.

신월은 참지 못하여 깔깔거리며 웃었다.

「이것 보게. 나를 비웃고 있네.」

나수죽은 부끄러워 얼굴을 붉혔다.

「아니야, 난 너를 보고 웃는 게 아니라 노래가 너무 재미있어 그래.」
신월은 겨우 웃음을 멈추고 말했다.
「사실은 네가 금방 말한 단어의 발음은 모두 좋았어. 너는 꼭 해낼 거야.」
「그럼 얼마나 좋겠어!」
그들은 소나무숲으로 걸어 들어갔다. 기복을 이룬 비탈에는 잔디가 깔렸으며 꼬불꼬불한 흙길이 어디까지 통하고 있는지 알 수 없었다. 그들이 오솔길을 따라 몇 번 돌자 앞이 활짝 트이더니 눈앞에는 물결이 잔잔한 푸른 호수가 나타났다.
양자강가에서 자란 나수죽은 물을 보자 각별히 친근감을 느꼈다.
「아! 우리는 곤명호에 왔구나!」
「아닐 거야.」
신월이는 말했다.
「곤명호는 의화원에 있고 북대에는 미명호가 있다는 말을 들었어.」
「이름이야 뭐든 상관없어. 그런데 미명(未名)이면 이름이 없는 것과 같지 않아?」
나수죽은 좋은지 깡충깡충 뛰어 산비탈을 달려 내려갔다. 그들은 호숫가를 따라 방향도 없이 걸었다.
푸른 물가에 수양버들 가지들이 하늘하늘 춤추고 이름 모를 보탑의 그림자가 호심에 비끼고 있었다. 신월은 아름다운 경치에 도취되었다. 아, 북대, 나의 첫 지망, 나의 집이여!
「저것 좀 봐, 호수 위에 배가 한 척 떠 있네!」
나수죽이 먼 곳을 가리키면서 자신이 발견한 것을 말했다. 그녀는 배에 대하여 특이한 감정이 있었다.
「우리 저기 한번 가 보자. 그 배 옆에는 작은 섬도 있는 것 같은데 섬에서 배에 오를 수 있겠다. 가볼까?」

호숫가의 오솔길은 꼬불꼬불하였다. 작은 섬의 북쪽 호숫가에는 늙은 측백나무 한 그루가 서 있고 그 옆에는 병풍 같은 비석 네 개가 서 있었다. 비석에는 네 구절의 시가 새겨졌는데 바로 그곳의 경치를 묘사한 것이었다.

신월은 비석의 구절을 자세히 보려고 했으나 나수죽은 빨리 배에 오르기를 원했다. 두 사람은 앞으로 걸어가서 비재(備齋)라는 간판이 걸린 건물 앞에서 돌아서서 자그마한 다리를 건넜다. 계단을 밟아 섬에 올라가 보니 섬 위에는 나무들이 에워싼 자그마한 정자가 있었다. 정자 옆으로 돌아가니 호수 위의 배가 눈밑에 보였다. 그런데 이게 웬일인가! 배는 돌로 조각된 것이었다! 그 배를 보니 신월은 의화원의 석방이 생각났다.

나수죽이 나는 듯이 배에 뛰어오르더니 손을 내밀어 신월이를 잡아주었다. 신월이는 습관적으로 조심조심 올라섰다. 사실 그 배는 꿈쩍도 하지 않았다.

「참, 영원히 움직일 수 없는 배인 줄을 몰랐구나!」

신월이 감탄하였다.

「아니야, 우리는 상상으로 배를 움직일 수 있어!」

나수죽은 저도 모르게 정말 배를 타는 것처럼 외쳤다.

「여보시오, 손님네들 잘 있어요. 배가 떠납니다!」

그 호기로운 소리가 신월을 감동시켰다. 그녀는 마치 자신이 흰 파도가 하늘로 치솟는 양자강 위에서 배를 타고 쏜살같이 멀리 치닫는 것처럼 생각되었다.

노느라고 정신이 팔려 해가 서쪽에 기울어진 것도 몰랐다. 작은 섬의 그림자가 배에 드리워졌다. 아름다운 풍경에 도취된 두 사람은 모든 것을 잊고 있었다.

「어머나! 큰일났어.」

나수죽이 별안간 아름다운 꿈속에서 깨어나며 외쳤다.

「세시에 반모임이 있는데 지금 몇 시지?」

신월이도 정효경의 부탁이 생각났다. 세시라 했지. 그런데 지금 몇 신지 누가 알 수 있나? 두 사람은 모두 시계가 없었다.

「빨리 가자!」

그것이 최선의 방법이었다.

두 사람은 부리나케 섬으로 올라 총총히 떠났다.

「남학생 숙소가 어디에 있다고 했지?」

신월은 나수죽에게 물었다.

「어머나 무슨 재, 몇 호라 했지? 다 까먹었어. 이걸 어쩌지?」

나수죽은 어쩔 바를 몰랐다. 그녀는 신월에게 물었다.

「너도 못 들었어?」

「난…… 난 네가 먼저 왔으니 다 아는가 했지.」

일이 너무도 번거롭게 되었다. 길을 잃은 두 어린 양은 서로를 나무랐지만 아무 소용도 없었다. 신월은 할 수 없다는 듯 말했다.

「그럼…… 우리는 먼저 숙소로 돌아가자꾸나. 27재는 기억하고 있어. 여자 숙소에 사람이 있을지도 모르니까. 반모임을 하필이면 남자 숙소에서 하지?」

그런 원망도 소용이 없었다. 그들은 할 수 없이 오던 길을 따라갔다. 먼저 그 시가 쓰인 비석을 찾고 그 다음은 멀리 보이는 탑의 그림자를 향하여 걸어갔다. 아까 그쪽에서 왔기 때문이다. 겨우 탑 가까이까지 가니 올 때 걸어온 오솔길이 보이지 않았다. 두 사람은 호숫가에서 뱅뱅 돌면서 길을 찾고 있었다. 그곳엔 많은 오솔길이 있었는데 모두 다 왔던 길 같기도 하고 자세히 보면 또 그렇지 않은 것도 같았다.

석양은 매정하게 가라앉았다. 서쪽 하늘의 아름다운 노을이 호수에 비치어 하늘과 물이 같은 색으로 변했다. 몇 마리 고기들이 수면에 뛰

비오르며 물방울을 튀겼다. 지금은 아무리 멋진 경치도 구경할 여유가 없었다. 돌아가는 길마저 잃어버렸으니 어쩌면 좋단 말인가! 지나가는 몇 사람에게 27재로 가는 길을 물었더니 어떤 사람은 자기도 새로 와서 모른다고 했고, 어떤 사람은 동쪽으로 가다가 다시 남쪽으로 걷다가 길목까지 가서, 다시 서쪽으로 돌아서서 도서관 동쪽의 T자형 길로 줄곧 남쪽을 향하여 가면 된다고 하였다. 그런데 그렇게 복잡한 것을 어떻게 다 기억한단 말인가? 돌고 또 돌았더니 금방 떠나온 출발점인 미명호마저 찾을 수가 없게 되었다.

「야단났어, 야단났어. 정말 야단났어.」

나수죽은 야단났다는 말을 몇 번이나 되풀이하였다.

「회의에 참가하지 못한 것도 큰일인데 오늘 저녁 잠도 제대로 못 자게 되었어. 아직 밥도 못 먹었잖아!」

신월이도 그제야 여태껏 점심도 못 먹었다는 생각이 들었다. 배에서도 이젠 꼬르륵 소리가 났다. 그런데 지금 급한 것은 밥먹는 것이 아니었다.

두 사람이 기운 없이 헤매고 있을 때 갑자기 「나수죽! 한신월!」 하고 부르는 소리가 들려왔다.

「들어봐. 누군가 우리를 부르고 있는 것 같지?」

나수죽이 기뻐하며 말했다.

신월이 돌아서서 소리나는 쪽을 바라보니 어디선가 본 적이 있는 듯한 그림자가 그들을 향하여 걸어오고 있었다. 키가 훤칠한 청년이 잿빛 긴 바지와 흰 셔츠를 입고 안경을 쓰고…….

「초 선생님!」

신월은 감격하여 불렀다.

연원(燕園)의 밤은 고요하였다. 미명호에서 떠오른 수증기가 안개처럼 호심의 섬과 호숫가의 탑을 에워쌌다. 맑고 깨끗한 달은 수면에 기다란 그림자를 드리우고 있었다.

동쪽 하늘이 어슴푸레 밝아왔다. 27재 여학생 숙소에서 신월은 아직도 꿈속에 있었다. 그녀는 꿈에 호수를 보았고 돌배를 보았으며 자신이 용감히 노를 젓는 꿈도 꾸었다…….

박아댁에 있는 그녀의 엄마는 이미 깨어 있었다.

모든 경건한 모슬렘들처럼 한씨 부인은 해뜨기 전에 알라의 부름을 들었다.

「예배는 자는 것보다 낫다!」

비록 그녀의 집과 이슬람 사원이 상당한 거리에 떨어져 있어 예배전에 성직자가 부르는 그 소리를 듣지는 못하지만 그녀는 습관적으로 '소리'에 놀라 깨었다. 그녀는 매일 다섯 번씩 예배를 드리는데 아침에 드리는 예배가 가장 중요하므로 절대로 거르는 법이 없다.

그녀는 서쪽 서재에서 잠자는 남편이 깨지 않게 조용히 일어나, 침실 동쪽에 있는 수방(水房)으로 가서 깨끗하고 맑은 아침 햇살 속에서 묵묵히 예배 전에 소정(小净)을 한다. 손 씻고 세수하고 양치질하고 코 안을 깨끗이 닦고, 젖은 손으로 머리를 만진 다음 발을 씻고 아랫몸도 씻는다. 이 목욕은 신성한 것이다.

그것은 자신의 죄악을 씻어버리는 것을 상징한다. 사람에게는 죄가 있다. 여러 가지 욕망 때문에 죄를 짓는다. 그러나 알라께서는 죄를 용서해 주신다. 이슬람교의 선지자인 마호메트는 그의 제자들에게 이렇게 물은 적이 있다. 만약 너희들이 매일 다섯 번씩 목욕한다면 몸에 더러운 것이 있을 수 있느냐? 그의 제자들이 이렇게 대답하였다. 더러운 것은 티끌만큼도 없을 겁니다!

한씨 부인은 하얗고 부드러운 얼굴을 세세히 씻고 나서 머리 밑과 귀 뒤 그리고 목까지 깨끗하게 씻었다. 그녀의 백옥같이 반들거리던 피부도 이젠 늘어지고 주름이 눈가에서 시작하여 이마와 두 볼에까지 펴지기 시작하였다. 눈꺼풀도 아래로 처지기 시작하였다. 늙었어. 정말 늙었어. 그녀는 자신의 얼굴을 만지면서 옛 모습을 그리워하였다. 신월이의 꽃 같은 얼굴과는 이젠 비길 수도 없었다. 어머니는 영원히 딸과 비교하려 하지 말아야지. 신월이만 생각하면 그 먼 옛날의 일들이 마치 가라앉았던 앙금들이 다시 일 듯 떠올랐다. 그러면 벗어날 수 없는 번뇌 속에 빠지게 된다. 모녀, 혈육, 친족이지만 그 사이에는 영원한 담벽이 가로놓여서 떨어질 듯 말 듯, 가까이하기도 멀어지기도 힘들면서 그녀를 괴롭히는 것이다.

그녀는 한숨을 쉬고 다시 더 생각하지 않았다. 인간세상의 번뇌를 마음속에서 털어버리고 예배에만 열중하려 하였다. 아침예배는 아홉 살부터 시작하여 매일 꼭 치러 오던 아침 일과였다. 그때 이후로 중단한 적이 없었다. 가업이 흥할 때나 변고를 당해 고생스러운 때를 막론하고 계속 견지해 왔다. 나이를 먹어갈수록 그녀는 더욱 전능의 알라를 믿게 되었다. 알라는 그녀의 인생 길을 가르쳐주는 유일한 신이었다. 엄숙한 기도 속에서 그녀는 한마음으로 주님을 경배하는 평안과 심오함을 체득하였다.

그녀는 돗자리를 깐 땅 위에서 성지 메카를 향하여 섰다. 두 손을 귀까지 들어올려 예의를 표시한 후 90도 경례를 하면서 알라를 생각한 후에 절을 한다. 이마와 코끝이 땅에 닿도록 두 팔을 땅에 대어 오체투지하고 알라 앞에 절을 드리는 것이다. 그런 후에는 오랫동안 꿇어앉아 있다가 다시 일어서서 처음부터 다시 몇 차례나 반복한다. 그녀는 이런 동작들을 한치의 실수도 없이 끝낸 다음에 낮은 소리로 아랍어로 된 찬사를 읽는다.

「모든 찬송을 알라께 돌리나이다. 알라는 온 세계의 주요, 지극히 인자하신 주요, 마지막 날의 주이십니다. 우리는 오로지 당신을 숭배

하나이다. 우리를 돌봐주시고 우리를 올바른 길로 이끌어 주소서. 당신께서 내리신 복은 분풀이하는 자의 길이 아니며 속임에 빠진 자의 길이 아니옵니다.

알라여! 당신은 우리를 보살피시는 주이시옵니다. 당신 외에 다른 주는 없나이다. 당신은 우리를 창조하셨고 우리는 당신의 노예입니다. 우리는 당신의 뜻을 힘껏 지키겠나이다…… 우리는 당신의 은덕을 인정하고 우리의 죄를 자복합니다. 용서해 주소서. 당신 외에는 죄를 용서할 사람이 없사옵니다.

알라여! 당신은 눈 녹은 물로 얼음물로 우리의 죄를 씻어주소서. 마치 당신께서 기름때가 묻은 흰 천을 결백하게 만들 듯이. 우리의 죄를 우리들 몸에서 떠나게 하여 주소서. 마치 당신께서 동방과 서방을 갈라놓듯이.」

이때는 육체로 된 '사람'은 존재하지 않는 것과 같다. 오로지 모든 것을 남김없이 드러내놓는 영혼만이 우주 안의 만물을 좌지우지하는 알라와 직접 대화를 하는 것이다. 죄를 무서워하고 선한 것과 아름다운 것을 지향하며, 예의에 어긋나는 것을 말하지 않고 예의에 어긋나는 것을 듣지 말며 오로지 알라만 생각하는 것이다. 알라께서는 시시각각 모슬렘의 모든 동기와 행위를 살펴보고 감시하신다. 이슬람은 아랍어로 순종이란 뜻이고 모슬렘은 알라께 순종하는 사람이란 뜻이다.

한씨 부인은 장엄하고 엄숙한 기도에 도취되어 있었다. 그녀의 영혼은 허공에서 아무런 구애도 받지 않고 둥둥 떠다니고 있다. 한평생의 세월들이 구름처럼 눈앞으로 지나갔다. 행복도 있었고 고난도 있었으며 달콤한 것도 있었고 원통한 일도 있었다.

그녀는 일찍이 사악한 것을 징벌하였는데 그러고는 또 자신의 매정함을 후회하기도 하였다. 그녀는 일찍이 안녕과 화목한 생활을 열렬히 추구하였는데 그것은 마치 물속의 달이나 거울 속의 꽃처럼 눈에는 보이니 흠세도 눈에는 삽히지 않았다. 단정하고 위엄 있는 또 유순하고 너그러운 모습을 지키려고 애썼으나 생활 중의 예기치 못한 일들이 그녀로 하여금 이지적인 냉정을 지킬 수 없게 하였다. 그녀는 날 때부터 거리낌없이 말하는 입을 가지고 있었으나, 반평생의 세월은 그녀로 하여금 늘상 사람을 만나서 진솔한 말을 절반도 하지 못하게 만들었다. 심지어 남편과 딸에게조차 속에도 없는 말을 하게 되었다. 그녀의 성격은 원래 조그마한 비밀도 감출 수 없었으나 세파의 시달림은 그녀로 하여금 자신의 내심에 문이 꽉 닫힌 세계를 가지게 하였다.

오로지 전능한 알라께만 그 문을 열 수 있었다…… 좋든 나쁘든 착하든 악하든 알라께서는 다 알고 계실 거다. 한마음으로 알라를 높이 받들면 모든 것이 다 상쇄되는 것이다. 주 알라께 의지하고 알라를 믿으라! 주여 그녀를 불쌍히 여기소서!

한씨 부인이 아침예배를 끝내고 나서도 한참 후에야 날이 밝았다. 한자기와 천성은 일어나서 각자 말없이 세수를 하였다. 그들은 직장이 있는 남자들이라 그전에도 예배를 드리지 않았다. 고모는 북채 자기의 침실에서 혼자서 예배를 드렸다. 같이 모시는 주 앞에서 각자는 자신의 과거를 반성하고 미래를 축복하였다.

고모가 콩물과 기름에 튀긴 떡을 사왔다. 식구들은 여느 때와 같이 아침식사를 했다. 식탁에 신월이가 없으니 절반이 줄어든 것 같았다. 누구도 말이 없었다. 천성이는 머리를 숙이고 몇 입에 벌써 기름떡 두 개를 먹어치웠다. 마지막 입 안에 넣은 것을 채 삼키지도 않고 그는 목을 꿋꿋이 세우고 자전거를 밀고 가버렸다. 한자기는 떡도 먹기 싫어서 진한 재스민차만 마셨다. 한 모금 마시고는 찻잔을 내려놓고 입을 다시고는 길게 찬 공기를 들이마시더니 천천히 내쉬었다. 그러고는 또 한 모금 마시고 나서 한숨을 쉬었다. 차를 두 번이나 더 따라 마시고는 출근하였다.

한씨 부인과 고모는 천천히 먹으면서 각자의 생각에 잠겼다.

똑, 똑, 똑! 문을 두드리는 소리가 들렸다.

고모는 생각에 빠져 있다가 화들짝 놀라며 일어나 걸어나갔다.

「누구예요?」

「저예요.」

부드러운 여자 목소리였다.

고모는 놀라서 손이 다 떨렸다.

「알라여! 신월이가 돌아왔나?」

이쪽에 있던 한씨 부인도 놀라며 말했다.

「응? 어제 갔는데 왜 벌써 왔을까?」

「글쎄요…….」

고모는 긴장하여 문도 바로 열지 못했다.

문을 열고 보니 신월이의 친구 진숙언이었다.

「고모님!」

진숙언은 예전에 몇 번 왔었기에 고모를 알았으며 신월이처럼 고모라고 불렀다.

고모의 긴장이 그제사 약간 풀렸다. 그렇지만 순간 실망하여 섭섭한 기분이 들었다.

「숙언이구나. 놀랐단다.」

진숙언은 고모의 표정은 살피지도 않고 문에 들어서자마자 물었다.

「신월이는 다 준비되었어요?」

「신월이? 그앤 어제 갔는데.」

「갔다구요?」

진숙언의 얼굴색이 금방 기가 꺾인 듯 흐려졌다.

「신월이는 왜 말도 없이 슬그머니 가버렸어요? 우리는 이미 약속을 했는데…….」

「글쎄!」

고모도 이 아이에게 미안한 감이 들었다. 고모는 신월이를 대신해서 설명하였다.

「나도 너희들이 약속했다는 말을 들었어. 너를 기다려야 되는데 몇 년 사귄 친구니까 말이라도 하고. 그런데 또 생각하니…….」

여기까지 듣고 있던 한씨 부인은 재빨리 손에 든 떡을 내려놓고 나와서 고모의 말을 자르면서 말했다.

「오, 숙언이냐? 신월이네 학교에서 통지가 왔었단다. 그애보고 일찍 오라고 말이다. 그래서 너를 기다리지 못한 거야. 그래 내가 그애 오빠보고 데려다주라고 했지. 쯧쯧, 너를 헛걸음시켰구나.」

「큰어머니.」

진숙언은 억지로 웃어보이면서 말했다.

「괜찮아요. 그애 짐을 들어주는 사람이 있었다면 됐지요. 누가 전송해도 마찬가지죠, 뭐. 신월이는 끝내 소망을 성취했네요. 그애가 대학가니 저도 기뻐요! 신월이는 저보다 나아요. 저보다…….」

여기까지 말하고 나니 그녀는 자신의 감정을 억제할 수 없었다. 목구멍에는 무엇이 걸린 듯하였고 눈에는 눈물이 차올랐다.

한씨 부인도 이전에 진숙언을 여러 번 본 적이 있었지만 별로 주의해 보지 않았는데 오늘에야 제대로 얼굴을 뜯어볼 수 있었다. 키도 신월이만큼 컸고 몸매도 금방 펴져서 마르지도 않고 보기 좋았다. 얼굴도 단정하게 생겼는데 신월이처럼 그렇게 희지는 않으나 검지도 않았고 눈매도 예쁘게 생겼다. 지금은 눈물을 머금고 있어 더 서글서글해 보였다. 머리는 신월이처럼 땋지 않고 귀밑까지 자른 머리였는데 단정하고 깔끔해 보였다. 입은 옷은 신월이 것보다도 못한 것이었으나 맵시 있고 정갈했다. 만일 오늘 그녀도 신월이처럼 대학에 합격하여 찾아왔다면 한씨 부인은 그녀에 대해 특별한 호감을 가지지 않았을 것이나, 그녀가 지금 입시에 실패하여 가련하게 한씨집 뜰안에 서 있으니 한씨 부인도 마음이 동하지 않을 수 없었다. 좀전에 한씨 부인이 고모의 말을 가로채고 한 거짓말도 이 아이가 속상해 할까봐 한 것이었다. 한씨부인은 본능적인 동정심으로 마치 진숙언에게 무슨 빚이나 진 듯한 감을 느꼈다.

「숙언아, 너 아침 먹었니?」

고모도 숙언이의 감정을 이해하고 일부러 말을 돌리려 했다.

밥 먹었느냐고 묻는 것은 본래 북경사람들이 만나서 하는 습관적인 인사말이었으나 지금과 같이 식량난 때문에 고생하는 세월에는 이 말이 그렇게도 귀할 수 없었다.

「집에서 먹었어요.」

진숙언은 여전히 등나무 아래 선 채 눈물을 닦고 말했다. 신월이가 집에 없으니 더 있을 생각이 없었다.

「큰어머니, 고모님, 전 돌아가겠어요.」

고모는 마음이 너무 안돼 말했다.

「아니, 어찌 오자마자 갈 수 있니?」

한씨 부인도 말했다.

「그래 신월이가 집에 없으면 놀러도 안 오니? 숙언아, 방에 들어가 좀 앉았다 가라. 우리 얘기 좀 하는 게 어때?」

진숙언은 약간 망설이다가 그저 이렇게 가는 것도 좋은 것 같지 않아서 한씨 부인을 따라 들어갔다. 한씨 부인은 머리를 돌려 말했다.

「고모, 수고스럽지만 숙언이에게 차 좀 따라다주세요.」

예전에 숙언이 신월이를 찾아왔을 때 늘상 바깥 뜰안의 등나무 밑에서 기다렸다. 고모가 신월이를 불러오면 둘이서 그곳에서 말하거나 밖에 나가서 놀았지 한번도 한씨집 안뜰 안에 들어가 보지 못했고 또 들어가기도 싫었다. 지금 처음으로 한씨 부인을 따라 추화문에 들어서 보니 뜰안이 이렇게 크고 좋은 줄 몰랐다. 그녀는 저도 모르게 자기가 살고 있는 두 칸짜리 작은 집과 비교하게 되었다. 그러자 마음이 더욱 슬퍼졌다. 자기 같은 사람이 어찌 신월이와 비길 수 있으랴!

남채 객실에 들어서자 한씨 부인은 진숙언과 함께 탁자 옆에 앉았다. 진숙언은 저도 모르게 조심스러워졌다. 대리석을 중간에 끼워놓은 나무탁자는 선뜩선뜩한 것이 자기 집에서 밥상으로도 쓰고 공부도 하는 낡은 상과는 너무 달랐다. 그녀는 일부러 관심을 나타내 보이지 않으려고 대충 한씨집 객실을 둘러보았다. 꽃을 조각한 나무병풍이며 긴 책상, 아름다운 채색 공작 깃털이 꽂혀 있는 자주색 도자기 꽃병, 벽에 걸려 있는 서화들…… 그녀는 감탄하지 않을 수 없었다. 신월이는 정말 복도 많구나. 그녀에게는 무엇이든 있지만 나에게는 아무것도 없지. 같은 사람이지만 운명은 얼마나 다른가! 이 모든 것이 나에게도 응당 있어야 하는데!

고모가 차를 따라왔다. 앙증맞게 생긴 푸른색 찻잔 덮개 사이로 향긋한 차향기가 솔솔 나왔다. 진숙언은 덮개를 약간 열고 차를 한모금 마셨다. 너무도 향기로웠다. 분명 자기의 집에서 마시는 차와는 다른 것이었다.

「숙언아, 어른들도 모두 건강하시냐?」

한씨 부인이 물었다.

「네…….」

진숙언은 낮은 소리로 말했다.

「그분들은 건강하세요. 집안의 모든 일은 엄마 혼자서 돌보거든요. 아빠는 매일 일찍 나갔다 늦게야 돌아오는데 공장일이 바쁘시대요. 수예인이란 그렇게 식구들을 먹여 살리지요.」

「그렇지 집집마다 모두 그런 거야.」

고모가 옆에서 말했다. 고모는 차를 따라오고 나니 아직 점심때도 멀고 할 일도 없어 옆에서 같이 말을 나누었다.

「우리 집도 말이야, 신월이 아빠와 오빠는 매일 일찍 나가고 늦게 온단다. 달마다 그들이 벌어오는 돈 160원을 기다리는 거야.」

「우리 아빠는 이 댁 큰아버지와는 비교도 안 돼요.」

진숙언의 마음에 있는 말이 저도 모르게 입밖으로 튀어나왔다.

「그렇게 말할 순 없지.」

고모는 조심스레 말했다.

「모두 옥기업의 사람들인데. 네 아빠도…….」

고모가 또 말하려 하자 한씨 부인이 중간에서 막아버렸다.

「고모! 동채에 가보시지요. 천성이 나갈 때 더러운 옷을 벗어놓지 않았어요? 그 아이는 자기가 빨지도 못하면서 말도 안 하니.」

「그래 참 가보아야겠어.」

책임감이 강한 고모는 재빨리 동채로 갔다.

한씨 부인은 고모를 따돌리고 진숙언에게 말했다.

「이 집 큰아버지가 일찍부터 너의 아빠를 찾아간다 하더니 일이 바빠 여가가 없구나. 그이 공사에는 사람이 많은데 상사들이나 동료들이나 모두 신월이 아빠를 존경한단다. 사들여온 것이나 수출할 것이나 모두 그이한테 보이지 않고서는 시름을 놓지 못한대. 무슨 권위자라든가 전문가라든가 잘 모르겠어.」

진숙언이 말했다.

「정말 그래요, 옥기업에는 큰아버지를 따를 사람이 없지요. 손재간도 있으시고 옥을 감정할 줄도 알고 또 외국어에 능통하시지, 무엇이든 잘하시거든요. 우리 아빠는 일할 줄밖에 몰라요. 수등만 떠나면 아무것도 할 줄 모르지요.」

한씨 부인은 웃으면서 말했다.

「너의 큰아버지는 손재간을 쓰지 않은 지 몇십 년 되지만 너의 아빠와는 동항인 셈이지. 그이는 수예인들을 아주 존경한단다. 늘상 나에게 북경 안의 옥기업 중에 만드는 재간이 진 주인을 따를 사람은 몇 안 된다고 하더라.」

그 말은 틀림없었다. 한씨 부인이 이렇게 자기 아버지를 칭찬하니 진숙언도 아주 기뻤다. 그러나 그녀는 한씨 부인의 말에 담긴 뜻을 알아듣지 못했다. 바로 옥기업 내에서 입을 놀리는 사람과 손을 놀리는 사람은 평등하지 않으니 네 아버지의 재간은 물론 한자기와 같이 논할 수 없지. 사실상 진숙언도 그렇게 보고 있었다. 한씨 부인이 명분을 지키려고 한 암시도 필요없는 것이었다.

진숙언은 한씨 부인이 자기 아버지를 진 주인이라 부르는 것이 귀에 거슬렸다.

「우리 아빠 손재간이 좋은들 무슨 소용이 있어요. 한평생 죽도록 일해봤자 집 한 채 마련 못 하고 돈도 모으지 못하구요. 소업주라는 창피한 성분만 가졌으니!」

한씨 부인은 정색을 하고 말했다.

「아니! 그건 국가의 정책인데. 내가 알기로 공사합영 때 밑천이 있는 사람은 모두 자본가나 소업주가 되었다던데.」

진숙언은 저도 모르게 화가 난 목소리로 말했다.

「우리 집에 무슨 밑천이 있겠어요? 두 칸짜리 집과 수등이 있고 돈은 2천 원밖에 없었지요. 우리 아빠가 무슨 주인이에요? 사람도 고용한 적이 없는데. 거리에 낡은 반지 같은 것을 사다가 두들겨서 자그마한 장신구를 만들어서 파는 것뿐인데. 한편생 인력거도 아까워서 타보지 못했어요. 항상 두 다리로 뛰어다녔지요. 공사합영을 할 때 눈치 빠르고 돈 있는 사람은 도망가든지 아니면 재물을 다 치우든지 하여 기름은 물 위에 뜨지도 않았지요. 우리 아빠는 참 고지식한 분이어요. 남이 시키는 대로밖에 할 줄 모르지요. 옥기생산 합작사를 꾸리는 데는 손재간 있는 사람이 필요했지만 집에 있는 물건을 바칠 필요는 없었지요. 아빠도 거기에 가서 회의에도 두 번이나 참가했지요. 그런데 어쩌다가 고향 친구를 만났는데, 그 친구 말이 '당신은 장신구를 만들 줄 아니 우리 장신구 가공공장에 오는 게 좋겠소.' 그러더래요. 그 말을 듣고 아빠는 곧 이쪽 일을 그만두고 거기로 갔지요. 그런데 거기서는 돈도 바치고 수등도 바치라 해서 그렇게 했고, 성분을 말하라니 나도 그런 대로 주인인데 일꾼보다는 낫겠지 하고 소업주라고 말했대요. 그런데 후에 보니까 노동자들과 같이 회의도 하지 않더래요. 무슨 자기 스스로 일해서 먹는 노동자로 개조되어야 한다느니 자기 운명은 스스로 선택하라는 말을 하더래요. 그제야 아빠는 길을 잘못 들어서고 불행한 선택을 했음을 알았대요.」

처음 왔을 때 조심스럽던 진숙언은 감정이 오르니 이렇게 많은 말을 하였다. 그녀가 한 말의 대부분은 자신이 겪은 일은 아니었지만 그건 많은 사람에게 큰일이었고, 그녀의 아버지가 평생 후회한 교훈으로 속이 상할 때마다 아내와 아이들에게 털어놓곤 하던 말이어서 진숙언은 이젠 외우다시피 알고 있는 사실이었다. 숙언은 너무도 안타까워 친절한 한씨 부인에게 다 털어놓은 것이다. 그녀와 신월이는 단짝이었으므로 숙언은 신월의 엄마를 남으로 생각하지 않았다. 여기까지 말하고 나니 그녀는 마음속으로 자기 집과 한씨집을 비기지 않을 수 없었다. 한자기는 옛날에 그렇게 큰 장사를 했건만 지금도 이렇게 좋은 집에서 이렇게 버젓하게 살고, 자본가도 소업주도 안되고 허리를 쭉 펴고 사는 국가 공무원이 되었으니, 운명이란 정말 불공평한 것이다.

「우리 아빠도 이댁 큰아버지만큼 빈틈이 없다면 얼마나 좋겠어요?」

진숙언은 저도 모르게 이렇게 한탄하였다.

「그이가 빈틈없다고?」

한씨 부인은 쌀쌀하게 말했다.

「이십 년 전에 그는 벌써 우리 집 재산을 다 들어먹었어. 그렇지 않다면 나라에서 그 사람을 무산계급이라 할 수 있겠니?」

그 말은 추켜세우는 것인지 낮추는 것인지 알 수 없었다. 그녀는 한자기가 재산을 어떻게 들어먹었는지는 말하지 않았다. 한씨 부인은 진숙언처럼 집안일을 털어놓고 말하지 않았다. 그녀가 이렇게 말을 한 것은 자기 집에 대해 결론을 내림으로써 진숙언이 더 이상 추측하지 못하도록 하기 위해서였다. 그녀는 진숙언이 한씨집을 부러워하고 호기심을 내는 것을 느꼈다.

진숙언도 더 묻지 않았다. 남의 것이 아무리 좋아도 그건 그저 남의 것일 뿐이지 자기 것이 아니었다. 그녀는 자신이 운이 나빠 그런 집에서 태어나 소업주라는 누명을 쓰고 이 집 무산계급에 비기지도 못하는 생활을 하는 것이 억울하였다. 만약 한씨집처럼 살 수 있다면 자산계급이 된다 해도 보람이 있을 것 같았다.

「신월이는 얼마나 좋겠어요? 가정성분의 연루도 없고 가고 싶은 좋은 대학에 합격도 되고. 경공업학원 같은 학교도 저를 받아주지 않으니.」

한바퀴 빙 돌아서 원점으로 돌아왔다. 진숙언의 실망과 불만은 모두 자기가 대학에 합격하지 못해서 생긴 것이다. 오늘 신월이를 전송하러 온 것도 우정 때문에 할 수 없이 약속을 지키러 온 것이었다. 오는 길에 몇 번이나 생각을 바꾸었다가 겨우 용기를 내어 왔는데 허탕을 치니 허탈감이 몇 배 증가되어 눈물까지 보이게 된 것이다.

한씨 부인도 이 나약한 아이를 측은하게 바라보면서 어떻게 위안했으면 좋을지 몰랐다. 진숙언은 자기가 대학에 못 가는 것을 모두 아버지 탓인 듯이 여기고 있다. 마치 신월이가 대학에 합격한 것이 출신성분이 그녀보다 좋아서인 것처럼 말이다. 한씨 부인은 비록 대학에서 학생모집을 할 때 성분을 보고 정하는 것이 아님을 몰랐지만 그렇게 말하면 신월이에게는 너무도 억울한 것 같았다. 대학은 돈을 주고 가는 것이 아니라 시험을 쳐서 결정하는 것이므로 공부를 못하면 안 되는 것이다. 한씨 부인은 남편의 신월이에 대한 평가로 신월이는 자기의 실력으로 합격되었음을 알고 있었다. 그렇다면 진숙언은 신월이보다 공부를 못하는 것은 틀림없는 일이다. 그렇다고 그런 말을 숙언이에게 할 수는 없었다. 진숙언의 가정에 대한 자괴감에 한씨 부인은 동감이 가지 않았다. 어쨌든 너의 아버지는 몇십 년 장사를 해온 사람이고 2천 원이나 가지고 있었으니 두 손으로 벌어먹는 노동자보다야 낫지. 굶어죽는 낙타도 말보다 크다고, 집 밑천으로 말한다면 그래도 노동자보다야 낫겠지. 그렇게까지 자기 집을 얕잡아볼 필요가 없는 것 같았다. 그러나 그런 말을 사실대로 할 수 없어 다른 말로 진숙언을 위안하였다.

「애야, 이미 일이 이렇게 된 바에야 자꾸 생각할 필요도 없다. 내 보기에는 여자가 고중까지 다녔으면 만족이야. 대학에는 못 가도 별일없어. 우리 집 천성이도 대학에 못 갔지만 기밀공장에서 일하고 누구에 못지않아. 너도 집에서 엄마나 도와 일하려무나.」

진숙언은 손수건으로 눈가를 닦으면서 말했다.

「우리 엄마도 참 고생이 많으세요. 제 아래의 남동생 둘이 모두 학교에 다니니 먹여야지 입혀야지 학비 내야지. 아버지의 돈 80원으로는 어림도 없어요. 그래서 엄마는 저보고 네가 대학에 못 가는 것도 나의 복이야, 라고 말하는 게 아니겠어요.」

「그것도 사실이야.」

한씨 부인도 머리를 끄덕이면서 말했다.

「일찍 나가 일하면 엄마도 한시름 놓을 테니.」

「아빠도 그렇게 말해요. 요즘 여러 곳에 부탁하고 있어요. 유리창

문물상점에 있는 분이 옛날 아빠와 같이 기술을 배운 적이 있는데 도와줄 것 같대요.」

「그래, 정말 그렇다면 그것도 좋은 일이야. 그것도 우리 골동품업에 속하니까. 나도 큰아버지에게 말해볼 테니까. 그가 아는 사람이 많지 않니. 필요하면 가서 말해달라고 하마.」

「그럼 얼마나 좋겠어요?」

진숙언은 감격하여 한씨 부인을 바라보았다.

「큰어머니, 제가 문물상점에서 일할 수 있게 된다면 큰어머니께 인사를 단단히 하겠어요.」

「인사는 무슨 인사. 그럼 너무 남세스러워. 모두 회회친척인데.」

한씨 부인이 말하는 회회친척은 친속관계를 가리키는 것이 아니라 회회간의 통칭을 말한다. 한씨 부인은 보온병의 물을 손님의 찻잔에 부으면서 지나가는 말처럼 물었다.

「숙언아, 금년에 열 몇이지? 신월이보다 많다고 기억되는데…….」

「신월이보다 두 살 위예요. 열아홉인데 저는 생일이 빨라 음력 설이면 스물이에요. 어렸을 때 학교에 늦게 들어갔지요.」

「스물이냐? 그럼 시집갈 나이도 되었구나. 그건 공부보다 더 큰일이야. 남자 친구는 없니?」

진숙언은 부끄러워 얼굴을 붉혔다.

「큰어머니, 일자리도 못 찾은 신세에 언제 그런 생각을 할 수 있겠어요. 학교 다닐 때는 연애하는 학생이 하나도 없었어요.」

한씨 부인은 웃었다.

「부끄러워하지 말아라. 남자가 자라면 장가들고 여자가 크면 시집가기 마련인데, 네 엄마도 이젠 신경 좀 써야겠구나. 우리 회회 중에는 괜찮은 집들이 있지.」

진숙언은 더 말하지 않았다. 그저 다소곳이 차만 마시고 있었다.

한씨 부인이 따돌려 보낸 고모는 동채에서 한참 뒤적인 후에야 천성이의 옷을 한아름 안고 나와서 큰 대야에 담아 마당에서 빨고 있었다. 고모는 옷을 비비면서 중얼거렸다.

「쯧쯧, 이 때를 보지. 어떻게 입었는지 원.」

진숙언은 찻잔을 놓고 일어서더니 마당에 계시는 고모에게 말했다.

「고모님, 좀 쉬세요. 제가 빨아 드리지요.」

고모가 말했다.

「그건 안 되지. 너는 손님인데.」

진숙언은 남채 계단을 내려가면서 말했다.

「이건 아무것도 아니예요. 우리 집 옷은 모두 제가 빨아요. 오늘 저는 할일도 없는데…….」

그렇게 말하면서 고모 손에 있는 옷을 빼앗았다.

한씨 부인은 빙그레 웃으면서 말했다.

「그래? 너는 신월이보다 부지런하구나. 그렇게 크도록 고모를 도와 빨래하는 것을 보지 못했는데.」

고모는 더 이상 거절하지 못하게 되자 앞치마에 손을 씻고 미안한 듯이 말했다.

「얘야, 오늘 점심은 여기서 먹으렴.」

그러나 한씨 부인은 고모를 말렸다.

「오늘은 준비한 것도 없는데 무얼로 대접하겠어요. 내 생각엔 얘, 숙언아, 머지 않아 일요일이 되는데 신월이 꼭 집에 올 거야. 그애보고 너를 기다리라고 하마.」

「일요일에 꼭 오겠어요.」

진숙언은 빨래를 하면서 흔쾌히 말했다.

「고모.」

한씨 부인이 지시를 내렸다.

「고모께서 우리 애들을 위해 맛있는 음식을 해주세요, 네?」

「그럼, 물론이지.」

고모는 좋아서 싱글벙글하였다. 신월이가 집에 온다고 생각하니 꿀을 마신 것처럼 달콤하였다.

「내일 아침 일찌감치 천교에 있는 자유시장에 가서 산 닭을 사고 채시구(菜市口)에 가서 생선을 사야지.」

고모는 신월이를 위해 맛있는 음식을 차린다는 생각에 흐뭇해서 서두르고 있었다. 그러나 한씨 부인은 다른 큰일을 계획하고 있었다. 그 일은 지금 그녀 한 사람만이 알고 있었다.

5
운명과의 싸움

양역청이 돌연히 참사를 당하자 기진재는 마치 하늘이 무너진 듯하였다.

뒷방에서 아름다운 꿈을 꾸고 있던 모녀 셋은 별안간 이상한 소리가 들려오자 작업장으로 뛰어나왔다. 작업장에는 양역청이 뻣뻣한 채로 한자기의 품속에 누워 있었는데, 그의 얼굴과 몸에, 그리고 땅바닥에까지 선혈이 낭자하였다. 한자기는 마치 영혼을 잃어버린 듯이 두 손으로 사부님을 꼭 껴안고 뚫어지게 사부님의 얼굴을 지켜보고 있었는데, 이러한 작업장의 광경은 모든 것이 굳고 죽어버린 것 같았다.

백씨와 옥아는 정신없이 양역청의 몸 위에 엎어져 통곡하기 시작하였다. 그러나 열다섯 살의 벽아는 아주 침착하였다. 아버지의 절망적인 소리 한마디를 듣고 작업장에 뛰어들어선 그 순간, 어떤 거대한 운명의 소용돌이가 자기 집을 덮쳤음을 알았다. 그녀는 아버지 옆에 무릎을 꿇고 앉아서 늙으신 아버지의 지친 얼굴과 감지 못한 눈을 들여다보면서 주르륵 눈물을 흘렸다. 그러나 그녀는 소리를 내지도 않았으며 아버지를 흔들어 보지도 않았다. 그녀는 아버지가 이미 돌아가셨음을 알았다. 아버지가 인간세상을 떠나 천국에 들어서는 순간을 방해해서는 안 된다고 생각했다. 조용하고 늠름하게 가시는 것이 좋을 것이다. 그녀는 자기가 장녀로서 마지막 순간에 옆에 있지 못해 아버지에게 경문을 읽으라고 말씀드리지 못한 것이 너무도 안타까웠다. 그건 모슬렘의 가장 큰 유감이다. 아버지의 영혼은 아직 멀리 떠나가지 않았을지도 모른다. 아직도 부릅뜨고 있는 눈과 크게 벌린 입은 그 누군가를 기다리는 것 같다. 그녀는 손을 들어 아버지의 눈을 감겨 주었다. 그리고 입도 다물게 하였다. 그러고는 아버지를 위하여 충심으로 경문을 읽었다.

「만물의 주는 오직 알라이시다. 마호메트는 주님의 사자이시다.」

그녀는 아버지가 꼭 들었으리라고 믿었다. 아버지는 가족들의 축도 속에 신앙을 가지고 근심걱정 없이 가셨을 것이다.

어머니 백씨는 모든 것을 완전히 잊고 울기만 하였다. 옥아도 아빠, 아빠…… 하고 울부짖기만 하였다.

벽아는 동생을 끌어다가 안으면서 말했다.

「옥아, 아빠를 사랑한다면 더 울지 말고 아빠께서 조용히 쉴 수 있도록 하자, 응?」

돌연한 사태에 놀라서 멍해진 한자기는 벽아에게 물었다.

「이제…… 어떻게 해야 하지?」

벽아는 엄숙해진 낯빛으로 말했다.

「오빠, 아빠의 뒷일은 우리 두 사람이 맡아야 해요. 오빠는 빨리 사원에 가서 한뤄를 가져오세요!」

옥기 양씨가 죽었다는 소식을 들은 이웃들과 성직자, 고향 친구, 동업의 친구들이 찾아왔다. 그들은 모두 눈물을 흘리며 아쉬워하였다. 한인들까지도 발을 구르며 한탄하였다.

「에구, 그 손재간이 아쉽구려.」

한자기는 한뤄를 가져왔다. 시신을 놓는 그 침대는 보통 널과 다름이 없으나 어떤 판자로도 대신하지 못한다. 이는 모슬렘들이 죽은 사람을 땅에 묻기 전에 성결한 세례를 하기 위하여 준비하는 것이다. 평소에는 사원에 보관되었다가 어느 모슬렘이 죽으면 이 널 위에 누워서 일생의 마지막으로 몸의 때를 씻는 목욕을 한다.

양역청은 소리없이 한뤄 위에 누워 있었다. 머리는 북쪽으로 향하고 발은 남쪽으로 놓이고 얼굴은 메카가 있는 서쪽으로 향하였다. 그는 지금 아무것도 모르고 있다. 아무것도 걱정할 필요가 없게 되었다. 이젠 기진재의 크고 작은 모든 일들이 다시는 그를 괴롭히지 않을 것이다. 대대로 물려받은 옥기 작업장은 그의 대에 와서는 사명을 완수한 셈이다. 이후의 흥망성쇠는 그와는 아무런 관계가 없게 되었다. 그는 식구들의 대경실색과 가족들의 비통도 모르고 있다. 그의 영혼은 다른 길로 들어섰다. 그 길은 알라를 좇고 선지자 마호메트를 따르는 길이었다. 모든 모슬렘들의 귀착점을 향한 길이기도 하였다.

장례는 사흘 후에 있었다. 그날은 음력 8월 14일이었다. 백씨와 옥아는 돌아가신 이의 유체를 영원히 집에 남겨두려 하였다. 양역청이 죽은 이 기둥 없는 집에서 그녀들은 어떻게 살아가야 할지 상상할 수조차 없었다. 그러나 벽아는 말했다.

「엄마, 그건 안 돼요. 죽은 사람은 땅 속에 들어가야 편안해요. 아빠를 가시게 합시다. 시름 놓고 가시게 해야지요.」

사원의 성직자와 동네사람들도 모두 말했다.

「양씨 부인, 큰아가씨 말이 맞아요.」

사실, 평생 경건히 경을 읽어온 백씨도 그걸 모르는 게 아니었다. 그러나 이성으로 감정을 이긴다는 것이 쉬운 일은 아니었다. 백씨는 울기만 하였지 아무 궁리도 없었다. 그녀는 두 어깨의 짐을 모두 딸과 동네사람들에게 맡겨버렸다.

동네사람들과 성직자의 도움이 없었더라면 벽아도 평생 처음 부딪친 장례를 잘 치를 수 없었을 것이다. 열다섯 살 난 벽아는 이젠 다 큰 처녀였다. 어머니의 무능과 아버지의 순직함은 그녀로 하여금 이상한 반작용을 일으키도록 하였다. 근 십 년간 집안일을 돌보아온 그녀는 강하고 온건한 성격을 갖게 되었다. 아버지가 만일 들판에서 돌아가셨어도 그녀는 아버지의 시신을 조상 묘지까지 업고 가서 모슬렘의 장례를 지낼 수 있었으리라고 믿었다. 그녀는 자신이 살아 있는 한 노모와 어린 동생은 의지할 데가 있을 것이고 집은 망하지 않으리라고 확신했다. 하물며 이 집에는 집안을 일으킬 수 있는 오빠가 있는데 무엇이 두려우랴!

8월 14일은 날씨도 을씨년스러웠다. 가을비가 스산하게 내렸다. 한평생 청빈하게 살아온 양역청이 세상을 떠나는 날 알라께서는 무엇 때문에 그에게 맑은 하늘과 따스한 햇빛도 내려주지 않는지 모르겠다. 생전에 진 빚이 많고 죽은 후에 너무도 큰 비애를 남겨서 그런지 모르겠다.

가을비는 기진재의 작은 뜰안을 적셨다. 백씨와 벽아, 그리고 옥아는 질펀히 젖은 땅에 꿇어앉아 세례를 받고 있는 망령을 생각하면서 세례해주시는 손들이 가볍기를 묵묵히 기도하고 있었다.

흰 천의 장막 안에서 한자기는 사부님 옆에 꿇어앉아 더운물 그릇을 들고 있었다. 시신을 전문적으로 씻어주는 사원의 한 사람이 신성한 사명감으로 양역청을 위한 세례를 드리고 있었다. 모슬렘들은 세례를 받으면 망인이 생전에 지은 모든 죄가 깨끗이 없어진다고 여겼다. 양역청은 형제도 아들도 없어 두 딸이 아무리 효도하려 해도 아버지께서 세례받는 것을 지킬 수 없으니 그의 부자간의 정을 가진 한자기가 그 자리의 유일한 가족이었다. 사부님의 여위고 초췌한 얼굴을 보니 한자기의 마음은 너무 아팠다. 지난 삼 년간의 일들이 하나하나 눈앞에 선했다. 그는 사부님과 이렇게 빨리 사별할 줄은 생각도 못했다. 그는 아직 배우는 기한을 채우지 못했고 사부님의 소망도 실현해 드리지 못한 채 사부님은 그를 두고 가버린 것이다. 한평생 미옥보석을 다듬던 사부님은 두 손에는 아무것도 쥐지 않고 알몸으로 떠나갔다. 서른여섯 자 흰 무명천으로 몸을 감았을 뿐이다. 그것이 모슬렘이 세상을 떠날 때 지니고 가는 짐의 전부이다.

모든 죄를 씻어버린 양역청은 시신을 넣는 곽 속에 누워 계셨다. 그의 몸 위에는 성스러운 흰 천이 덮여 있었다. 가랑비가 가족들의 눈물을 씻어주고 있었다.

성직자는 망인의 옆에 서서 서쪽을 향하여 기도를 드렸다. 그가 평안히 천국에 도착하기를 기원하였다.

곽이 움직이기 시작하였다. 여덟 명의 모슬렘 청년들이 양역청을 메고 나갔다. 어느 한 모슬렘이 죽으면 그의 동족들은 당연스럽게 와서 전송한다. 장례에 쓰는 일꾼을 고용하는 법이 없다. 길가에서 굶어 죽은 거지라도 그를 묻어줄 사람이 있다. 원래 교리에 의하면 곽을 메는 일은 네 사람이 하게 되어 있고, 한 사람이 한 모퉁이를 들고 열 걸음을 걷고 나면 서로 자리를 바꾸기로 되어 있었다. 그러나 북경에 오랫동안 거주한 모슬렘들은 자기들만의 풍속을 가지고 있었다. 망인의 신분을 나타내고 장례의 성대함을 과시하려고 사람의 수를 많이 늘렸다. 많을 때는 마흔여덟 명까지이고 아무리 적어도 여덟 명이었다. 양역청은 생전에 부귀하지도 못했고 세력도 없었기에 그의 장례의 격식은 가장 간단한 셈이다.

장례에 참가한 사람들은 걸음을 빨리 하면서 『코란경』을 읊었다. 빠르고 간단하게 장례지내는 것은 모슬렘의 미덕이다. 이슬람교의 장례는 세계의 여러 종족과 여러 종교 중에서 가장 간단하고 소박하다. 정교하게 만든 관도 없고 화려한 수의도 없으며 알록달록한 종이차나 종이가마, 종이사람, 종이말도 쓰지 않는다. 깃발도 들지 않고 우산이나 부채를 든 의장대도 없으며 부르고 두드리는 악대도 없다. 하늘에 뿌리는 종이돈은 더구나 없다. 한마음으로 알라께 의탁하는 모슬렘은 어떤 물건으로도 자신을 단장하려 하지 않는다.

한자기는 뜨거운 눈물을 줄줄 흘리면서 사부님을 붙들고 걸어갔다. 걸음마다 칼 끝을 밟는 것 같았다. 사부님, 당신은 아들이 없으니 제자가 동생들을 대신하여 효도를 합니다. 질퍽거리는 진흙길을 기우뚱거리며 걸어가는 그는 슬픔이 커 머리가 어지러워서 방향을 분간할 수 없었다. 그러나 사부님의 머리가 서쪽을 향하였으니 그들이 가는 방향은 조상의 묘지임이 틀림없었다. 사부님, 집생각 안 나세요? 기진재가 보고 싶지 않은가요? 여자 몸이라 여기까지 전송하지 못하는 사모님과 두 딸이 생각나지 않는가요? 사부님, 왜 이렇게 급히 가시나요? 이제 우리는 영원히 다시 만나지 못할 텐데요!

가을비는 묘지를 축축히 적셨다. 오래된 고분들도 모두 금방 새 흙을 덮어놓은 것 같았다. 지금 또 하나의 묘가 여기에 새로 생겨날 것이다. 옥기 양씨의 마지막 세대가 여기에서 잠들게 되었다!

모슬렘은 토장을 한다. 아랍과 다른 이슬람 국가에서는 지리와 기후가 같지 않기에 매장법도 각기 다르다. 어떤 곳에서는 시신 위에 모래를 얇게 덮어두어 스스로 사라지게 하고 어떤 곳에서는 시신을 묻은 후 위에다 석판을 덮어놓는다. 중국의 모슬렘들은 이곳 토지의 특징에 따라 동굴식으로 매장한다. 비록 약간의 차이도 있지만 여전히 토장하는 원칙만은 변함없다. 알라께서 흙으로 사람의 시조인 아담을 만들었으니 그의 후대들도 흙에서 오고 흙으로 돌아가는 것이다.

무덤은 이미 파놓았다. 장방형으로 남북으로 길게 판 깊은 구덩이였다. 밑에까지 파고서는 서쪽 벽에 반원형의 굴을 뚫었다. 이 굴을 라허라 하는데 망인이 주무시는 곳이다. 모슬렘들은 관을 쓰지 않고 참대와 굽지 않은 벽돌로 굴문을 막는다. 북경에 참대가 귀한 탓인지 북경의 모슬렘들은 그들의 망인을 위하여 라허판을 더 쓴다. 라허판이란 얇다란 석판이다. 라허의 문 어귀는 아래는 평평하고 위는 둥근 궁륭형이었다. 한자기는 사부님이 영원히 주무실 곳을 들여다보면서 눈물을 참을 수 없었다. 눈물은 빗물과 같이 새 흙을 적셨다. 사부님의 큰 체구가 이렇게 작은 굴 속에 들어갈 수 있을까? 사부님은 평생토록 허리를 꼬부리고 수등 앞에 앉아 계셨는데 돌아가신 후에라도 허리를 쭉 펴셔야 하지 않겠는가? 라허 안은 반듯한지? 풍속대로 하자면 망인을 묻기 전에 그의 가족이 들어가서 누워볼 수 있었으나 장례에 온 사람 중 사부님의 가족이라곤 없다. 물과 고기의 관계처럼 지금 그와의 사별을 아쉬워하는 사람은 그의 제자밖에 없다. 하긴 아들과 같은 제자이다. 한자기는 대뜸 뛰어들어가서 어둡침침하고 축축한 라허 안에 누워 사부님과 비슷한 체구로 인간세상과 멀어진 거실 안을 맞추어 보았다. 그는 손으로 바닥을 일일이 만져보아서 어디가 사부님께 거북하겠는가 살폈다.

완전히 시름을 놓을 수 있다고 생각되자 일어나서 두 팔을 내밀어 사부님을 맞았다. 동네사람들과 뒤스티들이 양역청을 곽 속에서 들어내서 천천히 무덤 속으로 내렸다. 한자기는 두 손으로 사부님을 받들고 천천히 라허 안에 들여놓았다. 그러고는 그의 목 밑에 흰 천으로 싼 향로를 놓아주었다. 한자기는 다시 한번 정든 눈으로 사부님을 바라보았다. 사부님은 마치 깊이 잠든 것 같았다. 눈물이 한자기의 두 눈을 가려버렸다. 마지막 고별을 할 시간이 되었다. 그는 더듬거리면서 벽돌을 쌓고 석판으로 막았다.

황토가 무정하게 덮였다. 라허를 파묻고 깊은 구덩이를 메웠으며 사방이 사다리꼴로 된 새 묘분을 양씨 가족묘지에 만들었다.

경을 읊는 소리가 울리기 시작하였다. 마지막으로 망령을 보내고 유족을 위안하는 의식이었다. 그 소리는 싸늘한 가을바람을 따라 땅 위로 널리 퍼졌다.

한자기는 오랫동안 사부님의 묘 앞에 꿇어앉아서 그의 거친 손으로 옥기 양씨의 묘 위의 젖은 흙을 치면서 울고 있었다.

집에서는 하토경(下土經)을 다 읊었다. 벽아는 성직자와 동네사람들 그리고 장례를 도와준 모슬렘들에게 메테(뜻을 표시함)를 드리고 그들에게 식사대접을 하여 자식으로서의 책임을 다한 셈이다. 이슬람교의 규정에 의하면 망인이 임종 전 후손들에게 그를 위하여 속죄해 달라는 부탁을 하든 안 하든 자녀들은 반드시 망인의 유산에서 삼분의 일이 되는 돈으로 메테를 나누는 효도를 해야 한다. 그럼으로써 망인이 생전에 빠뜨린 예배와 재계를 갚는 것이 된다. 한평생 옥을 다듬느라고 양역청은 예배와 재계를 많이 하지 못했다. 때문에 벽아는 모든 것을 갚아서 아버지께서 알라를 뵈올 때 부끄럽지 않으시도록 하려고 힘썼다. 자신과 어머니 그리고 여동생의 이후의 생활을 어떻게 할지는 생각도 하지 않았다.

날이 황혼에 가까워지자 비는 그쳤다. 구름 사이로 둥근 달이 비집고 나왔다. 하나님도 정말 공평하지 않다. 하나님은 처량한 바람과 비로 일생 동안 고생한 양역청을 보내고 나서야 인간세상에 밝은 빛을 쏟아주었다.

회원재의 주인 포수창은 새로 지은 나사 장삼에 머리에는 중절모를 쓰고 월병꾸러미를 사들고 기진재에 왔다. 문에 들어서자 기운차게 소리쳤다.

「양 주인, 추석 어떻게 보내시죠? 인사드리러 왔습니다.」

그에게 문을 열어준 사람은 한자기였다. 그는 눈물을 글썽거리면서 말했다.
「포 주인, 늦었습니다. 사부님…… 그분은 이미 세상을 떠났습니다.」
포수창은 깜짝 놀라면서 말했다.
「아니, 아니…… 언제 일이지? 나는 왜 몰랐을까? 자네도 정말, 나와 양 주인의 연분을 보아서도 나에게 알려야지.」
백씨가 울면서 말했다.
「포 주인, 우리는 교가 달라서 알리지 않았습니다…… 글쎄 얼마나 기막힌 일이에요. 누가 알았겠어요. 아무렇지도 않던 사람이…….」
말도 채 끝내지 못했는데 눈물이 목을 메웠다. 그녀는 포수창을 쳐다보면서 마치 은인을 만난 듯이 말했다.
「우리…… 고아와 과부만 남기고…….」
백씨가 우니 작은딸 옥아도 따라서 크게 울었다. 그녀는 엄마의 팔을 붙잡고 아빠, 아빠 하고 불렀다.
벽아는 쌀쌀하게 포수창을 한번 흘겨보고 말했다.
「아빠는 당신 때문에 죽었어요. 당신의 그 배 때문에 말이에요.」
「그럼 그 배는…….」
포수창은 손수건으로 눈물을 찍어내고 말했다.
「나도 본전을 다 넣고 양 주인을 위하여 그 일을 맡았는데. 그것 하나면 그가 평소에 하던 거 열 개, 백 개보다 나은데.」
그는 손에 들고 있던 월병꾸러미를 들어보이면서 말했다.
「양 주인이 배를 완공한 것을 축하하려고 일부러 이슬람 월병을 샀는데.」
「포 주인, 당신의 성의는…… 그런데 애들 아빠는…… 당신께 미안해요. 그 배도…… 부서졌어요.」
백씨는 눈물을 흘리며 돌아간 남편을 위해 말했다.

「부서졌어요?」

포수창은 놀란 듯이 말했다.

「어떻게 부서졌어요? 그건…… 너무도 믿기 어려운데.」

그는 총총히 작업장에 들어가서 보았다. 돌아가지 않는 수등과 땅 위의 검붉은 핏자국 그리고 피묻은 옥배 조각이 눈에 환히 보였다. 잠시 후 그는 갑자기 꿇어앉더니 떨리는 손으로 배를 어루만지면서 눈물 콧물을 흘리며 말했다.

「아까워라. 옥기 명수가 이렇게 세상을 떠나다니 한스럽구나!」

그러고 나서는 배를 땅에 내려놓고 절을 하면서 말했다.

「양 주인, 당신과 나는 오랜 친구인데 오늘은 이렇게 사별해야겠소이다. 비록 제대로 못 하였지만 이 동생의 절을 받으십시오.」

완전히 이슬람교의 예법과는 달랐지만 백씨는 감동하지 않을 수 없었다. 그녀도 눈물을 흘리면서 포수창을 부축하여 일어나게 하였다.

「포 주인, 우리 모녀는 망인을 대신해서 감사드립니다.」

포수창은 천천히 일어나서 눈물을 닦고 말했다.

「양 부인, 사람이 죽으면 다시 살아나지 못하지요. 부서진 옥도 다시 붙일 수 없어요. 깨졌으면 할 수 없지요. 저도 할 말이 없습니다.」

백씨는 너무도 감동하여 어쩔 바를 몰랐다. 그녀는 포수창을 방으로 모시고 벽아에게 차를 따르게 하였다.

포수창은 차를 한모금 마시고 한숨을 쉬더니 천천히 말했다.

「양 부인, 양 주인이 돌아가시고 집이 이 꼴이 되었으니 저도 보기가 민망합니다. 내 마음 같아서는 힘껏 도와드리고 싶은데요. 그런데 마음뿐이지 힘이 모자랍니다. 저도 힘든 일이 많지요.」

「그럼요.」

백씨가 말했다.

「포 주인은 그렇게 큰 가게를 여는데 돈 쓸 데가 오죽 많겠어요? 포 주인이 말씀만 해주셔도 고맙습니다.」
「세상이 박하니 군자가 없습니다.」
포 주인은 또 탄식하면서 말했다.
「옥배만 해도, 내 마음 같아서는 지나간 일은 다 없던 걸로 했으면 좋겠는데요. 무슨 선금이고 계약이고 다 잊어버렸으면 좋겠는데요, 그런데 안 되네요. 내가 이 집에 내라고 말하지 않으면 다른 사람이 저보고 내라고 하거든요. 처음에 양 주인과 계약을 맺을 때 나는 헌트 선생과도 계약을 세웠거든요. 이젠 삼 년이란 기한이 되었으니 저보고 옥배를 내놓으라고 할 텐데, 제가 내놓지 못하게 되면 삼 년의 경제손실을 배상해야 되거든요. 나도……… 나도 어떻게 하겠습니까?」
백씨의 얼굴은 백지장처럼 되었다.
「포 주인의 뜻은…… 우리더러……?」
「말하기 곤란하지만 저와 양 주인의 계산이 끝나지 않았거든요. 그때 계약서에 똑똑히 썼거든요. 그림에 따라 옥을 새기고 삼 년을 기한으로 삼는데 전부 가격이 2천 원이고 먼저 선금으로 삼분의 일을 주며 어느 쪽에서든 중도에서 언약을 어기면 상대방의 경제손실을 배상한다.」
그는 호주머니에서 그 계약서를 꺼내놓고 말했다.
「미안하지만 이 계약은 양 주인이 언약을 어긴 셈이지요. 당시 우리 쌍방이 약속한 대로 그는 선금 6백 원을 갚아야 합니다. 삼 년 동안 본전에 이자를 합치니 도합 현금 1859원입니다.」
백씨는 그 숫자를 듣고 대번에 어안이 벙벙해졌다.
포수창은 백씨를 쳐다보면서 말했다.
「양 부인, 장사꾼들은 늘 이런 말을 합니다. 친분은 친분이고 장사는 장사다. 사람이 죽었다고 빚이야 죽을 수 없지요. 그렇지 않으면 양 주인의 영혼도 불안할 겁니다. 나도 빚진 것이 너무 많아서 그럽니다.

할 수 없지요. 그렇지 않으면 삼히 입도 못 열지요.」
포수창은 그 계약서를 틀어쥐고 백씨의 납복을 기다렸다. 이것이야말로 그가 오늘 이곳에 온 진정한 목적이었다. 사실 옥배가 깨지고 양역청이 급사한 것은 그도 벌써 알고 있었다. 그가 어떤 사람이라고 이 소식을 못 들었겠는가. 금방 그가 보여주었던 행동은 연극에 불과한 한 짓이었다.
백씨의 눈물이 비오듯 쏟아졌다. 그녀는 목숨까지 내놓으라고 핍박하는 귀신 같은 포수창에게 간절하게 애걸하였다.
「포 주인, 당신도 알지 않습니까? 망인은 우리에게 남겨놓은 가업도 없습니다. 그 6백 원 선금도 벌써 살림에 보탰지요. 제가 어디 가서 1천8백 원을 얻어온단 말입니까? 당신께서 저희들을 불쌍히 여겨 은혜를 베풀어주세요. 제발 이렇게 사정합니다.」
벽아는 정말 참기 어려웠다. 그녀는 눈물을 닦으면서 말했다.
「엄마, 애걸하지 마세요. 우리도 사람이에요. 아버지의 빚을 자식이 갚아야지요. 진 만큼 갚으면 되겠지요. 솥 팔고 집을 떼이구 우리 모녀들이 서북풍을 마시더라도 허리 펴고 살아야 해요. 엄마!」
「오, 이 아이가 시원스럽네요.」
포수창은 웃으면서 말했다.
「그러나 나도 그렇게 마음이 독하지 못합니다. 이후에도 서로 만나야 할 사람들이니까요. 제가 어찌 집에서 쫓아내고 집까지 빼앗겠습니까? 양 부인, 이럽시다. 부인께서 당장 현금을 내놓지 못한다니 저도 억지로는 할 수 없군요. 그럼 이 댁에서 물건으로 빚을 갚으면 되겠습니다. 내가 보니 아직 조각품들이 있는 것 같은데, 완성품이든 아니든 아직 다치지 않은 재료들까지 합해서 그리고 두 개의 수등까지도요. 그저 그겁니다. 자라든지 그렇지 않든지 이젠 장부가 깨끗해진 셈입니다.」

여태껏 말없이 옆에 서 있던 한자기는 속으로 계산해 보았다. 포수창은 너무도 악착스런 놈이다. 이 자식은 기진재의 조각품 전부와 재료들을 싹 쓸어가려는데, 그것으로 벌 돈이 어찌 1천8백 원뿐이겠는가.

「그렇게 합시다. 그러나 수등만은 못 가져가요. 그건 우리 옥기 양씨집 대대로 전해온 밥벌이이고, 저희들 오빠가 그것으로 일해야 하거든요.」

벽아는 이를 깨물면서 말했다. 그러고는 한자기를 바라보았다.

한자기는 머리를 숙이고 말이 없었다.

포수창이 말했다.

「양씨댁 큰아가씨, 모두 그렇게 자기만을 위해 타산한다면 계산을 다시 해야 되겠는데…….」

백씨는 재빨리 애걸하였다.

「포 주인, 아이들 말은 듣지 마세요. 우리 모녀들 잘 곳만 남겨준다면 고맙겠습니다. 당신 말대로 쓸 만한 것은 모두 가져가시오. 사람도 없는데 그 수등을 보면…….」

「흥! 콱 가져가시오!」

벽아는 화가 나서 말했다.

「오빠, 이젠 수등도 없으니 차나 팝시다!」

한자기는 그래도 말이 없었다.

포수창은 어느 정도 온 목적을 이루었다고 생각하고 이젠 떠나려고 하였다. 내일 차가 와서 물건을 실어간다고 한마디 더 하고 일어나서 작업장에 들어가 그 「정화항해도」를 조심스레 말아서 들고 팔이 끊어진 옥배도 들고서 말했다.

「이 물건은 당신들에게 쓸모가 없을 테니 제가 가지고 가서 기념으로 삼지요. 이것을 보면 양 주인을 본 듯할 거예요.」

말하면서 또 [illegible]으로 눈을 뒤었다.

포수창이 그럴 듯하게 꾸미는 모양은 이젠 벽아를 속일 수 없었다. 그는 방안에서 포수창이 가져온 월병꾸러미를 들고 나와서 큰 소리로 말했다.

「오빠, 이것도 주어버리세요!」

한자기는 월병을 받아들고 말없이 포수창을 따라나갔다.

「이건…….」

포수창이 문을 나서면서 난처해 하였지만 한자기 앞에서 무어라고 말을 할 수 없었다. 그는 웃으면서 말했다.

「처녀애는 이제 시집가기도 힘들겠는걸.」

「벽아는 아직 나이가 어리고 철이 없으니 많이 이해하세요.」

한자기는 그의 뒤를 따르면서 나지막하게 말했다.

「포 주인, 할 말이 있는데요. 해도 되겠습니까?」

「응? 뭘하려구?」

포수창은 한자기를 경계하면서 물었다. 그는 한자기도 자기한테 난처한 말을 할까봐 걱정이 되었으나 이번에는 금방 여자애한테 대한 것처럼 그렇게 점잖은 체하지는 않으리라 별렀다.

「먼저 대답해 주세요.」

한자기는 포수창의 적의에 찬 눈을 바라보면서 말했다.

「먼저 대답해야 말하겠습니다. 이 일은 당신께나 저의 사부님께나 모두 나쁠 것이 없습니다.」

「좋은 일이야? 대답하면 어쩔 셈이야?」

포수창은 의심스럽다는 눈길로 바라보았다.

「말하려면 빨리 시원히 말해!」

「저는요…….」

한자기는 다시 생각해보더니 말했다.

「저는 당신께서 저에게 살 길을 찾아달라는 부탁을 드립니다. 수등과 같이 당신네 회원재에 들어가게 해주십시오.」

「아!」

포수창은 꿈에도 생각 못 했다. 기진재가 문을 닫게 될 위급한 상황에서 양역청의 총애를 받던 제자가 그 집을 나와서 바로 기진재를 망하게 한 그에게로 뛰어올 줄은 예상도 못했다. 이해가 너무도 되지 않았다. 한자기는 이젠 오갈 데 없는 상갓집 개와 같은 신세이다. 회원재는 일꾼이 득실거리고 장사도 날로 잘되어 가는데 한자기를 받아서 뭣에 쓰겠는가? 회원재는 장사만 하지 작업장도 없으니 그 수등 둘도 가져다 팔 예산이었다. 그리고 포수창도 속이 뻔했다. 금후부터 자기는 양씨네 원수가 된 셈이다. 양역청은 슬하에 아들이 없지만 구슬처럼 예쁜 두 딸이 어느 때고 시집가서 아들딸을 낳을 것인데 벽아의 기분을 보아서는 이 원수를 몇 대까지 갚으려 할지 알 수 없는 일이었다. 수완이 능란한 포수창은 더는 원한을 사고 싶지 않았다. 집을 망하게 하고 이제 제자까지 빼앗았다는 죄명을 더 쓰고 싶지는 않았다. 하여 그는 한자기를 막으려고 마음에 덜컥 자물쇠를 잠그어버렸다.

세상에는 별별 자물쇠가 다 있다. 자물쇠가 생기는 동시에 그것을 열 수 있는 열쇠가 있게 마련이다. 한자기라는 열쇠가 포수창의 교활한 마음속까지 뚫고 들어가서 그 자물쇠를 열 줄은 누구도 몰랐다.

「포 주인, 당신이 너그러운 건 누구나 다 알지요. 그렇지 않으면 어떻게 그렇게 큰 가업을 가질 수 있겠습니까? 큰 인물들은 모두 마음이 너그럽고 사람을 쓸 줄 알지요. 옛말에 나오는 유방(劉邦)은 장량과 한신을 잘 썼기에 천하를 쉽게 얻었거든요. 그런데 초패왕은 무예가 뛰어났어도 사람을 쓸 줄 몰라서 마지막에는 자결하는 끝장을 보았습니다. 포 주인, 저는 당신이 큰 포부를 지닌 사람인 줄 압니다. 우리 사부님처럼 속이 바늘구멍만 해 큰 일을 못하는 사람과는 다르지요. 저는 저의 사부님을 위하여 마지막까지 효도를 다했습니다. 앞으로의 길은 저 혼자 걸을 수밖에 없습니다. 저를 받아주세요. 망인의 제자를 돌보아주는 것이라고 생각하면 되지요. 저의 사부님께도 해로울 것 없고 이웃들이나 동업자들도 모두 포 주인이 의리가 있다고 생각할 겁니다.」

포수창은 한동안 말을 하지 못하고 속으로 생각했다. 이 자식 뱃속에 먹물도 꽤 들었는데. 양역청에게 이런 제자가 있었는데도 작업장에 박혀 있은 것이 너무 아쉽구나. 회원재에 들어오면 큰일도 할 수 있을 게 아니야.

「포 주인, 저는 곤경에 빠진 사람입니다. 북경에 일가친척도 친구도 없습니다. 사부님이 돌아가시자 저는 의탁할 사람도 벌어먹을 길도 없습니다. 당신은 동업의 선배님이기에 제가 감히 부탁드리는 것입니다. 저를 불쌍히 여겨 밥이나 먹게 해주십시오. 속담에 한 방울 물의 은혜를 샘물로 갚는다고, 후에 저는 은덕을 잊지 않을 겁니다. 솔직히 말하면 지난 삼 년 동안 지는 사부님한테서 손재간을 배웠습니다. 그 배를 저보고 하라고 했더라면 오늘과 같은 일이 생기지 않았을 겁니다. 포 주인, 저에게 삼 년이란 시간을 더 주세요. 제가 꼭 그림대로 기한에 어김없이 배를 만들어드리겠습니다. 그러면 포 주인은 서양사람에게도 면목이 서고 회원재도 밑지지 않을 겁니다. 그걸 얼마나 주고 팔든 저는 묻지도 않고 한푼도 가지지 않겠습니다. 포 주인께 보답한다고 생각하겠습니다.」

이 말을 들은 포수창의 안색은 금세 환해졌다. 그가 모든 것을 가늠하는 준칙은 이익과 폐단이었다. 마침 한자기가 그 점을 알고 이익이 되는 것만 말하고 폐가 될 것은 하나도 말하지 않았기에 포수창의 마음을 움직였다. 포수창은 근본적으로 서양인 헌트와 아무 계약을 세우지 않았다. 오직 헌트로부터 그림만 받고 그대로 만들어주겠다고 했다. 일이 끝나면 만나서 가격을 흥정하기로 하였다. 양역청의 배가 부서지고 사람이 죽어 재가 되어도 포수창은 털끝 하나 손해본 것이 없었다. 오히려 많은 배상을 받았다. 장사는 너무도 잘된 셈이다. 옥배는 그림이 있으니까 이렇게 큰 북경에서 옥기 명수 하나 못 찾을 리 없는 것이다. 양역청이 다른 사람보다 재간은 뛰어났으나 이미 죽었으니 비기지도 못할 것이다. 그가 대수롭지 않게 배를 가지고 가려 한 것은 다음에 만들 때 모든 부분이 아주 완벽한 그 배를 표본으로 삼기 위해서였다. 그런데 지금 양역청의 제자가 자발적으로 찾아와서 사부님이 마치지 못한 사업을 계속 잇겠다는 게 아닌가? 하늘이 포수창에게 옥배 하나와 재간있는 장인을 준 셈이다.

한자기가 포수창의 얼굴을 살펴보니 일이 성사될 희망이 있어 보였다.

「대답하시겠지요? 이제부터 당신이 저의 사부님입니다.」

「서두르지 마라.」

포수창은 손을 저어 한자기를 말렸다. 그는 한자기가 자기에게 급급히 인사를 올릴 줄 알고 말했다.

「한자기, 자네도 알지만 나는 마음이 약한 사람이야. 길을 걸을 때 개미를 보아도 밟을까봐 돌아가는 사람이야. 하물며 자네는 사람이 아닌가. 오갈 데 없는 사람이 나에게 사정하니 말이야. 자네는 그렇다 치더라도 돌아가신 자네 사부님을 봐서라도 대답하지 않을 수 없지. 회원재는 비록 장사가 빡빡하게 되고는 있지만 자네가 굶어 죽는 걸 보고만 있을 수 없지. 나와 양 주인의 친분을 봐서도 그의 제자가 바로 나의 제자이지. 나 포수창이 밥을 먹으면서 자네더러 죽을 마시게 할 수는 없는 거야. 그런데 말이야, 딱 한 가지 난처하네. 우리는 교가 다르거든. 옥기항에서는 분명하거든. 회회들의 가게는 회회 제자만 받고 한인들의 가게는 한인 제자만 받거든. 자네들 회회들은 꺼리는 게 너무 많지. 자네 때문에 따로 밥할 수는 없잖아. 그리고 다른 사람들과도 어울리지 못할까봐 걱정도 되네…… 그러니 이 일은 힘들어.」

「사부님, 그건 괜찮아요.」

한자기는 이젠 그를 사부님이라 불렀다.

「제가 그곳에 가면 한 가지 일만 하고 누구 일도 방해하지 않을 거예요. 식사는 옥수수떡과 짠지야 있겠지요. 그것만 있으면 돼요.」

포수창은 할 말이 없었다. 좀더 생각해 보더니 별안간 한자기의 어깨를 탁 치면서 말했다.

「좋아, 그렇게 하지. 내일 나를 찾아오게나.」

한자기는 포수창을 전송하고 기진재에 돌아와서는 말없이 장부를 정리하였다. 그는 평소에 쓴 명세들을 일일이 계산한 다음 장부책과 나머지 현금을 가지고 뒷방에 들고 가 상 위에 놓으며 말했다.

「사모님, 벽아, 한번 보세요. 기진재의 재산은 모두 여기에 있어요. 이 현금들은 다행히 포 주인한테 빼앗기지 않았습니다. 사모님과 동생들은 이걸로 당분간 지내십시오.」

벽아는 멍해졌다.

「오빠, 그건 무슨 뜻이에요?」

한자기의 눈에서는 뜨거운 눈물이 흘러내렸다.

「난…… 가야 되겠어!」

백씨는 놀라며 급히 물었다.

「가다니? 어디로 가려고?」

「포 주인을 따라가겠습니다. 거기 가서 사부님이 미처 마치지 못한 일감을 마저 하려고 합니다. 사모님, 몸조심하세요. 제가 더 효도를 하지 못함을 용서하세요. 저는…… 수등을 떠날 수 없습니다. 그리고 사부님이 채 못한 옥배도 돌보지 않을 수 없습니다. 어느 날…….」

그의 말이 채 끝나기도 전에 벽아는 이미 화가 나서 떨고 있었다.

「좋아. 오빠는 우리 집의 원수한테 찾아가려고 하는 거예요. 무정하고 의리없이 도둑을 애비로 삼는 나쁜 사람! 아버지는 그때 눈이 멀었어. 빨리 가세요. 가면 다시는 우리 집에 오지 말고!」

「벽아야, 내 말 좀 들어봐.」

「걷어치워요. 내 귀가 더러워질까 무서워요!」

한자기는 변명할 수가 없었다. 더 말할 권리가 없는 바에야 아무 말도 하지 않는 게 좋다. 그는 마음을 모질게 먹고 밖으로 나갔다.

일곱 살짜리 옥아는 집안에서 쫓아나오며 그의 다리를 붙잡고 말했다.

「오빠, 오빠, 가지 마.」

예리한 칼날이 한자기의 마음을 도려냈다. 그는 몸을 숙여 옥아의 얼굴에 입을 맞추었다. 두 사람의 뜨거운 눈물이 함께 흘러내렸다.

「옥아야, 잘 있어, 집에서…….」

「옥아야, 입맞추게 하지 마.」

벽아가 뛰어나와 동생을 끌며 한자기의 뺨을 치려고 손을 들었다가 다시 내렸다. 눈에서는 분노와 억울함이 섞인 눈물이 쏟아져 나왔다.

「오빤 사람도 아니야. 내 손을 더럽히기 싫어. 썩 꺼져버려!」

한자기는 몸을 돌려 큰 걸음으로 기진재를 나왔다. 대문가에 서서 다시 고개를 돌려서 삼 년간 살아온 뜰안을 바라보았다. 그는 참을 수 없어 안을 향하여 울면서 소리쳤다.

「사부님, 저는 갑니다! 사모님, 동생들, 몸조심하시오!」

한자기는 이제부터 포수창 문하에 속하게 되었다.

회원재는 동유리창길 북쪽에 있었다. 많은 서점, 종이가게, 서화가게, 문방사보점(文房四寶店), 골동품 옥기점들과 크게 다를 바 없었다. 가게도 그리 크지 않았으며 길 옆에 방이 두 개뿐인데 고풍스럽게 장식되어 있었고 검은 판에 금칠로 글씨를 쓴 간판이 높이 걸려 있었다. 그것도 박아댁 노인이 쓴 글이었다. 원래 노인은 글을 아끼는 사람이어서 옹졸하게 멋부리는 사람들이 그에게 글씨를 써달라는 것을 가장 싫어했지만 옥과는 인연이 있어서 간판을 써준 것이다. 때문에 옥마 노인의 간판은 역사가 별로 길지 않은 회원재의 몸값을 많이 올려주었다.

회원재는 비록 문을 연 지 오래되지 않은 가게였으나 주인 포수창은 옥기 골동품을 경영하는 데 능란한 사람이었다. 그는 본래 자본이 넉넉지 못한 떠돌이 고물장사꾼이었으나 다른 고물장수처럼 폐철이나 낡은 옷가지를 사지 않고, 장삼을 입고 중절모자를 쓰고 점잖게 차리고 민간에 다니면서 옥기 고물을 사들였다.

그는 옥에 대한 혜안을 가지고 있었다. 물건을 손에 잡으면 한눈에 그 물건의 연대를 대체로 추정할 수 있었다. 그것을 값을 치르는 주요 표준으로 삼고 그 다음에는 재료의 질과 가공수준을 보았다. 그는 모조품도 정확히 가려냈다. 그가 찾아가는 상대는 주로 돈이 많고 골동품을 모으기 좋아하나 골동품에 대해 별로 지식이 없는 각 업종의 상인들과 몰락한 귀족, 관료 그리고 부유층 자손들이었다. 전자의 사람들은 새것을 즐기고 오래된 것을 싫어해서 자주 입맛을 바꾸려 하고 후자의 사람들은 앉아서 가산을 탕진한 사람들이어서 선조들이 남긴 물건들을 팔아서 돈을 쓰는 것이다. 그 두 부류의 사람들은 모두 체면를 차리기를 좋아하고 또 포수창의 그 말재주를 당할 수 없었으므로 포수창은 자신이 매긴 물건값으로 물건들을 사들일 수 있었다.

그는 아주 싼값으로 세상에 희귀한 진품도 사들일 수 있었다. 사들인 물건은 급히 팔지 않고 자세히 살펴보아 확실한 연대와 출처를 파악하여 그 실제 가치를 안 다음에야 값을 흥정하였다. 그 당시 숭문문 밖의 동효시(東曉市), 덕승문 밖의 과자시(果子市), 선무문 밖의 흑시

(黑市)는 모두 고물을 매매하는 시장이었다. 여기에는 주로 훔친 물건을 내다팔기에 새벽에 영업한다. 때문에 새벽시장, 귀신시장, 도둑시장이라 불렀다. 사고 파는 사람들은 '산다' '판다'는 말을 쓰지 않고 '너에게 준다' '나한테 달라'는 식으로 말을 하며 값도 입으로 말하지 않고 옷소매 속에서 손가락을 쥐었다 폈다 하면서 흥정한다. 포수창은 늘 새벽시장에 드나들면서 멍청한 장사꾼들에게서 좋은 물건을 사들이면서 자기 것은 별로 팔지 않았다.

그의 물건들은 옥을 좋아하지만 옥을 잘 모르는 부자들이나, 옥을 잘 알고 값도 많이 주는 골동품가게에 팔렸다. 그리고 늘상 각국의 중국주재 대사관과 큰 호텔에 가서 홍보를 했으므로 중국물품에 대해 관심을 갖고 있는 서양사람들도 주요 고객이었다. 물건 하나만 잘 팔면 포수창은 일년 쓴 본전까지 벌어들였다. 그렇게 십여 년이 지나니 상당한 자본이 모였다. 그래서 오늘날 유리창에서 두 칸짜리 가게를 열고 회원재라는 간판을 걸게 된 것이다.

회원재는 규모는 큰 데 비해 일꾼이 그리 많지 않았다. 제자는 셋뿐이었다. 첫째 제자인 사람은 기한이 찼는데도 가게에 남아 일하고 나머지 둘은 아직도 기한이 남아 있었다. 그 외에 회계선생이 한 분 있었고 포수창까지 모두 다섯 명이었는데 모든 일을 맡아서 잘하고 있었다. 포수창이 제자를 고르는 데는 엄격하였다. 첫째는 단정하게 생겨야 하고 둘째는 말을 유창하게 해야 하며 셋째는 충성하고 성실해야 했다. 제자를 받는 수속도 엄했다. 추천하는 사람도 있어야 하고 보증금도 있어야 하며 계약문서도 만들었다. 이 기간에는 품삯도 주지 않고 옷도 스스로 해결해야 하며 밥만 겨우 먹여주었다. 달아나거나 앓아죽는 건 책임지지 않았다. 가게의 규칙을 지키지 않으면 수시로 해고할 수 있었다. 주인이 일꾼을 쫓을 수는 있으나 일꾼이 주인을 떠나려 해서는 안 되었다. 주인이 일꾼을 내보내자면 일전 한푼 안 주고도 쫓는데 일순이 주인을 떠나려면 모든 배상금을 내야 갈 수 있었다. 얼기설기 늘어진 줄들이 네 사람을 꽁꽁 회원재에 묶어 놓은 셈이다.

매일 아침 네시만 되면 제자들은 일어나서 빗자루를 들고 가게 안팎을 깨끗이 쓸고 그 다음 먼지털이로 상품들을 말끔하게 털어놓는다. 문을 연 후에는 반드시 '웃고, 인사하고, 참고, 가볍게 물건을 만져야 하는' 네 가지 원칙을 지켜야 했다. 손님에게는 항상 웃어야 하고 자발적으로 인사를 하며 참고 시중들고 물건은 가볍게 만져야 한다는 것이다. 영업시간은 매일 열몇 시간이나 되었는데 한밤중이 되어야 문을 닫았다. 골동품업은 예로부터 밤장사가 잘된다. 돈 있는 손님들은 술과 밥으로 배를 채운 다음에야 호텔이나 술집, 무도장에서 나와 이곳을 비틀거리며 거닐었다. 사든 안 사든 모두 손님이어서 깍듯이 대해주어야 했다. 골동품가게는 음식점이나 상점들처럼 가게문을 활짝 열고 손님이 마음대로 들락거리는 게 아니라 가게문을 약간만 열어놓아 모르는 사람들은 문을 닫았다고 여기고 내막을 아는 사람만이 안으로 쑥 들어오는 것이었다. 그러니까 돈없는 사람이 와서 떠들 일도 없고 부자만 들어오기를 기다릴 수 있었다. 골동품점은 언제나 손님이 적어서 북적거리지 않았다. 고객들은 늘상 가뭄에 콩나듯 드문 편으로 보통은 눈에 익은 손님들이었다. 손님이 들어오면 제자들이 뛰어가 문을 열어주고 친절하게 인사한다.

「오셨습니까? 어서 오세요.」

손님들은 진열대에서 이것저것 고르면서 쉬 돌아가지 않을 때도 많았는데 그럴 때에도 줄곧 시중을 들어주어야 했다. 귀한 손님이 오면 앉으시게 하고 차를 대접하거나 안으로 모셔서 대접하기도 하였다. 손님이 가려고 하면 장사가 되었든 안 되었든 제자들은 웃음을 띠고 공손하게 문을 열고 전송한다. 하루 일이 끝나면 온몸이 쑤시지만 가게 안에 자리를 만들어야만 잘 수 있었다. 회원재는 기진재처럼 집이 딸린 가게가 아니어서 포 주인은 저녁에는 가게를 떠나 집으로 갔다. 가게 안에는 값비싼 물건이 있어 밤에 지켜야 하는 것은 자연스러운 일이었다. 회계 선생을 포함한 네 사람은 모두 가게 바닥에 자리를 만들어 잠을 자고 아침에는 또 자리를 거두어야 했다. 이렇게 하면 바깥 도둑도 막고 집안 좀도둑도 막을 수 있었다. 하루 세끼 밥은 기진재의 사모님이나 동생이 해주던 밥과는 비길 수도 없었다. 한자기가 포수창에게 말한 대로 일년 내내 옥수수떡에다 짠지로 하루 세끼를 해결해야 했다. 이렇게 힘든 생활을 어떻게 제자들과 회계 선생까지 참을 수 있는지 도대체 이해할 수 없었다. 그들의 운명도 포수창의 손아귀에 틀어쥐어 있는 것이었다. 두 사람의 품값은 모두 포수창이 그들의 태도를 보고 자기 맘에 따라 정하는 것이었다. 포수창은 반 년에 한 번씩 결정을 내리는데 사람의 좋고 나쁨에 따라 남는지 아니면 쫓겨나는지가 결정된다. 그때만 되면 사람마다 전전긍긍하면서 쫓겨날까봐 떨고 있었다. 결정을 내릴 때는 평소보다 약간 좋은 음식을 먹고 술도 있었다. 제자들이 술잔에 술을 부어서 주인에게 축배를 드리면 주인이 결과를 말한다. 장사가 잘될 때면 좋은 말도 하지만 장사가 안 되거나, 혹은 그 누가 눈에 거슬린다면 어려운 사정을 핑계로 일꾼을 쫓겠다고 말한다. 술을 마신 후 찐만두가 들어오는데 주인이 그 찐만두를 집어서 누구에겐가 주면 그 사람은 쫓겨나야 하는 것이다. 그 음식을 먹을 때는 모두 겁에 질려 떨고 있다. 밥그릇을 놓치지 않으려면 꾸준히 일하고 충성을 다해야 했다.

한자기도 이곳에 와서 그 사람들 속에 끼여들었다. 따라서 아침에는 청소를 하고 저녁에는 비좁게 끼여 잤다. 한 이불에서 자도 꿈은 다르다고, 누구도 다른 사람이 무슨 생각을 하는지 몰랐다. 모두들 진열대 앞에 서 있을 때 그는 뒤쪽 음침한 작은 방에서 수등을 돌리며 일을 하였다.

회계 선생과 제자들이 의논하기 시작하였다.

「장사를 하는 가게에 장인을 데려다 무얼 한담?」

「흥, 거기다가 회회래!」

이런 상황은 모두 한자기도 예측한 바였다. 그가 회원재로 오기로 결정할 때는 이 모든 치욕을 참을 준비가 되어 있었던 것이다. 그는 반드시 그가 해야 할 일을 끝내야 했다. 그러나 정작 남들에게서 업신여김과 수모를 당하니 마음속에서 불 같은 것이 치밀었다. 회계 선생과 제자는 자기들도 포수창의 노복이면서 그 앞에서는 주인 행세를 하였다. 그 사람들은 옥을 다듬을 줄 모르고 팔 줄밖에 모르면서도 옥기 예인을 깔보는 것이다. 그들의 눈에는 예인들이 비천한 장인일 뿐이어서 그들과 같은 장사꾼과는 비길 수 없다고 생각하고 있었다. 더구나 한자기는 회회여서 더욱 깔보았다. 투러여띵과 양역청을 떠나서야 한자기는 모든 종족은 평등하지 않음을 알았다. 그제야 한자기는 사부님이 왜 한평생 묵묵히 일만 하면서 자그마한 기진재를 지키며 발전하지 않으려 했으며, 사모님께서 포수창의 악착 같은 약탈에도 양보만 하였는지를 알았다. 회회는 한 등급 낮은 것이었다.

그런데 그가 알 수 없는 게 있었다. 같은 누런 피부에 같은 검은 머리칼을 가진 중국사람이 무엇 때문에 종족을 나누어 귀천을 가리는지 모를 일이다. 투러여띵처럼 학식이 많은 사람이나 양역청처럼 재간이 뛰어난 예인들이 한인보다 못하단 말인가? 벽아나 옥아처럼 예쁜 여자애들의 용모나 마음이 한인들의 딸들보다 못하단 말인가? 그는 알 수 없었다. 중국 북경성에는 만인(滿人)들의 수가 한인보다 퍽 적은데 한인들은 무엇 때문에 회회들을 대하는 것처럼 만인들을 멸시하지 못하는가? 청나라는 망했으나 사람들은 왜 황실이나 귀족의 후손들을 보면 여전히 그들의 옛날 지위를 존경하고 황공히 인사를 하는가? 그들의 선조들이 통치자였음에도 피통치자들은 그들을 미워하지 않고, 회회는 종래 통치자가 되어보지도 않았는데 한인들은 회회를 미워하고 멸시한다. 무엇 때문인가?…… 그 모든 것을 열아홉밖에 안되는 한자기로서는 알 수 없었다.

홧김에 그 감옥 같은 곳을 떠나려고도 했지만 이성이 그를 붙들었다. 떠날 수 없다. 여기에 있으면서 할 일을 해야 한다. 그는 모든 치욕을 삼키면서 노복의 노복인 신분으로 조심스레 포수창과 그의 일꾼들을 섬겼다. 그는 자신을 가게에서 가장 비천한 위치에 놓고 옥을 다듬는 시간 외에는 제가 해야 할 일들을 찾아서 하였다. 부지런한 손, 공손한 웃음, 그리고 친절한 말로써 그는 자신의 생존과 남들의 용서를 얻었다. 가게의 규정에 의하면 제일 어린 제자가 밥을 해야 하는데 이 일은 그에게 떨어졌다. 옥수수떡과 짠지를 만드는 데는 기술이 별로 필요치 않았다. 오히려 이 일로 그는 편리와 위안을 받았다. 그는 속으로 말했다. 사부님, 사모님, 당신들을 떠났지만 저는 이슬람 교규를 어기지 않았습니다. 저는 깨끗합니다. 명절 때가 되면 다른 사람들은 고기를 먹지만 그만은 구석에 앉아 옥수수떡과 짠지만 씹었다. 그는 이렇게 생각하였다. 삼보태감 정화도 황궁에서 참고 견뎠는데 난들 왜 못 참겠는가? 정화만 생각하면 사부님이 완성하지 못한 옥배가 생각났다. 그럴 때마다 한자기는 자기의 어깨 위에 천근 무게의 짐이 놓여 있는 것 같았다. 그는 가슴을 내밀고 걸어나갈 수밖에 없었다…….

365일의 낮과 밤이 시련 속에서 흘러갔다.

그해에 그는 옥만 다듬은 게 아니라 회원재의 장사도 유심히 지켜보았다. 회계 선생과 큰 제자가 회원재에서 몇 년간 배워온 장사수완을 차도 따라주고 무심히 이야기를 나누는 가운데서 어깨 너머로 배웠다. 포수창이 그에게 배워주려 하지 않은 것도 이미 귀에 익혔고 눈으로 보았다. 스승 없이 스스로 배운 것이다. 그리고 도끼날을 갈면서도 나무 찍는 것을 지체하지 않았다. 그는 이 년이나 앞당겨 옥배를 만들 수 있었다.

「정화항해도」와 양역청이 남긴 부서진 배와 한가지가 만든 옥배를 자세히 대조해 보고 난 포수창은 놀라지 않을 수 없었다. 그것은 기적이었다. 그 옥배는 원화의 운치를 제대로 살렸을 뿐만 아니라 양역청의 모본을 많이 닮았다. 양역청이 되살아난 것 같기도 하였다.

포수창은 한참 들여다보더니 말을 하지 못했다. 한자기는 속이 뻔했다. 원래 정한 삼 년 동안 만들 것을 일 년 동안에 만들어낸 것은 그에게 사부님의 모본이 있었기 때문이었다. 복제하는 것은 분명 창작보다 쉬웠다.

검사를 마치고 난 포수창은 머리를 끄덕이면서 말했다.

「이 두 개를 모두 내 방에 가져가!」

「네.」

한자기가 떠보려고 물었다.

「사부님, 원래의 옥배는 이미 깨졌는데 이것도……?」

그는 사부님의 유작을 자기가 기념으로 보존하고 싶었다.

포수창은 웃으면서 말했다.

「무슨 원래의 옥배야? 오늘부터 이 세상에는 오직 하나의 옥배가 있을 뿐이야. 두 개가 아니야. 양역청의 부서진 배는 영원히 사람들에게 보여서는 안 돼!」

「네? 그럼 그걸……?」

「그건 자네가 상관할 바 아니야. 모두 내 방에 가져가!」

그 후부터 양역청의 모본은 어디에 갔는지 보이지 않았고 한자기의 옥배는 사이먼 헌트에게 팔았다. 값은 한자기도 알 수 없었다.

배를 가져간 이튿날 사이먼 헌트가 다시 찾아왔다. 그는 포수창을 보고 양역청과 한자기를 만나고 싶다고 했다.

포수창이 아연해졌다. 헌트가 어디에서 두 이름을 알아냈는지 알 수가 없었다. 그가 장사를 할 때는 옥기 예인의 이름을 밝히지 않았고 사는 사람과 옥기 예인들은 만나지 못하게 하였다. 그런데 이번에는 어디에서 탈이 났는지 알 수 없었다. 그는 속으로 이렇게 생각하면서도 웃으면서 말했다.

「헌트 선생, 그 양역청은 이미 세상을 뜨셨습니다. 그 사람을 만나 볼 일이 있습니까?」

「네? 죽었다구요?」

사이먼 헌트가 반신반의하면서 물었다.

「옥배를 금방 만들었을 텐데 죽을 수 있습니까? 그럼 다른 한 사람인 한자기 선생이야 죽지 않았겠지요?」

포수창은 가슴이 두근두근거렸다. 그는 헌트가 무슨 용무로 찾아왔는지 알 수 없었다. 옥기장수는 물건을 사간 사람이 다시 와서 흠집을 잡고 물건을 되물리는 것을 가장 무서워한다. 모두 단골인데 일단 그런 일이 생기면 일이 정말 곤란하게 된다. 그렇게 되면 회원재의 이름도 영향을 받게 되는 것이다. 헌트가 찾아온 것은 결판을 내기 위한 것이 아닌가? 좋아, 그럼 모든 것을 만든 사람에게 미루고 자기는 물러설 일이다. 여기까지 생각하자 그는 시름을 놓고 무서운 소리로 불렀다.

「한자기, 이리와!」

한자기가 대답하면서 뛰어나왔다. 한눈에 서른쯤 되어 보이는 서양 사람이 앉아 있는 것을 보았다. 노란 머리, 파란 눈을 가진 사람이었다. 그는 이 사람이 헌트임을 대번에 알아보았고 속으로는 대충 짐작이 갔다.

그는 서양 사람한테는 인사도 하지 않고 포수창에게 물었다.

「사부님, 절 불렀습니까?」

포수창이 성을 내려 하는데 헌트가 일어나서 손을 내밀어 친절하게 인사하였다.

「안녕하세요? 우리는 언제 가게에서 한번 만난 것 같습니다. 당신이 한자기 선생인 줄은 몰랐습니다.」

「Good morning, Mr. Hunt!」

한자기도 그의 손을 잡고 떳떳하게 인사를 하였다.

포수창은 어리둥절해졌다. 응? 이 자식, 영어는 언제 배웠어? 한자기가 하는 그 인사말도 회원재에 온 후에 몰래 배운 것임을 그는 생각지도 못했다.

헌트는 상당히 유창하게 한어를 말했다. 교제의 편리도 편리겠지만 또 자신이 중국통임을 보여주기 위해서이기도 하였다.

「한 선생! 당신과 양 선생이 함께 만든 옥배는 기술이 너무나 뛰어나서 탄복했습니다. 소인이 오늘 여기까지 찾아온 것은 선생님의 풍채를 보려고 한 것입니다. 생각 밖에 선생이 이렇게 젊은 줄은 몰랐습니다.」

그러고는 포수창을 돌아다보면서 말했다.

「포 선생, 귀상가에는 주옥이 넘쳐날 뿐 아니라 인재도 많은 곳이오.」

포수창은 그제사 모든 것을 알아차렸다. 헌트가 찾아온 것은 결판을 내려는 것이 아니라 인사하러 온 것이었다. 그는 금방 대답하였다.

「과분한 말씀입니다. 헌트 선생은 중국에 이런 속담이 있는 줄 아시지요. '금강석 송곳이 없으면 도자기 일을 맡지 않는다'구요. 저의 제자에 대한 선생님의 칭찬은 소인의 영광입니다. 앞으로도 많이 다녀주십시오.」

사이먼 헌트는 크게 웃으면서 말했다.

「저는 바로 '금강석 송곳'을 찾으러 왔습니다.」

괜히 크게 놀랐던 포수창의 마음이 그제야 좀 놓였다. 이런 좋은 결과가 있을 줄은 몰랐다. 근데 그 옥배가 한자기가 만든 것임을 헌트가 어떻게 알았고 양역청도 끄집어냈는지는 아직도 알 수가 없었다. 가게 안의 어느 자식의 입에서 말이 새나간 것이 틀림없다. 이따가 한바탕 야단을 쳐야지. 다행히도 양역청과 기진재도 이미 없어졌고 한자기도 자기 사람이 되었으니 별 후환이 없을 것 같았다.

그러나 오로지 헌트와 한자기만이 이 비밀을 알고 있었다. 포수창은 그의 충직한 노복들을 억울하게 의심한 것이다. 말을 새나가게 한 사람은 바로 한자기였다.

옥배가 다 만들어진 그날 저녁 한자기는 자신의 심혈로 만들어진 조각품을 만지면서 속으로 말했다. 사부님, 우리의 배가 끝내 만들어졌습니다. 한번 보세요. 이제 당신은 눈을 감을 수 있습니다.

희미한 등불만 가물가물 비치고 작업장에는 아무 소리도 들리지 않았다. 한자기는 사부님이 여위고 초췌한 얼굴에 웃음을 띠고 고개를 끄덕이는 것을 보는 것 같아서 다시 찬찬히 보려 하니 없어졌다. 한자기는 사부님 묘지가 있는 쪽을 향하여 가볍게 한숨을 내쉬었다. 이때 그는 아주 큰 유감을 느꼈다. 마치 양역청도 마지막쯤에 생각했던 것처럼 옥배가 회원재를 떠난 후 헌트와 모든 구경꾼들이 옥배를 만든 사람이 누군지를 모르는 게 유감스러웠다.

한자기는 그렇게 자기의 옥배를 떠나보내고 싶지 않았다. 그는 힘들게 생각하고 생각하여 옛날 박아댁 노인이 들려주었던 이야기를 생각해냈다.

명나라 만력년간에 소주의 옥기대사인 육자강이 부름을 받고 황궁에 들어가서 일하게 되었다. 신종 황제는 오래 전부터 육자강이 옥기를 뛰어나게 잘 새긴다는 명성도 들어왔고 또 그에게 나쁜 버릇이 있다는 소문도 들었다. 그 나쁜 버릇이란 육자강은 늘 자기가 만든 옥기에다 이름을 새겨넣는다는 것이었다. 옥기 예인으로 이는 규칙에 어긋난 일이었다. 특히 어용기물을 만드는 데는 더군다나 안 될 일이었다.

신종 황제는 천하의 진귀한 것을 모두 거두어들이고도 싶었고 또 자신의 위엄도 지키려고 육자강을 한번 시험해 보리라 결심하였다. 그는 양지백옥으로 옥주전자를 새기되 절대 이름을 새기지 말라고 어명을 내렸다. 얼마 안 되어 육자강은 조각한 옥주전자를 바쳤다. 신종 황제는 손에 놓고 천천히 바라보았다. 과연 이름 그대로였다. 옥주전자는 물같이 맑고 푸른 하늘에 구름 한 점 없는 것같이 환했다. 신종은 옥주전자를 아무리 살펴보아도 이름이 새겨 있지 않으니 얼굴에 웃음을 띠고 육자강을 한바탕 칭찬하더니 금은 재물을 하사하여 집으로 보내주었다. 그 후에 신종 황제는 어쩐지 꺼림칙하여 다시 옥주전자를 들고서 아래위로 찬찬히 보았다. 그때 한줄기 햇살이 창으로부터 침궁에 비쳐들어와서 마침 옥주전자에 비쳤다. 신종은 그때 주전자 주둥이에서 은은히 나타난 '자강'이란 두 글자를 발견하였다. 신종은 대노하였지만 이미 칭찬한 육자강을 다시 어쩔 수가 없었다. 그리고 그 때문에 정교하고 아름다운 옥주전자를 깰 수도 없어서 그만두고 말았다. 육자강은 생명의 위험을 무릅쓰고 옥기 예인들의 존엄을 지켰고 저자 이름을 새길 권리를 얻었다. 이것이 육자강이 많은 옥기 명수 중에서도 큰 영예를 지니고 후세에까지 이름이 전해지는 이유인지도 모른다.

박아댁의 노인은 그 이야기는 패관야사로밖에 볼 수 없고 그 옥주전자도 종적을 찾을 수 없다고 하였다. 그러나 세상에 알려진 모든 육자강의 작품에는 사람들이 주의하지 않은 곳에다 '자강'이란 두 글자가 새겨져 있는 것은 사실이라고 하였다.

그때 하나의 뚜렷한 생각이 한자기의 머리에 떠올랐다. 그는 주저없이 이미 완성된 옥배에다 가장 중요한 것을 첨가하였다. 바로 옥의 밑면에다 단정하게 '양역청 · 한자기 제'라는 글자를 새겨넣은 것이다.

지금 중국통인 헌트는 그 몇 글자에 이끌려 한자기 앞에 선 것이다. 자기가 가장 총명하다고 생각하는 포수창이 영문도 모르게 말이다. 더욱 재미있는 것은 한자기나 헌트 모두 포수창의 앞에서 그 비밀을 밝히려 하지 않는다는 것이다. 왜냐하면 그들도 속에 다 계산이 서 있기 때문이다.

헌트는 차를 마시며 포수창과 한자기와 한참이나 사소한 말들을 하다가 일어나서 떠날 인사를 하였다. 그는 가기 전에 갑자기 무슨 일이 생각난 듯이 웃으면서 포수창에게 말했다.

「포 선생! 오늘 당신의 훌륭한 제자를 보니 참말로 영광스럽습니다. 제가 이분을 저희 집에 모셔서 식사대접을 해도 반대하지 않겠지요?」

「그건…….」

포수창은 물론 반대할 수 없었다. 할 수 없이 그는 이렇게 말했다.

「그럼 고맙겠습니다.」

또 한자기에게도 당부하였다.

「일찍 가서 일찍 돌아오게. 헌트 선생과의 장사는 이미 결산이 끝났으니까 자네는 놀기만 하고 오면 돼.」

그것은 한자기의 입을 막으려고 한 말이었다. 해서 안 될 말은 한마디도 하지 말라는 뜻이었다. 한자기는 물론 그 뜻을 잘 알아들을 수 있었다.

한자기는 사이먼 헌트를 따라 대기창(台基廠)에 있는 육국호텔(六國飯店)로 들어갔다.

사이먼 헌트의 방에는 서양 것이란 볼 수가 없었다. 마치 중국 골동품점에 들어온 기분이었다. 탁자와 의자를 빼놓고는 그 외의 자리에는 모두 크고 작은 진열장이 놓여 있었다. 많은 도자기와 벼루 등이 있었는데 제일 많은 것이 옥기였다…… 한자기가 만든 옥배는 단독으로 상위에 놓인 유리통 안에 있었다.

한자기는 자리에 앉기 전에 먼저 진열장 앞에서 구경하면서 감탄을 금할 수 없었다.

「헌트 선생님께서는 이렇게도 많은 중국 물건을 소장하고 계시군요. 정말 중국통임에 손색이 없습니다.」

사이먼 헌트는 그의 뒤에 서서 겸손하게 말했다.

「아니, 천만의 말씀입니다. 저는 다만 중국의 예술을 사랑할 뿐입니다. 아직은 '통'이라고는 말할 수 없지요. 중국의 속담대로 말한다면 반수의 문 앞에서 함부로 도끼질하는 격이지요. 오늘 한 선생을 모셨으니 많이 배워야 되겠습니다.」

그는 책상 옆으로 걸어가서 유리통 안에 있는 옥배를 가리키며 말했다.

「이 대작품은 제가 소장한 현대 옥기 중의 진품입니다. 선생은 예술인의 특이한 재치로 입체적인 조각수법과 투각으로 조각하는 수법과 양각의 수법을 교묘하게 결합하여 정화항해도의 기세와 이미지를 잘 나타내주셨습니다. 그리고 옥조각의 제한을 받지 않고 그림과 목조각, 벽돌조각, 석각의 우수한 점을 흡수하여 건륭년간 옥기조각이 가장 발달했던 때의 기교와 품격을 충분히 발휘하였습니다. 이는 당대 예인 중에 보기 드문 실력입니다. 그러니까 제가 이걸 사느라고 쓴 5만 원이나 당신의 심혈이나 모두 가치가 있습니다.」

한자기는 내심 놀라지 않을 수 없었다. 그는 포수창이 값을 매길 때 두 번 일의 공을 함께 계산해 공짜로 5만 원을 벌 줄을 몰랐다. 그리고 옥배가 사이먼 헌트로부터 이렇게 높은 평가를 받으리라고는 생각하지 못했다. 이 서양 사람도 확실히 전문가였다. 양역청과 한자기가 알고는 있으나 말로 형용하지 못하는 것을 이론적으로 조리있게 말할 수 있었다. 한자기는 저도 모르게 사부님이 생각났다.

「너무도 유감스럽습니다. 당신의 그 말씀을 저의 사부님은 이젠 들을 수 없으니까요!」

「네? 당신의 사부님은 포수창 선생이 아닙니까?」

헌트가 의아스럽게 물었다.

「아닙니다, 오해하셨습니다. 포수창은 저의 주인이지 사부가 아닙니다. 저의 사부님은 양역청입니다.」

「아, 당신의 그 합작자 말입니까?」

「합작이 아닙니다. 저의 재간은 모두 사부님이 배워준 것입니다.」

「그렇게 된 것이군요. 생전에 양 선생님을 뵙지 못한 것이 유감스럽습니다. 그렇지만 당신을 알게 된 것은 너무 기쁩니다. 한 가지 물어봅시다. 사부께서는 제자를 몇 분 두셨습니까?」

「저 혼자입니다. 전에 옥기 양씨댁은 남을 제자로 삼지 않았습니다.」

「그럼 좋습니다. 우리 두 사람의 금후의 합작은 아주 유쾌할 것입니다.」

「당신과 합작한다구요?」

한자기는 그 말이 품고 있는 확실한 뜻을 알아듣지 못했다.

사이먼 헌트는 고개만 끄덕였을 뿐 더 이상의 설명은 하지 않았다. 그러고는 돌아서서 진열장에서 비단상자를 꺼내어 덮개를 열더니 옥기 하나를 조심스레 꺼냈다.

「이 물건을 보십시오.」

한자기는 손에 받아서 자세히 보았다. 말굽형으로 된 옥기였는데 둥글지도 네모나지도 않았으며 두께도 고르지 않았다. 그리고 다듬은 기술도 아주 간단하였고 표면도 빛을 내지 않았다.

엄격한 기술훈련을 받아온 한자기는 그 물건이 마음에 들지 않았다. 그는 헌트가 왜 이것도 소장품으로 보관하는지 알 수 없었다. 그는 웃으면서 물건을 돌려주며 물었다.

「이건 누가 만들었지요?」

「저한테 물으세요?」

헌트는 이상야릇하게 웃으면서 말했다.

「저도 몰라요. 이 사람은 당신처럼 이름을 새기지도 않았고 또 이미 죽은 지 3천여 년이 되기 때문에…….」

한자기는 깜짝 놀랐다.

「3천여 년이라구요?」

사이먼 헌트는 웃음을 거두고 말했다.

「알아보지 못했습니까?」

「네.」

한자기는 솔직하게 승인하였다.

「이제 금방 선생님이 말씀하시지 않았다면. 저는 너무 거칠게 만들었다고 느꼈는걸요. 이게 3천 년 전의 것인 줄 선생님은 어떻게 아시죠?」

「그건 제가 옥의 질과 옥기형태, 그리고 무늬와 가공기술 이 네 가지 각도에서 본 것입니다. 제가 알건대 중국에는 지금으로부터 4천 년 전에서 만 년 전 기간의 신석기시대에 벌써 옥으로 만든 병기와 공구들 그리고 장식품이 있었습니다. 물론 그때의 제작기술은 아주 거칠었습니다. 상주(商周)시대에는 옥칼, 옥도끼, 옥장, 옥환, 옥잠 등 외에도 물고기, 새, 거북이, 짐승, 사람머리들의 옥패도 있었는데 이전 것보다 정교해졌습니다. 지금 보고 있는 이것은 제가 보아온 괴형(夔形) 옥기 중에서 가장 먼저 만들어진 것입니다. 직선이 많고 곡선이 적으며 굵은 선이 많고 가는 선이 적으며, 음무늬가 많고 양무늬가 적으며 쌍구음선을 썼으며 괴수(夔首) 부분의 구멍은 밖이 크고 안이 작으며 말굽형으로 되어 있습니다. 그것들은 모두 상대(商代) 옥기의 특징입니다.」

「이 물건은 무엇에 쓰는 겁니까?」

한자기는 듣는 데 온 정신이 팔렸다. 손바닥 절반만큼밖에 안 되는 물건을 놓고 헌트가 그렇게 많은 지식을 알고 있는 것이 너무도 신기했다.

「이건 옥결입니다.」

헌트는 물건을 들고 귀밑에 대보이면서 말했다.

「만들 당시에는 귀걸이였습니다. 하! 얼마나 큰 귀걸이입니까? 옛날 사람도 너무 무거웠던지 진한(秦漢) 후에는 옥패로 썼지요. 그러나 제가 가지고 있는 것은 귀걸이입니다. 왜냐하면 이건 틀림없이 상대의 것이기 때문이지요.」

한자기는 멍청히 그 옥결을 바라보았다. 그는 또 끊임없이 흘러내려온 옥의 강을 보는 것 같았다. 사 년 동안 그는 그 강의 원천을 찾느라고 고심했었다. 그는 존경하는 마음으로 손을 내밀어 다시 그 거칠게 만들었으나 역사가 유구한 옥결을 받았다. 그는 3천 년 전의 선인들이 초라한 공구로 어떻게 그 끊임없이 흐르는 옥의 강을 열었는가를 상상해보았다.

「헌트 선생님, 당신은 아십니까? 우리 옥기업의 첫번째 사조님이 누구신지를?」

그는 또 사 년간 마음속에 맴돌던 그 문제를 물었다. 사 년 전 그가 양역청에게 물었을 때 대답을 듣지 못했다. 박아댁 노인께 물으려 했는데 애석하게도 미처 묻지 못했다.

「첫번째 사조님?」

사이먼 헌트는 유감스럽다는 듯이 한숨을 쉬었다.

「그건 참 말하기 힘듭니다. 중국의 역사는 너무도 길지만 역사에 이름을 남긴 사람은 또 아주 적으니까. 특히 민간 예술인들이 그렇지요. 명나라 후에는 육자강, 유념, 화사, 이문보 등을 찾아볼 수 있고 명나라 전에 제일 이름난 사람은 구처기가 있는 것 같습니다. 그러나 그것도 금, 원시대입니다. 만약 더 자세히 올려 찾는다면 약간의 흔적은 볼 수 있습니다. 중국 역사 기록에 의하면 진시황은 매우 귀중한 화씨벽을 얻은 후 옥기 예인 공손수더러 '수명우천 즉수영창(受命于天, 即壽永昌)'이란 여덟 개의 조충형(鳥虫形) 전자(篆字)를 써서 전국옥쇄를 새기게 했답니다. 또 진시황 2년에는 천소국에서 진나라에 열예라는 화공을 바쳤는데 이 사람은 옥도 잘 새겼답니다. 그는 진시황을 위하여 백옥으로 범 두 마리를 조각했는데 범의 털까지도 너무 신통하게 새겼답니다. 이 열예와 공손수가 바로 내가 알고 있는 중국 최초의 옥기 예인입니다. 그러나 그들은 첫번째 사조님은 아니지요.」

사이먼 헌트는 한자기의 문제에 해답은 주지 못했지만 한자기로 하여금 감탄을 금치 못하게 하였다.

「헌트 선생님, 당신은 정말 대단한 학문을 가지고 있습니다.」

한자기는 '당신은 정말 외국의 옥마입니다'라고 말하려다가 헌트 선생이 마(魔)자를 오해할까봐 말하지 않았다.

「아닙니다. 저도 약간 알고 있을 따름입니다.」

사이먼 헌트는 어깨를 으쓱해 보이면서 말했다. 그는 다소 의아스러운 듯이 물었다.

「한 선생, 당신의 사부님은 이런 이야기를 들려주지 않았습니까?」

한자기는 얼굴을 붉혔다. 헌트가 사부님의 체면을 깎았다기보다 자기의 무지함이 몹시 부끄러웠다. 중국의 옥기 예인으로서 외국 상인보다도 중국의 옥기를 잘 알지 못하니 이게 어찌 큰 망신이 아니겠는가!

헌트는 한자기의 마음을 읽어내었지만 비웃지는 않았다. 그는 감탄하면서 말했다.

「역사를 창조하는 사람들이 더 역사를 알아야 합니다. 한 선생, 제가 예의에 어긋나는 말을 하는 것을 용서해 주십시오. 내가 소장하고 있는 물건들은 어느 것이든 당신이 만든 옥배보다 낫지요. 왜냐하면 그것들은 역사를 대표하고 역사 자체는 값을 매길 수 없는 보배니까요.」

한자기가 만든 옥배는 금방 헌트로부터 하늘 끝까지 추켜세워졌다가 이젠 일락천장이 되었다. 한자기는 헌트를 따라 역사의 파도 속에서 올라갔다 내려갔지만 치욕을 당했다고 느껴지지는 않았다. 오직 자기가 아는 것이 너무 적은 것을 안타깝게 느꼈다. 그는 손재간의 테두리를 벗어나 호탕한 격류 속에 뛰어들고 싶었다. 그는 묵묵히 진열장을 거닐었는데 두 눈에는 갈망의 빛이 번쩍였다.

사이먼 헌트는 그의 뒤에서 흥미진진하게 그와 함께 감상하고 또 그를 위해 해설해 주었다.

「……상대의 쌍구선은 옥기공예사상 큰 성과입니다. 주나라 이후에는 곡선이 많아지고 공예와 조형이 끊임없이 개진되었으며 정밀함도 옛날을 초과하여 더욱 보기 좋아졌습니다. 춘추전국시대에 와서는 금강사를 사용하였고 공구도 많이 발달하여 쪼개고 다듬고, 또 빛을 내는 충차도 생겨났는데 애석하게도 저에게는 그 시기의 실물이 없습니다. 이것은 한나라 때의 물건인데, 한대의 큰 옥기 조각품은 거칠게 다듬어진 반면 작은 것은 아주 정밀합니다. 이 옥대구(玉帶鉤)를 보십시오. 조형이 깜찍하고 칼질도 힘이 있습니다. 이것이 바로 한팔도(漢八刀)입니다. 옆의 이것은 당나라 것인데 꽃무늬가 불교의 영향을 받아서 전형적인 당나라 풍격입니다. 송·원시대의 물건은 저한테 없습니다. 그때 작품들은 작은 것이 많고 큰 것이 적은데 독산대옥해 같은 것은 더 없습니다. 이 청옥루조세자(青玉鏤雕洗子)는 명나라 만력년간의 것입니다. 보세요. 밑에 자강이란 두 글자가 있습니다. 의심할 바 없이 육자강 대사의 작품이지요. 육자강이 살던 시대에는 명수들이 구름처럼 많았고 좋은 작품들이 많았습니다. 그런데 그때의 물건들도 흠이 있는데, 늘상 마지막 연마단계에서 형태만 중시하고 세밀한 가공을 하지 않아 완벽하지 않습니다. 청나라의 옥다듬는 기술은 새로운 단계로 발전하였지요. 색에 따라 묘하게 조각하고 투각하는 수법과 절반만 양각하는 수법들이 나왔지요. 당신의 옥배는 바로 그 풍격을 보여주었습니다. 그런데 제가 몇 개 가지고 있는 청나라 것은 모두 가장 좋은 것이 아닙니다. 저는 당신의 옥배를 청나라 풍격의 전형적인 작품으로 소장하였습니다. 당신과 같은 기교를 가진 사람은 북경에서 아직 만나보지 못했습니다.」

한자기는 마치 꿈속에서 깨어난 것 같았다. 그는 감개무량하여 말했다.

「부끄럽습니다. 선조들의 유물 앞에 서니 저는 이제야 제대로 배우는 것 같습니다. 헌트 선생님, 당신은 어디서 그렇게 깊은 학문을 배웠지요?」

「중국에서 배웠지요.」

사이먼 헌트는 겸손하게 말했다.

「중국의 문물과 중국의 예인들 그리고 중국의 상인, 중국의 학자들이 모두 저의 선생이지요. 한 선생도 북경에 '옥마'가 계신 줄 아시겠지요?」

「박아댁의 노인장을 말씀하십니까?」

한자기는 노인이 그리워졌다. 헌트 선생도 이렇게 옥마 노인을 숭배하는구나.

「그분이 당신의 선생이십니까?」

「그렇지요.」

헌트 선생은 몹시 경모하는 태도였다.

「노인장 생전에 여러 번 찾아갔었지요. 그의 학식과 말투 그리고 소장품들은 마치 큰 바다와 같았고 저는 그분 앞에서는 한 알의 모래알 같았습니다. 애석하게도 노인은 너무도 자기의 소장품을 아껴서 손님들에게 많은 물건을 보이지 않았지요. 넘겨준다는 것은 어림도 없었구요. 그분이 세상을 뜨신 후에야 저도 겨우 그의 물건을 몇 개 샀지요. 당신도 금방 보았지만 저에게는 또 다른 선생님의 도움이 있었지요.」

「그게 누굽니까?」

한자기는 노인의 뒤를 이어 누가 옥마인가를 한시 바삐 알고 싶어 물었다.

「포수창입니다!」

사이먼 헌트는 약간 웃으면서 말을 이었다.

「당신의 주인입니다.」

「그가?」

한자기는 의아스럽다는 듯이 사이먼 헌트를 쳐다보았다.

「그는 옥을 다듬을 줄도 모르는데요.」

「중국에는 이런 말이 있지요. 오래 앓고 나면 의사가 된다구요. 포수창 선생은 본 것이 많습니다. 그것도 가장 좋은 학습이고 연구지요. 옥기 하나를 손에 넣으면 그는 어떤 의기도 이용하지 않고 육안으로 보고 손으로 만져보고 연대와 진위를 가려냅니다. 그가 옥을 볼 때는 조형으로부터 무늬, 기교, 옥색, 옥질 등 여러 각도에서 봅니다. 그리고 각 시대의 비교적 온정된 풍격의 특징을 잘 알고 있어 연대를 판단하는 데 실수가 적습니다. 사람들이 홀시하는 세밀한 곳도 절대 지나치지 않습니다. 예를 들어 전국시대의 범리문(蟠螭紋)은 아주 중요한 시대적인 특징이 있는데 그것은 바로 쌍선세미(雙綫細眉) 위에 한 줄의 음각선이 있다는 것입니다. 알 듯 말 듯한 것이어서 대강 보면 알 수 없지요. 포 선생의 감별력은 옥을 여러 해 다듬은 예인들과도 비기지 못할 겁니다.」

「아…… 정말 그렇군요.」

한자기는 포수창에 대해서도 진정으로 탄복하였다.

「그런데 회원재 안에서는 그런 얘기를 하는 것을 못 들어보았는데요. 그리고 가게 안에는 오랜 물건이 별로 없는데요.」

헌트는 웃었다.

「물건은 그 물건을 아는 사람한테만 팔거든요. 포 주인은 중요한 장사는 가게에서 하지 않습니다. 예를 들면 이 상대의 옥결도.」

그는 몸을 돌려 진열장에 놓여 있는 말굽형 옥기를 가리키면서 말했다.

「바로 포 주인집에서 산 것입니다. 그는 이것을 박아댁 후손들에게서 아주 싼 가격으로 산 겁니다. 그때는 모두 세 개가 있었는데…….」

「세 개요? 모두 사셨습니까?」

「아주 유감스럽습니다. 다 사지 못했지요. 그때 미국, 프랑스, 이태리의 친구 몇 분도 그 세 옥결을 보러 갔지요. 포 주인은 많은 재료들을 인용하면서 이것이 상대의 것임을 증명하였는데 저와 친구들도 그의 추측에 동의하였지요. 그리고 각 옥결의 값을 5만 원으로 치셨지요. 세 개니까 15만 원이지요.」

「15만 원?」

한자기는 그 숫자를 듣고 참지 못해 소리쳤다.

헌트는 계속해서 말했다.

「그때 우리 몇 사람은 포 주인 손에서 그것을 모두 사려고 했는데 포 주인은 그 중의 하나만 팔겠다는 것이 아니겠습니까.」

「나머지 두 개는요? 그가 남겼습니까?」

「아니지요, 깨버렸지요! 그는 즉시 두 개를 들어 땅에 던져버렸지요. 산산조각이 난 것은 물론이고.」

「네?」

한자기는 마치 심장이 남한테 뜯긴 듯한 기분이었다.

「무엇 때문예요?」

「돈 때문이지요!」

사이먼 헌트는 깊은 한숨을 쉬었다.

「그가 두 개를 깨버렸으니 나머지 하나는 비길 수 없는 진보가 되었지요. 값이 높이 올라간 것은 물론이고요. 마지막에 저는 50만 원이란 높은 가격으로 샀습니다.」

한자기는 너무도 놀라서 입을 벌리고 한동안 말도 하지 못했다. 잊을 수 없는 포수창의 얼굴이 그의 앞에 떠올랐다. 그 얼굴은 존경스럽기도 하고 무섭기도 하고 가증스럽기도 하였다.

사이먼 헌트는 냉정하게 한자기를 살펴보았다. 자기가 한 말에 대한 한자기의 반응을 기다리고 있었다. 그는 돈이란 어느 누구에게도 강한 유혹을 가지고 있으며 이런 유혹에 끌릴 때라야만 사람은 총명과 재능 그리고 계책과 담략을 충분히 발휘할 수 있다고 믿었다.

한자기는 멍하니 진열장 앞에 서서 땀에 젖은 손을 불안스럽게 꽉 틀어쥐고 있었다.

사이먼 헌트는 시기가 무르익었다고 생각하고 한자기의 얼굴을 뚫어지게 바라보면서 말했다.

「한 선생! 당신은 생각해본 적이 없습니까? 포수창이 깨버린 두 옥결을 다시 원래대로 만들 수 있을까요?」

「원래대로? 부서진 옥을 어떻게 원래대로 만들어요?」

한자기는 생각해보지도 못했거니와 그런 가능성은 믿지도 않았다.

「왜 안 되겠습니까? 당신의 손이 있지 않습니까?」

사이먼 헌트는 격해져 그의 손을 가리켰다.

「제 손이오?」

한자기는 멍하니 자기의 두 손을 내밀었다.

「지금 있는 것을 모방하여 만들지요. 똑같게 말입니다.」

사이먼 헌트는 끝내 자기의 목적을 말해주었다.

「그것은 저에게나 당신에게나 모두 아주 좋은 일입니다. 한 선생,

내가 당신을 합작자로 선택한 것은 당신이 비범한 재능을 가지고 있어 일을 해낼 수 있을 것이라는 이유 때문입니다. 나는 당신이 포수창 같은 마음을 가지고 있지 않음을 발견했습니다. 내 말이 맞지요, 친구?」

한자기의 마음속은 마치 해면에 폭풍이 일면서 파도가 치솟는 것 같았다. 지나간 일들이 다시 떠올랐다. 그는 모든 것을 시원히 털어놓고 싶었지만 억지로 참았다. 그는 차분하게 말했다.

「헌트 선생님, 당신이 저를 친구로 대해주니 고맙습니다. 지나간 일은 지나가도록 내버려둡시다. 미안하지만 당신의 요구는 지금은 제가 들어드릴 수 없습니다. 선생님은 저를 이 년만 기다려줄 수 있겠는지요? 이 년이면 됩니다. 이 일은 하늘과 땅이 알고 당신과 저만 알면 됩니다. 우리는 다시 만날 때가 있을 겁니다!」

두 사람은 육국호텔에서 세 시간이나 이야기를 나누었다. 그들은 밥먹는 것조차 잊어버렸다. 심부름꾼이 와서 점심시간이 되었다고 알려주어서야 사이먼 헌트는 미안해서 이마를 치면서 말했다.

「Sorry, 한 선생. 점심식사 대접을 한다고 했는데 참…… 어서 오세요.」

「고맙습니다, 헌트 선생님. 하지만 우리에게는 밥먹는 것보다 더 중요한 일이 있습니다.」

한자기는 완곡하게 거절하였다. 단지 사이먼 헌트가 선물로 주는 서양 케이크 한 박스를 포수창에게 주려고 가지고 왔다. 한자기는 이슬람 음식이 아니면 먹지 않는다.

이 년 후, 회원재 안팎 일을 하면서 옥기를 다듬고 장사일을 돕던 한자기가 별안간 포수창에게 일을 그만두겠다고 말했다. 그는 배를 만들려고 약속했던 삼 년이란 기한도 찼고 배도 이미 만들었으니 떠나겠다고 말했다.

포수창은 깜짝 놀랐다. 그는 서슬이 퍼래서 말했다.

「뭐라고? 가겠다고? 너…… 너 이 자식 은공도 모르는 후레자식아! 옛날에 양역청이 그렇게 너를 후대했는데도 양씨가 죽으니 모르는 체하고 나를 찾아오더니 응, 네가 너무 가련해서 남겨두었더니 나에게도 그렇게 하려고? 그때 내 눈이 멀었지. 왜 네 자식이 이렇게 변덕스러운 놈인지 알아보지 못했을까? 사람은 양심이 있어야지. 삼 년 동안 내가 무얼 못 해주었어? 회원재에는 법이 있는 줄 몰라? 주인이 일꾼을 쫓을 수 있지만 일꾼은 주인을 못 떠난다는 것도 몰라?」

한자기는 너무도 냉정하고 차분하였다. 맑고 큰 두 눈으로 포수창을 바라보며 말했다.

「사부님, 당신의 은공은 한평생 잊지 않겠습니다. 삼 년 동안의 밥값은 제가 만든 옥배와 삼 년간 한 일로 다 갚았습니다. 저는 본래부터 당신을 위해 옥배를 만들겠다고 했고 저에게 밥이나 한 그릇 달라고 했을 뿐입니다. 저는 한평생 당신의 노예로 팔리지는 않았지요. 당신이 저를 붙잡아두려 해도 됩니다. 그러나 두 가지 조건만은 만족해야 합니다. 첫째는 옥배를 가져와서 저에게 제가 무엇을 잘못했는지를 알려주어야 하고, 둘째는 우리 두 사람의 사제계약을 꺼내서 다시 정하든가 아니면 기한을 더 늘리든가, 의논할 수 있습니다. 금후에는 저의 월급도 정해주어야 합니다.」

포수창은 할 말이 없었다. 옥배는 이미 헌트의 손에 들어간 것이고 돈도 받았으니 다시 되물릴 수도 없는 것이다. 사제계약이란 근본적으로 없는 것이다. 포수창처럼 교활하고 능란한 장사꾼이 이런 실수를 하다니. 아이구, 욕심 때문이었지. 삼 년 전에 포수창은 욕심에 눈이 어두웠다. 지금 한자기가 자기에게 뒤집어씌우려고 한다. 기한이 찬 제자처럼 당당하게 월급을 달라고 하지 않는가. 흥! 네까짓 것! 재간이 좀 있다고 해서 장인놈이. 장사는 아무것도 모르면서.

「써 물러가!」

포수창은 고함을 질렀다. 이로써 결산하기 힘든 낡은 장부도 결산된 셈이고 이상야릇한 사제관계도 끊어진 것이다.

한자기는 회원재를 나와서 성큼성큼 앞으로 걸어갔다.

지금 그는 또 돈 한푼 없고 오갈 데 없는 사람이 되었다. 그러나 그는 허리에 돈을 가득찬 부자처럼 마음이 든든하였다. 그는 이미 육 년 전의 유랑아가 아니었다. 삼 년 전의 어린 제자도 아니었다. 그에게는 이미 넉넉한 능력과 힘이 있어 자기의 길을 걸을 수 있었다.

그에게는 인력거를 탈 돈이 없었다. 유리창에서 동쪽으로 가서 연주가로 들어서서 다시 동쪽으로 돌아 옛날에 다니던 길을 따라 그가 영원히 잊을 수 없는 곳으로 달려갔다. 거기에는 그가 밤낮 걱정해온 사모님과 두 동생이 있다. 삼 년 동안 그들을 만나볼 기회는 없었으나 마음속으로는 한번도 그들을 잊은 적이 없었다. 지금 그는 돌아온 것이다.

기진재의 옥기 작업장은 이미 찻집으로 변했다. 사발을 들고 나오던 옥아가 급히 들어오는 손님에게 인사를 하려 하자 한자기가 그녀의 팔을 붙잡고 감격하여 불렀다.

「옥아야, 너 많이 컸구나…….」

옥아는 놀랍기도 하고 기쁘기도 하여 그를 바라보며 오빠! 하고 눈물어린 소리로 부르더니 엉겁결에 사발들을 모두 떨어뜨려 버렸다.

언니 벽아는 차주전자를 들고 소리를 듣고 안에서 나왔다. 별안간 한자기를 본 그녀의 눈에서는 불꽃이 튀었다.

「왜 왔어요! 우린 당신 몰라요!」

뜨거운 눈물이 한자기의 눈에서 주르륵 흘러내렸다. 그는 정다운 눈길로 추억이 남아 있는 집안을 돌아다보았다. 그는 원수처럼 노려보는 벽아를 보고 말했다.

「내가 왔어. 이젠 영원히 떠나지 않을 거야. 여기는 내 집이야!」

「흥, 집이라구? 여기는 당신의 집이 아니예요. 당신도 사람이에요? 당신은 우리 원수인 포수창의 개와 같아요! 기진재는 당신들의 손에 망했어요!」

벽아는 두 눈을 부릅뜨고 분노를 토하였다. 열여덟밖에 안 되는 여자지만 남자도 두려워할 협의가 있었다.

「좀 똑똑히 보세요. 양씨네는 아직 다 죽지 않았다구요. 원수도 아직 갚지 못했어요!」

한자기의 마음속에는 큰 파도가 일렁이었다.

「동생아, 군자가 복수하려면 십 년도 늦지 않는 거다. 나는 그것을 위해 떠나갔고 또 그것을 위해 돌아온 거야. 이제 나는 기진재의 간판을 다시 내걸고 세상사람들에게 양 주인의 가업은 망하지 않았고 그에게는 딸들이 있고 제자가 있음을 보여주련다.」

벽아는 이해할 수 없이 변한 한자기를 한참 바라보았다. 아니다. 그는 변하지 않았다. 여전히 옛날의 오빠였다. 그녀의 오빠가 또 돌아온 것이다. 그 순간에야 그녀는 오빠가 삼 년 전에 기진재를 떠나던 이상한 행동이며 오빠가 삼 년 동안이나 참아온 고생의 참뜻을 알아맞추었다. 기쁨과 부끄러움이 소녀의 마음을 들끓게 하였다. 뜨거운 눈물을 쏟으며 그녀는 말했다.

「아, 기…… 진재도 이런 날이 있군요!」

「물론 있지!」

한자기의 넓다란 가슴이 격렬하게 오르내렸다. 그 안에는 원대한 포부를 안은 심장이 뛰고 있었다. 그는 벽아의 손에서 차주전자를 빼앗아 버리면서 말했다.

「이젠 차도 팔지 마라. 이제 기진재는 옥기 작업장을 열지 않을 거야. 우리도 회원재 같은 큰 장사를 해야 해. 포가란 작자와 겨루어야 해!」

벽아의 얼굴에는 웃음꽃이 활짝 피어났다. 삼 년 동안 가슴에 쌓였던 허탈감이 안개처럼 사라졌다. 한자기의 사내 대장부의 기백은 그녀로 하여금 모든 것을 의탁할 수 있는 힘을 볼 수 있게 하였다. 그녀는 오빠의 흉금이 이렇게 큰 줄을 몰랐다.

「오빠, 그런데 우리에겐…… 돈이 없잖아요.」

「괜찮아, 돈은 사람이 버는 거야. 나에게는 돈 있는 친구가 있어서 우리를 도와줄 거야. 그럼 금방 돈을 벌 수 있으니까. 나에게 두 손이 있지 않니?」

한자기가 두 손을 내밀어 주먹을 꽉 쥐니 뼈마디에서 뚝뚝 소리가 났다. 그는 자기의 손으로 모든 것을 창조할 수 있다고 믿었다. 하늘의 별이나 달이라도 따올 것 같았다.

벽아는 흥분해 오빠의 손을 어루만졌다. 거칠고 마른 옥기 장인의 손이었다. 너무나 아버지의 손과 같았다. 아니 아버지의 손보다 더 힘이 셌다. 별안간 부끄러움을 느낀 그녀는 얼굴을 붉혔다. 그건 남자의 손이었다. 한자기는 아버지도 아니고 친오빠도 아니었다. 그녀는 자기의 손을 오므리고 낮은 소리로 말했다.

「오빠, 우리만 걱정해서도 안 되지요. 금후에 오빠도…… 장가를 가고 집을 장만해야지요?」

「나 말이야?」

한자기는 그 말이 너무도 이상했다.

「집? 기진재가 곧 나의 집이야.」

「오빠!」

벽아는 가볍게 불렀다. 그녀는 흥분으로 저도 모르게 한자기의 어깨에 얼굴을 기대었다.

「오빠, 제가 도와주겠어요. 오빤…… 저한테 장가드세요!」

6
사랑의 서곡

신월아!

이 편지를 쓰고 있는 지금, 나는 마음의 격동을 억제하기 어렵구나. 너무나 오랫동안 나는 마음의 격동을 느껴보지 못한 것 같다. 생활이 나를 기쁘게 하거나 슬프게 한 일이 없었단다. 이미 모든 것에 습관이 들어 버린 탓이겠지. 어렸을 때부터 나는 기쁨이 무엇인지 몰랐던 것 같다. 일찍부터 집에서 부모님의 번뇌를 덜어주어야 했고, 부모님의 생활에 대한 불만을 늘상 들어왔지. 부모님이 서로 상대방을 화풀이 상대로 삼는 것을 보아왔고, 심지어 자식들까지도 그들의 화풀이감이 되었으니 말이다. 나는 원래 집집마다 그럴 거라고 생각했었지. 실제는 그렇지 않았는데…….

어느 외국 작가가 이렇게 말했다지. 행복한 가정은 모두 비슷하나 불행한 가정은 각기 다르다. 이건 내가 요즘에야 깨닫게 된 일이다. 나는 불행한 가정에서 태어났다. 나의 부모님은 약자였고, 서로 화풀이를 하는 것은 약자가 불행을 이기는 유일한 수단이었던 것이다. 나는 불행한 사람이다. 그러니 이 말은 내가 무능한 사람이라는 말이 아니다. 나에게도 불행을 떠나 행복을 찾을 권리가 있다고 믿었지. 때문에 운명의 시험 앞에서 나는 감히 너와 겨루어보려고 했고, 나에게 속한 것은 응당 얻을 수 있다고 믿었단다. 그런데 그게 잘못된 생각이었던 것 같다. 어떤 사람이 나에게 점을 쳐주었는데 뭐라고 했는지 아니? 신기루같이 아득히 먼 풍경이 큰 파도 뒤에 있다고. 그 말이 꼭 맞아! 내가 희망을 품고 신기루를 향해 날아갈 때 큰 파도에 맞아떨어진 거야!

내가 격류와 소용돌이 속에서 절망하여 몸부림치고 있을 때 나에게 도움의 손길을 뻗어준 사람은 바로 친구인 너와 너의 부모님이었어! 그 일요일날의 풍성한 점심식사는 아직도 나의 마음을 훈훈하게 해주고 있단다. 너도 알겠지만 난 그 맛좋은 점심식사에 도취된 것이 아니라 너희 식구들의 뜨거운 마음에 감동된 것이란다. 너희 식구들한테서 인간세상이 그렇게도 매정하고 차디찬 것만이 아니고 사람간에는 아름다운 인정이 있음을 알았다. 친절하고 존경스러운 큰아버지와 큰어머니는 나의 앞날에 지대한 관심을 기울여 주셨지. 정말 나의 친부모들보다 나았어. 신월아, 너에게는 그렇게 사람을 이해해 주고 사랑해 주는 부모님이 계시고 화목하고 행복한 가정이 있으니 얼마나 좋겠니? 난 네가 부럽단다.

지금 너는 전국의 최고학부에서 배우고 있다. 거기에는 전국 청년들의 정수들만 모였지. 너도 그들 속의 일원이 되기에 손색이 없어. 신월아, 밝고 큰 교실에서 지식을 배울 때면 이 친구도 잊지 말아라. 나는 너를 동반하고 있다. 너는 나를 대표하고 있단 말이야. 마치 우리가 이전에 약속한 것처럼 말이다.

내일 너의 아버지가 골동품 상점에 가셔서 나의 일을 재촉하신단다. 그분이 가져올 좋은 소식을 기다리겠어. 참, 나는 또 미래에 대해 환상을 품고 있는 것 같다. 내 앞에도 신기루만 있는 것이 아니기를 바란다.

너의 앞날에 행운이 함께 하길 빈다.

너의 영원한 벗 숙언으로부터

신월은 도시락을 들고 식당에서 나왔다. 그녀는 걸으면서 금방 받은 편지를 급히 읽고 있었다. 그렇게 큰 연원 안에는 가는 곳마다 학생식당이고 교수식당인데 이슬람 식당은 이곳 하나뿐이다. 이 식당은 작원(勺園)의 남쪽과 연남원(燕南園) 북쪽 사이에 있는 이원(二院) 뒤에 자리잡고 있었다. 식당은 작고 낡았는데 학교내 얼마 안 되는 모슬렘들이 이곳에서 식사를 한다. 식당은 지대가 낮아서 비만 오면 물이 고이므로 여기서 밥을 먹는 사람은 별로 없고, 대부분 음식을 싸서 도시락에 담아가지고 나가서 먹는다. 식당 문 앞의 길은 사람이 일부러 손을 본 것이 아니라 모슬렘들이 밟아서 생긴 것이었다. 캠퍼스 안의 쭉쭉 뻗은 포장길과는 달리 이 길은 여전히 황톳길이었고, 울퉁불퉁하였는데 개인 날엔 먼지가 일고 비오는 날엔 진흙길이 되었다. 가을 바람에 날려온 낙엽이 흙길에 뒹굴면서 바스락 소리를 냈다.

신월은 편지의 첫부분을 읽고 마음이 처량해졌다. 고중을 다닐 때 진숙언의 작문은 뛰어난 편이 아니었는데 이 편지는 사람을 감동시킨다. 그건 그녀의 진실한 체험을 적었기 때문일 거다. 지난 일요일, 같이 식사를 할 때는 모두들 즐거워했다. 그때 그녀는 이런 우수와 감상을 드러내지 않았다. 숙언의 편지에서 신월은 운명의 불공평에 대한 불만을 분명히 느낄 수 있었다. 그것은 신월이 감히 그녀와 얘기하지 못하는 문제였다. 신월은 같은 반의 사추사가 생각났다.

반장 정효경이 귀띔해 준 바에 의하면 사추사의 아버지는 상해에서 이름난 큰 자본가인데 무슨 인쇄공장을 가지고 있고 지금도 고정 이자를 받아먹는다는 것이다. 이런 출신은 진숙언보다 나쁜데도 별탈없이 그의 딸은 북대에 합격하였다. 정효경도 그녀를 얕보지 말라고 암시했으며 그것이 정책을 지키는 것이라 했다. 그런데 숙언이는? 그녀의 아버지가 소업주여서 그런가? 차라리 자본가나 큰 자본가라면 오히려 멸시받지 않을 텐데……. 이런 심각하고 또 어디 물어볼 수도 없는 문제를 신월은 해결할 수 없었다. 그저 운명 탓이라고 할 수밖에 없었다. 진숙언도 자기의 '신기루' 따위의 운명을 믿고 있지 않는가?

신월은 편지를 읽으면서 숙언의 기분에 따라 파도 속에서 기우뚱거리고 있었다. 금방 물밑에 빠져 질식할 것 같기도 하더니 또 수면으로 떠올라 희망이 보이기도 하였다. 처지가 다른 친구라도 같은 희노애락이 있을 수 있는 것이다. 편지의 마지막까지 읽고서야 그녀의 마음은 약간 가라앉았다. 그녀는 숙언의 일로 부모님이 고마웠고 숙언도 바라는 대로 일이 잘되고 자기 집과 좋은 관계를 지속하기를 바랐다. 그렇지 않고 환경이 변하게 되면 그에 따라 친구 사이도 멀어질 것이다. 그녀는 영원히 숙언과 헤어지고 싶지 않았다. 숙언의 부러움과 격려는 마치 그녀의 잔등에 채찍질을 한 것 같은 기분이 들었다. 신월은 마음 속으로 다짐했다.

'숙언아, 나는 잘할 거야. 너를 실망시키지 않겠어. 나는 너를 대표할 뿐만 아니라 나의 오빠도 대표해. 우리 모슬렘은 세상사람 눈에 지금까지 장사하는 사람이나 입에 풀칠이나 하는 사람으로만 보였지. 대학에 다니고 학자가 된 사람은 너무도 적어. 우리가 마치 하지 못하는 것 같고 할 수도 없는 듯이 본다니까. 흥, 그런 편견들은 역사의 낡은 흔적이 되게 해야지!'

27재 앞에 이르렀을 때 사추사가 숙소에서 나오는 것을 보았다. 손에는 생선통조림을 들고 있었다. 신월이 건물 앞을 바라보니 상해 학생인 당준생(唐俊生)이 도시락 두 개를 들고 소나무 밑에서 기다리고 있었다. 학교에 온 첫날부터 두 사람은 고향 친구인지, 혹은 더 깊은 관계가 있는지 거리낌없이 과외 시간에는 늘 붙어다녔으며 밥도 캠퍼스 안의 조용한 곳에 가서 함께 먹었다.

사추사는 신월을 보더니 머리를 끄덕이고 웃으면서 지나갔다. 신월이 숙소에 돌아와보니 나수죽 혼자서 상 위에 엎드려 밥을 먹고 있었다.

「정효경은?」

신월이 지나가는 말로 물었다.

「Monitor?」

나수죽은 웃으면서 말했다. 그녀는 늘 직함으로 정효경을 부르기 좋아했다. 그리고 이 영어 단어를 되도록이면 어감이 풍부하게 발음하였고 나머지 말은 호북사투리가 섞인 북경말로 하였다.

「몰라, 초 선생님한테 갔는지, 아니면 남자 숙소에 갔는지? 그는 밥 먹을 때도 사업을 해!」

신월은 그녀의 말이 칭찬을 하는 건지 아니면 내려깎는 건지는 알려고도 하지 않고 자기 침대로 올라가서 밥을 먹었다.

나수죽의 쉴새없는 입은 밥만 먹는 데 만족하지 않았다. 그녀는 또 쫑알거렸다.

「우리 Monitor 말이야. 사람들과 단결을 잘하지. 특히 남학생들과 말이야. 얼마나 마음이 좋은지 밥그릇을 들고 이 사람에게 좀 주고 또 저 사람에게도 주고, 마치 세상을 구제하는 보살님처럼. 자기 혼자서 여러 사람을 먹여살리는 것처럼 말이야. 그리고 이 댁은 말이야.」

그녀는 젓가락으로 자기 위침대를 가리키면서 말했다.

「정반대로, 짜기로 유명하지. 금방도 슬그머니 생선통조림을 들고 나가면서 내가 볼까봐 감추는 게 아니겠어. 흥, 양자강가에서 자란 내가 무슨 생선을 못 먹어 보았다고. 생선도 실컷 먹었고 무창어(武昌魚)도 늘 먹었지. 누가 그까짓 통조림고기를 욕심낼까봐, 쯧쯧! 더러워서.」

그녀는 기름기가 전혀 없는 밥과 반찬을 씹으면서 머리로는 '정신적인' 반찬을 먹고 있는 것이다. 모두 헛소리다. 지금 어디 가서 그렇게 많은 생선을 먹을 수 있으랴? 그저 화풀이를 하는 것뿐이다.

신월은 민족 생활습관이 다르기에 늘 혼자서 밥을 먹어야 했다. 때문에 동창들이 밥을 먹을 때 누가 인심이 좋고 누가 인색한지를 몰랐다. 때문에 더 말하고 싶지 않은데 나수죽이 그냥 끝없이 말하므로 웃으면서 말했다.

「네가 별로 탐탁하게 여기지 않으니 그애도 권하지 않았겠지.」

「아니야! 아까워서 그런 거야. 상해사람들은 원래 깍쟁이들이야. 너 안 믿어?」

나수죽은 점점 더 말이 많아졌다. 그녀는 밥그릇까지 아예 내려놓고 손짓 발짓하면서 말했다.

「중학교 때 대수선생님이 상해사람이었는데 말이야. 내가 언제 보니까 그 집에 손님이 왔겠지. 만나자마자 여주인은 너무도 반갑게 말하더구나. '오셨어요? 반가워요. 우리 집 바깥양반은 당신을 대접하려고 밤 세시에 나가서 줄을 서서 시장을 보아왔지요.' 그녀가 얼마나 잘 차렸는지 알아? 밥상에다 많이도 벌려놓았는데 사발과 접시들이 모두 술잔만큼 컸고, 반찬도 고양이 밥만큼 컸어. 두 조각 건두부도 반찬 한 그릇이고, 몇 오리 죽순도 한 그릇이었지. 그러고는 젓가락을 흔들면서 '사양 마시고 드세요!' 하지 않겠니? 잠시 후에 어쩌다가 통닭 한 마리가 들어왔는데 손님이 아직 집기도 전에 여주인이 먼저 먹어보더니 이렇게 떠드는 것이 아니겠니. '어머나, 아직 채 익지 않았어요. 아직 비린내가 나는군요. 한번 더 쪄야 되겠어요.' 그러고는 웃으면서 손님에게 '죄송해요, 잠깐만 기다리세요. 제가 다시 쪄올 테니까요. 천천히 드세요.'라고 말하고 그 닭을 다시 가져갔는데, 누가 알았겠어, 손님이 식사를 다 끝낸 다음에도 그 닭의 그림자는 보이지 않았다는걸.」
나수죽은 그럴 듯하게 이야기를 했는데 너무도 생생하고 재미있었고 상해말도 사추사의 억양과 비슷하게 흉내내었다. 그녀의 그 만담 같은 이야기가 사실이건 예술적인 허구이건 간에 너무도 우스워서 신월은 배꼽을 쥐고 웃었다.
그때 공교롭게도 사추사가 빈 도시락을 들고 들어왔다. 신월은 급히 손으로 입을 막고 웃음을 참으면서 밥을 먹기 시작하였다. 나수죽은 입을 벌린 채 멍하니 서 있었는데 젓가락은 아직도 허공에 떠 있었다.
「계속하려무나. 왜 안 해?」
사추사는 쌀쌀하게 말했다.
나수죽은 난처해 하면서 중얼거렸다.
「다했어. 금방 나는 우리 고향 이야기를 했거든. 장비가 제갈공명의 명을 받고…….」
「걷어치워. 연극 그만해!」
사추사는 나수죽을 노려보더니 자기 침대로 올라갔다. 그녀는 이미 문 밖에서 나수죽이 표현한 가장 재미있는 부분을 다 들었던 것이다. 그녀는 이젠 보복을 하러 들었다. 그녀는 위에서 내려다보면서 아예 상해말로 얘기했다.
「너 참 말재간이 이만저만 아니더구나. 그런데 아쉽게도 넌 촌사람이라 상해 희극단의 광대노릇도 못 하겠구나.」
이 말은 너무도 지독한 모욕이었다. 왜냐하면 그녀는 촌사람이기 때문에 광대노릇도 할 자격이 없다는 것이다. 나수죽은 기가 막혀 말도 하지 못했다. 사추사는 계속 몰아붙였다.
「미스 나, 넌 타고난 언어 소양이 있는 것 같은데 왜 교실에 가서 좀 쓰지 그러니? 선생님이 물으면 입이 얼어붙은 것처럼 꾹 다물고만 있지 말고, 흥!」

이번에는 아픈 곳을 찔렀다. 나수죽은 중국문학, 정치, 세계역사, 심지어 체육 과목까지도 good이었는데, 영어만은 그렇지 못했다. 불행하게도 영어는 주요 과목이었다. 반의 동창들은 남녀를 막론하고 모두 중학교에서 영어를 배웠으며 모두 각 지방에서 뽑혀온 우등생들이었다. 하지만 유독 그녀만이 러시아어에서 영어로 돌려진 사람이었다. 다행히 일학년 첫학기는 처음부터 시작했으나 다른 사람들은 이미 알고 있는 것을 복습하는 것에 다름없었고 그녀만이 아이들이 말을 배우는 것처럼 각별히 힘들었다. 초 선생님은 강의를 모두 영어로 했는데 그녀는 마치 천서(天書)를 듣는 것 같아서 멍청해지곤 했다. 때문에 선생님은 할 수 없이 한어를 섞어 쓰면서 발음요령을 반복해 주었다. 나수죽 한 사람을 위해서 그렇게 한다고 할 수도 있다. 때문에 진도를 빨리해서 더 많이 배우려는 사추사, 당준생 같은 사람들은 눈을 찌푸리고 나수죽을 못마땅하게 생각하였다. 지금 사추사는 일부러 그 말을 하여 나수죽을 몰아붙이고 있는 것이다. 그러고는 속이 시원해서 웃었다. 나수죽은 분해서 얼굴이 벌개졌지만 할 말이 없었다. 이제까지 웃고 떠들어대던 그 입은 쓸모가 없게 되었다. 한참이나 씩씩거리더니 마침내 울음을 터뜨렸다. 그녀는 책상에 엎드려 슬프게 울었다.

옆에서 구경하던 신월은 난처해졌다. 원래 나수죽은 우스갯소리를 한 것뿐 별 악의는 없었는데 사추사가 너무 모질게 몰아붙인 것이다. 신월은 맞은편 침대에서 손을 내저으며 말렸다. 사추사도 더는 말 없이 자기 물건을 뒤적이고 있었다.

나수죽은 끝없이 울었다.

정효경이 돌아왔다. 방에 들어서자 깜짝 놀라며 말했다.

「응? 나수죽, 웬일이야? 북경 온 지 이제 두 달밖에 안 되는데 집 생각이 나는 거야?」

말하면서 그녀는 자기 밥그릇을 내려놓고 나수죽의 어깨를 잡으면서 언니처럼 위로해 주었다.

「학교가 바로 집이야, 안 그래?」

이렇게 위로하니 나수죽은 정말 집 생각이 나서 더 크게 울었다.

「난 집에 돌아가겠어. 나는 오지 말아야 했어, 난 영어 배울 사람이 아니야!」

정효경은 사태를 알아차렸다. 그러고는 친절하게 말했다.

「무슨 바보 같은 소리 하는 거야? 곤란한 일이 있으면 도망치는 도주병같이. 그건 혁명가의 태도가 아니야! 누구나 날 때부터 영어를 할 줄 아는 게 아니야. 수영은 수영을 하면서 배우는 거야. 공부가 뒤떨어지면 동창들이 널 도울 수 있어. 오늘 오후 강의가 없는데 내가 도와줄까. 아참, 또 회의가…….」

「내가 도와주겠어. 우린 이미 약속했어.」

신월이 말했다.

「그럼 좋아, 나수죽, 더 울지 말아. 알았지?」

정효경은 나수죽의 어깨를 두드려주고 자기 침대로 와서 베개 밑에서 작은 수첩을 꺼내더니 총총히 나가버렸다. 그녀는 늘상 바쁘다. 나가기 전에 세 동창들에게 말했다.

「공부도 쉬면서 해야지, 저녁에는 모두 강당에 가서 영화나 보자꾸나!」

정효경이 간 후에 나수죽은 눈물을 닦으며 땅에 떨어진 젓가락을 주웠다. 밥그릇에 아직 먹지 못한 밥이 남았지만 더 먹을 생각이 없었다.

사추사는 새 옷을 갈아입고 침대에서 일어나더니 쫑알거렸다.

「흥, 공부는 그런 주제로 하고도 밥 먹을 줄밖에 모르면서, 소수민족보다 똑똑하지 못하니!」

그러고는 문을 차고 나가버렸다.

「넌! 자산계급이야말로 먹고, 입고, 향유할 줄밖에 모르면서!」

나수죽은 사추사가 간 후에야 말을 찾아서 분풀이하였다.

「나수죽, 그런 말 하지 마.」

신월은 침대에서 내려와 자기의 빈 그릇을 서랍 속에 넣었다. 그녀도 정효경처럼 나수죽에게 '한 사람의 출신은 선택할 수 없지만……' 따위의 소리를 하려고 했으나 할 수 없었다. 사추사의 남을 깔보는 오만한 태도는 촌사람인 나수죽뿐만 아니라 신월이도 함께 몰아붙인 것이기 때문이었다. 사추사의 '소수민족보다도 똑똑하지 못한'이란 말은 마치 소수민족은 모두 멍청하고 바보 같은데 한신월만은 우연한 존재이며 나수죽이 한신월보다 못한 것은 창피한 일이라고 말하는 것 같았다. 언뜻 듣기에는 한신월이란 한 사람을 칭찬하는 말 같지만 사실은 그녀가 속한 민족을 무시하고 깔본 것이다.

신월이 그 뜻을 알아듣지 못한 게 아니었다. 오랫동안 한족지구에서 흩어져 살아온 모슬렘들은 여기에 각별히 민감하다. 때문에 모슬렘 중 별로 많지 않은 학자, 작가, 배우들이 자기 이름 옆에 특별히 회족이라고 쓰기 싫어하는 원인이기도 하다. 그들은 남들이 그런 말을 하는 것이 싫었다. 오, 소수민족이라구? 그럼 그만해도 대단해! 혹은 글쎄, 소수민족이니까 돌보아주었겠지……. 때문에 그들은 자기의 재능과 학식으로 평등하게 다른 민족의 사람들과 비겨보려 하였다. 남들이 자기들을 약자로 보고 양보하거나 돌보아주는 것을 원하지 않았다. 한신월도 바로 그렇게 생각하였기에 자신의 당당한 조건으로 북대 서방언어학과에 합격하였고 제2지망도 쓰지 않았다. 그녀는 어떠한 보살핌도 사양하였다.

그러나 지금은 그 어떤 것으로도 신월의 생각을 나타낼 수가 없었다. 그녀는 단지 말하지 않고는 견딜 수 없는 말만 하였다.

「나수죽, 넌 좀 지지 않으려고 애써야 한다. 안 된다고 해서 집에 가려 한다면 남들에게 정말 네가 무능하다는 것을 증명하는 거야. 너는 정말 그렇게 밸도 없어? 돌아가서 무슨 면목으로 부모님을 만나겠니? 안 그래?」

「내가 정말 집에 가려고 한 줄 알았어?」

나수죽의 눈에는 또 눈물이 그렁그렁했다.

「내가 집을 떠날 때 아빠는 나를 배에까지 전송하면서 몇 번이고 당부하셨지. '얘야, 집 생각은 하지 말고 글이나 잘 읽어라. 우리 집은 여태껏 대학생이 없었단다.' 나는 돌아가지 못해. 어쨌든 졸업장이나 타야지. 그런데 아직도 오 년이나 남아 있구나. 어떻게 견디어내지?」

「어떻게 견디냐고 말했니? 대학에 들어온 것은 우리가 쟁취한 권리야. 쉽지 않았잖아? 아껴야지. 네 고향 사람들은 모두 너를 부러워할 거야. 너와 비슷한 많은 여자애들에겐 너와 같은 행운이 없었어. 너는 그애들을 대신해서 학교에 온 거야. 무슨 이유로 잘 배우지 않겠니?」

이 말은 신월이 나수죽에게 한 말이었지만 사실은 자기 자신에게 이른 것이기도 하였다. 그녀는 진숙언과 많은 모슬렘 동창들이 생각났다.

「그런 도리는 나도 알아. 그런데…… 아이구 어쩌면 좋지?」

나수죽은 안타까워하며 자기의 머리를 쳤다.

「남들은 하늘에는 머리가 아홉 개짜리 새가 있고, 땅 위에는 호북사람이 있다고 하던데, 나 이 아홉 개 머리 가진 새는 왜 영어를 못할까?」

나수죽의 자기풍자는 신월의 웃음을 자아내지 못하고 오히려 슬픔을 느끼게 하였다.

「어느 지구사람이나 어느 민족이나 모두 날 때부터 열등 인종은 아니야. 스스로 자기를 업신여기지 말아야 해. 우리 회족들은 다른 사람의 눈에는 가련할지도 모르지. 마치 우리는 인재가 적고 머리도 남들보다 우둔한 것처럼. 흥, 재간이 있으면 한번 비겨보라지!」

나수죽은 섭이 난 듯이 그녀를 바라보며 말했다.

「영어를 비겨? 너는 물론 그들과 비길 수 있어, 하지만 난 안 돼. 머리가 우둔하고 입도…….」

「너의 머리가 우둔해? 그전에 너는 러시아어를 잘 배웠는데 왜 지금 영어를 못 배우겠니? 너의 혀도 아주 빠른 거야, 무엇이든 흉내를 내면 비슷하거든. 사추사까지도 너에게 언어 재능이 있다고 승인하지 않았니?」

신월은 나수죽이 성낼까봐 말을 끊었다.

그런데 나수죽은 성을 내는 대신 깔깔 웃으면서 말했다.

「그렇지? 그녀가 탄복하지 않을 수 없지. 내가 상해사람 흉내낸 것 참 그럴 듯했지?」

참 속도 없는 계집애였다.

신월은 화도 나고 우습기도 하였다.

「그럼 너의 언어 재능을 영어공부에 써봐. 이것도 사추사가 한 말이니.」

「알았어. 장래에 내가 정말 잘 배워내면 그애에게 고맙다 인사할게.」

신월은 그 말을 진담으로 들어야 하는 건지, 아니면 반대로 들어야 하는 건지 알 수가 없었다. 아마 그녀도 속으로 결심을 했겠지. 신월은 나수죽이 제발 아무리 찔려도 대수로워하지 않는 무딘 사람이 되지 않기를 바랐다.

신월은 그녀 옆에 앉아서 말했다.

「책을 꺼내놓고 지금부터 공부하자.」

「Thank you!」

나수죽은 마치 선생님 앞에서처럼 공손하게 영어교과서와 필기장을 꺼내놓고 공부할 준비를 하였다. 그러면서도 영어로 신월의 따뜻한 도움에 감사를 표시하는 것을 잊지 않았다.

「맞다. 배우면서 써야 해. 한마디 알면 한마디 써보자. 아는 게 많으면 긴 대화도 할 수 있어. 회화는 대담하게 연습해야 하는 거야. 이건 초 선생님이 하신 말씀이야.」

신월은 나수죽이 칭찬받기를 좋아한다는 것을 잘 알기에 먼저 격려해주었다.

「너의 어음 방면의 문제는 사실 몇 개의 음이 잘 발음되지 않는 것뿐이야. 예를 들면 방금 네가 말한 thank you는 시작되는 음 th를 잘 내지 못했지. 이 음은 [ð]와 [θ] 두 가지로 읽는데 여기서는 [θ]로 발음해야 해.」

「[θ]」

나수죽은 신월을 따라 읽었는데도 제대로 하지 못했다.

「틀렸어 '쓰'음을 내지 말고 발음요령을 들어봐. 혀끝을 가볍게 윗니의 뒤에 대어 공기가 혀와 이 사이 좁은 틈으로 나오게 하여 혀끝과 이 뒤의 마찰음을 내는 거야. 혀는 좀 앞으로 내밀어야 해. 나를 좀 보렴.」

신월은 그녀에게 시범을 보였다.

「어머나, 난 이 음이 정말 싫어. 무엇 때문에 혀를 내밀어야 해? 정말 보기도 싫어.」

신월은 웃으면서 말했다.

「중국사람이 한어를 말하는 습관으로 영어를 바로잡으려 하면 안 돼. 언어마다 모두 자기의 규범어음이 있어. 서로 대체를 하지 못해. 만약 외국사람이 한어를 배울 때 '쓰'음을 내면서 혀를 내밀면 우리는 그 사람을 보고 웃겠지만 우리가 영어를 배울 때는 반드시 영어의 규범대로 th 소리를 내려면 혀를 내밀어야 돼. 그렇지 않으면 외국사람도 우리를 보고 웃을 거야. 초 선생님이 말씀했잖아, 이 음을 잘 내지 못하면 한평생 thank you란 말을 못하게 된다고.」

「그럼 난 한평생 감사하다는 말을 하지 않을 거야. 누구에게도 고맙다고 안 할 거야.」

나수죽은 고집스레 말했다.

「그래, 그건 참 재미있다. 그런데 많은 단어들이 th음을 내야 해. 너 피할 수 있니? 예를 들면 that, this, these, there, they, three, thing 등의 단어들은 모두 th로 시작되는 거야. 그리고 모두 상용단어들이야. 그런데 이런 단어들을 쓸 일이 생기면 넌 벙어리처럼 손짓할 거야? 또 하나의 예를 든다면 네가 밥을 먹고 말하는 입(mouth)도 th로 끝맺어. 그것도 피하면 넌 '입'도 못 벌리겠네.」

「그래?!」

나수죽은 기가 막혔다.

「그건 안 돼. 사람이 mouth가 없으면 어떻게 살겠니?」

「참 좋네!」

신월은 그녀의 입을 가리키면서 말했다.

「네 입도 꽤 사랑스러운데. 금방 mouth는 음이 정확했어.」

「정말이야?」

나수죽은 신이 났다.

「내가 제대로 발음했다구?」

「Yes, very good!」

신월이 말했다.

「다시 한번 해봐. 발음요령을 기억하고 혀를 앞으로 내밀면서.」

나수죽은 다시 하려 했으나 혀가 또 말을 듣지 않았다.

신월은 자기 베개 밑에서 작은 거울을 꺼내 나수죽에게 건네주면서 말했다.

「자기의 mouth를 보면서 [mauθ]라 읽어봐. 혀를 조심해.」

나수죽은 거울을 들고 자기의 입에만 정신을 팔고 열심히 소리를 내고 있었다. 그 모양은 마치 멋쟁이 여자가 립스틱을 바르는 것 같았다.

「[mauθ]……[mauθ]……」

나수죽은 모든 신경을 입에 모았다.

「Good, good!」

신월은 그녀의 입을 뚫어지게 보고 있었다.

「Very good! 그 음을 너는 이미 pass했어.」

나수죽은 큰 영예를 얻은 듯이 기뻐하였다. 새빨갛게 상기된 얼굴은 환하게 빛났다.

「그러고 보니 영어도 힘든 게 아니야. 그런데 나는 왜 두 달 동안의 수업시간에 이 음을 못 배웠을까? 초 선생님이 가르치는 것이 너보다 못한 것 같아.」

「함부로 말하는 게 아니야. 내가 어떻게 초 선생님과 비교될 수 있어?」

신월은 미소를 지었다. 나수죽은 참 재미있다. 그렇게도 낙심하다가도 이렇게 우쭐해지지 않나. 너는 아직 모른다. 너뿐 아니라 나도 영어에는 금방 입문한 셈이야. 백사장에서 파도소리만 듣고서 들뜰 것 없어. 우리 앞에는 끝없는 바다가 있어.

「수죽아, 사실 이 가장 간단하고 기초적인 것을 초 선생님은 우리에게 여러 번 되풀이하여 말해주었어. 네가 담이 작고 부끄러워해 수업시간에 동창들 앞에서 너한테 연습을 시키지 않았을 뿐이야. 남들이 너를 비웃을까봐 걱정한 거야. 워낙 너는 다른 사람보다 기초가 나쁜데다가 또 뒤로 물러앉기만 하니 모르는 것이 점점 더 쌓이게 되었지. 초 선생님이 말씀하시지 않았니. 느린 것은 두렵지 않은데 멈추어 서 있는 것이 겁난다고 말이야. 너는 절대 멈추지 말아야 해. 좀더 노력하면 따라잡을 수 있어. 너는 이젠 마찰음 [ð]와 [θ]를 발음할 수 있지 않니?」

「Thank you, 그건 너한테 감사드려야 할 일이야.」

나수죽은 금방 다시 말하지 않겠다던 말을 하였는데 발음이 많이 나아졌다. 그러고는 일어나서 신월에게 꾸벅 경례를 하였다. 그녀의 그 우스운 몸짓은 장난이 아니었다. 그녀는 진심으로 신월이 자기를 곤경에서 빠져나오도록 도와준 것이 고마웠다. 그녀는 이제 사추사와 많은 동창들 앞에서 허리를 펼 수 있을 것이고 영어시간만 되면 초 선생님이 질문을 할까봐 부들부들 떨지 않아도 될 것이다. 이 경례는 치욕과의 작별을 의미하는 것이다.

생각에 잠긴 듯한 나수죽을 바라보는 신월의 마음도 차분하지 못했다. 그녀는 자기 어깨에 놓인 압력이 나수죽보다 가볍지 않음을 느꼈다. 오 년이란 시간은 갈 길이 먼 마라톤 경기일 것이다. 사람마다 인내력과 의지력의 시험을 받아야 한다. 경쟁도 여전히 격렬할 것이고 석차도 무정할 것이다. 국민학교 때부터 고중까지 그녀는 계속해서 반의 수석이었다. 이제 대학에 들어와서도 이 자리를 지킬 수 있을는지 그것은 말하기 힘들 일이다. 이제 곧 다가올 중간고사는 반 전체 신입생이 가질 첫번째 겨룸이었다. 사실상 동창들은 모두 단단히 벼르고 있었다. 사추사도 사람들과 잘 어울리지 못하고 이러저러한 결함 때문에 남들의 뒷공론을 듣지만 공부만은 아주 부지런히 하였다. 매일 아침마다 일찍이 일어나 미명호에 가서 영어를 외우기에 신월이는 늘 그녀와 부딪치게 된다. 사추사는 자기가 꼭 일등을 하리라고 믿고 있었다. 신월이도 두번째로 물러서기를 원하지 않았다. 그녀는 사추사의 이름이 자신의 이름 뒤에 놓여서 소수민족보다도 똑똑하지 못한 맛을 좀 보게 하고 싶었다.

신월의 감정은 마치 돛을 달고 달리는 배처럼 멀리 나아갔다. 나수죽은 책상에 엎드려 무엇인가 읽으면서 쓰고 있었는데 그 태도는 진지했다.

「무얼 쓰고 있지?」

신월은 수죽이가 띄엄띄엄 읽는 것을 보고 그녀의 필기장을 힐끗 보았다. 그 위에는 그림도 영어도 한자도 있었는데 꼭꼭 박아 써놓았다. 마치 영어와 한어가 대조되어 있는 그림을 보면서 글자를 배우는 책 같았다.

「이건 나의 필기야, 넌 알아보지 못해.」

나수죽은 신월이가 주의해 보는 것 같자 손으로 책을 덮었다.

「오? 비밀이 있어?」

그녀가 막으니 신월은 더욱 더 호기심이 났다. 기어코 보고 싶었다.

「너, 무얼 쓰는 거니?…… 무슨 편지는 아니야?」

신월의 말은 연애편지를 뜻했다. 남의 비밀을 알고 싶으면서도 그 단어를 말하기 쑥스러웠다.

「어머나, 나는 사추사도 아닌데.」

나수죽은 한숨을 쉬면서 아예 손을 떼어버렸다.

「보렴, 내가 적은 것은 모두 어음이야.」

나수죽은 거짓말을 하지 않았다. 그녀가 금방 써넣은 것은 thank you였는데 그 옆에다 입을 그렸다. 벌려진 입 사이로 이가 보였고 이 사이에 붉은 연필로 혀끝을 그려넣었다.

「음, 이렇게 기억하는 것도 좋은 방법이야.」

신월이는 나수죽이 정말 열심히 배운다는 것을 알았다. 그런데 계속 아래를 보니 영어 밑에 한자로 음이 적혀 있었다. 桑一可由.

「이건 안 돼!」

신월은 한자들을 보면서 말했다.

「桑과 than의 발음은 전혀 같지 않아. 어떤 한자도 그 음을 대표하지 못하는 거야. 영어를 배울 때 가장 좋은 것은 모어를 잊어버리는 거이. 한어의 발음방법으로 영어를 읽어서도 안 되고 더구나 한자로 음을 적는 것은 더욱 나빠. 왜냐하면 음을 틀리게 읽기 쉬우니까. 그리고 후에 고치기도 힘들고.」

「쯧!」

나수죽도 속이 상했다.

「보지 말라니까 기어코 보더니 끝내 나의 부지런한 노력을 모두 부정해버렸잖아. 나도 방법이 없어 찾은 거야. 이건 나의 지팡이야. 그것이 없으면 길을 걸을 수 없어, 여태까지 계속 이렇게 필기를 했어.」

「그 지팡이가 너를 망치고 말겠다.」

신월은 필기장을 가져다 앞으로 넘겨보았는데 모두 그런 식이었다.

나수죽은 멍하니 신월을 쳐다보았다.

「이건 뭐야?」

신월이 한 장을 펼쳐본 후 손으로 한 줄을 가리키면서 물었다.

「그…… 그건 일상용어인 '내일 만나자'라는 거지.」

「그래? 이것이 See you tomorrow야?」

신월은 나수죽이 쓴 그 한 줄의 한자를 읽고서는 참을래야 참을 수 없어 큰 소리로 웃었다.

나수죽의 필기장에는 단정하게 한자로 이렇게 씌어 있었다.

「誰又偸猫肉(수이유투모러우)」(누가 또 고양이 고기를 훔쳤어!)

가을빛이 완연한 연원에 밤의 장막이 드리웠다.

미명호 북안에는 기둥과 처마에 조각이 새겨진 집들이 나란히 서 있다. 그것은 덕(德), 재(才), 균(均), 비(備)의 4개 재(齋)였다. 이 집들은 독신 교수 숙소였다. 비재의 서방언어학과 영어전업 일학년 반주임인 초안조의 방문은 잠겨 있었다. 그는 오늘 저녁 강당에서 상영되는 영화를 보러 가지 않았다. 그는 오후에 그가 가장 존경하는 엄 교수를 연동원으로 찾아갔다가 이제 막 돌아오는 참이었다.

엄 교수는 그의 은사였고, 그는 엄 교수가 가장 사랑하는 학생이기도 했다. 그는 북대에 들어와서 오 년 동안 공부하고 일년 동안 실습을 하고, 이제 교직을 담당할 때까지 줄곧 엄 교수의 밑에 있었다. 엄 교수는 아버지가 아들을 대하듯 그를 사랑하였고 그는 엄 교수한테서 부친의 함의를 읽었다. 엄 교수는 그토록 깊이 초안조를 사랑했고 자상하게 가르치고 또 엄격하게 단속하였다. 하루 사제간이 평생토록 부자와 같다고 한 것같이 선생이 학생에게 주는 영향은 부모보다 더 중요한 것이다. 엄 교수는 20년대에 옥스포드대학을 졸업하고 귀국한 후에 줄곧 영어교육에 종사하면서 수많은 학생들을 배출하였다. 지금도 여전히 초안조의 학생들은 엄 교수의 학생이다. 엄 교수는 자신이 쓴 교재로 학생들의 수강을 담당하고 초안조는 그의 조교였다.

엄 교수의 회화와 작문은 모두 일류였다. 그는 원래 번역작품에서 상당히 높은 실력을 인정받은 만큼 오래 전부터 방대한 번역계획을 세우고 있었으나, 몇십 년간 강의 때문에 손을 대지 못하고 있는 상태였고 만년에 와서도 여전히 시간을 짜낼 형편이 아니었다. 때문에 초안조는 되도록이면 더 많은 일을 맡아하려고 하였다. 그래서 강의는 기본적으로 혼자서 하였다. 엄 교수의 교수체계는 그도 이미 익숙하였고 교수도 이제 그를 완전히 신임할 수 있게 되었다. 교수단계마다 선생님께 회보를 하고 지도를 받으면 되었다. 그는 이렇게라도 교수님께서 여가를 얻어서 역저들을 남기시길 바랐다. 그런데 이제 엄 교수는 연로하여 몸이 말을 안 듣고 병도 많았으며 시력도 감퇴되어 책을 읽고 글을 쓰는 것조차 힘들어졌다. 얼마 전 초안조가 찾아 갔을 때 엄 교수는 한탄하며 말했었다.

「어이구, 인생이 너무 짧구나. 지금부터 밤을 새면서 해도 다 못할 것 같구나.」

교수님의 그 말씀을 생각할 때마다 초안조의 호흡과 발걸음은 빨라졌다.

초안조가 남대문으로 해서 연원으로 들어서니 저녁식사 시간도 지나고 캠퍼스 안은 아주 조용하였다. 가로등 아래에 행인들은 전혀 찾아볼 수 없었다. 모두들 강당에 영화를 보러 간 모양이다. 그도 영화를 보러 가고 싶었지만 그럴 시간이 없었다. 그에게는 영화보는 것보다 더 중한 일이 있는 것이다.

미명호로 통하는 길을 따라 북쪽으로 걸어갔다.

27재 앞을 지나면서 쳐다보니 대개의 방엔 불이 꺼져 있었는데 얼마 안 되는 방엔 아직도 전등이 켜져 있었다. 아직 여섯시밖에 안되었으니 불 끌 시간은 아니지. 그런데 오늘 저녁에는 영화가 상영되고 있지 않은가. 많은 사람들이 영화를 보러 갔을 거다. 그는 저도 모르게 전등불이 켜진 길 옆의 방을 쳐다보았다. 그건 자기 반 여학생 숙소였다. 아니, 여학생들이 모두 영화를 보러 가지 않고 중간고사 준비를 하고 있나? 시실상 학생들이 이렇게 긴장할 필요는 없었던 것이다. 학생들의 대다수는 기초가 튼튼해서 어음 단계에서는 별 애로가 없을 것이기 때문이다. 사추사나 한신월 같은 학생은 훌륭하였다. 정효경은 사회활동이 많아서 공부에 영향을 좀 받지만 그런 대로 괜찮았다. 나수죽만이 좀 힘들어하지만 도와주면 따라잡을 것이다.

스승 엄 교수처럼 초안조도 선생의 책임감으로 원래 정했던 계획을 뒤로 미루고 방향을 바꾸어 27재로 들어갔다. 그는 여학생 숙소로 가서 그의 학생들을 보려고 했다.

그는 가볍게 노크를 했다.

「들어오세요.」

안에서 대답했다. 밖에서는 그게 누구의 목소리인지 알 수 없었다.

문을 열고 들어가니 방안은 비어 있었다. 정방형의 탁자 옆에는 한 사람도 없고 그가 상상한 것처럼 여학생 네 명이 상에 둘러앉아 열심히 공부하는 모습은 보이지 않았다.

의아해진 그는 시선을 상에서 옮겨 천천히 머리를 들었다. 그제서야 그는 창문 오른쪽 위침대 위에서 반짝이는 두 눈을 발견했다.

「한신월?」

「네, 초 선생님.」

초안조는 별안간 긴장됨을 느꼈다. 그런데 그는 무엇 때문에 긴장이 되는지를 알 수 없었다. 저도 모르게 두 달 전의 그 오해가 생각나서인지도 모른다. 그때 갓 반주임이 된 초안조는 새로 온 학생 앞에서 자기가 선생이라고 말하기가 쑥스러웠다. 바로 이곳이 두 사람 모두 난처해 하던 곳이다. 두 달 동안 그는 반의 16명 학생들과 친숙해졌다. 그리고 강의시간과 강의 후에 그들과 함께 지내는 것이 습관이 되었다. 그는 확실히 자기를 그들 중의 한 사람으로 생각하였다. 나이도 학생들보다 얼마 많지 않았다. 젊은이들은 아주 쉽게 융화되는 것이다. 그러나 그와 한신월은 강의시간 외에는 별다른 접촉이 없었다. 여학생 숙소에 들어섰을 때 한신월 한 사람만 있으니 그는 좀 부자연스러운 감을 느꼈다. 한신월도 긴장하는 것 같았다.

「다른 학생들은?」

지나가는 말로 물었다. 그는 분위기를 좀 바꾸고 싶었다.

「그애들은…… 모두 영화보러 갔습니다.」

신월은 여전히 조심스레 묻는 말만 대답하였다.

「학생은 왜 안 갔죠?」

「저는…… 조용할 때 혼자 책을 좀 보려구요.」

신월은 자기가 아직도 높이 앉아서 이렇게 선생님과 말하는 것이 너무 무례다고 느꼈다. 당황하니 얼굴이 붉어졌다. 재빨리 침대에서 내려온 다음 그녀는 어쩔 바를 모르며 말했다.

「조 선생님, 앉으세요.」

그녀가 이렇게 당황해 하자 초안조는 재빨리 시선을 옮겼다. 그러고는 신월의 맞은편 나수죽의 침대에 앉아서 아무 일도 없는 듯이 물었다.

「금방 무슨 책을 보았습니까? 소설? 아니면 영어과외 독문?」

「아닙니다. 영어 교과서를 복습하고 있습니다.」

신월은 침대에서 책을 내려왔다. 공부말이 나오자 마음도 차츰 가라앉았다.

「오?」

초안조는 놀라지 않을 수 없었다. 남들이 영화를 보러 간 다음 혼자 숙소에 남아서 영어를 복습하는 학생이 나수죽도 아니고 정효경도 아닌 한신월인 것은 생각해 보지도 못했다. 만약 그가 처음 신월을 보았을 때 그녀에게서 자신감을 발견했다면 이젠 그녀가 자신감을 가질 수 있는 원인을 찾은 것 같았다.

「이렇게 열심히 합니까?」

「선생님, 저는 시험을 잘 보지 못할까봐…….」

신월의 대답이었다. 그렇게 자신이 있어 보이지 않았다. 사실 그녀가 마음속에 생각한 것은 이등은 되지 않을 거라는 것이었다.

「그래요? 학생도 그런 근심이 있어요?」

초안조는 빙그레 웃었다.

「선생님, 그런 근심은 필요없다고 생각하세요?」

신월이 물었다. 그녀는 선생님이 자신을 어떻게 평가하는지 알고 싶었다.

「학생이 그렇게 자신에게 요구하는 것이 참 좋습니다.」

초안조는 그녀의 물음에 직접적으로 대답하지 않았다. 그는 이 학생에게서 남에게 뒤지지 않으려는 경쟁심리를 알아내었다. 그는 자신의 학생시절이 생각났다. 그때 자신이 바로 이랬다. 그는 늘 실패로서 자기에게 경종을 울리며 남한테 뒤질 수 있음을 시시각각 생각하면서 더 많은 시간과 노력을 들여서 남들을 뛰어넘곤 하였다.

「만약 어떤 사람이 자기는 이미 포화상태에 처했다고 생각하거나 승리를 거두었다고 생각한다면 큰일이지요. 그러나 중간고사는 별로 힘들지 않을 것이고 학생의 기초도 비교적 좋으니 긴장하지 마세요. 개학 첫날에 나는 이미 학생의 회화 연습을 들었으니까.」

본래는 엄숙한 화제였는데 여기까지 말하고 나서 그도 웃고 말았다.

그날 일을 꺼내니 신월은 얼굴을 붉혔다. 초 선생님을 보기가 쑥스러웠던 것이다. 그녀는 선생님의 웃음에 비웃음이 없음을 알아내고 마음이 좀 놓였다.

「학생의 회화는 순전히 중학교에서 배운 겁니까?」

초안조가 또 물었다. 그는 어쩐지 신월이에게 반의 다른 학생들과 같지 않은 무엇이 있음을 느꼈다. 그녀의 영어 회화는 영어가 모국어인 아이들과 같았다.

「아닙니다.」

신월이 말했다.

「어렸을 때 아버지한테서 배웠지요.」

「아버지가 외국에 계십니까?」

「아니예요, 그분은 대외무역사업을 하십니다. 특수공예품 수출공사에서 일하시는데 영어를 늘 쓰시지요.」

「그래요!」

초안조는 끝내 답안을 찾았다. 아버지의 영향과 가정환경이 그녀의 회화실력을 키운 것이다. 아무런 다듬질도 하지 않은 어음과 어감이야말로 외국어 인재를 양성하는 데 필요한 훌륭한 조건이다. 초안조는 저도 모르게 자기의 아버지가 생각났다. 그도 그런 아버지가 있었고 마땅히 있어야 했다. 그러나 애석하게도 어머니가 몇백 번이고 되풀이 하는 감탄 속에서밖에 아버지를 알 수 없었다.

「너희들 아빠는, 글도 잘 짓고 영어도 잘했지!」

……이미 있었고 응당 있어야 할 것이 그에게 속하지 않았다. 남들이 자연스럽게 아버지의 사랑에 대한 행복감을 나타낼 때 그의 마음속에는 은근한 실망과 부러움이 함께 떠오르곤 하였다. 한신월은 너무 행복하다. 그녀에게는 유리한 조건이 모두 구비되어 있다. 선천적인 조건과 객관적인 조건, 그리고 그녀의 미모와 우아하고 얌전한 기질까지. 그녀는 외국어 인재가 되기 위하여 이 세상에 온 듯싶었다. 젊은 영어선생은 인재를 아끼는 마음이 생겼다. 사실은 두 달 전 처음으로 신월을 만났을 때 그녀는 이미 그의 주의를 끌었다. 이 처녀는 그렇게도 수줍어 해서 말하기 전에 얼굴부터 붉혔다. 그러나 또 그렇게도 대담하여 입학하자마자 감히 영어로 회화를 하였는데 유창하였다. 이러한 그녀의 모순이 그에게 깊은 인상을 주었다. 그때 그의 마음에 어떤 생각이 스쳐 지나갔는데 그때는 확실하지 않았을 뿐이었고 두 달이 지난 오늘 한신월의 형상이 점점 뚜렷하게 그의 앞에 나타난 것이다. 타고난 소질과 끊임없이 분투하는 의지력으로 그녀의 전도는 양양할 것이다. 이것은 확실하다. 그녀의 반주임으로써 그는 마음이 흐뭇해졌다.

「학생도 장래에 아버지처럼 대외무역사업을 할 겁니까?」

그는 저도 모르게 이 학생의 지향을 알고 싶었다.

「아닙니다. 저의 아버지는 거의 한평생을 문물골동품연구에 바쳤지만 저는 그것에 대해 전혀 모릅니다. 저에게는 저의 사업이 있습니다.」

신월은 '사업'이란 단어를 말하고 나서 좀 당황해졌다. 선생님 앞에서 사업을 말하는 것이 너무도 당돌한 것 같았다. 그녀의 얼굴은 또 붉어졌다. 그녀는 조심스레 선생님께 물었다.

「선생님, 저는 문학을 좋아합니다. 장래 그 방면의 번역을 하고 싶은데요…….」

아, 또 한번 초안조의 마음이 격동하였다. 그것은 그도 학생시절에 가졌던 지향이었다. 아쉬운 것은 졸업 후 그 방면에서 성과를 거두기도 전에 기초영어의 교단에 올라섰다는 것이다. 신월의 말을 듣고 그는 격동하지 않을 수 없었다.

「참 좋습니다. 학생이 선택한 것은 제가 보기에도 가장 뜻깊은 사업입니다! 지금까지 외국문학을 중국에 소개하고 중국문학을 세계에 내놓는 일의 성과가 너무 미미했습니다. 많은 명작들도 아직 번역본이 없습니다.」

그는 저도 모르게 탄식하였다.

신월은 초 선생님이 강렬한 소명을 가지고 있음을 느낄 수 있었다. 그리고 그녀와 같은 지향이 있음도 알아냈다. 그녀는 참을 수 없어 물었다.

「선생님은 졸업 후에 무엇 때문에…….」

그렇게 말하고 나니 더 말을 계속할 수가 없었다.

그러나 초 선생은 이미 다 알아들었다. 그는 웃으면서 말했다.

「그건 말하기 어려운 일입니다. 역사는 늘 사람들과 장난을 하지요. 본래는 이쪽 문으로 들어서려 했는데 결국은 저쪽 문으로 들어선 것입니다. 나는 외문출판사에 배치받아 번역사업을 할 수 있었습니다. 그런데 북대에서 선생이 필요해서 학교에 남게 되었지요. 나는 북대가 배출했으니까요.」

잠시 멈추었다가 그는 계속 말을 이었다.

「가르치는 일도 의의가 있지요. 학생들과 같이 있으면 나는 자신이 아직 졸업하지 않은 학생인 것 같은 착각이 듭니다.」

신월은 말로 표현하기 어려운 복잡한 심경이 되었다. 이런 선생님을 보시게 된 것이 다행인 것 같기도 했지만 선생님께서 자신의 포부를 실현하지 못하는 것도 아쉬웠다.

「선생님, 우리들은 공부할 수 있는 귀한 기회를 아낄 것입니다. 주체적으로 그리고 자발적으로 공부할 것입니다. 그러면 선생님께서도 시간을 짜내서 그 일을 할 수 있을 겁니다.」

「고맙군, 신월 학생.」

초안조는 성급하게 말했다. 마치 속마음을 알아주는 친구에게 말하는 것 같았다.

「나도 할 수 있는 데까지 하고 있습니다. 수업이 끝나면 하기도 합니다.」

그는 그 일에 대해서는 더 이상 말하지 않았다. 그리고 신월을 보면서 말했다.

「학생들도 교과서에 제한받지 말고 많이 연습하고 많이 읽어야 합니다. 도서관에는 원서로 된 영문 명작들이 많이 있습니다. 그것들은 모두 우리의 선생님들입니다. 냉철한 디킨스, 비분에 넘친 하디, 유머러스한 마크 트웨인, 우울한 샬롯 브론테…… 모두 기다리고 있습니다.」

초안조가 간 후에도 영화는 아직 끝나지 않았다. 신월은 선생님의 말씀을 되새기면서 창문을 열고 하늘에 뿌려진 찬란한 별들을 바라보았다. 그녀는 하늘이 더 높아진 듯 느꼈다.

학기의 중간고사도 끝났다.

또 영어시간이 되었다. 반의 16명 학생들은 여느 때보다 일찍 교실로 왔다. 그들은 어서 빨리 성적을 알고 싶었다. 왜냐하면 이번 시험은 입학한 후 처음으로 본 시험이기 때문이다. 비록 정식 석차는 없었으나 점수의 높고 낮음은 각각의 수준을 말해주고 16명 학생들 중 그들 각자가 차지하는 위치를 나타내주기 때문이었다. 그들은 모두 전국 수

만 명 수험생들 중에서 가장 우수한 성적으로 북대에 들어온 수재들이므로 어느 누구도 남보다 못하기를 원하지 않았다. 비록 이번 시험은 대학입시 수준을 넘지 않았으나 모두 열심히 하였다. 마치 그것은 약간의 실수가 있어 점수를 깎이거나 체면이 상할 것을 염려하는 것 같았다.

그러나 누구도 불안감을 나타내려 하지 않았다. 오직 나수죽만이 불안하여 여기저기를 살펴보고 있었다. 마치 동반자를 찾는 것 같았다. 그녀는 남들도 자기처럼 파악이 안 되어 불안스러웠으면 하고 바랐다. 심지어 자기의 성적이 합격은 못 되더라도 반에서 유일한 한 사람이 아니기를 희망하였다. 어쨌든 혼자가 아니라면 추가시험을 볼 때 그렇게 난처하지는 않을 것 같았다. 그녀는 신월을 보았다. 차분하게 앉아 있는 신월의 얼굴에서는 아무것도 읽어낼 수 없었다. 그녀는 사추사를 돌아보았는데 사추사는 당춘생과 귓속말을 하면서 얼굴에 야릇한 웃음을 짓고 있었다. 당춘생도 손가락을 꼽으면서 무어라 말하고 있었다. 누구를 흉보고 있는지 알 수 없었다. 하나님 맙소사, 또 한번 사추사에게 몰린다면 그녀는 못 살 것 같았다. 그녀는 정효경을 보았다. 정효경의 시선도 마침 그녀와 마주쳤다. 정효경은 그녀에게 웃어보였다. 정효경은 그녀가 긴장해 있는 것을 보고 여러 동창들에게 이렇게 말했다.

「여러분 조용히 하십시오. 이번 시험은 기본실력을 알아보는 것뿐입니다. 잘 쳤든 못 쳤든 상관없습니다. 개별적인 학생들이 성적이 나쁘더라도 낙심하지 말아야 합니다.」

나수죽은 이 말이 자기를 위안하는 말인 것만 같았다. 아무래도 자신이 시험을 잘못친 것 같았다.

정효경의 말이 채 끝나기 전에 수업종이 울렸다. 영어 선생님인 초안조가 들어왔다. 교실은 물을 뿌린 듯 조용해졌는데 나수죽의 심장은 목구멍까지 올라온 것 같았다.

초안조는 시험지들을 탁자에 올려놓고 빙그레 웃으면서 말했다.

「이번 중간고사 시험성적은 모두 훌륭합니다. 지난 반 학기 동안 우리는 주로 어음부분을 배웠고 초보적인 문법도 접촉하였습니다. 학생들이 기본적으로 잘 배운 것 같습니다. 많은 학생들이 일정한 기초가 있음을 고려해서 저는 엄 교수님의 동의를 얻어 이번 시험문제를 낼 때 수업시간에 강의한 내용에만 국한하지 않고 교과서 뒤의 연습문제와 과외 열독자료들을 증가하였습니다. 목적은 학생들의 잠재력을 알아보기 위해서였습니다. 기쁘게도 우리 반 학생들은 이번 시험에 모두 합격하였습니다!」

교실 안은 약간의 속삭이는 소리만 있었을 뿐 별로 큰 동요는 없었다. 이처럼 가장 기본적인 수준은 대개의 사람들에게는 별일이 아니었다. 그들은 그 다음 내용을 기다리고 있었다. 오직 나수죽의 마음속에서만은 격렬한 폭풍이 일어나고 뜨거운 눈물이 쏟아져 나왔다. 그녀도 이젠 영어시간에 허리를 펼 수 있게 된 것이다.

초안조는 나수죽을 힐끗 바라보며 말했다.

「나는 오늘 특별히 나수죽 학생을 표창합니다. 이 학생은 처음 영어를 접촉하였으므로 이런 성적을 얻을 수 있기까지 남들이 상상할 수 없는 역경을 극복하였을 것입니다.」

「선생님, 한신월이 저를 도와주었습니다.」

나수죽이 별안간 일어나서 말했다. 작은 현성에서 북경에 온 지 얼마 안 되는 그녀는 아직도 일거일동이 중학생 같았다.

「남들의 도움도 중요하지만 학생 자신의 노력도 무시할 수 없지요. 앉으세요.」

초안조는 계속하여 말했다.

「이번에 만점을 딴 학생은 도합 아홉 명입니다. 절반 이상을 차지하지요. 오늘 저는 그 중 한 시험지를 가지고 분석을 하려고 합니다. 이 시험지는 진정한 5점입니다. 표준답안으로 삼을 수 있습니다. 학생들은 자신의 답안과 비교할 수도 있을 겁니다.」

초안조는 제일 위에 놓인 시험지 한 장을 들었다. 제일 앞에 앉은 학생은 목을 빼들고 그것이 자기 것이 아닌지를 보려고 애썼다.

분필로 칠판에 글을 쓰려던 초안조는 학생들이 그 시험지의 임자가 누구인지를 알고 싶어함을 발견하고서야 자기가 방금 학생의 이름을 말하지 않았음을 깨달았다. 그는 학생들에게 말했다.

「오, 이 진정한 5점을 맞은 학생은 바로…….」

사추사는 별안간 수줍은 듯 머리를 숙였다. 그녀는 선생님이 당연히 자기 이름을 말할 것이라 생각했다. 자기를 제외하고는 딴 사람이 있을 수 없을 것이다. 선생님이 여러 사람 앞에서 표창해주는 것은 영광스러운 일이나 그래도 쑥스러운 일이었다. 자기의 겸손함을 보이기 위해서라도 그녀는 자태를 보여야 했다.

그녀의 옆에 앉았던 학생은 시선을 그녀에게 돌렸다. 부러운 눈길로 이 오만하나 성적 좋은 학생을 보았다.

초안조의 목소리는 뚜렷하게 학생들의 고막을 진동하고 있었다.

「……바로 한신월 학생입니다!」

교실 안은 웅성거렸다. 사추사에게 끌렸던 시선이 재빨리 옮겨졌다. 사추사의 마음은 찢어지는 것 같았다.

초안조는 잠깐 멈추었다가 사추사의 이상한 태도를 보고 나서 보충하여 말했다.

「물론 사추사 학생도 5점입니다. 그러나 글씨를 너무 못 쓰고 개별적인 단어도 정확하게 쓰지 않았기에 약간 못합니다. 앞으로 주의해야겠습니다. 이제 우리 함께 한신월의 시험지를 분석합시다.」

이때 신월의 마음은 오히려 불안스러웠다. 사추사를 능가하고 반에서 일등을 하는 것은 정한 목표였고 신심도 있었으며 예측한 대로의 성적을 얻었기에 별로 기뻐할 것이 못 되었다. 그녀는 지금 도리어 사추사가 안된 마음이었다. 더 잘 칠 수도 있었는데.

미명호에는 저녁노을이 물들어 있었다. 호숫가의 버드나무와 홰나무, 은행나무들은 금황색으로 단장되었고 섬 위의 단풍나무들은 빨갛다 못해 자줏빛을 띠었는데 검푸른 소나무와 어울려 고요한 호수 위에 오색찬란한 그림자를 드리웠다.

섬의 정자 옆 계단에 신월이 앉아 있었다. 그녀는 살색 긴 바지와 흰 스웨터를 입고 영문판『제인 에어』를 무릎 위에 펼쳐놓고 정신을 가다듬고 읽고 있었다. 오랫동안 까딱하지도 않아 마치 숲속에 세워놓은 한 백옥 조각상 같았다.

……당신은 나를 한 대의 자동기계로 생각했습니까? 감정도 없는 한 대의 기계로 생각했습니까? 가난하고 비천하고 예쁘지 않고 체구도 작다고 해서 영혼도 없고 마음도 없다고 여겼습니까? 잘못 생각했습니다!

아니다. 신월은 책에 완전히 집중할 수 없었다. 소설 속의 이야기에도 집중할 수 없었다. 그녀의 귓가에는 자꾸 어떤 소리가 울렸다. 중간시험 성적이 발표된 후에 사추사가 숙소에서 마치 옆에 사람이 없는 듯 불평을 토한 소리였다.

「흥, 뭘 그리 대단해? 초 선생님이 소수민족이라 봐주어서 그렇지!」

그때 정효경은 금방 정색하고 말했다.

「얘, 민족정책을 주의해야지.」

신월은 그때 침대에 누워 있었는데 얼굴은 벽 쪽을 향하고 있었다.

그녀는 고개도 들지 않고 목도 움직이지 않았다. 그들은 신월이 잠든 줄 여겼을 거다. 그러나 신월은 너무도 똑똑히 들었던 것이다! 무엇이 '소수민족을 봐준' 것인가? 무엇이 '민족정책을 주의하는' 것인가? 그렇다면 신월은 날 때부터 약자이니 영원히 비천한 지위에 있어야 하고 남을 능가해서는 안 된단 말인가? 그녀가 얻은 성적도 남들의 시주와 연민이란 말인가?

……내게도 당신과 같이 영혼이 있고 당신과 같이 마음이 있습니다…… 나는 습관이나 관례에 따라 심지어 썩을 수 있는 신체로 당신과 말하는 것이 아닙니다. 나의 영혼이 당신과 말하는 것입니다. 마치 우리가 모두 무덤 속에서 다시 살아나 하나님 발 밑에 설 때 우리가 평등한 것처럼. 왜냐하면 우리는 평등하기 때문입니다.

책장은 오랫동안 넘겨지지 않았다. 그녀는 마치 제인 에어가 로체스터와 아니 사추사, 정효경과 장난하는 소리를 들은 것 같았다.

단풍잎 하나가 책 위에 떨어졌다. 그녀는 마치 놀란 듯이 천천히 책을 덮고 일어나서 중얼거렸다.

「사람의 영혼은 평등한 것이다.」

그녀는 계단에서 내려와 돌아섰다. 그녀는 그때 자기 뒤에서 초 선생님이 자기를 묵묵히 지켜보고 있음을 발견하였다.

「신월 학생, 고민이 있지요? 맞지요?」

초안조가 낮게 물었다.

「초 선생님!」

신월은 억울한 듯이 선생님을 바라보았다.

「저는 알 수 없습니다. 무엇 때문에…….」

「말하지 마십시오.」

초안조는 차분히 말했다.
「나수죽이 저에게 알려주었습니다. 그러나 나는 나수죽이 저에게 전해준 그런 말들을 듣고 싶지 않습니다. 그렇다고 사추사나 정효경을 비난하고 싶지도 않습니다.」
「왜요?」
신월은 선생님이 너무도 나약하다고 느꼈다.
「그애들이 한 말이 맞단 말입니까? 소수민족의 학생은 남보다 열등하단 말입니까? 사람의 영혼은 평등합니다.」
「맞습니다.」
초안조는 말했다.
「종족은 높고 낮은 차이가 없고 사람은 귀천이 없습니다. 영혼과 영혼은 평등한 것입니다. 그 점은 신월 학생이 이미 사실로 증명하였습니다. 시인 바이런이 말한 것처럼 '진정 기개가 있는 사람은 남들이 중시하는 것을 바라지 않고 남들이 멸시하는 것도 두려워하지 않는다.' 남들의 오해와 편견은 무섭지 않습니다. 자신을 잃어버리는 것이 무섭습니다. 만약 학생에게 자신이 있다면 무슨 말도 할 필요가 없습니다. 진리는 가장 간단하고 가장 소박한 것입니다. 그 자체를 제외하고는 설명이 필요하지 않습니다. 마치 진정으로 아름다운 사람은 어떤 장식품도 필요없는 것과 같습니다.」
아, 신월은 마음속에 시원한 바람이 불어오는 것 같은 느낌이 들었다. 그녀의 모든 번뇌는 한번에 날아가 버렸다. 선생님과 비교하니 자기의 마음이 너무도 협소했음을 느꼈다. 제멋대로 지껄이는 헛소리 때문에 자기를 괴롭히는 것은 아무런 의미가 없다. 하늘과 물이 일색으로 변한 미명호를 바라보며 그녀는 기분이 상쾌해짐을 느꼈다. 그녀는 저도 모르게 말했다.
「선생님, 선생님의 말씀은 저에게 위고의 말을 생각나게 했습니다.

바다보다 더 넓은 것은 하늘이고…….」

초안조가 이어서 말했다.

「하늘보다 더 넓은 것은 사람의 마음이다!」

신월이 웃었다.

「고맙습니다, 선생님.」

「아닙니다.」

초안조가 말했다.

「나의 말을 학생이 들어주니 진실로 기쁩니다. 나의 숙소가 바로 옆에 있는데 들어가서 차나 좀 마시는 게 어떻습니까?」

그들은 정자를 돌아 작은 길을 따라 걸었다. 돌다리를 지나서 호수 언덕으로 올라가니 비재가 보였다.

초안조의 숙소는 아주 좁았다. 본래는 두 사람이 들게 되어 있는데 지금은 초 선생 한 사람이 들어 있음에도 매우 비좁았다. 책이 너무 많은 까닭이었다. 일인용 침대와 책상 하나가 있는 것을 제외하고는 나머지 자리는 모두 책이 차지하고 있었다. 책장에 자리가 없어서 의자 위에도, 궤짝 위에도 책을 쌓아놓았다.

「앉지요. 여기는 너무 누추합니다.」

초안조는 겸손하지만 부끄러움 없이 웃으면서 말했다. 그러고는 하나밖에 없는 의자를 신월에게 내주고 자기는 침대에 앉았다.

신월은 급히 앉지 않고 호기심에 찬 눈으로 잘 정돈되지는 않았으나 아주 풍부하며 생활의 취미가 흘러넘치는 방안을 둘러보았다.

「선생님은 꽃도 가꾸세요?」

그녀는 책장 위의 자주색 도자기 필세를 가리켰다. 초안조는 그 필세를 화분으로 삼았다. 그 안에는 새파란 잎이 자라서 이 늦가을 자그마한 서재에 봄빛을 보여주고 있었다.

「선생님, 저 꽃의 이름이 무엇이에요?」

「저건요, 브라질목이라고 부르는데 엄 교수의 아들이 출국했다가 가져온 것입니다. 나는 꽃을 가꾸는 재간이 없습니다. 거름도 주고 가지도 쳐야 하는데 할 줄 모릅니다. 그리고 시간도 없구요. 그런데 저 브라질목은 생명력이 어찌나 강한지 특수한 보살핌없이 맑은 물만 있으면 됩니다. 내가 가져올 때는 한 토막 나무였는데 지금은 많은 잎이 자라났지요. 그건 순전히 자신이 저장한 양분으로 자란 겁니다.」

신월은 브라질목을 자세히 들여다보았다. 과연 화분통 안에는 말간 물만 담겨 있었다. 나무의 한 부분이 물에 잠기니 싹이 돋고 잎이 난 것이다. 또 새싹이 올라오고 있었다. 거칠고 단단한 나무껍질이 볼록하니 올라와 위가 갈라지고 쌀알 같은 연한 싹이 솟아나오고 있었다.

「선생님, 요 새싹이 힘도 세네요, 나무껍질도 뚫을 수 있으니.」

「그것이 바로 생명의 힘입니다.」

초안조는 금방 돋아나온 연한 싹을 들여다보았다.

「이 싹은 나무대 속에서 오랫동안 잉태되면서 오랜 기간 준비하여 많은 힘을 축적하였지요. 때문에 일단 폭발하기만 하면 모든 것을 뚫고 완강하게 가지를 내밀고 새 잎을 돋게 하면서 자기의 개성을 나타냅니다.」

「오!」

신월은 그 신기한 생명에 마음이 끌렸다. 그녀가 놀란 것은 소리없는 생명력 아니라 선생님의 침착하고 힘있는 말씀이었다. 초 선생님은 늘 수줍은 것만은 아니었다. 어쩌다가 나타낸 감정도 아주 개성이 있었다.

신월의 시선은 브라질목에서 옮겨졌다. 옆은 모두 높게 쌓아올린 책들이었는데 방의 벽을 거의 막아버렸다. 이런 생명 없는 책들 속에서 생기발랄한 생명이 살고 있는 것이다.

책더미 위에서 신월은 바이올린을 발견하였다.

「선생님, 이거 선생님 거예요?」

그녀는 기뻐하며 물었다.

「저는 선생님이 이것도 켤 줄 아는지 몰랐습니다.」

「안다고 말할 수 없지만 좋아합니다. 그런데 신월 학생도 바이올린을 좋아해요?」

초안조는 쑥스러운 듯이 말했다.

「아닙니다. 저는 켤 줄은 모릅니다. 그런데 듣기는 좋아하지요.」

「그래요? 어떤 곡을 좋아합니까?」

「음악에 대해 저는 너무도 모릅니다. 모차르트니 베토벤이니, 모두 알 듯 말 듯합니다. 그런데 저는 중국의 바이올린 협주곡인 「양산백과 축영래」를 아주 좋아합니다.」

「학생도 그 곡을 좋아해요?」

초안조는 뜻이 통하는 사람을 만난 것 같았다.

「네, 저는 그 곡만 들으면 모든 번뇌를 잊게 되고 영혼이 깨끗해지고 세계가 깨끗해져서 먼지도 소음도 없고 오로지 계곡의 물이 고요히 마음속으로 흘러들어오는 듯합니다.」

신월은 자기의 감상을 묘사하는 데 정신이 팔려 있었다. 그녀의 귓가에는 그 음악이 들려오는 것 같았다.

「이것이 아마 문학에서 늘 말하는 '심금을 울리는' 것이겠지요?」

「학생의 묘사는 아주 재미있습니다.」

초안조는 공감을 표시하였다. 순결하고 천진한 소녀를 바라보며 그녀의 꾸밈없는 말을 들으니 자기의 영혼도 깨끗해진 것 같았고 그 고요한 계곡을 본 것 같았다.

「선생님, 한번 켜보시지요?」

「그건 안 됩니다. 안 됩니다.」

초안조의 얼굴이 붉어졌다.

「이까짓 재간으로 어디 나서서 켤 수 있겠습니까? 지금까지도 다른 사람 앞에서는 켜보지 못했는데요.」

「선생님께서 가장 중요한 것은 자신감이라고 하지 않았습니까?」

신월은 별안간 선생님의 창으로 선생님의 방패를 찌르고 싶어졌다.

「난…… 음악에는 전혀 자신이 없어요.」

초안조도 유감스럽다는 듯이 말했다. 그는 신월의 요구를 만족시켜 주지 못하는 것이 너무도 미안했다. 그렇지만 신월의 앞에서 그녀가 신선의 음악으로 간주하는 곡을 켜볼 용기는 도저히 낼 수 없었다.

자신의 불안을 감추려는 듯이 초안조는 의자를 가리키면서 말했다.

「자, 앉으세요. 학생의 공부에 대해 말해보세요. 또 무슨 책을 읽었지요? 『제인 에어』를 읽고 무슨 깨달음이 있었지요?」

신월은 쑥스러운 듯이 미소 지었다.

「깨달음이요? 선생님께서 모두 총결하여 주셨는데요. 이 책에서 저는 자신감과 스스로 분투하는 것을 배웠습니다.」

그녀는 선생님의 의자에 앉았다. 작은 책상 위에는 책과 원고지들이 쌓여 있었다. 원고지는 영어로 쓴 것이었다. 신월은 별안간 선생님이 강의 외에 한다는 일이 생각났다. 호기심 그리고 경모의 정이 솟아났다.

「선생님, 문학작품을 번역하십니까?」

「네.」

초안조는 조용히 웃으면서 그 원고들을 정리하기 시작하였다. 쓰다가 나갔는데 손님이 올 줄 몰라서 책상 위에 너저분한 채로 놔두었던 것이었다.

「이 글은 아직 채…….」

「선생님, 제가 보아도 되겠습니까?」

신월은 원고지를 만지며 선생님께 물었다. 책으로 찍히지 않은, 그녀가 처음 보는 원고지에 쓰인 번역작품이었다. 그녀는 그렇게도 동경하던 남들의 번역사업을 처음으로 보았다. 그녀의 마음속에는 종교적인 경건한 생각까지 들었다. 선생님이 친히 쓰신 글을 빨리 보고 싶었다. 이것도 학생으로서는 억제하기 힘든 마음이었다.

「아직 채 못 했는데요.」

초안조는 낮은 소리로 그 말을 되풀이하면서도 손을 떼었다. 그는 학생의 요구를 거절할 수 없었다. 그것은 바이올린을 켜는 것과는 달랐다. 그것은 그의 작품이었고 그의 사업이었다. 그에 대해서는 자신이 있었던 것이다.

신월은 원고지에 쓰여진 미끈한 영문글자를 훑어보았다. 냉철한 글의 풍격과 깊은 정감이 글 속에서 흘러나왔다. 한자를 영어로 바꾸어 놓았지만 여전히 정확하고 생동감 넘치는 원작의 중국 풍격을 보여주고 있었다. 그 글은 그녀가 경모하는 대작이었다…… 신월은 자세히 볼 겨를도 없이 급히 원고지의 첫 장을 찾아보았다. 역문의 제목은 아니나 다를까 「Flying to the Moon」이었다.

「노신의 「분월(奔月)」이지요?」

신월은 천천히 머리를 들고 선생님을 바라보았다.

「네, 그분의 고사신편(故事新編)인데 나는 금방 「보천(補天)」을 다 번역하고 지금 이것은 두번째입니다.」

「선생님은 그 여덟 편의 글을 다 번역하실 생각인가요?」

「그것뿐 아니라 나의 계획은 노신의 모든 소설을 영문으로 번역하려 합니다. 안타까운 것은…… 시간이 너무 적다는 것입니다.」

창밖은 점점 어두워졌다. 신월은 선생님께 그녀가 부러워하는 번역사업에 대해 더 듣고 싶었지만 선생님의 귀한 시간을 너무 뺏는 것 같아서 일어서면서 말했다.

「선생님 일 보세요. 더 방해하지 않겠습니다.」

초안조는 방금 전에 시간을 한탄한 것이 후회되었다. 그는 난처해 하면서 말했다.

「난…… 손님을 쫓으려고 한 것이 아닌데…….」

「아닙니다, 선생님. 날이 이미 어두웠습니다. 저도 가야지요.」

신월은 조용히 나가서 문을 꼭 닫아주었다.

밝은 달이 미명호 상공에 높이 떴다. 초안조의 서재 창가에도 전등불이 밝혀졌다.

겨울이 되었다. 일학년 첫 학기도 끝났다.

27재의 여학생 숙소에서는 지금 사추사와 나수죽이 짐을 꾸리기에 바쁘다. 내일이면 겨울방학이다. 그들은 모두 빨리 집으로 가서 설을 보내고 싶었다. 처음 고향을 떠나서 부모님과 오랫동안 헤어져 있은 그들이라 집 생각이 간절하였다.

나수죽은 성적표를 마치 보배처럼 살뜰하게 짐 속에 넣었다. 그 안에는 그녀가 반 년간 분투한 기록이 있다. 중간고사 때 영어를 3점 맞아 감격해 어찌할 바를 몰랐는데 기말고사에는 4점을 맞았으니 어찌 눈물이 나지 않겠는가? 이젠 그녀도 부모님을 만날 체면이 선 것이다. 부모형제들이 모여앉아 그녀가 들려주는 북경이야기를 재미나게 들을 그날을 눈앞에 그려보았다. 정말 집 생각이 나서 죽을 지경이었다.

그녀는 영어 교과서도 챙겨넣었다. 겨울방학 동안 그 책을 잘 복습할 계획이다. 그녀는 베개 밑에서 땅콩엿사탕 한 통을 집어서 짐 속에 넣었다. 이것은 그녀가 일주일의 식비를 아껴 몇 시간 줄을 서서야 살 수 있었던 집에 가져가는 선물이었다. 몇천 리 길을 빈손으로 그냥 가기는 너무 미안했다.

「사추사야.」

그녀는 위를 쳐다보며 말했다.

「넌 돈도 있으면서 왜 북경 특산품을 사가지 않니?」
「흥, 북경 특산이 뭘 대단하다구?」
사추사는 옷을 정리하면서 그까짓 것 하는 투로 말했다.
「먹을 것은 우리 상해에 다 있어!」
나수죽은 속으로 웃었다. 그녀는 사추사가 '우리 상해'를 떠벌리며 자랑하는 것을 제일 듣기 좋아했다.
정효경이 돌아왔다. 들어오자마자 군복외투를 벗고 어깨와 옷깃에 묻은 눈을 털었다.
「Monitor, 넌 왜 아직도 짐을 싸지 않아? 설 쇠러 안 가?」
나수죽이 재잘거렸다.
사추사는 이층에서 말했다.
「그애야 바쁠 것 있니? 집에서 차를 몰고 와 모셔가는데.」
「모실 필요까지 없어.」
정효경은 외투를 침대에 던지고 털구두를 벗은 다음 자기 침대에 드러누웠다. 그녀는 아주 언짢았다. 사추사가 일부러 그녀가 간부자녀라는 특수한 신분을 빗대고 하는 말인 줄을 알기 때문이다. 비록 그녀는 평소 남들이 자기의 신분을 잊지 않기를 바랐지만 사추사의 풍자 섞인 말에는 반감이 생겼다. 전쟁 때에도 병사들은 걷고 장관은 말을 탔으니 혁명에 승리한 오늘날, 승용차를 타는 건 혁명의 수요이지. 하물며 늘상 아버지의 차를 타는 것도 아니고 가끔 와서 태워가는 것을 속 아파하는 건 절대적 평균주의지. 자산계급의식의 개조는 아주 힘든 것이라고 그녀는 생각했다. 그러나 머릿속에 가득찬 여러 가지 정황을 고려할 때 나수죽 앞에서 사추사를 비평할 수도 없었다. 그녀는 쌀쌀하게 말을 다른 데로 돌렸다.
「나는 집이 가깝기 때문에 내일 짐을 싸도 늦지 않아. 한신월의 짐도 아직 싸지 않았잖아?」

한신월의 말이 나오자 사추사는 더 이상 말이 없었다. 그곳은 그녀의 아픈 곳이었다. 본래 사추사는 자신을 교만한 공주같이 여겼다. 자기는 날 때부터 얼굴이 예쁘고 어여쁜 몸매를 가지고 있었으며 부유하고 자기를 단장할 돈이 넉넉히 있었다. 총명하여 어느 과목이나 잘한다고 생각하였다. 더구나 어려서부터 영국 조계지에서 영어를 배웠기에 이 반에 와서는 틀림없이 가장 뛰어난 학생일 거라고 생각하였다.

그런데 한신월과 만날 줄은 몰랐다. 그녀도 인정하지 않을 수 없었다. 비록 한신월은 옷치레도 하지 않고 얼굴도 치장하지 않으나 매우 아름답다. 그리고 한신월은 공부에도 상당한 재능이 있어 그녀의 경쟁 상대임을 인정하지 않으면 안 되었다. 이 점은 그녀도 일찍부터 알고 있었지만 인정하려 하지 않았을 뿐이다. 첫번째 겨룸과 두번째 겨룸에서 그녀는 모두 한신월에게 졌다. 지금 한신월은 반 전체 일등이란 자리를 굳건히 차지하고 있다. 그녀는 할 수 없이 이등으로 밀려나야 했다. 겨울방학에 어떻게 부모님께 말씀드리지? 한신월의 말은 꺼내지도 말아야지. 사추사는 침대 위에 꿇어앉아 짐을 정리하면서도 마음은 처량하고 분했다.

그때 사추사가 미워하는 바로 그 당사자는 눈보라를 헤치며 혼자서 미명호 주위를 거닐고 있었다.

신월은 회색 카키천으로 만든 외투를 입고 있었는데 뒤에 달린 모자는 쓰지 않은 채였다. 눈꽃이 이마와 얼굴에 떨어져서 차가웠다. 그녀는 마음까지 깨끗하고 밝은 기분이 들었다. 손으로 눈을 받았다. 육각형의 작고 흰 꽃은 그녀의 손바닥에서 녹아서 작은 이슬이 되었다. 그녀는 호숫가의 오솔길을 따라 걸었다. 날씨가 변해서인지 두 무릎 관절뼈가 쑤셔왔다. 그러나 이만한 아픔은 그녀의 기쁨에 아무런 방해가 되지 못했다. 이번 학기에 그녀는 반 전체에서 가장 우수한 성적을 얻었다. 때문에 떳떳하게 아빠, 엄마, 오빠와 고모에게 이 사실을 알릴 수 있었고, 금년 음력설을 기쁘게 잘 보낼 수 있게 되었다. 기말고사 때문에 그녀는 이미 몇 주일이나 집에 가지 않았으므로 식구들이 그리웠다. 그리고 진숙언도 이젠 골동품 상점에서 일한다니 가면 축하해 주어야지. 내일이면 그들을 만날 수 있다. 신월은 내일 오후 네시경이면 꼭 집에 돌아간다고 진숙언에게 편지를 썼고 아버지에게도 전화로 알려주었다.

지금 신월은 초 선생님께 가고 있었다. 초 선생님도 집에 가서 설을 쇠겠지? 지금부터 다음 학기 개학 때까지 한달 동안이나 만날 수 없다. 그녀는 선생님께 작별인사를 하고 겨울방학 독서계획도 여쭈어보고 싶었다.

이제 거의 다 왔다. 시를 새긴 비석 앞으로 걸어가니 기둥과 처마에 단청이 새겨진 비재가 보였다. 흰 눈이 지붕과 집 앞의 잔디밭과 오솔길도 덮었다. 빨간 기둥과 채색 그림이 흰 눈과 어울려 아름다운 운치를 자아냈다.

그녀는 부드러운 눈을 밟으며 비재를 향해 걸었다. 그때 그녀의 귓가에 어떤 소리가 은은히 들려오는 것 같았다. 마치 긴 계곡의 물이 먼지도 소음도 없는 수림 속에서 조용히 흘러나오는 소리 같았다. 아, 그건 그녀가 가장 좋아하고 기다렸던 바이올린 소리였다.

그녀는 걸음을 멈추었다. 그 바이올린 소리는 비재에서 들려왔다. 서서히 부드럽게 흰 눈으로 덮인 집안에서 흘러나와서 눈 내린 찬 공기 속으로 천천히 흩날렸다. 심금을 울리는 절주와 선율은 흐느끼는 듯이 하소연하는 듯이 동방의 그 오랜 애정이야기를 시처럼 들려주고 있었다.

그녀의 마음은 그 음악소리에 사로잡혔다. 그녀는 가볍게 걸어갔다. 눈을 밟아 잡음을 내어 물처럼 맑은 음악소리를 흐리게 할까 걱정되었다. 그녀는 또 멈추어섰다. 그 작은 서재의 문을 두드려서 고요한 세계의 아름다운 소리를 끊고 싶지 않았던 것이다.

그녀는 비재 앞을 떠났다. 흰 눈이 덮인 작은 돌다리를 지나 돌계단을 따라서 호수의 섬에 이르렀다. 정자 처마 밑에 서서 조용히 귀를 기울였다. 바이올린의 우아한 소리가 그녀의 귓가에서 울려퍼졌다.

눈꽃은 조용히 흩날리고 있었다. 호숫가의 보탑이나 물속의 석방이나 모두 흰 면사포를 쓴 것 같았다. 잎이 다 떨어진 버드나무, 홰나무, 은행나무와 단풍나무에는 가지마다 흰 눈이 매달려 있었다. 홀연히 밤사이에 동풍이 불더니 천만 가지 나무에 배꽃이 피었네.

새하얀 연원, 새하얀 미명호, 새하얀 작은 섬, 휘날리는 눈보라 속에서 있는 소녀의 모습…….

큰 눈은 휘날리는 눈발을 천년 옛 도시의 구석구석까지 골고루 뿌려주었다. 궁전과 민가 그리고 큰길과 작은 골목까지 모두 부드러운 흰 카펫을 깔아주어서 들쭉날쭉하고 얼룩덜룩하던 도시를 통일시켰다. 버스 위에 단 가스통도 흰색이 되어서 마치 버스가 커다란 고무풍선을 달고 오가는 것 같았다. 음력설이 다가오니 거리에도 사람들이 평소보다 많아졌다. 모두들 어깨에 흰눈을 쓰고서도 이집 저집 가게마다 들락거리며 설 준비를 하고 있었다.

한자기는 왕부정(王府井) 거리 동안시장 북쪽에 있는 동래순(東來順) 식당의 이층에 앉아 있었다. 그는 창밖의 설경을 구경할 마음이 들지 않았다. 두 눈은 신선로에서 부글부글 끓고 있는 물만 멍하니 바라보고 있었다. 마치 그 자그마한 물결들을 연구하는 것처럼 한참 멍청하게 앉아 있다가 그는 별로 마음에 내키지 않는 듯이 젓가락을 들고는, 얇게 저민 양고기 한 장을 집어서 끓는 물에 살짝 넣어 한 번, 두 번, 세 번 데쳐서 가장 알맞은 때에 집어내더니 양념장에 묻혀서 입으로 가져갔다. 그러고는 천천히 씹었다. 그는 사실 아주 배가 고팠다.

그러나 절대 게걸스레 먹거나 소리를 내는 법이 없다. 이것은 그의 오래된 습관이다. 음식을 먹는 것은 배가 부르기 위해서만은 아니었다. 그것도 하나의 즐거움인 것이다. 지금처럼 먹을 것이 부족하고 물가가 아주 높은 때에도 그는 배추나 당면같이 보태 넣는 것은 주문하지 않고 두 접시 양고기와 한 접시 단마늘지만을 주문하였다. 고기 한 장을 먹고서 단마늘지 한입 떼먹으면서 그는 맵쌀하면서 단 그 맛을 천천히 음미하였다. 그는 술은 주문하지 않았다. 술은 모슬렘의 금물이다. 그는 제대로 지키고 있었다. 대개의 모슬렘들처럼 그는 담배도 피우지 않았다. 그의 평생의 취미는 심혈을 기울여온 미옥진보를 제외하고는 이슬람 식당에서 맛있는 음식을 먹는 것이었다. 그는 동래순의 단골손님이었기에 동래순의 모든 것에 익숙하였다. 마치 자기가 평생을 바쳐왔던 기진재와 지금 취직하고 있는 특수공예품 수출공사에 대해 익숙한 것과 같았다.

그는 싱싱하고 연한 양고기를 맛있게 씹고 있었다. '어느 집 양고기가 연한가고 물으면 동래순을 꼽아야지요.'란 말처럼 다른 음식점의 양고기는 여기의 양고기와는 감히 비길 바도 못 된다. 그 원인은 동래순에서는 꼭 내몽고 서오주목기의 불을 깐 면양만 쓰기 때문이다. 그 양들을 사다가 얼마 동안 알뜰히 가두고 기른 다음에야 잡는데 사오십 근 되는 양도 데쳐 먹는 데 쓰는 양고기는 열세 근밖에 나오지 않는다. 먼저 고기를 땅땅하게 얼린 다음 칼질을 세밀히 하여 종잇장처럼 얇게 양고기를 저며내는 것이다. 동래순에서는 양고기 한 근을 팔십 장 이상으로 저며낸다. 양념장도 아주 정성스럽게 만드는데 참깨장, 소흥황주, 절인 두부, 부추꽃절임, 고추기름, 새우기름, 파, 고수가루, 그리고 동래순에서 만드는 간장을 넣고 거기에다 게살과 버섯도 넣는다……. 양고기 데침은 싱싱하고 향기롭고 맛있는 특이한 매력이 있어 입에 넣으면 저도 모르게 그 맛에 도취된다. 마치 옥을 감상하는 전문가인 한

[illegible] 세상에 보기 드문 진보를 얻어서 자세히 완상하고 즐기는 것과 같았다. 그런데 지금 한자기에게는 보는 예술이나 먹는 예술이나 마음에 없었다. 그의 마음속은 마치 이 끓어오르고 있는 뜨거운 물처럼 무언가 끓어 오르고 있었으나 무엇을 생각하는지 똑똑하게 말하기는 힘들었다. 그는 동래순으로부터 기진재를 생각하여 보았다. 동래순의 첫 번째 주인 정덕산(丁德山)도 옛날에는 맨주먹인 유랑소년 한자기보다 별로 나은 데가 없었다. 그는 손잡이 밀차로 흙을 북경에 싣고 들어와서 꽃 기르는 집에 낮은 가격으로 팔면서 근근이 살아갔다. 그는 동안시장이란 이 번화한 곳을 선택하여 돈을 꾸어서 노점장사를 시작하였다. 메밀떡을 팔던 데로부터 옥수수떡, 쌀죽을 팔다가 점차 동래순죽집으로 발전하였다. 십여 년간의 힘든 경영을 거쳐 나중에는 고기튀김, 고기구이, 고기데침을 증가했는데 이때부터는 이름이 나기 시작하여 몇 번이나 확장한 끝에 같은 업종 중 으뜸이 되었다. 가난한 회회였던 정덕산이 경성의 부호가 되어 모슬렘 중에서도 꼽을 수 있는 인물이 된 것이다.

기진재 주인 한자기와 비슷하였다……. 지난 일들은 구름처럼 사라졌고 지금의 동래순은 비록 공사합영을 하였으나 그 금자간판은 아직도 걸려 있고 정 주인이 창립한 사업은 지금도 남아 있다. 그러나 한자기가 간난신고 끝에 창업한 기진재는 사라져버렸다. 스무 살 남짓한 젊은이들은 심지어 북경의 옥기업에 그런 가게가 있었는지도 모르고 있다. 평생을 바쁘게 뛰어다닌 한자기는 무엇을 얻었는가? 사업에 대한 추구와 행복에 대한 희망은 꿈처럼 사라졌다. 쉰일곱인 그는 이미 자기의 몸과 생각이 늙어가고 있음을 느꼈다. 마음껏 뛰어다니던 광활한 천지는 이젠 늙은 말과 같은 그의 것이 아니었다. 그는 오로지 낙담하고 고독하게 여생을 보낼 수밖에 없었다. 쓸쓸한 늘그막에 그로 하여금 스스로 위안을 가지게 하는 일은 두 가지밖에 없었다. 하나는 그의 침실 서쪽 방에 잠가놓은 비밀이고 다른 하나는 그의 딸이 십이 년 공부 끝에 소망한 대학에 합격하여 아버지가 좋아하는 전업을 선택한 것이다. 딸애는 이제 진정한 자신의 인생을 시작하였고 그녀의 앞날은 밝을 것이다. 누구도 그 궤도를 수정할 수 없을 것이다. 한자기는 끝내 숙원을 풀었으며 자기가 어느 날 갑자기 죽더라도 딸에 대해서는 시름을 놓을 수 있을 것 같았다.

딸을 생각하니 그의 마음은 퍽 밝아졌고 식욕도 왕성해졌다. 두 접시 양고기를 모두 데쳐먹고도 위에 아직 자리가 있는 듯싶어서 또 무엇을 주문하려다가 윗호주머니에서 회중시계를 꺼내보았다. 두시 십오분이 넘었으므로 그만두고 일어나 계산을 한 후 총총히 계단을 내려왔다.

그는 왕부정거리 남구까지 걸어가서 눈보라 속에서 10번 버스를 타고 집으로 갔다. 그는 생각을 계속 이어갔다. 장래 신월이 졸업하면 어떻게 할까 생각도 해보았다. 아내가 그애를 외국에 보내려는 거 아니냐고 물었는데 흥, 무얼 안다고? 외국어 인재는 나라의 보배들이므로 출국해서 유학 혹은 일할 기회가 있을 것이다. 그때 가면 신월은 세상을 제대로 알 게 될 것이고 모르던 모든 일을 알게 될 것이다.

백광로역(白廣路驛)에 도착하여 차에서 내렸건만 바로 집에 돌아가지 않고 19번 버스역으로 걸어갔다. 그는 오늘 오후 신월이 집에 오는 걸 알고 있었다. 조금이라도 빨리 딸을 보고 싶어서 그곳에서 기다렸다.

차가 두 대나 지나갔으나 신월은 없었다. 한자기는 눈보라 속에서 꼼짝않고 기다리고 있었다. 다섯번째 차가 와서 문이 열리더니 마침내 배꽃 같은 웃는 얼굴이 보였다. 딸은 반가워서 아버지를 불렀다.

「아빠!」

그는 앞으로 마주 걸어갔다.

「아빠, 오래 기다렸지요?」

신월은 늙은 아버지 어깨 위에 내린 눈을 털어주었다.

한자기는 자애롭게 웃기만 하였다. 아버지의 마음은 어느 나라 말로도 표현하기 힘든 것이다. 신월은 아버지의 팔을 부축하면서 걸었다. 아버지와 딸은 길가의 흰 눈을 밟으며 봄바람을 몰고 집으로 가고 있었다.

봄날처럼 따스한 서채는 신월이 돌아오기를 기다렸다.

고모는 신월이 집에 도착하기 전에 일찍이 서채의 난로를 지펴놓았다. 신월이 집에 없을 때에는 사람이 들어 있지 않기에 불을 지피지는 않았으나 고모는 매일 안팎을 쓸어내고 침대의 이부자리도 반듯하게 개어놓고 침대난간과 경대, 책상, 걸상 그리고 그 사진틀까지도 모두 말끔하게 닦아놓는다. 그같은 그녀의 행위는 신월이 이미 집을 떠나갔고 호적까지 학교로 옮겨간 것을 인정하지 않는 것 같았다. 신월은 영원히 이 가정의 가장 중요한 식구이며 고모의 감정을 기탁할 사람이었다. 고모는 서채를 정돈할 때마다 신월이 옆에 있는 듯싶었다. 그녀는 신월이 학교에 오래 머물면서 집에 대한 마음이 멀어지지나 않을까 걱정하였다. 그래서 고모는 되도록이면 신월의 마음을 잡아두려고 애썼으며 신월이가 매번 집에 오면 따스한 감을 느끼게 하려고 하였다.

부녀가 들어서자 고모는 황망히 구들비로 신월의 몸에 내린 눈을 털어주었다. 고모는 흥분해 중얼거렸다.

「이거 보지, 그저 무사히 돌아오면 되는 거야. 이 눈 좀 봐…….」

「물론 무사했지요. 눈이 뭐가 무서워요. 아빠가 저를 보호해주시는데요.」

신월은 웃으면서 안뜰로 들어가 먼저 남채에 가서 엄마에게 인사를 드렸다.

「엄마, 제가 돌아왔어요.」

한창 차를 마시고 있던 한씨 부인은 딸과 같이 들어온 한자기는 쳐다보지도 않고 웃음을 띠고 신월을 한번 보더니 말했다.

「응, 좀 있다 숙언이가 널 보러 올 거야.」

「알고 있어요. 편지에서 약속했거든요.」

「그럼 그애 오면 같이 저녁 먹자.」

신월은 서채로 돌아갔다. 옷을 갈아입고 신도 바꾸어 신었다.

자기 방에 돌아오니 마치 오랫동안 떠나 있던 것처럼 그리움을 느꼈다. 모든 것이 원래대로였다. 마치 그녀가 떠나지 않았던 것처럼. 이는 그녀가 집에서 든든한 위치를 차지하고 있음을 의미한다. 누구도 빼앗지 못하고 대신할 수 없는 것이다. 사춘기의 소녀는 매우 민감하다. 종이 한 장이라도 다른 사람이 옮겨놓으면 불안을 느낀다.

진숙언은 퇴근하자마자 눈을 맞으며 왔다. 한씨 부인은 마음이 아파서 말했다.

「에구, 이게 뭐야. 이토록 얼었구나. 빨리 이리 와 몸을 따뜻하게 해라, 신월이 신으로 바꾸어 신고.」

숙언이 신월의 부모님과 한참 동안 말을 했다. 두 어른께서 도와주셔서 좋은 직장을 다니게 되었으며 집도 가까워 좋다는 등의 이야기를 했다. 여러 번 되풀이한 말들이었다.

「그저 한마디 했을 뿐인데 그런 작은 일을 가지고 자꾸 인사할 것까지 없다, 얘야.」

한자기가 말했다. 그러나 한씨 부인은 듣기 좋았다. 그녀는 숙언의 언 손을 잡아주면서 말했다.

「나는 참으로 남들을 몹시 아낀단다. 아버지끼리의 친분이 아니라도 너와 신월이는 친자매와 같지 않니? 어찌 네가 고생하는 것을 보고 모르는 척하겠니?」

화기애애한 분위기 속에서 모두들 즐거워하였다. 신월은 숙언에게 신을 바꾸어 신으라고 하였다. 숙언은 신월을 따라 서재로 들어갔다. 그들은 침대 옆에 나란히 앉아서 각자의 새로운 느낌과 견문을 말하기에 조급하였다. 신월은 초 선생님의 수업은 얼마나 엄격하며 사추사는 얼마나 깍쟁이며 그리고 나수죽의 '누가 또 고양이 고기를 훔쳤어!' 등등의 이야기를 하였다. 숙언은 외국사람들이 골동품 상점에 와 물건을 사는 데 어리둥절해 하고 물건을 고를 줄 모르던 일이며 또 얼마나 서투르게 중국말을 하였는지 하는 것 등을 재미나게 말해주었다. 그리고 그녀는 운이 좋게도 서화와 골동품에 정통하고 그 상점의 손님이기도 한 시위서기 등척을 만나보았다는 자랑도 하였다.

대학입시에 낙방한 어두운 그림자는 이제 숙언의 마음속에서 차차 사라지고 있는 것 같았다. 새로운 생활이 그녀의 빈자리를 메워주고 있었으며 인생은 그녀에게 미래로 통하는 다른 대문을 열어준 것이었다. 고생스러운 생활과 우울한 기분 때문에 어두웠던 그녀의 얼굴에는 이전에는 볼 수 없던 빛이 어려 있었다.

신월은 친구의 이같은 변화가 기뻤다.

「너는 고중 때 배운 영어를 다시 복습해라. 외국손님이 올 때…….」

「안 돼, 그때 나는 잘 배우지 않았는데.」

「괜찮아. 내가 도와줄게. 네가 나보다 먼저 영어를 사용할 줄은 생각도 못 했어. 정말이야!」

늙은 고모는 부엌에서 감정이 고조되어 혼자서 전쟁을 치르고 있었다. 신월이 집에 오기도 전에 그녀는 쇠고기 살코기를 사서 힘줄 같은 것을 떼내고 칼로 잔잔하게 다져놓았다. 그러고는 파며 생강이며 여러 가지 양념들을 넣고 만두소를 만들어놓았다. 이제 고모는 밀가루를 반죽하여 만두껍질을 밀고 있는데 어찌나 솜씨가 빠른지 눈깜박할 사이에 동그란 만두껍질을 한 상 가득 만들어놓았다. 그러고는 한손에 만두껍질을 받쳐 들고 다른 한손으로 소를 놓은 후 열 손가락을 살짝 누르면서 마름열매 같은 만두를 재빨리 빚었다. 고모는 고기소만 넣은 만두를 신월에게 실컷 먹이고 싶었다. 학교에서 먹지 못한 것을 보충해주고픈 배려였다. 곁들여 먹을 반찬은 오이무침이었다. 비록 간단하지만 시원하고 맛을 돋우는 것이었다. 더구나 이런 계절에 사는 오이는 값도 대단하여 보통 집들은 감히 사지도 못할 것이다. 그러나 신월을 위해서라면 무엇인들 못 하겠는가. 만두는 상 위에 가득 만들어져 있었고 솥 안의 물도 설설 끓고 있었다. 고모는 앞치마에 손을 닦으면서 추화문 앞에 와 안에 대고 물었다.

「만두, 이젠 끓일까요?」

한자기는 벌써 자기 서재에 들어가 있었다. 그는 문을 사이에 두고 부인에게 말했다.

「나는 밖에서 먹었다구 이르시오. 당신들이나 빨리 먹구려.」

한씨 부인은 대답없이 처마 밑까지 나와서 하늘을 쳐다보았다.

「엄마, 난 배고파요!」

신월이 서재에서 말했다.

「그럼…….」

한씨 부인은 약간 망설이더니 말했다.

「오빠를 더 기다려보자. 아직 안 왔구나.」

그러고는 고모에게 말했다.

「언니, 천성이 돌아오면 먹지요!」

거위털 같은 눈이 계속 내리고 있었다. 제법 뜰안에도 이젠 눈이 두텁게 쌓여서 금방 난 발자국을 지워버렸다. 날도 어두워졌다.

솥에 물을 두 번이나 더 부었다. 끓었다가도 가라앉고 또 끓었다. 그런데 천성이 문을 두드리는 소리가 들리지 않았다. 고모는 자신이 정성들여 만든 음식을 아직도 내놓지 못하여 안절부절못하였다. 너무도 시루해 안뜰에 들어가서 소리쳤다.

「만두는 그냥 저렇게 놔두면 다 불어서 못 써. 끓일까? 신월이 배고파하고 숙언이도 식사해야지!」

고모가 그렇게 말하니 한씨 부인도 더 이상 미룰 수 없어 그녀는 재빨리 말했다.

「네 그래요, 어떻게 남의 집 처녀를 배곯게 하겠어요?」

고모는 지시를 받고 재빨리 서둘러서 만두를 끓였다. 솥뚜껑을 열고 끓이면 만두껍질이 익고 뚜껑을 닫으면 소가 익는다. 만두는 솥 안에서 몇 번 곤두박질하더니 다 익었다.

식탁에서 고모는 신월과 손님의 시중을 드느라고 자신은 먹지도 못했다. 숙언은 몇 번이고 고모님의 솜씨를 칭찬하였다. 신월이도 허겁지겁 먹기 시작하였다. 학교에서 먹을 때처럼 얌전하지 않았다. 그녀는 먹으면서 말했다.

「우리 학교 이슬람 식당에서는 이렇게 맛난 만두를 먹을 수 없어.」

고모는 애처로운 듯이 그녀를 보면서 말했다.

「식당? 식당에 어디 너의 고모가 있겠어. 한창 자랄 때에 제대로 못 먹으면 안 돼. 이제 개학할 때 절인 계란을 가지고 가거라. 너 주려고 한 단지 절여 놓았단다.」

「참, 그래요.」

한씨 부인이 말했다.

「천성이도 매일 몇 개씩 가지고 가서 먹게 해야죠. 점심은 식당 것만 먹어서 되겠어요?」

한씨 부인은 천성이를 걱정하여 마음이 불안스러웠다. 문소리가 나니 고모에게 나가보라고 하였다. 고모는 헛탕만 쳤다. 바람소리였던 것이다.

한씨 부인은 더 먹을 생각이 없어서 손님이 다 먹기도 전에 먼저 일어났다. 고모에게 문소리가 나는지 명심하라고 당부하고는 얼굴을 찡그리며 나가버렸다. 문가까지 가서 또 돌아다보며 말했다.

「이렇게 늦었는데 숙언이는 집에 가지 말고 신월이 방에서 자려무나.」

한밤중이 되어서야 천성이는 돌아왔다. 온몸은 눈을 뒤집어쓰고 꽁꽁 얼어 있었다. 고모가 어디 갔었느냐고 물어도 대답이 없었다.

이때 신월과 숙언은 이미 침대에 누워 있었다. 그들은 육 년 동안 같은 학교에 다녔어도 같이 한 침대에서 자기는 처음이어서 너무도 신기하였고 할 말이 끝이 없었다. 한씨집은 가까운 친척이 없고 또 남의 식구를 집에서 재운 적도 없었다. 숙언도 오늘은 신월과 잠깐 놀다가 가려고 했었다. 이렇게 자랄 때까지 밖에서 잠을 잔 적이 없었다. 한씨부인은 천성에게 숙언을 집에까지 바래다주게 하려고 했는데 천성이가 이렇게 늦게 올 줄은 몰랐다.

마당에 자전거를 세우는 소리가 나고 엄마가 방에서 나와 오빠와 말하는 소리가 들리자 신월이가 말했다.

「우리 엄마는 오빠한테 참 잘해 줘. 이렇게 늦도록 주무시지도 않고 기다렸으니.」

「그럼.」

숙언이 말했다.

「네 오빠는 집안의 맏아들이니까 장래에 무슨 일이든 맡을 수 있거든. 우리 집은 안 돼. 두 남동생은 어리고 내가 맏이니까 모든 일은 내 차례야. 너는 얼마나 운이 좋니, 무엇이든지 다 갖추어져 있으니. 나도 오빠가 있으면 얼마나 좋겠니, 집안일은 모르는 척해도 될 테니.」

「우리 오빠도 집안 걱정은 하지 않아. 돈을 찍는 데만 정신이 팔려서 마치 그가 찍은 돈은 모두 자기 것처럼 말이야. 매일 힘들게 일하고 늦게야 돌아와서 먹고 자고 하는 거지. 마치 여기를 여인숙쯤으로나 아닌 건지.」
「남자들은 모두 그래. 밥을 지으라고 할 수 있나 옷을 빨라고 할 수 있나? 네 오빠는 옷도 빨 줄 모르더구나. 전번에 고모님을 도와 빨아보았는데 어이구, 그 옷깃이 어찌나 더러운지 말도 아니었어.」
「네가 빨아주면 뭘해. 고마운 줄도 몰라. 우리 오빠는 벙어리처럼 말도 안 하지. 누구를 보아도 못본 체해. 지난번 네가 우리 집에서 밥을 먹을 때도 말 한마디 안 해서 난 참 난처해 죽을 뻔했어. 너는 내가 청한 손님인데 그렇게 대해도 되는 건지, 참!」
「괜찮아, 난 그렇게 생각 안 해. 남자라면 그래야지. 말이나 재잘거리며 잘하는 사람은 난 질색이야. 네 오빠는 성실한 사람이야. 너한테 잘해주더구나. 지난번 밥 먹을 때 보니까 여러 번 접시를 네 앞에 밀어놓던데. 입학할 때도 오빠가 너를 데려다주지 않았니? 그렇게 먼 데까지 말이야.」
「그럼.」
신월도 오빠의 사랑을 잊지 않고 있었다.
「내가 북대에 합격하니 오빠는 자기가 대학에 들어가는 것만큼 기뻐했어. 그런데 학교 문 앞에 가니 끝내 들어가지 않으려 했어. 그 심정은 나도 알 만해…….」
「너는 모를 거야.」
숙언은 그녀의 말을 가로채고 말했다.
「만약 내가 갔더라도 그랬을 거야. 그땐 나도 죽고 싶은 마음만 있었어. 모든 것이 끝장난 것 같았다구.」
이야기가 여기에 이르자 신월은 조심하기 시작하였다. 숙언의 상처를 건드리고 싶지 않았다. 숙언의 말을 들으니 오빠를 더욱 이해할 수 있을 것 같았다. 그들은 모두 대학에 가지 못했기에 신월에 대하여 비슷한 감정을 가지고 있었다. 부러워는 하지만 질투는 하지 않는 것이다. 방안은 불을 이미 껐으므로 신월은 숙언의 얼굴을 똑똑히 볼 수가 없었다. 그러나 그녀의 말투에서 이미 지나간 일을 말하는 담담한 느낌을 받았다. 신월은 오빠도 숙언처럼 생각을 넓게 가지고 속타는 일이 있으면 혼자 끙끙거리지 말고 식구들과 시원히 말했으면 좋겠다고 생각했다.

동채에서 천성은 젖은 솜옷과 솜신을 벗고 침대로 올라가 누워버렸다.

「쯧쯧! 이 신 좀 보지!」

한씨 부인은 코를 찡그리며 난로 옆에 놓아주었다.

「너 마치 오백 리 길을 걸은 것 같구나. 어디 갔었어?」

천성은 못 들은 척 대답이 없었다.

「이때까지 굶었지? 만두가 남았는데 고모님보고 데워 오라구 할까? 먹고 자려무나.」

한씨 부인이 또 말했다.

「됐어요. 나는 벌써 먹었어요.」

천성은 마지못해 입을 열었다.

「어디서 먹었어?」

「직장 친구 집에서요.」

「어느 친구 말이야?」

한씨 부인이 캐물었다.

「천성아, 한인들과는 아무리 친분이 깊더라도 그 집 밥은 먹지 말아야 해. 내가 알기론 너희 공단에 너 외에는 회회가 없다고 하지 않았니?」

「피, 엄만 얼마나 안다구요?」

천성은 짜증스레 말했다.

「용자(容子)는 회회가 아닌가요?」

「용자? 어느 용자 말이야?」
「용계방(容桂芳) 말이에요. 알겠지요?」
「오!」
한씨 부인도 생각이 났다. 금방 그녀는 남자들만 생각했던 것이다.
「여자야? 너 그녀 집에서 밥을 먹었어?」
「왜 안 되나요? 먹지 못해요?」
천성은 버럭 성을 냈다. 한씨 부인은 놀랐다. 그녀는 자기의 무뚝뚝한 아들이 여자 동료들과 내왕이 있으리라고는 생각지도 못했다. 그 집에 가 밥까지 먹었다니 놀랄 일이었다.
「너 몇 시에 그 집에 갔니?」
「퇴근하고 곧 갔지요.」
「여태까지 거기에 있었어?」
「아니 엄마도, 밖에서 거닐 수도 없어요?」
「거닐었다?」
한씨 부인은 소름이 끼쳤다.
「이런 날씨에 한밤중에 뭐하려고 거닐어?」
천성은 얼굴을 붉히면서 말했다.
「엄마 참…… 정말 모르겠어요?」
한씨 부인은 그제야 눈치를 채고 화들짝 놀랐다.
「천성아! 너 용계방과 연애하는 거야?」
천성은 대답이 없었다. 인정한 셈이다.
「언제부터?」
한씨 부인은 조심스레 물었다.
「반 년쯤 되었어요.」
천성은 이불을 뒤집어썼다. 심문받기를 거절하는 것 같았다.
한씨 부인은 이럴 때 중도에서 퇴장할 사람이 아니었다. 아들의 혼인대사는 그녀가 늘 걱정해 오던 일이었다. 그런데 지금 자기가 걱정해온 것이 모두 필요없이 되고 말았다. 반 년 전에 아들은 벌써 자기 눈에 드는 사람을 골랐고 이젠 처녀집에 가서 밥을 먹고 눈보라를 맞으며 둘이 거리에서 거닐 수 있는 관계로까지 발전하였는데 엄마인 자기는 전혀 눈치도 못 채고 걱정만 해왔다.

아들이 커서 사내 대장부가 되었다. 자기 주관도 있고 처녀들을 끄는 매력도 있다. 그 처녀가 천성이를 좋아하는 걸 보면 우리 천성이도 맥을 못 추는 인간이 아니라 사람축에 드는 모양이다. 엄마로서는 기쁘지 않을 수 없는 일이었다. 그러나 그녀는 한편 섭섭하지 않을 수 없었다. 아들이 크니 엄마 말도 듣지 않는구나. 그렇게 큰일을, 엄마가 묻지 않았더라면 아들은 말하지도 않았을 것이다. 반 년이나 자기를 속였으니 엄마를 알기를 무엇으로 알아. 엄마가 걱정되어 묻는데도 말하는 것이 그렇게도 방자하다니. 처녀애한테는 그렇게 방자하게 굴지 않을 게 아닌가. 아직 일이 어떻게 될지도 모르는데 벌써 엄마를 이렇게 대하니, 나중에는 어쩔 거야! 색시를 얻으면 엄마를 잊는다더니 천성이 너도 그러겠느냐? 너는 못 그래. 엄마는 너 때문에 고생이 많았어. 너는 아버지는 잊더라도 엄마를 잊어서는 안 돼.

한씨 부인의 마음은 십여 년 전으로 되돌아갔다가 또 앞으로 십여 년 후로 내달았다 하였다. 아무리 생각해 보아도 천성이가 자기의 손에서 벗어날 것 같았고 심지어는 아들에게서 냉대받고 천시당할 것 같았다. 그건 절대 안 되지! 한씨 부인은 절대 연약하고 무능한 여인이 아니었다. 그녀는 옛날에 남편을 성공적으로 높은 궤도에 올려세웠다. 그러니 필연코 아들의 미래도 멋들어지게 설계할 것이다. 아들의 혼인대사는 의심할 바 없이 자기의 손으로 성사시켜야 할 것이다. 어떤 집안을 고르고 어떤 처녀를 며느리로 삼는가 하는 것은 반드시 이 엄마와 상의해야 할 일이다. 너는 엄마가 그 용씨처녀를 받아들일 수 있다고 생각하니?

「용계방이라니, 시루떡 용씨네 둘째 말이냐?」

그녀는 알면서도 물었다. 확실히 해두기 위해서였다.

「그런데 어쨌단 말이에요?」

천성은 엄마의 얘기가 쉽게 끝날 것 같지 않자 시원하게 말했다.

「그애는 나와 한 공단에서 일하지 시루떡을 팔지 않아요. 그애 아버지도 국영식당에서 노동자로 일하는데 자본가도 소업주도 아니예요. 시루떡 용씨면 어떻단 말이에요!」

그녀가 틀림없구나. 한씨 부인의 눈앞에는 용계방 아버지의 옛날의 모습이 떠올랐다. 작달만한 키에 가느다란 눈, 눈썹은 긴데 수염이 없었다. 사람을 만나면 웃기부터 하는 얼굴이었다. 흰 모자를 쓰고 작은 차를 밀고 골목마다 다니며 장사를 했다. 그 집은 대대로 물려받은 손재간이 있어 찹쌀가루, 강낭콩, 대추로 시루떡을 쪄냈는데 그 맛이 아주 일품이었다. 그래서 시루떡 용씨네는 이 일대에서 인기가 있었다. 그러나 본전도 작고 남는 것이 적어서 더 발전을 하지 못하고 가게조차 열지 못해서 매일 거리로 다니며 팔았다. 추운 겨울에도 그의 떡사라는 소리가 골목에서 들렸다. 공사합영이 되어서야 그에게는 깨지지 않는 밥그릇이 생긴 셈이다. 지금은 노동자가 되었다. 그것은 용계방의 자랑이고 천성의 자랑이었다. 천성은 엄마가 용계방의 출신이 나빠 근심하는 줄로 여겼다. 그런데 사실 한씨 부인이 생각한 것은 그것이 아니었다. 며느리를 삼는 것은 군인을 모집하거나 당원을 뽑는 것도 아니다. 한씨 부인은 당에 쓰여진 것에는 별로 관심이 없었다. 그녀는 시루떡 용씨가 옥기 한씨와는 짝이 되지 않는다고 생각하였다. 십여년 전만 해도 사람들은 이런 말을 하곤 했다.

「회회들 손에는 칼 두 자루가 있는데 한 자루는 양고기를 팔고 한 자루는 시루떡을 판다.」

한씨와 양씨 가문은 옥기 가문이어서 회회들 중에서도 출중한 집안이었다. 그러니 시루떡 용씨네처럼 길바닥 장사를 하는 집안은 축에도 들지 못한다. 비록 지금이 옛날일을 말할 때는 아니라지만 그래도 두 가문이 걸맞지 않는 것이다. 용계방은 친정에서 어려서부터 가난하게 살아서 먹은 것이 무엇이며 본 것이 또 무엇이겠는가? 한씨의 집에 들어온다면 아무것도 모를 것이다. 세상물정을 모르고 부들부들 떠는, 손이 작은 사람들을 한씨 부인은 제일 업신여긴다. 그뿐 아니라 용계방이 어렸을 때 한씨 부인이 본 인상으로는 너무도 수수한 계집애였다. 옷도 너펄거리는 몸에 맞지 않는 것을 걸치고 있었다. 지금은 어떻게 변했는지는 모르겠지만 그녀도 아버지처럼 난쟁이는 아닌지…….

한씨 부인은 꼬리에 꼬리를 물고 생각에 잠겼다가 현실로 돌아왔다. 천성이 어차피 말을 꺼냈으니 엄마로서 태도를 보여야 할 것이었다. 물론 속으로 생각한 것을 모두 말할 수는 없었다. 만일 그렇다면 아들은 자기에게 반감을 가질 텐데 어미와 아들이 서로 반목한다면 아들은 좋은 말도 듣지 않을 것이다. 그렇다고 지금 아들에게 참 잘되었구나 하고 말할 수는 없었다. 만약 이 가정의 누군가 먼저 일을 저지르고 사후에 보고하는 식으로 확정된 후 그녀를 강박하여 비준하게 한다면 한씨 부인의 위치는 장식에 불과하게 될 것이 아닌가? 이렇게 시작되면 후에는 누구든 자기 멋대로 할 게 아닌가? 그래서는 절대 안 되지. 그녀는 한참이나 생각하더니 천천히 말했다.

「천성아, 엄마는 딴 뜻은 없다. 물어볼 뿐이야. 너도 이젠 스물다섯이니 스스로 일을 처리할 때고 그것이 엄마도 기쁘다. 내 아들이 애인을 얻지 못할까봐 걱정되어 중매쟁이를 찾을까 생각했단다. 용씨네 둘째 처녀와 성사된다면 좋고 안 된다 해도 괜찮아. 집에 오동나무가 있으면 봉황새가 날아오지 않을 리가 없거든. 용씨처녀와 먼저 지내보아라. 좋든 나쁘든 처녀에게 미안한 일을 하지 말고. 이렇게 추운 겨울에 남의 귀한 처녀를 데리고 거리에서 거닐지 말고. 후에 언제 우리 집에 놀러 오게 하렴. 엄마도 만나보고 싶단다.」

천성은 여기까지 듣다가 저도 모르게 일어나 앉았다. 그는 어머니의 심문이 이렇게 평화롭게 끝날 줄은 생각도 못했다. 용계방과 반 년간 연애하면서 몇 번이고 어머니에게 말하려 했는데 입을 열기가 힘들었다. 지금도 그가 어머니와 말할 때 그렇게도 무뚝뚝하고 거만한 듯했지만 실은 얼어 있었다. 어머니가 알고 동의하지 않으면 큰일인 것이다. 때문에 그냥 속여왔다. 사실 그는 어머니가 먼저 묻기를 기다렸다. 언젠가 때가 되면 말하려고 생각했었다. 밥이 되든 죽이 되든지 난 모른다는 식으로 말이다. 오늘도 그는 용계방과 그렇게 긴 시간을 지낼 생각이 없었는데 말을 시작하니 두 사람이 서로 맹세를 하는 둥 난리를 치면서 한평생의 일까지 모두 계획하였다. 이 무뚝뚝한 사내가 언뜻 보기에는 영원히 누구와 말도 하지 않을 것 같지만 용계방에게는 인정이 찰찰 넘쳤다. 저도 모르는 사이에 한밤중까지 말을 나누고 아쉽게 헤어졌다. 몇 시간 동안 말했어도 그냥 용씨네 동네에서 돌았기에 처녀가 집에 가기에는 편했으나 천성이는 시간이 꽤 걸렸다. 집에 오니 아무래도 닦달을 받게 마련이었다. 그래서 그는 내친김에 다 말해버린 것이다. 말을 하고 나니 속이 후련했다. 어머니도 그를 난처하게 하지 않았고 말씀하시는 것도 사리에 밝았다. 그는 진심으로 어머니가 고마웠다. 반 년 동안 속여온 것도 죄송했고 금방 자기가 불손한 태도로 어머니에게 말한 것도 부끄러웠다. 그는 웃으면서 온화한 태도로 말했다.

「엄마, 나는 용계방과 이미 약속했어요. 결혼하는 것으로 엄마를 걱정시키지 않을 거예요. 돈도 쓸 필요없이 두 사람이 지금 쓰는 이부자리를 한데 합쳐 놓으면 되고 말이에요. 엄마는 고생스레 저를 키웠으니 엄마를 좀 편하게 해드려야지요.」

한씨 부인은 미소를 지으며 아들의 말을 가로챘다.

「그건 안 돼, 엄마 평생 그 하나가 소원이야. 내 아들이 결혼할 때는 그럴 듯하게 차리려고 말이야. 돈은 걱정하지 마라. 엄마가 다 준비했어.」

천성이는 기뻐하며 말했다.

「엄마, 언제 내가 그녀를 엄마한테 데려오면 좋을까요? 음력설 쉴 때가 좋겠군요. 우리는 나흘이나 쉬거든요.」

아들은 아름다운 미래를 동경하면서 누웠다. 한씨 부인은 불을 꺼주고 가벼운 걸음으로 동채에서 나왔다.

이날 저녁 한씨 부인은 온 밤을 뜬눈으로 새웠다. 사랑하는 아들이 그녀에게 생각 밖으로 힘든 문제를 내놓았다. 천성이 태어난 이후로 오십오 년 동안 그녀는 그녀의 마음을 두 쪽으로 갈라서 절반은 남편에게 주고 절반은 아들에게 주었다. 그들은 그녀 생명의 기둥이었다. 그해에 일어난 난리는 그녀의 모든 것을 훼멸시켰다. 남편은 그녀를 완전히 실망시켰다. 그러나 어린 아들이 있었기에 그녀는 자신을 지킬 수 있었다. 아들을 위하여 반드시 살아가야 했다. 아들만 있으면 그녀에게 미래가 있는 것이다. 그녀는 고대하고 또 고대하였다. 그리고 그 날이 마침내 다가온 것이다. 아들이 곧 성가하여 그녀를 위하여 집을 떠맡고 대를 이어갈 것이다. 그러나 그녀가 무한한 희망을 품은 큰일이 이렇게 평범하고 시시하게 다가올 줄은 생각도 못했다. 아들이 스스로 주장을 세워서 시루떡 용씨네 처녀를 맞으려 하는 것이 아닌가? 너무도 기막혔다. 이 일은 그녀의 반평생의 노력을 수포로 만드는 것이었다. 그리고 그녀가 요즘 은밀히 꾸미고 있는 계획을 모두 깨뜨리는 것이었다. 이 반 년간은 왜 이렇게 마음이 내키지 않는 일만 생기는지 모르겠다. 신월이 대학에 간 것도 그렇다. 신월도 숙언이처럼 돈이나 좀 벌게 되었더라면 자기가 할 일을 다한 셈이니 한시름을 놓을 수 있었을 텐데 사람을 놓기는커녕 오 년이나 논을 더 대야 한다. 남편이 죽어라고 고집을 꺾지 않는 바람에 그녀가 양보를 하여서 무승부인 결과를 얻었다. 그러나 그것도 다 아들을 위해서였다. 그런데 이제 아들에게조차 양보를 해야 하는가? 음력설이 곧 다가오는데 천성은 그 처녀를 데려오겠다 한다. 이 일을 어떻게 수습해야 하는가? 그녀는 반드시 해결책을 생각해야 했다. 그 누구와도 상의해서는 안 된다. 상의할수록 일이 잘못된다.

옹근 하룻밤 내내 그녀는 어둠 속에서 생각하고 있었다. 저녁 예배와 아침 예배를 하나로 이어서 드렸다. 알라여!

음력 선달 하순이 되니 설은 눈앞에 다가왔다. 북경거리는 점차 명절기분이 돌기 시작하였다. 길가의 상점들은 앞면에 페인트칠을 새로 하였다. 진열장에는 평소에 보이지 않던 물건들이 나와 있어 사람들은 도처에서 긴 줄을 섰다. 살기 어려울 때일수록 설을 잘 쇠려는 욕망이 더욱 크다. 세세내내 내려온 풍속은 잊혀지지도 않는다.

「얘야, 얘야 참아라. 선달 초여드레를 지나면 새해란다. 선달 초여드렛날 팥죽을 먹고 나면 이래저래 이십삼이 된단다. 이십삼에 엿사탕을 먹고 이십사에는 집안 청소하고 이십오에는 두부를 튀기고 이십육에는 양고기를 삶는다. 이십칠에는 수탉을 잡고 이십팔에는 밀가루 반죽을 씌운다. 이십구에는 찐빵을 찌고 그믐날밤에는 밤을 새우고 설날 아침에는 세배한다네.」

이 노래는 설날에 만두를 먹으며 온 가족이 단란히 모여 기뻐한다는 데까지 이어진다. 노인들은 손주들에게 이 노래를 해주기도 한다. 예전 이맘때 같으면 동악묘, 백운관에 가서 향불을 피우든가, 아니면 장을 보러 갔었다. 다른 곳의 장은 며칠밖에 서지 않으나 유독 유리창의 창전(廠甸)의 장은 정월달에 열며칠씩 연다. 연극하는 사람, 광대놀이

하는 사람, 물건파는 사람 등 없는 것이 없다. 여자애들은 비단꽃을 사고 남자애들은 팔랑개비를 산다. 아가위 사탕발림은 그 길이가 다섯 자짜리도 있었다. 밤이 되면 등불놀이를 하고 폭죽을 터뜨린다.

음력설은 한족의 새해여서 모슬렘과는 관계가 없다. 『코란경』에도 이 단어는 찾아볼 수 없다. 모슬렘의 전통에 의하면 명절은 쇠지만 설은 쇠지 않는다. 그들의 가장 중요한 명절은 라마단이 끝나는 날 있는 소바이람과 이슬람력 12월 10일에 있는 희생절이다. 그 규모의 성대함과 열렬함은 한인들의 음력설이나 서방의 크리스마스에 못지 않다. 그 기쁘고 장엄한 명절날에 모슬렘들은 좋은 옷에 맛있는 음식을 먹으며 식구들과 단란히 모여 앉기도 하고 친우들은 서로 찾아보기도 하며 또 성대한 종교모임도 가진다…… 그러나 북경의 모슬렘들은 오랫동안 한인이 절대다수인 옛 서울 북경에서 살아왔기에 한어로 말하고 한자로 글쓰고 옷차림까지도 한인과 별 차이가 없게 되어 자기들의 민족명절을 쇨 뿐만 아니라 점차 한인들의 명절에도 관심을 가지게 되었다. 특히 음력설은 이젠 그들의 명절이 되어 버렸다. 명절은 언제나 유쾌한 것이다. 사람들이 유쾌한 일을 거절할 리가 없다. 특히나 한인들의 아이들과 함께 자라난 아이들이 그랬다. 그러나 모슬렘들이 음력설을 쇠는 것은 한인들과 약간 달랐다. 모슬렘들은 폭죽을 터뜨리지 않으며 정월 초하룻날 만두를 먹지 않고 찹쌀떡이나 맛국물국수를 먹는다. 이런 것들은 점차 한화(漢化)되면서도 완전한 동화를 무서워하는 상태에서 행해지는 것들이다. 이것은 북경 모슬렘들에게 자연히 습관화된 것이지 어떤 경전의 기록에 근거한 것이 아니다. 중국의 다른 지방, 예를 들면 영하, 신강, 운남…… 등 모슬렘의 집중 주거지들은 북경과 다르다.

선달 26일은 입춘이 지난 지 닷새째되는 날이었다. 거리의 눈은 이미 녹아버렸고 날은 화창하게 개는데 미풍이 불어와 봄 같은 기분이 늘었나.

고모는 장보는 일로 바삐 보내고 있었다. 식권에 있는 것이든 없는 것이든 모두 방법을 짜내어 사려고 하였다. 그러나 그녀가 사려는 계획은 너무나 방대해서 그것을 모두 사들이기가 너무 힘들었다. 지금이 어떤 세월인데 다 사올 수 있겠는가? 한씨 부인은 아들에게 말했다.

「천성아, 고기표로 사는 그까짓 고기로는 아무것도 못 해. 고모도 얼마나 애타겠니, 그러니 초이튿날…….」

천성은 초이튿날 용계방을 청해다 식사하는 일을 걱정하고 있는데 엄마가 이렇게 말했다.

「그럼 어쩌겠어요?」

한씨 부인은 그제야 말했다.

「사람을 청해서 대접하려면 그래도 괜찮아야지. 내 마음 같아서는 양 한 마리를 통째 사오면 좋겠구나. 지지고 볶고 튀기고 만두해 먹고 다할 수 있지 않니?」

「그야 물론이지요. 그런데 통양은 어디서 살 수 있지요?」

「글쎄, 나도 생각해 보았지만, 고모가 그러시는데 그분의 친척이 장가구(張家口)에 있다는구나. 오랫동안 다니지 않았어도 주소는 잘 알고 있단다. 너 한번 다녀오는 게 어때? 내일 아침에 떠나려무나.」

「그럼…… 그런데 저는 휴가를 받아야겠는데요.」

「설대목에 어느 집인들 일이 없겠니? 오래지 않아 휴가인데 네가 간 후에 내가 공장에 전화를 걸어줄게. 네가 아프다고 말이다.」

천성은 난처해 하였다. 한참 주저하더니 끝내 결단을 내렸다. 애정을 위하여 거짓말을 한번 해야겠다고. 그런데 용계방에게 알리지 못하고 가는 것이 애석하였다. 괜찮아, 초이튿날 집에 오라고 했으니 별일 없을 거야.

이튿날 아침 일찍 천성은 어머니가 주는 돈을 집어넣고 고모가 주는 주소를 가지고 신이 나서 장가구로 떠났다.

그러나 한씨 부인은 공장에 전화를 걸지 않았다. 그녀는 용계방의 반응을 살필 계획이었다. 용계방더러 이 수수께끼를 풀도록 하였다.

27일, 28일…… 28일 그날 한씨 부인은 온종일 용계방을 기다렸다. 어제 천성이가 출근하지 않았으니 반응이 없을 수 없다. 앓는가? 아니면 일이 있는가? 그녀는 반드시 생각해볼 것이다. 오늘 천성이가 또 나타나지 않았으니 그녀는 불안할 것이다. 그러면 천성이를 만나보려고 올 것이 틀림없다. 오면 나는 잘 대접해야지! 물론 이 일은 다른 사람이 알면 안 된다.

아침에 한자기가 출근할 때 한씨 부인은 이렇게 당부하였다.

「천성이도 집에 없고 저녁은 대충 때우려고 해요. 그러니 당신은 밖에서 드시고 오세요. 어디 언 감이 있는가 살펴보고 오는 길에 한 가방 사오시지요!」

이렇게 되면 남편은 오후에 일찍 집에 올 수 없게 된다. 신월이는 어쩔까? 신월이는 오전에 집에서 공부를 하였다. 점심을 먹고 나서 한씨 부인은 마치 지나가는 말처럼 말했다.

「방학인데도 무슨 공부만 하니? 나가서 놀려무나.」

이것도 엄마가 그녀보고 처음으로 나가 놀라고 권한 것이다. 신월은 물론 기뻤다.

「그럼 유리창에 가서 숙언이네 상점을 구경하고 올게요. 그애가 장사를 어떻게 하는가도 보고요. 참 재미있을 거예요.」

그러고는 밖으로 나가면서 물었다.

「엄마, 좀 늦게 돌아와도 되나요?」

한씨 부인은 바로 그것을 원하고 있었다.

날이 저물자 곧 퇴근시간이 되었다. 용계방이 오늘 온다면 이때쯤 올 것이다. 고모도 내보내야 하였다. 그녀가 있으면 말참견을 하거나 파는 말이 새나갈 념려가 있다. 더 늦으면 안 된다. 그녀는 재빨리 고모에게 물었다.

「설 쇨 때 필요한 것이 아직도 모자라지요?」

고모도 한창 이 일을 걱정하고 있었다.

「몇 가지 모자라지. 넘나물과 참나무버섯을 아직 못 샀어. 조기는 어디 가도 없어, 아유 속상해.」

「제가 들어보니까 사람들이 채시구(菜市口)에서 지금 줄을 서서 조기를 산다던데요. 그런데 너무 멀어요.」

「먼 것은 괜찮아. 지금 가보아야겠네!」

고모는 곧바로 채시구로 떠났다. 그녀가 조기를 사오든 못 사오든 한씨 부인이 관심을 두는 일이 아니었다. 한씨 부인은 대문을 닫고 편안히 북채 응접실에 앉아 차를 마시며 낮은 소리로 옛날에 부르던 노래를 흥얼거렸다.

한 곡도 채 부르지 못했는데 문 두드리는 소리가 났다.

「누구세요?」

한씨 부인은 재빨리 걸어가서 한마디 묻고는 밖에서 대답하기도 전에 문을 열었다. 문 밖에는 이십여 세쯤 되어 보이는 처녀가 서 있었다.

단정하고 우아하게 생긴 한씨 부인을 보자 그 처녀는 쑥스러워 한동안 어떻게 부를지 몰라 했다.

「당신은…… 한…… 한 아주머니지요?」

한씨 부인은 그 칭호를 듣고 촌스럽다고 생각하였다. 좀 고상하게 말하자면 큰어머니라 해야지. 그녀는 대답을 하지 않고 되물었다.

「누굴 찾지요?」

「저는…… 한천성 씨를 찾는데요. 그와 한 공장에 있어요.」

「성함은 어떻게 부르죠?」

알면서도 일부러 물었다.

「용씨예요.」

처녀는 얼굴을 붉혔다.

한씨 부인은 속으로 난 네가 용계방인 줄 알아. 바로 너를 기다리고 있는 거야! 말하면서 천성이가 마음에 들어하는 처녀를 대강 훑어보았다. 키는 그래도 아버지처럼 작지는 않았다. 얼굴이나 눈매나 모두 수수하였고 괜찮아 보였다. 오직 몸에서 풍기는 이미지가 달랐다. 한씨 집과는 같은 물에서 사는 고기가 아님을 한눈에 알아낼 수 있었다. 그냥 노동복을 입었고 안에는 솜옷을 껴입어 울퉁불퉁하였다. 몸치장도 할 줄 모르는가? 아니면 입을 것이 없는지?

속으로 그렇게 짐작해보면서 한씨 부인은 미소를 띠고 말했다.

「그래요, 용 동무? 안에 들어가서 앉지요.」

용계방은 부자연스럽게 높은 문턱을 넘어 들어왔다. 한씨 부인은 대문을 닫은 후 그녀를 데리고 안으로 들어갔다. 한씨 부인은 북채에서 접대하고 싶지 않았다. 추화문을 통하여 안뜰 안에 들어서서 줄곧 남채 응접실까지 데리고 갔다. 처녀를 앉으라고 청하고는 향기로운 차를 대접하는 것도 잊지 않았다. 용계방은 들어올 때부터 속이 두근거렸다. 대문을 두 번이나 지나서 뒤뜰을 거쳐 안뜰로 온 그녀는 너무도 긴장하였다. 뜰안의 낭하며 동서채를 둘러보면서 천성의 집이 자기가 상상한 것과는 너무도 다른 데 놀랐다. 집이 아니라 큰 절 같아서 가정의 아늑한 기분이 없었다. 그리고 방안의 장식품들이나 천성의 어머니가 깍듯이 예의바르게 대하는 태도를 보고는 만약 이런 집에 시집오면 며느리 노릇도 힘들 것이라고 생각했다. 찻잔을 들고서도 천성이가 나타나지 않으니 물을 수밖에 없었다.

「아주머니, 천성 씨는요?」

한씨 부인은 웃으면서 말했다.

「그애는 집에 없어요. 외지에 갔는데요, 설 전에 올지 모르겠네요.」
「네?」
용계방은 멍해졌다.
「어디로 갔어요? 휴가도 받지 않고?」
한씨 부인은 조금도 당황하지 않고 말했다.
「나도 그애를 대신해서 휴가를 받으려던 참이었는데 마침 용 동무가 와서 잘되었군요. 천성이와 동료라니 상사에게 전해줄 수 있겠지요? 천성이는요, 자기 일 때문에 상해로 갔어요. 그애의 외사촌 여동생이 지금 고중에 다니고 있지 않아요. 여동생이 겨울방학일 때 가서 만나 보려고요. 북경에 설 쇠러 함께 올지도 모르겠어요.」
「외사촌 여동생이라구요?」
심상치 않은 기분이 든 용계방은 목소리도 변했다.
「네.」
그런데 한씨 부인은 어찌나 차분하고 태연한지 마치 이웃들과 한가로이 얘기를 나누는 것 같았다.
「말이 외사촌이지 사실은 어렸을 때 정한 혼인 상대자예요. 평소에는 별로 시간이 없어 만나지 못하고 늘상 편지로 서로 통하고 있어요. 이젠 천성이도 스물다섯이고 여자애도 고중을 졸업할 거고 모두 어리지 않으니 더 기다릴 필요도 없어요. 치러야 할 일은 빨리 치러야지요. 그렇지요, 용 동무?」
용계방은 멍청해졌다. 짜릿한 전류가 그녀의 신경을 자극하여 발바닥으로부터 머리끝까지 저려왔다. 성실하고 고지식한 천성이가 이렇게 비루한 일을 하리라고는 꿈에도 생각하지 못했다. 한쪽으로는 상해처녀와 연애하면서 또 동시에 자기를 속여서 자신의 공허를 메우려 하였다니! 그런데 이건 그의 친어머니가 하는 말이 아닌가? 거짓말일 수 없지. 만약 사실이 아니라면 한천성은 무엇 때문에 자기에게 말도 안

하고 떠났겠는가? 속에 꿍꿍이가 있으니까 그렇지, 남자의 마음은 정말 알 수 없는 것이다! 만약 천성이 어머니가 앞에 앉아 있지 않고 여기가 한씨집 방안만 아니라면 용계방은 통곡하였을 것이다. 그러나 여기는 그녀가 울 곳이 아니었다.

한씨 부인은 자기가 금방 한 거짓말이 이미 예측한 효력을 나타냈음을 짐작했다. 그녀는 여기서 그만둘 수는 없었다. 더 한번 힘을 주어 확실하게 해놓아야 후에 생길지 모르는 후유증을 미리 방지할 수 있다. 한씨 부인은 마치 상대방의 감정변화는 조금도 주의하지 않는 듯 계속하여 그럴 듯하게 말했다.

「용 동무, 사실은요, 아무리 좋은 혼사도 모두 완벽한 것은 아니지요. 내 보기에는요, 그애 외사촌이 비록 예쁘게 생기고 지식도 있지만 부부가 떨어져 있어야 하니 살림을 어떻게 하겠어요. 이곳에서 얻는 것보다 못하지요. 북경에서 애인을 구하지 못하는 것도 아니구요. 그런데 천성이가 고집을 부리네요. 결혼한 다음 다시 방법을 내어 북경으로 데려온다구요. 그애 아빠도 말해요. 일찍 약혼한 것을 어떻게 한마디로 파혼할 수 있느냐구요. 그뿐 아니라 북경에서 정말 두 집이 걸맞는 사돈을 찾기도 쉽지 않아요. 안 그래요, 용 동무?」

그런 문제를 용계방에게 묻는 것이 너무도 기묘하였다. 용계방은 그때 입술까지 새하얗게 질렸다. 그녀가 무엇이라 대답하겠는가? 그녀는 자기와 천성이 어머니가 하는 말을 비교해 볼 뿐이다. 더구나 두 집이 걸맞는다는 말이 특히 귀에 거슬렸다. 여기까지 듣고서 그녀는 이미 자기가 한씨네 식구들의 눈에 어떤 가치로 보여지는지를 알았다. 자존심도 치명적인 타격을 받았다. 마비된 상태에 빠져 있던 그녀는 정신을 차렸다.

한천성 씨, 지나간 일들은 내가 눈이 멀어서 그렇게 되었지만 이제부터는 각기 자기 길이나 갑시다! 당신은 본디 저를 사랑하지 않았지요! 어찌 저를 사랑할 수 있겠어요?
자제력은 그녀로 하여금 마음속에 엉킨 것을 단호하게 끊어버리게 하였다. 그녀는 일어나면서 말했다.
「아주머니, 전 가겠습니다.」
「아니, 오자마자 가려구요? 용 동무는 천성이에게 무슨 일이 있으시지요?」
한씨 부인도 일어나서 손님을 바래다주려 하였다.
「별일없어요. 퇴근하는 길에 들러보았을 뿐인데요.」
용계방은 찾아온 목적을 담담하게 말하려고 애썼다. 그녀는 자기가 처음이자 마지막으로 한씨집을 방문한 것이 어떤 흔적도 남기지 말기를 바랐다.
「한천성 씨가 돌아오면 제가 왔다갔다고 말할 필요 없어요. 그분도 자신의 일을 동료들이 아는 것을 원치 않을 거예요.」
「그래도 용 동무가 자상하군요.」
한씨 부인은 대뜸 그녀의 말을 받아 말했다.
「그럼 휴가도 말할 필요가 없어요. 제가 내일 전화 걸지요.」
용계방은 얼음같이 차가워진 가슴을 안고 추화문을 나와서 대문가에 이르렀다. 한씨 부인은 그녀에게 마지막으로 한마디 부탁하였다. 이 말은 가장 중요한 시기에 남겼다가 마지막에 해야 하는 것이었다.
「용 동무, 난 용 동무를 남으로 생각하지 않고 무슨 말이든 다한 것 같아요. 천성이의 외사촌 여동생에 대해서는 그애한테 물어보지 마세요. 남들에게도 말하지 마세요. 그애는 낯도 두껍지 않고 성질도 무뚝뚝하여 괜히 용 동무한테 듣기 싫은 말이나 할 테니까요.」
「걱정 마세요!」
용계방은 머리도 돌리지 않고 한씨네 높은 문턱을 넘어 오던 길로 돌아갔다. 그녀는 무슨 말이든 모두 뱃속에 넣어 썩히고 말하지 않으려고 결심하였다.

한씨 부인은 자애로운 미소를 띠고 이 귀빈을 바래다주었다. 대문을 닫고 나니 그녀도 피곤함을 느꼈다. 문에 기대어 후! 하고 한숨을 쉬고 나니 속이 얼마나 시원한지 몰랐다.

폭죽소리 속에서 한 해가 지나가니
봄바람은 방안을 따뜻하게 해주네.
집집마다 새날이 밝아올 때
낡은 춘련을 떼내고 새것을 붙이네.

북경은 낡은 해를 보내고 새해를 맞이하는 명절 기분에 잠겨 있었다. 농력 신추년은 걸음을 멈추지 않고 다가왔다. 북경과 멀리 떨어진 추운 북방에서는 세계 정세에 영향을 줄 만큼 굉장한 중소양국 대논전이 벌어졌고 중국땅에는 경제위기가 가져온 어두운 그림자가 아직도 드리워져 있었다. 이 세상의 중생들에게는 죽음을 면치 못하는 비애와 실연의 고통이 있을지라도 새해의 시작은 그래도 사람들에게 기쁨을 가져다주었다.

정월 초이튿날 한씨집 명절 잔치는 계획대로 진행되고 있었다. 초청을 받고 온 손님은 용계방이 아니라 진숙언이었다. 숙언은 자신을 손님으로 생각하지 않았고 신월과는 친자매나 다름없었다. 그리고 자애로운 한씨 부인과 늙은 고모는 한 식구처럼 생각되었다. 한 선생과 한씨 부인의 은혜에 보답하기 위하여 그녀는 자기가 받은 노임으로 값비싼 이슬람 고급과자를 두 통 사들고 왔다. 식사 때 한씨 부인과 고모는 쉴새없이 그녀에게 반찬을 집어주었고 한씨와 신월은 그녀와 골동품 상점의 일에 대하여 이야기를 나누었다. 골동품과 대외무역에 대한 말이 나오니 세 사람은 할 말이 많아져서 더욱 잘 어울렸다. 유독 천성이

난 머리를 숙이고 아무 말 없이 밥만 먹으면서 누구도 거들떠보지 않았다. 그는 늘상 그렇기 때문에 누구도 별로 이상해 하지 않았다. 오직 한씨 부인만은 아들이 무엇을 생각하고 있는지 알고 있었다. 진정으로 천성의 심정을 아는 사람은 그녀뿐이라고 할 수도 있다.

천성은 지금 그가 이제껏 겪은 것 중 가장 큰 고통을 맛보고 있다.

천성은 힘들게 양 한 마리를 메고 돌아온 후 섣달 그믐날 부랴부랴 공장에 갔다. 재빨리 용계방을 찾아 멀리 가서 장을 보아온 자신의 성의를 알려주고 정월 초이튿날 아침 집에 오라고 다시 당부하였다. 그가 한 모든 것은 그녀를 위해서였기 때문이었다.

그런데 용계방은 놀랄 정도로 냉담해졌다. 그를 대하는 태도는 지나가는 모르는 사람을 대하듯 쌀쌀하였다.

「전 가고 싶지 않아요. 초이튿날 우리 집에 손님이 오니까 대접해야 하겠어요. 할 말이 있으면 공장에서 하세요.」

그렇게 말하더니 홱 돌아서 가버렸다. 그의 앞에 서 있던 시간은 일분도 채 되지 않았다.

말 못할 정도로 분이 치민 천성의 얼굴은 자주색이 되었다. 그는 쫓아가서 따지고 싶었다. 이건 도대체 무슨 뜻인가? 사흘 동안에 이렇게 변할 수 있는가. 그러나 그는 그렇게 하지 않고 다른 쪽으로 걸어갔다. 공장 안에 사람이 많아서 남들의 눈에 띌까 걱정이 되어서였다. 그와 용계방이 좋아하는 것을 지금까지 공장의 사람들은 몰랐다. 그는 여자들 앞에서 쩔쩔매는 총각들을 제일 얕본다. 멋지게 차리고 여자들에게 치근거리며 여자들한테서 구박을 당해도 대수로워하지 않고 그냥 따라다니는 낯두꺼운 친구들도 있었다. 그러나 천성은 그런 사람이 아니었다. 그는 사내 대장부였다. 용계방과 연애하게 된 것도 그가 따라다닌 것이 아니었다. 그는 일도 잘하고 정직하기에 두 사람이 서로 상대방을 높이 보고 서로 맞는 것 같아서 점차 마음을 털어놓게 된 것이었다. 그것이 금년 여름의 일이었다. 그때는 날씨도 뜨겁고 마음도 뜨거워서 그랬던가? 지금은 날씨가 차가워져서 마음도 차디차졌는가? 어찌 이럴 수 있단 말인가? 퇴근 후에 그녀 집에 찾아가서 말해볼까? 아니야, 그렇게 굽실거리고 싶진 않아. 천성은 여태까지 누구에게 허리를 굽혀본 사람이 아니다.

그가 집에 돌아온 후 다행히 어머니는 묻지 않았다. 어머니는 고모와 설 쇨 준비를 하고 있었다. 그는 말할 수 없었다. 어머니의 기분을 잡칠 것 같았다. 어머니에게 죄송할 따름이었다. 어머니는 아직 아무것도 모르고 홍겹게 준비하고 있다. 초이튿날 새 며느리감이 찾아오기만을 고대하고 있었다. 용계방이 온다고 하니 어머니는 마치 귀빈을 맞이하는 것처럼 분주히 보내고 있었다. 죄송스러움과 고통이 사내의 마음을 찢고 있었다. 그는 사실을 말하려다가 그만두었다. 나 혼자만 고통을 참으면 되는데 온 식구들을 설도 제대로 쇠지 못하게 할 수는 없지. 부모님과 고모님과 여동생 모두 즐겁게 설을 쇠게 해야지. 나는 맏아들이니 어른스러워야지. 그리고 금년에 집에는 여동생이 대학에 간 경사가 있었지. 금년 설은 그애가 대학에 들어간 후 첫 설이니 그애를 위해서라도 기뻐해야지.

초이튿날 오전 고모가 모든 준비를 다 끝내고 숙언이도 온 다음에야 한씨 부인은 아들방에 들어와서 물었다.

「애야, 용씨댁 아가씨는 왜 아직도 안 오니?」

천성이는 더 감출 수 없음을 알고 자신을 억제하면서 아무렇지도 않은 듯이 말했다.

「그녀는 오늘 일이 있어 못 온대요.」

「아니, 못 온다니? 나는 다 준비해 놓고 있는데…….」

한씨 부인은 아주 유감스러운 듯이 말했다.

「그럼…… 언제 오려고?」

「나중에 봅시다!」

천성은 어머니의 얼굴을 제대로 쳐다보지도 못했다. 그는 면목이 없었다.

「우리 둘의 일은 틀린 것 같아요.」

「그건 무슨 소리야? 다투었니?」

「아니예요. 그녀 집에 초이튿날 손님이 온다구…….」

「무슨 손님이 너보다 더 중하단 말이야? 그건 핑계야, 넌 그걸 믿니?」

천성이는 말이 없었다. 그는 어머니의 말씀에 일리가 있음을 알고 있었다. 용계방은 오기 싫은 것이 뻔하다.

한씨 부인은 한 걸음 더 나아갔다.

「그녀에게 더 좋은 자리가 나선 게지. 네가 마음에 안 드는 모양이지?」

「내가 마음에 안 든다구요? 흥, 내가…… 내가 오히려 마음에 들지 않아요.」

천성이는 부아가 났다. 용계방이 미워졌다.

「뭐가 대단해서? 이렇게 다른 사람의 감정을 가지고 장난을 한단 말이야.」

「그래, 맞다.」

한씨 부인도 분해서 말했다.

「내 아들이 어디 그애보다 못한 데가 있다구? 가정 환경이나 인격이나 그애는 어울리지도 않아. 그애와 같이 서려면 우리가 쭈그리고 앉아야 되는데 오히려 그쪽에서 우리를 낮다고 깔보니, 정말 주제넘게스리!」

모자는 서로 속에 있던 분을 다 털어놓았다. 천성이는 어머니가 이렇게 말해주니 속이 좀 풀린 것 같았다. 용계방, 네가 마음을 다른 데다 옮겼다면 나도 억지로 너한테 매달리지 않을 거야! 그의 마음은 격앙되었다. 그러나 어머니가 자기 때문에 기분이 나빠진 것 같아 위로하여 드렸다.

「엄마, 이 일은 깨져도 괜찮아요. 걱정하지 마세요. 우리 공장에 혼자 사는 외토리가 얼마나 많다구요. 부럽지 않아요.」

한씨 부인은 냉소를 지으며 말했다.

「내 아들이 외톨이가 될까봐? 흥! 금괭이에 나무자루가 생기지 않겠니? 뭐가 겁나? 천성아, 자, 밥먹으러 가자. 그 따위 사람들 때문에 마음쓸 것까지 없어.」

식탁에서 신월의 근심걱정 없는 웃음소리가 천성을 서글프게 하면서도 위안을 주었다. 그는 단란한 가정 분위기가 얼마나 귀중한 것인지를 알았다. 사람은 무엇 때문에 그렇게 많은 감정으로 괴로워해야 하는가? 혈육의 정과 형제간의 정만 있으면 되는데. 무엇 때문에 남녀의 연정으로 사람을 괴롭히는지 모를 일었다.

그는 다시 용계방을 생각하지 않으려고 노력하고 있었다. 그러나 반찬 한 가지 한 가지가 모두 용계방을 위해 준비한 것이어서 젓가락을 들면 그녀의 얼굴이 떠올랐다. 깨끗하게 잊어버린다는 것은 얼마나 힘든 일인가! 그는 워낙 입맛이 없었으나 억지로 먹고 있었다. 많이 먹어야 어머니가 기뻐하실게 아닌가, 천천히 먹어야지. 일찍 일어나면 모두들 기분이 상하게 된다. 특히 오늘은 여동생의 손님까지 왔으니 더 조심해야지. 그는 한끼의 밥을 식구들이 제대로 먹게 하려고 겨우겨우 참고 있었다. 어머니 외의 다른 사람들이 자기가 실연을 당한 것을 알게 될까봐 두려웠다. 글짓는 사람들은 실연을 당하고도 무슨 시적인 의미를 찾지만 그는 실연이라는 것이 치욕으로 느껴졌다. 그는 되도록이면 차분하고 자연스럽게 보이려 했다. 그 우직하고 무뚝뚝한 사나이가 괴로우면서도 이만큼 할 수 있는 것은 쉬운 일이 아니었다.

오후에 신월과 숙언은 영화를 보러 갔다. 영화는 시라의「음모와 애정」이었다. 신월은 오빠와 같이 가려 했으나 천성은 영화 이름만 듣고도 온몸에 소름이 끼치는 것 같았다. 그러지 않아도 영화볼 마음은 없었다. 그는 머리를 흔들고 멋없이 자전거를 닦았다. 진흙과 눈 속에서 겨우내 탔으니 깨끗이 닦아야지. 재수없는 일이 있다고 '말'까지 축 늘어지고 지저분해서야 안 되지.

저녁을 먹은 후 천성은 동채로 들어간 뒤 다시 나오지 않았다. 그는 일찍이 침대에 누워서 아직도 이틀이나 남은 휴가를 어떻게 보낼 것인가 생각했다. 초닷새날 출근하여 용계방을 만나면 무슨 말을 할까? 말 안 할 거다. 아무 말도 하지 않을 거다. 이 장을 이젠 넘겨야 한다. 그는 자신이 자주 반복하는 것을 나무랐다. 사나이로서 모든 일에든 도량이 커야지. 용계방 그녀가 나를 얕보게 해서는 안 되지. 그런데 매일 마주칠 테니 어떻게 한담? 될 대로 되라지. 그녀가 못 본 척하면 나도 못 본 척하면 그만이야. 핑계를 대고 말을 걸어도 못 들은 척할 거야. 왜 후회했어? 울고 있어? 흥, 눈물도 내 마음을 녹이지 못해. 누가 날 괴롭히라고 했어?

인간이란 참! 한 사람의 마음은 하나의 우주여서 음양조화, 상극상생이 심오하고 은밀하고 끝이 없다. 천성이같이 감정을 쉽게 드러내지 않는 사나이도 예외가 아니다. 애정의 그물에서 빠져나오자면 반드시 자기를 이겨야 한다. 빠를 수도 있고 늦어질 수도 있다.

그는 눈을 감고 있었지만 전등은 끄지 않았다. 식구들이 이렇게 일찍 맥빠져서 누워 있음을 알아채게 할 수 없었다.

그때 한씨 부인은 딸의 방에 있었다.

신월은 탁자 앞의 의자에 앉아 두 팔을 상 위에 세우고 한 손으로 얼굴을 받치고 어머니와 말하고 있었다. 난로가 뜨겁게 달아 있어 그녀는 솜옷을 벗고 흰 스웨터만 입고 있었다. 탁자등의 연한 불빛으로 그녀는 더욱 우아스러워 보였고 근심걱정 없는 청춘의 기백이 흘러넘쳤다. 한씨 부인은 딸의 침대에 앉아서 노랗게 익은 바나나를 들고 익숙하게 껍질을 벗기고 있었다. 다 벗긴 다음 접시에 놓고 여섯 쪽으로 가른 다음 꼬챙이를 꽂아서 딸에게 주고 자신도 하나 입에 넣었다. 천천히 먹으면서 그녀는 딸과 말하고 있었다. 신월은 어머니와 가까이 할 기회가 너무 적었다. 신월은 어린 시절로 돌아간 것 같은 생각이 들었다.

「신월아.」

한씨 부인은 말했다.

「너는 끝내 좋은 길에 들어섰으니 엄마도 이젠 걱정없어.」

신월은 마음이 뜨거워졌다. 어머니의 이 한마디가 그전에 있었던 불쾌한 감정들을 모두 씻어버렸다. 어머니는 분명 딸과 마음이 통하는 것이다. 그녀는 어머니의 날로 늙어가는 얼굴을 바라보았다. 그것은 어머니가 그녀를 위해 고생한 증거였다. 그녀는 생각하였다. 엄마, 제가 졸업할 때까지 기다려주세요. 이 딸이 엄마에게 가장 편안하고 행복한 말년을 마련해 드릴게요!

한씨 부인은 계속해서 말을 이었다.

「이제 엄마는 네 오빠 때문에 걱정을 많이 해야 되겠어.」

「오빠요? 오빠가 어째서요? 지금 아무 일도 없잖아요?」

신월은 어머니의 말뜻을 눈치채지 못했다. 그녀는 지금 현재로는 집에 아무런 걱정도 없다고 생각하는 것 같았다.

「너 몰랐어? 오빠는 요즘 생각이 많아.」

한씨 부인은 동채 쪽으로 입을 삐죽여보이며 낮은 소리로 말했다. 이 말은 아들이 들어서는 안 되는 것이다.

「몰랐어요.」

신월은 눈을 깜박거렸다. 그녀도 마음속에 스치는 생각이 있어서 말했다.

「아마 내가 대학에 가니 마음이…….」

「아니야. 그애는 이제 그 생각은 없어. 스물다섯이나 되었는데 무슨 학교야? 그는 지금 자기 일을 생각하고 있어. 언제까지 그냥 외기러기처럼 지내겠니?」

신월의 얼굴은 대번에 붉어졌다. 그녀는 어머니가 오빠의 혼인대사를 자기에게 말할 줄은 몰랐다. 내가 누구라고. 아직 애정은 접촉도 해보지 못한 소녀일 뿐인데.

「그 일이에요? 아빠나 고모와 상의해 보시지요. 난…… 오빠의 다른 일은 다 도울 수 있지만, 거리에 가서 누가 우리 오빠에게 시집올 거예요 하고 소리칠 수도 없잖아요?」

「요 계집애 좀 봐!」

한씨 부인은 웃으면서 신월의 손을 한번 때렸다.

「난 지금 농담하는 게 아니야. 내 보기에는 네 오빠가 숙인이한테 마음이 있는 것 같애.」

「그래요?」

신월은 깜짝 놀라 뛰어일어날 듯하였다. 너무도 뜻밖의 이야기였다. 어머니가 손을 흔드는 것을 보고서야 소리를 낮추었으나 여전히 흥분한 채 말했다.

「나는 왜 진작 몰랐을까요. 참 좋네요, 너무 좋아요!」

한씨 부인은 빙그레 웃으면서 그녀를 바라보았다.

「그런데 말이야, 그 처녀애가 어떻게 생각할지 모르겠구나.」

「문제없어요.」

신월은 자신있게 말했다.

「며칠 전에도 그애는 우리 오빠가 성실하다고 칭찬하던데요. 오빠를 보지 않고 저를 보더라도 그애는 좋아할 거예요!」

한씨 부인의 얼굴에 환한 웃음이 떠올랐다.

「너한테 시집오는 것도 아닌데.」

「그럼 제가 시원히 물어볼까요?」

신월은 충동을 억제할 수 없었다. 밤중이라도 숙언을 찾아가고 싶었다.

한씨 부인은 침착하게 딸의 어깨를 잡으면서 말했다.

「그건 안 돼. 네가 만약 오빠 얘기를 꺼내놓으면서 마음에 드느냐고 물으면 우리 값이 떨어져. 성사되더라도 남보다 한 머리가 낮아져. 살림을 하는데 여자가 남자보다 세면 남자가 항상 주눅이 들어 못써. 오빠에게 여지를 남겨야지. 그것도 그렇지만 지금은 자식의 혼사도 부모가 도맡아할 수는 없지 않니? 너도 내 말을 숙언이한테 하지 말고 그저 숙언이더러 자주 오게 하여 차차 친숙해지면 그들 스스로 알아서 하도록 하여야 해. 우리 둘은 말이야, 옆에서 굿이나 보면서 부채질이나 해주면 되는 거야. 그렇게 되면 자연히 그쪽에서 먼저 말하게 될 수도 있지.」

아들을 사랑하는 한씨 부인은 마음에 드는 며느리를 맞으려고 머리를 짜고 계획해 왔던 차라 저도 모르게 딸에게 지혜와 계략이 들어 있는 생생한 연애, 혼인, 가정에 대한 연설을 한 것이다. 신월이도 오빠와 진숙언의 아름다운 인연을 맺어주는 데만 정신이 팔려 어머니의 용의주도함에 반감을 갖지 않았다. 애정은 그녀에게는 너무도 신비한 색채를 띤 문제였다. 소설이나 영화 속의 사랑은 그녀와는 너무도 거리가 먼 이야기였다. 그런데 지금 현실 속의 하나의 애정이야기는 특이하고 기이하게 그녀의 옆에서 생겨났다. 그녀는 당사자는 아니었지만 있어도 되고 없어도 되는 구경꾼도 아니었다.

한씨 부인은 전략을 세우고 발걸음 가볍게 자기 방으로 돌아갔다.

신월은 탁자등 아래에서 미래를 꿈꾸고 있었다. 단짝 숙언이가 미래의 올케가 될 것이다. 이는 알라께서 일부러 맞추어주신 것 같다! 앞으로 이 집안에는 그녀의 마음을 잘 알아주는 친구가 생기게 되었다. 아빠, 엄마, 오빠, 올케 그리고 고모와 자기는 친밀한 유대로 이어질 것이다. 아! 얼마나 훌륭한 가정인가. 얼마나 유쾌한 겨울방학인가. 방학동안에 그녀는 어머니의 부탁대로 가정의 아름다운 미래를 위하여 힘쓸 것이다.

그녀는 탁자 위의 달력을 보았다. 겨울방학은 이젠 절반이나 지나갔다. 이제 십여 일만 지나면 개학이다. 그때가 되면 집에 갔던 동창들이 모두 돌아와서 또 만날 수 있을 거다. 동창들이 보고 싶었다. 초 선생님의 자그마한 서재 안에는 다 쓴 원고지가 또 늘어났겠지? 그분은 겨울방학 때 상해에 가지 않았다. 방학기간에 더 많은 것을 번역하겠다고 하였다. 그분은 사업을 정말 열심히 하는 사람이야! 여기까지 생각하니 신월이는 하루 빨리 학교에 가서 선생님의 새 작품을 읽어보고 싶었다.

박아댁 안의 동채와 서채는 모두 불이 밝았다. 신월과 천성은 잠을 이루지 못했다.

7
하룻밤의 꿈

이슬람교는 혼인을 장려한다. 왜냐하면 혼인은 종족의 번성과 관계된 중요한 대사이기 때문이었다. 모슬렘 중에는 출가한 승려가 없다. 성인이 된 남녀가 천부적인 정당한 요구에 따라 결혼하는 것은 당연한 것이고, 함께 생활하고 자식을 낳아 기르는 것은 성스러운 것이었다. 이슬람은 음란을 금지하지만 인성을 위반하는 금욕도 반대하였다.

한자기와 벽아의 혼사는 재난 후 다시 상봉하여 슬픔과 기쁨이 엇갈리던 때에 결정되었다.

곧 장모가 될 백씨는 기쁘기도 하고 슬프기도 하고 두렵기도 하였다. 기쁜 것은 양씨집이 이젠 의탁할 데가 생기게 된 때문이고 희망이 생겼으며, 벽아의 종신대사도 훌륭히 해결되었고 망했던 기진재가 다시 일어나기 시작한 때문이었다. 슬픈 것은 남편 양역청이 너무 일찍 가버려서 이 날을 보지 못하는 것이 가슴 아파서였다. 두려운 것은 딸의 혼사를 치를 여유가 없기 때문었다. 기쁜 일이 생겼는데도 오히려 넘기 힘든 고비에 부딪친 것처럼 불안하였다.

회회들의 풍속에 따르면 혼인은 자유연애로 결정되는 것이 아니었다. 어느 쪽이든 혼인할 뜻이 있으면 먼저 중매쟁이를 청해서 운을 뗀다. 몇 번이고 왔다갔다한 후 쌍방이 모두 만족할 때면 중매쟁이에게 돈을 주어 사례를 하고 약혼준비를 한다. 약혼은 보통 결혼보다 일년 내지 삼 년 앞서 하는데 그것도 한번에 끝나는 것이 아니었다. 처음의 작은 약혼잔치는 사원이나 이슬람 식당이나 아니면 중매쟁이의 집에서 한다. 신랑될 남자 쪽의 아버지와 형제들이 먼저 구슬로 만든 예물을 여자집에 가지고 가 신부측에 주면 여자의 아버지와 오빠가 경자독아와 시집갈 처녀의 경명이 새겨진 복숭아 모양의 은장신구를 넣은 정교한 유리함을 신랑 쪽에 준다. 그런 후 함께 식사를 하는 것으로 작은 약혼잔치는 끝난다. 반 년이나 일년 후에 다시 큰 약혼잔치를 하는데 작은 잔치보다 경비가 많이 들었다. 신랑 쪽에서 신부에게 반지 네 개, 귀걸이 한 쌍, 손목시계 하나를 담은 유리함과 결혼날짜를 적은 희첩을 중매쟁이를 통하여 신부집에 전한다. 희첩에는 날짜 두 개를 적어서 신부 쪽에서 선택하게 하는데 중매쟁이가 신부집의 결정을 다시 신랑집에 전해준다.

「희첩이 돌아왔지요? 어느 날로 정했지요?」

「왔어요. ×월 ×일이에요.」

이날이 바로 결혼식날이었다. 큰 약혼잔치가 있은 후 신랑 쪽에서는 일찍이 날짜에 맞추어 가마를 주문하고 요리사를 청해야 하며 신부를 위해 만든 옷을 신부집에 보내주어야 했다. 솜을 둔 기포와 겹으로 된 기포, 그리고 솜저고리, 솜바지, 겹저고리, 겹바지…… 등 도합 여덟 벌이었는데 두 보따리로 나누어 붉은 비단으로 싼 후 그 위에 또 푸른 꽃천 보자기로 싸야 했다. 이렇게 되면 약혼은 끝나고 혼인날을 기다리는 것이다.

결혼식은 그 규모가 약혼잔치보다는 훨씬 컸다. 혼수감이 열 개나 되는 짐짝에 실려 나온다. 이때야 사람들은 딸을 시집보내는 부모가 돈을 얼마나 썼는지 알 수 있었다. 보통 혼수감은 짐짝으로 열 개는 되어야 했다. 돈이 많은 집에서는 짐짝을 열두 개나 만드는데 더 많이 만드는 사람도 있었다. 아무튼 많을수록 좋았다. 그러나 열 개보다 적으면 너무 초라해보였다. 가난한 집에서는 딸을 시집보낼 때 열 개는 만들 수 없고 또 짐꾼들에게 줄 은화 2원이 없으므로 싼값으로 사람을 청해다가 혼수감을 이고 가져가게 한다. 하지만 그것은 너무도 남부끄러운 일이었다. 누구네 집에서 이렇게 신부를 맞아들였다면 몇십 년 동안 두고두고 구박을 했다.

신랑 쪽에서는 결혼식날 큰 고깃덩어리 하나와 떡, 수탉 두 마리를 준비해야 하고 반찬 다섯 그릇과 싱싱한 과일 네 쟁반, 말린 과일 네 쟁반, 과자 네 쟁반, 쪄낸 음식 네 쟁반, 그리고 생선 두 마리를 짐짝 두 개에 나누어 담아 신부집에 가져간다. 이것을 회채(回菜)라 한다. 꽃가마가 친정을 떠나기 바쁘게 이 음식들이 들어오는 것이다. 그러면 신부집 친척들과 손님들이 먹어대는 것이었다.

신부는 시어머니되는 사람이 직접 와서 가마에 태워서 데려가는데 이때 신부의 친정어머니도 따라간다. 친정식구들과 친척들도 함께 가는데 그 대오가 호탕하다. 장례에는 쓰이지 않는 악대가 길에서 불고 두드리고 하면서 떠들썩하게 신랑집까지 간다. 꽃가마가 시집에 들어서면 시어머니가 가마문을 열어주고 신부에게 분과 연지를 더 발라준다. 그런 다음 신부를 신방에 모셔가는데 한인들처럼 신령에 대고 절을 하지는 않는다.

이때에야 종교의식의 혼례가 진정으로 시작된다.

탁자 위에 붓과 벼루를 놓고 양쪽에서 청해온 두 분의 성직자가 혼서(婚書)를 쓴다. 혼서에는 양쪽 부모의 이름과 신랑신부의 이름을 쓰고 또 거기에다 여덟 가지 조항을 쓴다. 첫째, 이것은 혼서이다. 둘째,

이 혼인은 알라께서 맺어준 것이다. 셋째, 양쪽의 부모가 찬동한다. 넷째, 부부 양쪽이 원한다. 다섯째, 예물이 있다. 여섯째, 두 사람의 혼인 증인이 있다. 일곱째, 친우들의 축하가 있다. 여덟째, 알라께서 그들에게 행복을 주시기를 바란다. 성직자가 이를 다 쓰고 나면 신랑 신부에게 축복을 내린다. 이때 신부가 '이 사람에게 시집가기 원합니다.' 하고 신랑이 '이 사람에게 장가들기 원합니다.'라고 말하면 혼례식은 절정에 이른다. 손님들이 떠들어대며 춤을 추면서 신랑 신부에게 희과(喜果)를 뿌린다.

홍겹게 노는 가운데 잔치는 이렇게 밤중까지 계속된다. 이튿날 아침 신혼부부는 친정에 인사하러 가고…….

백씨는 땅이 꺼지게 한숨을 쉬었다. 그녀도 옛날에 이렇게 하여 양씨댁에 시집왔다. 그런데 지금 그녀는 사랑하는 딸에게 신부가 누릴 수 있는 혼례도 차려주지 못하게 되었다.

「얘들아, 엄마는 너희들을 푸대접할 수 없어. 가서 회회친척들에게 도와달라고 간청하마. 구걸을 해서라도 너희들에게 혼례식을…….」

「엄마!」

벽아는 어머니의 눈물을 닦아주면서 말했다.

「다 그만두세요. 오빠는 집도 없으니 엄마가 혼수감을 짐짝으로 열 개를 갖추어준다 한들 어디로 메고 가겠어요? 오늘부터 오빠는 엄마의 친아들이에요. 엄마는 딸을 시집보내고 또 며느리를 맞아들인다고 생각하세요. 내일 아침 아빠께 제사드리고『코란경』을 읽으면 나도 집이 생기는 셈이에요.」

이튿날인 금요일은 모슬렘의 주예배일이었다. 벽아와 한자기는 사원에 가서 성직자에게 혼서를 부탁하였다. 장엄한 사원의 예배당 안 뒤스티들 앞에서 성직자는 이 두 청춘남녀의 중매쟁이와 주례의 두 역할을 겸해 맡아서 축하해 주었다.

「따단!(이 사람에게 시집가기를 원합니다)」

벽아가 말했다.

「까이비얼투!(이 사람에게 장가들기 원합니다)」

한자기가 말했다.

그들에게는 희과를 뿌리는 사람도 없었다. 그러나 두 사람은 예배에 참가한 모든 모슬렘들이 그들 혼례에 참가한 손님으로 보였다.

이슬람 교규에 따르면 모슬렘 혼례에서 가장 중요한 조건은 당사자 둘이 자발적으로 결합하고, 반드시 모슬렘 중 두 남자 혹은 한 남자와 두 여인이 그 자리에 증인으로 있으면 되는 것이다. 그 외에는 복잡한 절차가 필요하지 않았다. 한자기와 벽아의 혼례는 모든 것이 다 구비되어 아쉬운 것이 없었다.

사원을 나선 벽아는 조촐한 혼례식에 대해 슬퍼하지 않았다. 그녀는 이제껏 오늘처럼 든든해본 적이 없었다. 지금부터 그녀는 어른이 되었고 한씨 부인이 된 것이다. 『코란경』에서 말한 것처럼 '아내는 남편의 옷이 되고 남편은 아내의 옷이 되었다.' 그녀와 오빠는 한몸이 되어 서로 안팎이 되고 서로 의지하고 영원히 헤어지지 않고 함께 걸어나갈 것이다.

십 년 뒤 기진재는 북경의 옥기업 중에서 가장 으뜸가는 가게가 되었다. 그때 북경은 국민정부가 남경으로 옮겨가 북평으로 이름을 고친 지도 벌써 칠팔 년쯤 되었을 때다.

한자기는 기진재의 앞쪽을 다섯 칸으로 확장하였다. 그는 북평 동쪽 교구에 있는 귀족 묘지의 묘지기를, 비록 깨졌으나 질좋은 한백옥 비석들을 사다가 손재간 있는 석공들을 청해서 대문틀을 정교롭게 조각해 세웠다. 또 그 중간에 대문을 멋드러지게 조각하여 세웠다. 그리고 그 가운데 옥마 노인이 써준 간판을 걸었다. 대문틀 위에는 6미터나 되는 멋있는 누각을 세웠다. 한백옥으로 조각된 대문틀 양쪽에는 흰 사시액틀을 끼워 넣었는데 거기에는 수주화벽, 명월청풍이란 글이 씌어져 있었다. 그것도 옛날 옥마 노인이 이 집 문에 써준 글귀였다.

근년에 한자기는 기진재를 회계 후 선생과 제자들에게 맡겨서 장사를 하게 하고 자신은 천하의 미옥을 찾고 연구하는 데 전력했다. 그는 유리창 고서서점에 가서 많은 고적들을 찾아 무릇 옥과 관련있는 것은 돈을 아끼지 않고 사들였다. 그러고는 자기의 소장품들과 대조하면서 열심히 책을 읽었다. 어찌도 그 일에 열중하는지 마치 미친 듯했다. 옛날의 옥마와도 흡사하였다.

끝내 박아댁은 한자기의 손에 들어왔다.

새집으로 이사를 오니 한자기는 마치 오랫동안 떠나 있던 옛집에 돌아온 것 같았다. 그는 그 지혜 높은 옥마 노인을 다시 만나본 것만큼이나 반가웠다. 그는 대문에 쓰여진 옥마의 필적을 만져보고 노인이 손수 마당에 심어놓은 화목들을 만져보고 노인이 생전에 옥을 보관하고 책을 보던 남채 서쪽 서재를 돌아보면서 마음속으로 노인을 그렸다. 그리고 마음속으로 기원했다.

「혼이여! 돌아오시라.」

어느 날 저녁, 달 밝고 바람이 잦아 사방이 고요했다. 한자기는 생각에 잠겨 아직 잠에 들지 못했다. 밤중에 앉아 있노라니 별안간 낮게 들려오는 소리가 있었다.

「나는 버릴 거다! 나는 버릴 거다!」

한자기는 놀랐다. 그 목소리는 십여 년 전에 돌아가신 노 선생님의 음성 같았다. 그래서 자기가 노인의 생각을 많이 해서 그런 환각이 생겼으리라 생각하고 정말이라고는 믿지 않았다. 그런데 그 일로 마음이 더 슬퍼지고 정신은 더 또렷해졌다. 그는 마당으로 나가서 천천히 거닐었다. 이때 하늘의 밝은 달은 마치 양지백옥 쟁반같이 둥글었는데 은백색 빛을 뿌리고 있었다. 마당 안의 석류꽃 봉오리는 금방이라도 벌어질 듯하였고 해당화는 한창 만발하여 향기를 뿜었다. 미풍이 불어오니 나뭇잎들이 사르륵거리며 소리를 냈다. 마치 옛날에 옥을 갈던 소리와 같았다. 별안간 그 소리가 또다시 울렸다.

「나는 버릴 거다! 나는 버릴 거다!」

이번에 한자기는 정말 똑똑히 들었다. 마치 귓가에서 소리치는 것 같았다. 그는 의아스러워서 사방을 둘러보았으나 밝은 달이 하늘에 떠 있고 나무 그림자만 어른거릴 뿐 사람이라곤 보이지 않았다. 그는 저도 모르게 몸서리쳤다. 그는 겨우 힘을 내어 공중에 대고 말했다.

「사람이든 귀신이든 복이든 화든 이 한자기는 두렵지 않으니 버릴 테면 버리시오!」

말을 하고 나니 온몸에 소름이 끼쳤으며 정신이 흐릿해졌다. 그때 그는 남채 서북쪽에서 혜성이 하나 날아와 눈부시는 빛을 뿜으면서 마당에 떨어지는 것을 보았다. 너무도 신기해서 재빨리 그곳으로 걸어가 보니 벽돌을 깐 바닥에서 그 빛은 꺼지지 않고 환하게 꿈틀거리고 있었다. 마치 야광주로 조각한 구슬 같았다. 한자기가 손을 대자 구슬은 땅 속으로 스며들었는지 보이지 않았다. 금방 꿈틀거리던 곳에는 아무런 흔적도 없었다.

한자기는 멍하니 마당에 서서 금방 생긴 일들을 돌이켜보았다. 알 듯 말 듯한 게 마치 꿈을 꾼 것 같기도 하였다.

서채에서 옥아가 총총히 달려나오면서 한자기를 꿈에서 깨웠다.

「오빠, 빨리와요. 언니가 조산할 것 같아요!」

「뭐?」

한자기는 모든 것을 잊고 서채로 뛰어갔다. 아내는 임신중인데 해산날이 가까워져 저녁에는 옥아와 같이 서채에서 지낸다. 그런데 산기가 앞당겨진 모양이다. 그가 문에 들어서자마자 아기의 우렁찬 울음소리가 늘었다.

꿈같은 희사가 박아댁에 내린 것이다. 한씨 부인은 결혼 후 십 년 동안 세 번 아기를 가졌는데 모두 유산되었고 이번에는 만 일곱 달 만에 조산했는데도 무사히 포동포동한 남자애를 낳았다.

서른두 살에야 자식을 본 한자기는 아기를 품에 안고 오랫동안 쳐다보면서 눈물을 흘렸다. 별안간 그는 하늘에서 날아와서 종적을 찾을 수 없던 구슬이 생각났다. 그는 저도 모르게 외쳤다.

「이 애를 천성이라 부르자. 하늘이 박아댁을 돕고 별이 기진재에 떨어졌다고 말이야!」

천성이 난 지 이레 만에 한자기는 성직자를 청해다 아이에게 경명을 지어주었다. 옥아가 언니를 대신해서 아이를 안고 산모방의 창문을 사이에 두고 서서 성직자가 경읽는 소리를 듣고 있었다. 성직자는 아이의 오른쪽 귀를 자기한테로 돌리라고 지시하고는 가볍게 김을 불어넣었고 또다시 왼쪽 귀에 대고 김을 불어넣었다. 경명의식은 끝났다. 이름은 '찬므찬므'인데 한자로는 이슬람교의 창시자인 마호메트를 찬양한다는 뜻이고, 아랍어로는 빤다는 뜻이다. 이는 성지 메카성 중 샘터의 이름인데 해마다 이슬람력 12월에는 참배하러 간 모슬렘들이 모두 찬므찬므의 샘물을 실컷 마신다. 마치 어머니의 젖을 빨아들이듯이. 이름이 너무도 좋았다. 성스러운 샘의 물이고 하늘의 별이다!

한씨 부인은 아이가 있으니 안팎으로 더욱 분주해졌다. 어머니 백씨는 칠 년 전에 이미 세상을 떠났고 동생 옥아는 연경대학에서 공부하고 있었기에 집안일을 돌볼 수는 없었다. 때문에 박아댁의 모든 일은 한씨 부인 혼자서 돌보아야 했다. 그녀는 옛날부터 부지런했으므로 큰 일이든 작은 일이든 모두 스스로 하였다. 한자기는 가게의 일꾼을 불러다 집안일을 보살피게 하려 했으나 한씨 부인이 말했다.

「지저분한 남자한테 집안일을 어떻게 맡기겠어요? 음식이나 입는 것 씻는 것 어느 한 가지고 시킬 수 있겠어요?」

그래서 한자기가 식모를 구하자고 하니 한씨 부인이 또 거절하였다.

「집안의 도둑을 지키는 게 더 힘들어요. 남을 어떻게 믿겠어요? 아니 그 포수창처럼 당신같이 딴 궁리를 하는 일꾼을 쓰면 큰일이지요.」

부부는 웃고 말았다. 다시는 그 말을 꺼내지 않았다.

천성이가 백일이 되니 한자기는 잔치를 크게 벌이려 하였다. 이번 잔치는 연회석을 크게 벌이는 것이 아니라 독창적인 방법으로 그의 새 저택에서 옥전시회를 열 계획이었다. 동채의 방 세 개를 깨끗이 청소하고 똑같은 진열장 24개를 쭉 세워놓았다. 진열장에는 십여 년간 힘들게 수집한 기진보물들을 진열하여 옥업의 동인들과 사회 명류, 그리고 문인, 묵객들이 관상하고 평가하게끔 하였다.

이번의 성대한 전시회는 기진재 가게에서 하지 않고 박아댁 안에서 여는데 여기에는 한자기의 속셈이 있었다. 가게에서 열면 팔기 위한 것이나 집에서 여는 것은 팔기 위한 것이 아니라 구경만 시킨다는 뜻을 나타내서 소장품의 진귀함과 주인의 고결함을 돋보이려는 것이었다. 한자기는 가게의 회계 선생과 일꾼들을 불러다 며칠 밤을 새우면서 전시회를 준비하였다. 그러나 전시회 날에는 모두 가게에 돌아가 장사를 돌보게 하고, 전시회는 자신이 직접 주관하고 연경대학에서 공부하는 옥아에게 휴가를 받아 그의 조수로 일하게 하였다.

전시회는 사흘 동안 열렸다. 사흘 안에 오는 사람이면 모두 구경시켰으나 사흘 기한을 지나서 온 이들은 절대로 접대하지 않기로 했다. 이 사흘 동안 북평 장안의 골동품 옥기업과 문물 서화업이 발끈 뒤집혔다. 모모한 인물들은 모두 구경하러 왔다. 좋은 구경도 하고 한 주인이 귀동자를 얻었음을 축하하려고 모여든 사람들로 인해 집 앞의 길이 메워질 지경이었다. 옛날 노 선생이 박아댁에 살 때의 적막하던 때와는 너무도 대조적이었다. 더구나 많은 대학 교수들과 이름 있는 학자들도 찾아와서 관람하고, 감탄에 감탄을 거듭하고는 붓을 들어 아름다운 글귀들을 써주었다. 그 중 가장 사람들의 눈길을 끈 것은 대련 한 조였는데 청나라 건륭황제가 백옥쟁반에 쓴 시 중 두 구절을 옮겨쓴 것이었다.

'먹을 수도 없고 입을 수도 없나니 무궁한 기묘함을 어찌 값으로 치르랴' 가로로 된 액자는 옥왕(玉王)이라는 큰 글자가 씌어진 것이었다. 손님들은 모두 머리를 끄덕이며 동감을 표시하였다. 박아댁에 옛날에는 옥마가 있었고 오늘은 옥왕이 있는 것이 당연하다면서 사람들은 연신 감탄하였다.

손님 중에 서양 사람들도 많았다. 영국, 미국, 프랑스, 이탈리아의 사람들이었는데 모두 십 년간 기진재의 단골손님들이었고 한자기의 친구들이었다. 사이먼 헌트는 한자기의 손을 잡고 감개무량해서 말했다.

「한 선생, 이번 모임을 나는 십여 년이나 기다렸습니다.」

사이먼 헌트의 중국말은 유창했기에 통역하지 않아도 그 자리에 있는 사람들은 모두 알아들을 수 있었다. 그러나 다른 서양인들은 모두 영어를 썼으므로 한자기는 옥아에게 통역하게 하였다. 한자기의 영어가 옥아보다 못해서가 아니라 일부러 동생의 재능을 자랑하고 싶어서였다. 열아홉 살의 옥아는 한창 나이여서 마치 금방 피어날 듯한 옥잠화 꽃봉오리 같았다. 위에는 깃이 높은 옥색 저고리를 입었는데 넓은 소매는 팔굽까지 길어서 옥순 같은 두 팔을 내놓았다. 아래는 검은색 비단 치마를 입었고 길고 흰 양말을 신은 발에는 헝겊으로 만든 검정 신을 신고 있었다. 살결은 눈빛처럼 희고 검은 머리는 귀밑까지 잘랐는데 앞머리를 눈썹 위로 가지런하게 잘라서 소박하고 우아해 보였다. 그녀는 양학당의 여학생이라 조금도 우물쭈물하지 않고 유창한 영어로 서양사람들과 청산유수처럼 말을 엮어 나가고 있었다. 돈이 많은 서양부자들이 그녀 앞에서 굽실거리는 것이 마치 신하들이 공주를 쳐다보는 것 같았다. 그 지방의 부자들은 영어를 모르기에 입만 벌리고 있었다. 모두들 속으로 '웬일이지 세상의 보물과 뛰어난 사람들은 모두 박아댁에만 모였으니' 하고 의아해 하였다.

한자기는 손님들을 똑같이 대접하였다. 중국사람이든 외국사람이든 모두 차를 내왔다. 이 기회에 그와 장사를 하려는 사람이 있으면 다른 날 가게에서 보기로 하였고, 전시품을 팔라고 간청하는 사람이 있으면 모두 좋은 말로 거절하였다. 한씨 부인은 그를 이해할 수 없었다. 그녀는 떠들썩하는 사람들을 바라보면서 이렇게 나무랐다.

「당신 참 제정신이 아닌가봐요. 장사꾼이 장사를 안 하고 무슨 장난이에요?」

한자기는 부인의 품속에 안긴 아들에게 입을 맞추면서 웃음을 지으며 말했다.

「먹을 수도 없고 입을 수도 없나니 무궁한 기묘함을 어찌 값으로 치르랴!」

한씨 부인은 그가 하는 말을 알아들을 수 없었다. 그녀는 남편이 옛날과 많이 달라졌다고 느꼈다. 먹을 수도 마실 수도 없는 이런 쓸데없는 데만 정신을 팔고 있으니, 이전의 살림꾼같지 않았다. 그렇다고 손님들 앞에서 뭐라고 말할 수도 없었다. 아이가 우니 그녀는 서채로 젖을 먹이러 갔다.

한자기와 옥아가 손님을 배웅하기 위해 추화문 밖에 이르자 어떤 부인이 앞을 가로막았다. 그 부인은 머리를 숙이고 한 손을 가슴에 얹고 한 손을 겁먹은 듯이 약간 내밀고 낮은 소리로 말했다.

「싸와부 추싼거메테!(당신께서 은덕을 베풀어주시면 고맙겠습니다)」

그 말을 듣고서 그녀가 모슬렘인 줄 알았다. 그녀가 대문에 쓴 경자 옥아를 보고 들어와서 메테를 구걸하는 것이었다. 메테의 본뜻은 '뜻을 표시함'이었는데 북경의 모슬렘들은 시주와 같은 뜻으로 썼다. 한자기는 십여 년 전 자신의 유랑생활이 생각나서 마음이 애처로워 곧 은전 몇 개를 꺼내어 그녀의 여윈 손에 놓아주었다.

「가져다가 밥 한끼 배불리 드세요.」

부인은 묵직한 돈을 받고서 깜짝 놀라며 머리를 들더니 한자기에게 절을 하였다. 한자기는 그때 그 부인을 찬찬히 보았다. 비록 모양은 초췌하지만 추하게 생기지는 않았다. 뒤에 얹은 머리가 헝클어지고 얼굴도 야위었으나 눈매는 곱게 생겼으며 어색해 하고 부끄러워하는 것을 보아서는 오랫동안 구걸해서 사는 거지 같지는 않았다. 입은 옷은 그렇게 낡은 것이 아니나 몇 군데 찢어져서 살이 드러나 있었다.

「옥아야, 가서 옷 몇 벌 가져다가 이 아주머님에게 입혀서 보내라.」

한자기는 돌아서서 옥아에게 그렇게 분부하고는 손님들을 전송하러 밖으로 나갔다.

옥아는 부인을 북채 응접실에서 기다리게 하고 들어가서 한씨 부인이 입던 바지와 저고리를 가져다가 부인에게 갈아입혔다. 그러고 보니 거지의 모양은 오간 데 없고 얌전한 색시같이 보였다. 그 부인은 옷도 갈아입고 돈도 얻자 감격해 어쩔 줄을 모르면서 옥아에게 절을 하고 연방 말했다.

「아가씨, 착한 아가씨, 알라께서 아가씨를 도와주실 거예요!」

옥아는 재빨리 말리면서 말했다.

「언니, 오늘 우리 집 아기가 백일잔치를 했어요. 오셔서 고맙습니다.」

부인은 가려고 하다가 이 말을 듣더니 멍해지면서 말했다.

「네? 백일이오? 백일이 되었어요?」

아기의 울음소리가 안뜰에서 은은히 들려왔다. 부인은 갑자기 미친 듯이 안으로 뛰어가더니 외쳤다.

「내 아기, 내 아기야!」

한씨 부인은 그때 한창 천성이에게 젖을 먹이고 있었다. 너무 늦게 아기를 낳은 탓인지 늘 젖이 모자랐다. 오늘도 젖이 모자라자 천성이 또 울어대는 참이라 그녀는 애가 타서 어쩔 줄 몰라하고 있었는데 별안간 어떤 부인이 부리나케 뛰어들어와 너무도 놀라서 뒤에 따라 달려온 옥아에게 물었다.

「이…… 이게 웬일이야?」

옥아가 설명하기도 전에 부인은 한씨 부인의 앞에 꿇어앉아서 천성이를 빼앗으려 하였다.

「제발 이렇게 사정합니다. 마나님, 저의 아이를 돌려주세요. 저의 아기예요!」

「뭐라구요? 미쳤어요!」

한씨 부인은 급히 비키려고 했지만 천성이는 이미 부인의 손에 빼앗긴 후였다. 한씨 부인은 울먹이며 아기를 도로 빼앗으려다가 아기가 놀랄까봐 그러지도 못 하고 어찌할 바를 몰랐다. 그녀는 옥아에게 소리쳤다.

「빨리빨리, 문 걸어라. 아기를 안고 도망가겠다!」

그러나 부인은 달아날 생각은 조금도 없는지 천성이를 안고 미친 듯이 입을 맞추더니 가슴을 헤치고 젖을 먹이기 시작하였다. 앞가슴은 벌써 젖에 푹 젖어 있었다. 배고팠던 천성이는 누군가는 상관없이 젖꼭지를 물고서 힘차게 빨더니 울음도 이내 그쳤다.

한씨 부인이 옆에서 멍하니 서 있다가 옥아에게 물었다.

「이 사람은……?」

「금방 문 앞에서 메테를 구걸하던…….」

부인의 퉁퉁 불었던 젖이 천성이가 한참 빨자 좀 가라앉았다. 그녀도 제정신을 차렸는지 눈물어린 눈으로 천성이를 보더니 중얼거렸다.
「도련님이 정말 나의 아기 같아요! 나의 아기…….」
옥아가 의아스럽다는 듯이 물었다.
「네? 당신은 어떻게 된 거지요?」
부인은 눈물에 젖은 눈을 들고서 떨리는 소리로 말했다.
「아가씨, 마나님, 저는 메테를 구걸하는 사람이 아니었어요. 저에게는 집도 있고 남편도 있고 아기도 있었어요!」

부인은 원래 길림성 장춘사람이었다. 친정은 성이 마씨였고 시집은 성이 해씨였는데, 남편 해연의(海連義)는 조상한테서 물려받은 재간으로 자그마한 음식점을 차렸다. 그곳 회족과 한족들 사이에서 이름이 꽤 있었다. 모두들 그를 해회회라 불렀다. 9·18 사변 후 동북이 일본놈 손에 들어가니 해연의는 일본사람의 능욕을 받지 않으려고 아내와 함께 관내로 도망갔다. 그들은 떠돌다가 북평 동쪽의 통주(通州)에 정착하였는데 다시 음식점을 차릴 힘이 없어 자그마한 방을 세내고 차를 팔면서 생계를 이어갔다.

민국 22년(1933) 일본군이 열하성을 침략하고 장성을 넘어 통주에 들어왔다. 5월 31일 국민정부는 일본과 당고협정(塘沽協定)을 체결하고 중국 군대는 서쪽으로 철수하였다. 해연의 부부는 자신들이 만리길을 헤치고 도망왔는데도 일본놈의 마수에서 벗어나지 못할 줄은 꿈에도 생각하지 못했다. 민국 24년(1935) 5월에 일본은 중국이 당고협정을 어겼다고 트집잡아 화북을 통치할 것을 요구하였다. 6월에 국민정부는 하응흠을 파견하여 화북에 주둔해 있는 일본군 사령관과 담판하고 비밀리에 협정을 체결하였다. 즉, 화북에 주둔한 중국 군대는 철수하고 화북성과 북평, 천진 두 도시의 당부도 취소하고 화북성 주석과 북평, 천진 두 도시의 시장을 철직시키며 모든 반일활동은 금지시키고 화북, 차하얼 두 성의 대부분 주권을 일본에게 준다는 것 등이었다.

그녀는 아직도 그날 일을 기억하고 있었다. 그녀는 아직 한 달도 되지 않은 아기에게 젖을 먹이고 있었고 해연의는 앞에서 차를 팔고 있었다. 황혼이 지고 있었고 길에는 행인도 적어서 해연의는 일찍 문을 닫고서 아내와 같이 저녁을 먹으려던 참이었다. 그때였다. 성내에서 차 한 대가 달려오더니 일본군 몇이 뛰어내려와 손짓발짓하며 차를 마시겠다고 하였다. 해연의가 재빨리 차를 끓여서 바쳤으나 맛이 없다고 트집이더니 차에서 술과 고기를 가져다가 가게 안에서 먹고 마셨다. 해연의는 분을 참고 웃으면서 말했다.

「손님, 다른 곳에 가서 마실 수 없을까요? 여기는…… 이슬람…….」

일본군은 눈을 부라리며 무슨 이슬람이야! 하고 소리치더니 그의 가슴을 한대 내리쳤다. 해연의는 맞기만 하고 아무 소리도 내지 못했는데 다른 놈들이 달려들어 탁자와 의자를 넘어뜨리고 그를 묶어 차 안에 밀어넣었다.

「날 풀어줘!」

해연의가 소리쳤다.

해씨의 아내가 아이를 안고 쫓아나와서 소리쳤다.

「애 아버지! 애 아버지!」

일본군들이 히히덕거리며 그녀에게서 아기를 빼앗은 다음 그녀를 차에 집어던지고 미친 듯이 차를 몰았다. 아이의 울음소리가 그녀의 마음을 찢는 듯하였다. 그녀는 울면서 몸부림치다가 차에서 뛰어내렸다.

그녀가 정신을 차렸을 때 자동차는 그림자도 보이지 않았다. 그녀의 집과 차가게는 불타고 있었는데 아기와 남편은 온 데 간 데 없었다!

천성이는 젖을 배불리 먹고 나자 그녀의 품에서 단잠이 들었다.

눈물이 한씨 부인의 손수건을 적셨다. 그 부인의 비참한 처지가 너무도 가련하여 아이를 빼앗고 쫓을 마음이 없었다. 더 안고 있게 해야지. 아이와 엄마는 마음이 통하니까. 천성이더러 여인의 언 마음을 녹이게 해야지.

「해씨 아줌마.」

옥아는 눈물을 흘리면서 말했다.

「당신 혼자서 어디로 가려고 그러세요?」

「모르겠어요.」

해씨 부인은 망연하게 말했다.

「나는 메테를 구걸하면서 많은 곳을 다녔어요. 남편과 아이를 찾으려고…….」

옥아가 한숨을 쉬면서 말했다.

「어디 가서 찾겠어요. 아무래도…….」

한씨 부인이 옥아를 흘겨보았다. 해씨 부인을 슬프게 하는 말을 더 꺼낼까봐 겁이 났다. 해씨 부인이 희망을 갖는 것이 좋을 것 같았다. 사람이 바라는 것이 없다면 어떻게 살겠는가.

「해씨 아줌마, 조급히 생각지 마세요. 먼저 친척을 찾아서 머물면서 천천히 기다리노라면 댁의 남편과 아이한테서 소식이 있겠지요.」

「마나님, 저같이 오갈 데 없는 거지가 누구를 찾아가겠습니까?」

해씨 부인의 눈에서는 눈물이 비오듯 쏟아졌다. 별안간 그녀는 천성이를 안고 꿇어앉더니 말했다.

「마나님, 아가씨! 착한 분들이시여, 제발 저를 여기 남게 해주세요. 저는 이 도련님과 떨어지기 싫어요. 전 무엇이든지 할 수 있어요. 소처럼 일해서라도 은공에 보답하겠어요!」

한씨 부인은 재빨리 그녀를 부축하면서 말했다.

「이러지 마세요, 해씨 아줌마. 보니까 이애도 아줌마와 인연이 있는 것 같아요. 마침 여기도 일손이 필요하거든요. 그럼 여기 계세요. 남편에게 말해서 가게의 일꾼들처럼 매달 노임을 드리게 하겠어요. 첫 삼 년은…….」

「전 아무것도 싫어요! 이 도련님과 같이 있으면 돼요. 한평생을 당신들 시중을 들겠어요. 우리 집 소식도 기다리고요.」

한자기가 손님을 배웅하고 돌아오니 옥아가 그 일 때문에 그를 불렀다. 서재에 와보니 부인이 이미 결정한 일이어서 더는 할 말이 없었다. 그는 동채의 전시회가 걱정이 되어 다시 나가면서 이렇게 당부하였다.

「이왕 같이 사는 바에는 한집 식구지요. 식모로 생각하지 말고요. 저도 메테를 구걸하던 사람입니다. 남의 천대를 받던 일이 진저리납니다. 앞으로는 선생님, 마나님이라 부르지 마세요. 내가 보기에는 누님이 한 분 생겼다고 생각하면 좋을 것 같네요. 천성이보고 고모님이라 부르게 합시다.」

고모는 어린 천성이를 꼭 껴안았다. 고모의 눈물이 천성이의 예쁜 볼을 적셨다.

전시회의 마지막 날이었다.

황혼 무렵에 한자기는 마지막 몇몇 귀빈을 전송하고 구경하러 온 사람들이 다 가버리고 나면 문을 닫으려 하였다. 그때 회원재 옥기점의 주인 포수창이 왔다! 기진재와 회원재는 원수가 된 지 십 년이 되었다.

양역청이 옥배 때문에 죽고 한자기가 회원재에서 빠져나온 일 때문만이 아니라 한자기가 다시 기진재를 일구어 세우자 원수 사이가 되었다. 동업자는 원수란 말이 있다. 한자기가 자기의 가게에서 나갔을 때 포수창은 한자기가 양씨댁으로 돌아가리라고는 생각하지 못했고, 그에게 다시 기진재를 세울 기백이 있을 줄은 몰랐으며 그가 회원재의 삼 년 동안 그런 재간을 배웠으리라고는 더욱 생각하지도 못했다. 포수창의 눈에는 한자기가 천한 장인에 불과했고 워낙 장사꾼감이 아니라고 보았었다.

그런데 삼 년이 채 되기도 전에 회원재의 장사는 기진재에게 절반이나 빼앗겼고 십 년이 되니 회원재는 거의 무너지게 되었다. 유럽과 미국의 손님들이 분분히 기진재로 몰려갔는데 먼저 첫걸음을 뗀 사람은 사이먼 헌트였다. 요 몇 년간 헌트는 부지런히 기진재를 찾아 다니더니 돈을 많이 벌었다. 물론 기진재도 그 덕분에 돈을 많이 벌었다. 한자기는 이름이 나자 내세우기 좋아하더니 이제는 무슨 놈이 옥전시회까지 열었다고 한다. 거기에다 한자기를 인정하고 기세를 올려주는 사람까지 있다고 한다. 어떤 사람은 그에게 옥왕이란 칭호까지 달아주었다니 포수창의 부아가 터지지 않을 수 없었다.

그는 자기 가게의 일꾼들에게 한자기의 전시회에 발걸음도 못 하도록 엄포를 놓았지만 이런저런 소식들이 들려오는 것을 막을 수는 없었다. 사흘간의 전시회는 문전성시를 이루고 있었으나 자기네 가게는 적막하여 일꾼들은 할일이 없어서 쑥덕거리며 한자기를 부러운 듯이 말히었다. 포수창은 참을 수 없었다. 상인들이 제일 견디기 어려운 것은 경쟁에서 실패하고 남이 잘되는 것이었다. 마치 도박판의 도박꾼이 남들 것이 모두 자기 것처럼 보여서 잃을 때마다 눈에 핏발이 서고 야심이 더 커져, 다시 겨루어 상대방을 이기는 것을 가장 큰 목표로 여기는 것과 같았다. 하물며 포수창은 이득만을 위해서 장사하는 일반 상인이 아니었다. 그에게는 보배를 가려내는 눈과 보배를 모으는 손이 있었음에도 눈을 뻔히 뜨고 기진미보들이 끊임없이 기진재로 흘러들어가는 것을 보아야만 했으니 이 모든 것은 그가 이겨낼 수 없는 치욕이었다. 그는 죽으면 죽었지 남의 냉대를 받으며 살고 싶지 않았다. 질시라는 야릇한 감정이 그에게 자신과 힘을 주었다. 포수창은 별안간 큰 힘을 얻었다. 흥, 속된 자식들이 무얼 안다고. 회원재는 아직 망하지 않았어. 기진재도 무얼 그리 강대하다구. 내 포수창이 한번 가서 보면 알 수 있지.

그리하여 전시회가 마무리될 때쯤 누구도 생각하지 않았던 포수창이 인력거를 타고 찾아온 것이다.

그는 박아댁 대문에 들어서다 한씨 부인과 마주쳤다. 한씨 부인은 천성이를 고모에게 맡겨 할 일이 없자 이웃들과 이야기나 나누려고 추화문을 나서는데 원수를 만난 것이었다. 그녀는 불현듯 집안이 망하던 그때 일이 생각나서 뜨거운 피가 솟구쳤다. 그녀는 자신도 모르게 소리쳤다.

「어머나! 해가 서쪽에서 올라온 게 아니예요? 포 주인이 어떻게? 보기 드문 일이네요. 제 기억에는 저의 아버님이 돌아가신 후 십여 년간 우리 집에 오시는 걸 보지 못했는데 오늘은 어떻게 된 거예요? 혹시 잘못 들어온 건 아니예요?」

포수창은 그러지 않아도 분을 삭이면서 왔는데 이런 냉대까지 받으니 화가 나서 욕을 하려다가 참았다. 청하지도 않았는데 왔으니 불청객이 아닐 수 없었다. 그러나 이미 문에 들어선 이상 다시 돌아갈 수도 없고 진퇴양난이어서 난처해 하는데 한자기가 오면서 말했다.

「오? 사부님이세요?」

포수창이 왔다는 소리를 듣고 한자기는 재빨리 나와 웃으면서 포수창의 팔을 잡아 끌면서 말했다.

「별것도 아닌 것을 내놓고 전시랍시고 하는데 사부님까지 찾아주시니 고맙습니다. 처음에 저의 아내도 사부님을 모셔다 가르침을 받으라고 했으나 저는 사부님이 바쁘신데 어찌 폐를 끼치겠는가고 생각했지요. 그런데 노인께서 이렇게 찾아주시니 너무도 반갑습니다. 사부님같이 덕망 있는 분이 마지막으로 판을 마감해 주시니 저는 원만히 일을 끝맺을 수 있게 되었네요. 여기 좀 앉으세요.」

그 말이 제때에 포수창에게 다리를 놓아준 셈이었다. 금방 한씨 부인 때문에 났던 화도 많이 가라앉았다. 어쨌든 나 포수창이 너의 사부였으니까. 하루 사부가 평생 아버지라고, 너 한자기가 하늘 끝까지 간다 해도 나의 제자가 아니라고 말할 수 있어? 이름난 사부 밑에 좋은 제자가 나온다고 네가 아무리 재간이 있어도 위에는 내가 있어. 물이 아무리 높아도 산을 넘지 못해. 이렇게 생각하니 더는 한씨 부인에게 성을 내고 싶지 않았다. 사내 대장부는 여자와 다투지 않는다고, 그까짓 여자들은 피하는 게 좋아.

한자기는 포수창을 모시고 안으로 들어가면서 속으로 궁리를 했다. 이 늙다리가 일찍도 안 오고 늦게도 안 오고, 딱 요때에 왔을 때는 무슨 꿍꿍이가 있을 것이다. 사흘 동안의 전시회가 이제 원만히 끝나려고 하는데 재수없이 이런 작자가 오리라고는 생각지도 못했다. 이 늙다리가 무슨 속셈인지 알 수 없었다. 마음 같아서는 사람들 앞에서 포수창을 까주고 창피하게 무안을 주었으면 시원할 것 같았으나 차마 그렇게 할 수가 없었다. 이런 중요한 시각에 포수창이 전시회를 망치게 할 수가 없다. 정말 그렇게 되면 포수창이 좋아하는 결과만 생기게 된다. 지금은 포수창을 달래고 자신은 참아야 한다. 십여 년간 한자기는 다른 재간 외에도 참는 것을 배웠다. 작은 일에서 참지 않으면 큰일을 망친다는 옛날 병가의 경험담이 있지 않은가? 참지 않았다면 한자기에게도 오늘이 있을 수 없고 기진재도 오늘이 있을 수 없다.

집으로 돌아가려던 구경꾼들은 한자기가 깍듯이 포 주인을 모시고 오니 다시 뒤따라 들어왔다. 옛날 포수창의 옥기업 안에서의 명성과 지위를 모르는 사람이 없고 한자기가 이렇게 존중하니 누구도 감히 냉대하지 못하고 와서 인사를 했다. 포수창은 이에 만족하여 저도 모르게 우쭐하기 시작하였다. 그는 가슴을 쭉 펴고 팔자걸음을 걸으며 한자기를 따라 동채로 들어갔다. 구경꾼들은 그 뒤를 따르면서 이 전문가가 한자기의 전시회를 어떻게 평가하는가 보고 싶어했다.

그는 문에 들어서서 그 대련을 보더니 낮은 소리로 구절을 읽고 머리를 끄덕이며 말했다.

「참 좋아. 건륭황제의 시는 거의 수수한데 이 두 구절만은 괜찮아. 바로 우리 옥기업 동인들의 흥취가 여기에 있으니까!」

대련에는 건륭황제의 시라고 씌어 있지 않았으나 포수창은 한눈에 알아보았다. 그의 박식함에 뒤따르던 사람들도 속으로 탄복하였다.

그러나 포수창은 위에 걸린 가로 액자의 옥왕이란 두 글자를 보고는 속이 뒤틀렸다. 그는 한자기를 힐끗 보고는 말했다.

「자네는 정말 자신을 감히 왕이라고 자칭하나?」

한자기는 겸손하게 웃으면서 말했다.

「제게 어디 그런 담이 있겠어요? 저것은 친구들의 과분한 찬사일 뿐인데요. 모두 저보고 양 사부님과 포 사부님의 기대에 어긋나지 말고 박아댁 노인의 유풍을 잇기를 바라는 것일 뿐인데요. 저도 그것을 모두 좋은 뜻이라고 생각했는데 사부님께서 마땅치 않다고 생각하면 지금이라도…….」

포수창은 물론 여러 사람들 앞에서 내리라고는 할 수 없었다. 한자기의 변명을 듣고 나자 별로 할 말도 없어서 너그럽게 웃으면서 말했다.

「그럼 그대로 두게나. 우리 옥기업 동인들이 모두 격려를 받아야지.」

기실 그는 마음속으로는 이렇게 생각했다. 천릿길에 사슴을 쫓아 사슴이 누구 손에 죽을지 모르지. 박아댁이 주인을 바꿀 수 있었다면 이제 옥왕의 영예도 다른 데로 넘어갈 수 있지. 포수창의 생각은 참 깊기도 하였다.

한자기는 포수창을 앉게 하고 옥아보고 차를 따라오라고 분부하였다. 그러고는 연방 포수창이 좋아하는 말만 골라 하였다.

「사부님이 인망이 높고 흉금이 넓은 줄은 잘 알지요. 항상 자신의 장사만 생각하지 않고 옥기업의 동인들을 늘상 걱정하시죠. 저는 별로 한 일은 없으나 사부님의 가르침은 잊지 않고 있습니다.」

포수창도 말이 나온 김에 한수 더 떴다.

「내가 배워준 제자들 중 자네가 가장 잘되었지. 옛날 역청 형이 살아계실 때 내가 이미 말했거든.」

이때 옥아가 차를 들고 왔다. 포수창은 찻잔을 받고서 옥아를 보더니 감탄하였다.

「아니, 둘째아가씨도 이렇게 컸어? 역청 형도 이젠 눈을 감겠구먼. 나 이 옛친구도 이젠 시름을 놓겠소.」

옥아는 포수창의 파렴치한 말을 듣고 속으로 메스꺼웠지만 언니처럼 그 자리에서 난처하게 하고 싶지 않았다. 그녀는 온화한 웃음을 띠고 말했다.

「오빠도 늘 포 주인을 말씀하시거든요. 포 주인님이 오늘 찾아주시니 저도 몹시 반가워요. 포 주인, 이쪽으로 오셔서 구경하시죠!」

그녀는 손으로 청하는 자세를 취하면서 화제를 전시품으로 끌어갔다. 늙다리가 빨리 보고 빨리 돌아갔으면 싶었다. 무슨 일을 만들어낼까봐 걱정되었다. 포수창은 미소를 지으며 말했다.

「그래, 그래!」

그도 본래 옥을 구경하러 온 것이다. 한자기와 옥아가 체면을 세워주었으니 구경이나 해야지. 차를 한모금 마시고 일어선 그는 뒷짐을 지고 눈으로 방안을 쭉 훑어보았다. 위엄을 부리는 자세였다. 그는 한자기가 전시품을 연대에 따라 진열한 줄은 모르고 먼저 가장 가까이에 있고 색깔도 제일 눈에 띄는 진열장 앞으로 갔다. 사실 이것은 전시회의 끝부분이었다.

여기에 진열된 것은 덮개 달린 비취 사발 하나와 백옥 주전자 하나,

마노잔 하나 그리고 청금석 염주 한 줄, 도홍색 벽새패 한 줄 그리고 마노 꽃병이 하나 있었다. 푸른 비취와 눈같이 흰 백옥, 새빨간 마노, 그리고 푸른 하늘 같은 청금석, 복숭아꽃 같은 벽새가 서로 어울려서 색깔이 영롱하고 눈부시었다. 그것들은 옥돌 자체가 보배였다. 세계의 풍속을 보면 비취와 마노를 행운, 행복의 돌이라 하고 청금석을 성공의 돌이라 한다. 당 태종은 벽새를 사악함을 막는 옥새라 불렀다. 하물며 이 몇 가지 물건은 가공이 정교하고 세밀하였으며 영롱하고 깜찍하였다. 포수창은 언뜻 그것들을 보고 내심 놀라지 않을 수 없었다. 이 자식 진짜 가진 것이 있구나! 입으로는 말하지 않았으나 머리는 끄덕거렸다. 가까이 가서 자세히 보고는 마지막 그 꽃병에 눈길을 멈추었다. 그 꽃병에는 분수감, 석류, 복숭아가 조각되어 있었다. 이 세 가지 과일은 복이 많고 자손이 많고 장수한다는 뜻을 가지고 있다. 옥기장인이 행복의 돌인 마노의 홍백이 엇갈린 색채를 교묘하게 이용하여 흰 곳에는 분수감을 새겼는데 마치 옥부처의 손 같았으며, 색깔이 약간 붉은 데는 복숭아를 새겼는데 복숭아 끝은 하나의 새빨간 점이었다. 알록달록한 데는 석류를 만들었는데 석류껍질이 벌어져서 알알이 보이는 빨간 씨가 마치 홍보석 같았다. 포수창은 낮은 소리로 중얼댔다.

「귀한 것이네. 귀해! 이건…… 아무래도 황궁에서 나온 것들이겠지?」

한자기는 웃으며 대답은 하지 않고 도리어 이렇게 말했다.

「사부님, 뒤의 것들을 보시죠. 청나라 것들은 저한테 좀 있어요. 고르고 또 골라서 요 몇 개 괜찮은 것만 내놓았거든요. 나머지는 무슨 금상옥수요, 진주계화요 하는 것으로 물건은 진짠데 너무 천하여 내놓지 않았어요. 청나라 것은 그런 흠집이 있지요, 그렇지요?」

이 말은 포수창의 마음을 뒤흔들어 놓았다. 그는 저도 모르게 말했다.

「자네 입심이 제법 큰네!」

한자기는 그래도 웃기만 하면서 포수창을 앞으로 모셔갔다.

명나라 것이 진열장 몇 개를 차지하였다. 청옥 대나무식 잔, 꽃가지가 새겨진 청옥잔, 꽃가지가 새겨진 백옥 모란패, 차정 매화꽃병 등이 있었다. 포수창은 그 꽃병을 자세히 들여다보았다. 진한 초록색 꽃병은 붓통처럼 생겼는데 겉에는 온통 매화꽃 가지가 조각되어 있었고 떨기떨기 매화꽃은 흰색이었다. 흑백 두 색채를 교묘하게 이용하여 새긴 정교한 작품이었다.

「이건……?」

포수창은 참지 못하고 손을 내밀었다. 한자기는 유리문을 열고 왼손은 밖에서 받고 오른손으로 꽃병을 들어 밑바닥을 그에게 보여주었다. 그 위에는 '자강'이란 두 글자가 새겨져 있는 게 아닌가!

「육자강! 과연 육자강이구나!」

포수창은 마치 명나라 옥기대사 육자강이 다시 살아난 듯싶었다. 그는 존경어린 어조로 수백년 동안 옥기업에서 신성하게 모셔온 이름을 불렀다.

한자기는 또 앞에서 그를 기다리고 있었다. 앞에는 원나라와 송나라의 것들이 있었다.

역사는 눈앞에 축소되어 있었다. 포수창은 한자기를 따라 옥기역사의 강물을 거슬러 올라갔다. 눈 깜박할 사이에 송나라로부터 당나라로 들어갔다. 눈앞이 어지러울 정도로 굉장하였다. 포수창은 마치 꿈속에서 구름을 타고 예술진품들 앞을 둥둥 떠다니는 것 같았다. 모든 것이 그로 하여금 도취하게 하였다.

많은 것들이 그의 눈앞에서 마치 구름이 흐르듯이 지나갔다. 어느 시대까지 왔다는 판단이 서기도 전에 사각형으로 된 백옥 하나가 그의 눈앞에 보였다. 그는 마치 몽둥이로 맞은 것처럼 소리를 쳤다.

「강모(剛卯)구나! 한 대의 강모야!」
「맞아요. 사부님 눈이 밝으시네요.」
한자기는 포수창을 바라보며 탄복하는 어조로 말했다.
「제가 밀가루 열 포대와 바꾸어온 것이에요.」
「음!」
포수창은 가슴으로부터 아쉬운 한숨을 내쉬었다.
「내 평생에 딱 한번 이런 것을 본 적이 있지. 그것은 어느…….」
한자기가 얼른 그 말을 받았다.
「어느 늙은 서당 선생의 집이지요?」
「응? 자네도 그 집에 가보았어?」
포수창이 놀랐다.
「아닙니다. 전 지금도 그 사람 성이 뭔지, 집이 어디에 있는지 모릅니다.」
한자기가 말했다.
「그 일은 참 묘하게 되었지요. 어느 날인가 어떤 할머니가 저의 가게에 찾아와서 서진(書鎭)을 하나 팔려고 했어요. 자기 영감이 생전에 쓰던 것이라면서요. 영감은 옛날 서당에서 글을 가르쳤는데 학교가 세워지니 할 일이 없어 술이나 마시고 그림을 그렸다나요. 늙으니까 가산도 다 탕진하여 붓하고 이 종이 누르는 서진만 남았대요.」
「맞아. 그는 이것을 서진으로 썼지.」
포수창은 다급해져 눈이 다 커졌다.
「그런데 그가 팔려고 했어?」
「아니오. 아까워서 팔지 않았대요. 죽기 전까지도 아까워했대요. 구들에 누워서 숨이 거진 넘어갈 때 할 말이 있는 것 같은데 말하지 못하더래요. 노친네가 울면서 물었대요. '나에게 할 말이 있어요?' 그랬더니 영감이 힘들게 손을 들어 책상 위의 서진을 가리키고 또 밥그릇을 가리키더래요. 노친네가 알아맞추고 말했대요. '이걸로 밥을 바꾸어 먹을 수 있다구요?' 그랬더니 영감이 머리를 끄덕이고는 숨을 거두더래요. 영감이 돌아간 뒤에 유산을 남긴 것이 없으니 자식들도 장사지내러 오지 않더래요. 노친네가 이웃들의 손을 빌려서 겨우 영감을 대충 묻었다고 하더군요. 영감이 죽자 혼자 살기가 더 힘들어졌는데 그때야 영감의 유언이 생각나서 저를 찾아왔다는 거였어요. 제가 들고서 대충 보니 흰색에 녹색줄이 섞인 것이 비취가 아니고 독산옥 같았어요. 독산옥이 단단하기에 독일사람들은 남양비취라 부르지요. 그러나 분명 비취는 아니거든요. 지금은 우리 옥기업에서도 독산옥을 별로 귀중하게 보지 않지만. 그러나 저는 하남의 『남양현지』를 찾아보았는데 거기에는 이렇게 씌어져 있었어요. '예산은 현성에서 동북쪽 15리 떨어진 데 있는데 이 산을 또 독산이라고도 부른다. 산에서 벽옥이 난다.' 바로 이 비취 같은 독산옥을 가리키는 것이지요. 지금 독산의 동남쪽 산 아래에 아직도 옥가시(玉街市)라는 곳이 있어요. 전해오는 말에 의하면 한나라 때 옥기 작업장 자리래요. 독산에는 옛날 사람들이 옥을 캐던 구멍도 많아요. 그러니 독산옥이 한나라 때에는 유명했음을 알 수 있지요.」

포수창은 기다리기 힘들다는 듯이 그의 말을 가로채서 말했다.

「독산옥의 역사는 더 이를 거네. 내가 젊었을 때 독산옥으로 다듬어낸 얇다란 옥을 본 적이 있는데 이미 깨져서 무슨 기물인지는 몰랐으나 만든 기술로 보아 오륙천 년 전인 것 같았어. 옥을 볼 때 질과 가공기술보다는 연대 측정이 중요하네.」

한자기가 말했다.

「사부님 말씀이 지당합니다. 그런데 그때 저는 그 노친네가 가져온 것을 한참 보아도 금방 연대를 결정하지 못하겠던데요. 모양을 보니 서진 같지도 않았습니다. 사각형의 것이 마치 도장을 새길 감 같기도 했습니다. 그런데 도장이라 하자니 또 그럴 것 같지 않았습니다. 중간에 구멍이 나 있었거든요. 글을 새겨야 할 곳에 새기지 않고 새기지 말아야 할 곳에 글이 새겨져 있었어요. 사면에 다 글이 새겨져 있었는데 한 면에 각각 글자가 여덟 자씩 있었지요. 전서(篆書)였는데 예서(隸書)의 특징도 약간 있었지요. 생각에는 한대의 것 같기도 했는데 확신할 수 없었어요. 그래서 노친네에게 물었지요. '돈을 얼마나 받겠어요?' 노친네는 갈피를 못 잡으며 말했어요. '밀가루 한 포대 값은 되나요?' 제가 '더 되지요. 제가 밀가루 열 포대 드리지요.'라고 말하고 일꾼을 시켜 밀가루 열 포대를 인력거에 실어서 집에까지 가져다 드렸어요. 노친네는 너무도 고마워하면서 말했지요. '고맙구려. 이렇게 많은 밀가루를 바꿀 줄은 생각도 못 했구먼. 주인은 참 좋은 사람이야. 글 모르는 노친네를 속이지 않고!' 그때 저도 도대체 값이 얼마나 되는지 몰랐습니다. 물건을 사들인 후 집안에서 사흘 동안 들여다보다가 끝내 알아냈지요. 서진도 도장도 아닌 강모임을 알았습니다.」

포수창은 두 눈에 빛을 번쩍이면서 말했다.

「눈이 밝군. 자네 이 강모가 어디에 쓰이는지 알고 있나?」

「강모로 말하자면요.」

한자기는 조급해 하지 않고 침착하게 말했다.

「옛날 사람들이 가죽띠에 걸고 다니던 호신부지요. 보통 옥이나 금 혹은 호두로 만드는데 중간에 구멍이 있어 줄로 꿰어 드리울 수 있었지요. 정월 모일(卯日)에 만들어졌기에 강모라 하지요. 강모가 처음 나타난 것이 서한 후기였는데 왕망이 정권을 잡았을 때는 쓰지 못하게 했다가 동한 때에 또 쓰기 시작했는데 얼마 안가 동한 후에는 또 폐지되었지요. 그 후에는 다시 없었습니다. 때문에 지금 세상에 남아 있는 강모는 복제품이 아니라면 한대의 것임은 의심할 바 없지요.」

포수창은 따지고 물었다.

「그럼 자네 이것은?」

한자기는 손으로 강모를 만지작거리면서 자신 있게 말했다.

「옥의 질이나 형태, 그리고 다듬은 기술이나 글 자체로 볼 때 후세 사람들은 이 정도로 모방할 능력이 없지요. 이것의 연대는 서한 동한 사이임에 틀림없습니다.」

노려보던 포수창의 눈빛이 꺼졌다. 한자기가 하는 말이 모두 망치처럼 그의 가슴을 쳤던 것이다.

「그때 서당 선생도 그렇게 말했지. 그 사람에게서 나도 강모를 알게 되었지. 바로 이 강모야! 내가 넘겨달라고 하면서 값을 만 원이나 쳤는데 그는 그저 웃으면서 머리를 흔들더군. 후에 다시 찾아가니 글도 가르치지 않고 어디 갔는지도 모르겠더군. 강모도 그때부터 종적을 감추었지. 내가 몇 년이나 찾아다녔는데 자네 손에 들어가 있을 줄은 몰랐어. 귀중한 보물을 자네는 밀가루 열 포대 값만 주고 샀으니 참 운이 좋아.」

마치 자기 손에 이미 들어왔던 물건을 한자기한테 빼앗긴 것같이 그는 망연하게 강모만 바라보면서 한자기가 쉽게 이것을 손에 넣었을 때의 쾌감을 생각해보았다. 포수창의 가장 큰 즐거움은 낚아채는 것이었는데 지금은 남이 자신에게 자랑하는 것을 뻔히 보면서도 빼앗지도 가로채지도 못하니 얼마나 큰 고통인가!

한자기는 가볍게 강모를 원래 자리에 놓고 말했다.

「저도 사실은 사후 제갈량이었지요. 만약 그때 당시에 알아냈더라면 그 노친네를 더 후하게 대접해주었을 텐데요. 그런데 후에 찾자니까 찾을 수 없더군요. 그것도 운명겠지요. 이 강모가 믿을 만한 곳에 보관되는 게 남의 손에서 잘못되는 것보다야 낫겠지요. 그렇지요, 사부님?」

포수창은 할 말이 없었다. 할 말은 한자기가 빠짐없이 다했으니 그는 속으로 성을 삭일 수밖에 없었다. 한자기는 포수창의 안색에는 신경도 쓰지 않고 계속 그를 앞으로 안내하며 보여주었다.

그런데 그 앞에는 서주(西周) 때의 것도 있는 게 아닌가! 납작한 옥벽도 있었고 겉이 네모나고 안이 둥근 파이프 모양의 옥종(玉琮)도 있었으며, 위가 뾰족하고 아래가 네모난 옥규(玉圭)며 옥장(玉璋)이며 옥황(玉璜), 옥호(玉琥)…… 포수창은 태양혈이 툭툭 튀었고 눈에서 피가 배나올 것 같았다! 강렬한 소유욕이 그를 괴롭혔다. 그의 옥에 대한 취미는 광적이어서 마치 인이 박힌 것 같았다. 지금 그 옥벽(玉癖)이 일어난 것이다. 몇십 년간 옥을 만지면서 그는 괴상한 성격을 키웠다. 무릇 그의 눈에 띈 것이나 가치가 있다고 본 것들은 반드시 자기가 소유해야 속이 풀렸다. 모든 재산을 다 털어서라도 죽음을 무릅쓰고라도 손 안에 넣으려 했다. 이 점에서 한자기도 그와 비슷했고 심지어는 그보다 더 심했다. 십 년 동안 이렇게 많은 보물들을 수집하였으니 말이다. 전시회의 규모는 크지 않았으나 모두 알짜들이었다. 마치 예로부터 흘러온 옥의 대하의 영혼을 모두 뽑아온 듯 사람을 놀라게 하였다. 앞으로 갈수록 더욱 경탄을 금할 수 없고 마치 깊은 산속으로 들어가서 옥의 대하의 원천을 찾는 것 같았다.

포수창은 머리가 어지러울 지경이었다. 그는 더 이상 한자기를 따라가고 싶지 않았다. 강렬한 자극을 더 견뎌낼 수 있을 것 같지 않았다. 이젠 그만 집에 돌아가려고 생각하였다. 보지 말아야지, 더 보면 견딜 수 없지.

「사부님, 사부님…… 피곤하세요?」

한자기는 그가 바로 서지 못하는 것 같아서 부축하면서 말했다.

「먼저 좀 쉬세요. 차나 마시고 우리 집 사람보고 저녁밥이나 준비하라고 이를 테니 함께 식사하고 얘기나 나눕시다.」

말하면서 그는 회중시계를 꺼내 시간을 보았다.

「그럴 필요없어. 아니야!」

포수창은 불쾌한 듯이 손을 저었다. 그는 빨리 이곳을 떠나고만 싶었다. 너무도 욕심나서 죽을 것만 같았다. 다른 생각은 할 수도 없었다.

「나는 돌아가려 해…….」

그가 막 얼굴을 돌리려는 찰나 창문가에 있는 진열장이 별안간 그의 시선을 끌었다. 그는 돌아갈 수 없었다. 거기에는 그로 하여금 정신이 번쩍 들게 하는 무엇인가 있었다.

옥결!

그는 자기의 눈을 의심하였다. 손수건을 꺼내서 눈을 비비고 다시 보았다. 옥결이었다. 틀림없었다. 말굽형으로 된 그 물건이 버젓하게 진열장 안에 놓여 있었다!

「이 물건이…… 자네에게도 있어?」

포수창은 옥결을 향해 걸어갔다. 그는 자기에게도 이것이 있었던 것을 고통스럽게 회고하였다…… 아쉽게도 이미 돈으로 변했다. 그런데 돈은 아무리 많아도 옥과 비기지 못한다. 그런데 한자기는 포수창이 다시 얻을 수 없는 것을 가지고 있는 것이다.

「저에게도 이것 하나뿐입니다, 사부님!」

한자기는 탄식하였다.

「자네 이것이 무엇인지 아나?」

포수창의 목소리가 떨렸다. 약자의 마음은 지금까지 보다 더 강해보이려고 발버둥쳤다. 그는 한자기를 더 시험해 보려고 하였다. 만약 그가 보물만 가지고 있을 뿐 보물을 모른다면 그는 사부의 신분으로 몇 수 가르치려고 하였다. 그래야 구경하는 사람들의 눈에도 체면이 깎이지 않을 것 같았다.

한자기는 겸손하게 말했다.

「저는 단지 몇 가지만 알고 있습니다. 옛날 사람들은 이것을 옥결이라 했습니다. 기실은 옥벽이나 옥환이나 강모와 비슷합니다. 이것도 몸에 달고 다니는 패물이지요. 진나라 말에 유방과 항우가 군대를 일으켜서 싸울 때 홍문연에서 항우는 체면 때문에 우유부단하게도 유방을 죽이지 못했지요. 그러자 그의 신하 범증이 몇 번이나 허리에 찬 패물인 옥결을 쳐들어보이면서 항우에게 결심을 내리라고 암시했지요. 결심의 결(決)과 이 결자가 음이 같거든요. 범증이 쓴 것이 바로 이런 것이지요.」

「음!」

포수창은 찬동하듯이 머리를 끄덕였다. 그러나 여전히 손윗사람으로서의 체면을 지키면서 되물었다.

「그럼 자네 이것이 진한(秦漢) 때의 것이라고 생각하나?」

「아니지요.」

한자기는 재빨리 대답하였다.

「단지 진한의 비슷한 것으로 예를 들었을 뿐입니다. 저의 이 옥결은 범증의 것보다는 이르지요. 제가 보기에는 상대(商代)의 것입니다.」

포수창은 또 실패하였다. 그러나 그는 자신의 실패를 승인하려 하지 않고 한자기보다 한 수 더 이기려고 하였다. 때문에 이미 아무런 의미도 없는 문제를 내놓았다.

「자네는 모르겠지만 같은 상대의 청옥결이 나한테도 있어.」

「알고 있습니다.」

한자기는 확실하게 대답하였다.

「그리고 하나뿐이 아니지요!」

포수창이 오른손의 식지와 중지, 무명지를 내밀면서 말했다.

「세 개야.」

「맞아요. 세 개지요. 그전에 옥마 노 선생님이 소장했던 옥결 세 개를 그분이 돌아가신 후 모두 당신이 사갔지요.」
한자기의 두 눈에는 별안간 사람을 노리는 차가운 빛이 번쩍거렸다.
「그런데 그 중 두 개는 당신이 일부러 깨버렸지요. 세상에 보기드문 이 보물 하나만 남겨서 높은 값으로 사이먼 헌트 선생에게 팔았지요. 제 말이 틀리지 않았지요, 사부님?」
옆에서 구경하던 사람들이 이구동성으로 아! 하고 경탄을 질렀다.
「아니? 이게…… 바로 나의 그것이야?」
포수창은 뭇사람이 쏘아보는 눈길에 잔등이 시려왔고 혀도 굳어졌다. 그의 핏발 선 두 눈의 동공이 별안간 축소되면서 멍청하게 그 옥결을 바라보았다.
「사부님, 다시 자세히 보세요. 50만 은화로 판 물건이 그래도 인상에 남아 있겠지요?」
한자기는 쌀쌀맞게 말했다.
포수창이 눈을 가늘게 뜨고 자세히 보더니 별안간 물었다.
「이 물건이 어떻게 자네 손에 들어왔어?」
「아주 간단하지요.」
한자기는 당당하게 말했다.
「제가 더 높은 값으로 사이먼 헌트의 손에서 다시 사들였지요.」
「아!」
포수창의 예리한 두 눈은 삽시간에 번개불에 맞은 듯 폭발하는 빛을 내뿜더니 이내 꺼졌다. 그는 휘청거렸고 하마터면 넘어질 뻔하였다. 한자기가 재빨리 부축하여 주었다.
포수창은 힘없이 의자에가 앉았다. 온몸의 뼈는 마치 말라버린 땔나무와 같았다. 힘없는 눈은 멍하니 앞을 보면서 중얼거렸다.
「다시 돌아왔구나. 박아댁의 물건이 다시 돌아왔구나…….」
옥전시회는 포수창의 참패와 한자기의 승리로 끝났다. 옥왕의 칭호는 어느새 펴져나가 북평의 옥기업에 쫙 펴졌다.

한자기가 한창 웅대한 포부와 뜻을 펼지고 기진재도 앞날이 천리 같을 때 큰 재난이 머리에 떨어졌다. 그것은 한자기가 예측할 수도 없고 피할 수도 없는 난리였다.

그해 여름에 일본군은 화북과 차하얼 두 성을 차지하였다. 10월에 일본 침략군은 한간주구들을 시켜 화북 향하에서 폭동을 일으켜 향하 현성을 점령하게 하였다. 11월에는 한간들을 책동하여 화북 5성 자치운동을 벌이게 하였다. 11월 25일 국민정부 기동행정서 전원인 은여경이 통주에서 기동방공 자치정부를 세워서 화북성 동부 20여 개 현의 땅이 일본군 손에 들어갔다. 12월 국민정부는 송철원으로 하여금 기찰정무위원회를 세워서 일본의 화북정권특수화의 요구를 만족시키려 하였다. 화북은 극도로 위급한 상황에 이르렀다. 12월 9일 북평의 6천여 명 학생들이 격분하여 가두시위를 단행하였다. 그들은 일본 제국주의를 타도하자! 한간 매국노를 타도하자! 화북자치운동을 반대한다! 내전을 끝내고 일치하게 항일하라!는 구호를 외쳤다. 많은 군경들이 출동하여 평화시위를 하는 학생들을 무자비하게 진압하였다.

이와 동시에 국민정부는 장개석 위원장의 부인이 창도한 신생활운동을 추진하고 있었다.

「길바닥에 함부로 가래침을 뱉지 말 것. 안전이 제일이다. 길은 잘 닦아야 하고 길 걸을 때 조심하라. 차나 행인이나 우측통행을 하고 차를 기다릴 때는 줄을 서야 한다. 규칙적으로 신선한 공기를 호흡하고 햇빛을 쐬어야 한다. 파리를 없애야 한다. 매일 양치질하고 비타민을 먹어야 한다. 이웃을 사랑하고 일을 해야 하며 노력하여 진취해야 한다. 돈은 아껴쓰고 행동은 침착하게 하며, 멈추어서서 보고 들어야 한다. 아기들은 더욱 건강하게 자라게 하여야 한다.」

학생들과 보이 스카우트들이 거리에서 가래를 뱉지 못하게 했고 독한 술을 금하였으며, 머리도 퍼머하지 못하고 괴상한 옷도 입지 못하게 하였다.

그렇다면 그때 한자기가 아름다운 신생활을 희망하지 않았단 말인가? 그는 기진재가 더 발전하고 아기가 더욱 건강하고 사업에서 더 노력하여 진취하려 하였다. 그러나 무정한 전쟁의 구름은 머리를 짓누르고 있어 북평, 화북, 중국 전국은 이미 위급한 낭떠러지로 치달은 것이다! 그가 열중해온 옥기업은 옛날부터 태평시절의 장식품에 불과하였다. 잔혹한 전쟁이 곧 닥쳐올 때에 옥기 조각기술이나 골동품 같은 것들은 너무도 하찮은 것이었다.

기진재는 어디로 갈 것인가? 〈2권에 계속〉

옮긴이의 말

이 소설은 1991년 봄, 중국의 대문호 모순(茅盾)을 기리는 모순문학 대상을 받은 작품이다. 지난 1985~88년까지 중국에서 출판된 600여 편의 장편소설 중에서 엄정한 심사를 거쳐 제 3 회 모순문학 대상을 수상한 이 소설은 영어, 프랑스어, 아랍어, 벵골어 등 10개 언어로 이미 번역 출판되어 세계적으로 화제를 모으고 있다.

이 소설은 중국 만주지방에 살고 있는 소수민족인 조선족과 같이 중국 북경 부근에 살고 있는 다른 소수민족인 어느 모슬렘 가족 3대의 육십 년에 걸친 파란만장한 숙명적 삶을 감동 깊게 그린 작품이다. 옥그릇을 만드는 옥기 장인 한자기와 그의 아내 양군벽, 전쟁의 소용돌이 속에서 형부 한자기와 아픈 사랑을 맺게 되는 처제 양빙옥의 기구한 삶의 궤적, 그리고 한자기와 양빙옥 사이에서 태어났으나 양군벽을 어머니로 알고 성장해야만 했던 북경대학 학생 한신월과 그녀가 헌신적으로 사랑한 한족(漢族)인 북경대학 교수 초안조와의 진솔하면서도 순결한 애정이 때로는 힘차게, 때로는 섬세한 필치로 묘사되고 있다.

중국에서 달빛을 받으며 피어나는 해당화는 양귀비를 상징하는 여인의 미모로 표현되기도 하고, 운명을 헤쳐나가는 꿋꿋한 생명력에 비유되기도 한다. 아름다운 장강(長江) 황하(黃河)의 물굽이처럼 거칠게 살아온 미모의 여주인공 한신월, 그녀는 비극적 운명의 질곡 앞에서도 의연하고 강인한 생명력으로 뜰앞에 핀 해당화처럼 싱싱하게 자라나 읽는 이로 하여금 언제까지나 마음속의 연인으로 살아 있게 한다.

이 소설은 그 옛날 실크로드를 따라 중국과 무역을 하던 모슬렘 대상(隊商)들의 후예로서 미국 속의 유태인들처럼 전통을 지켜가면서도 중국에서 가장 부유한 삶을 살고 있는 회교도들의 혼인의식과 장례의식 등 그들만의 독특한 생활묘사를 통해 우리에게 문화적인 충격을 안겨준다. 또 옥(玉)을 갈고 다듬는 데 생애를 바치는 스승과 제자 등 독특한 인물창조를 통해 우리 평범한 독자들의 안이한 삶 자체를 돌이켜 보게 하는 크나큰 마력을 지니고 있기도 하다.

이 작품은 지금까지 이데올로기 문제만을 주로 다루거나, 정치적 성향에만 치우쳐온 중국 현대문학의 관행과는 달리 새로운 순수문학의 가능성을 보여주고 있다는 점에서 사뭇 신선하고 향기롭다.

이 소설의 저자 곽달(霍達)은 국내외에서 주목받고 있는 중국 여류작가이다. 그녀는 1991년 제 3 회 모순문학 대상을 받으면서 세계적인 작가가 되었다. 모순문학 대상은 중국이 대문호 모순을 기리기 위해 제정한 중국에서 최고로 권위있는 문학상으로 소수민족 출신으로 이 상을 받기는 곽달이 처음이다. 그녀는 이 소설의 주인공처럼 중국의 소수민족 가운데 하나인 회족(모슬렘족)으로 북경에서 태어났으며, 현재 중국소수민족작가협회 부회장으로 활동하고 있다. 그녀는 또

1988년에 중편소설「홍진(紅塵)」으로 중국 중편소설 우수상을 받았으며,「만가우락(萬家憂樂)」으로 중국 보고문학 우수상을 수상했다.

그녀는 어렸을 때부터『사기(史記)』와『춘추(春秋)』등의 역사책을 즐겨 읽었으며, 저명한 역사학자를 개인적으로 초빙해 배우기도 하였는데, 이렇게 흡수한 지식을 자신의 문학작품 창작에 밑거름으로 써오고 있다. 그래서인지 곽달의 작품은 역사적인 사건으로부터 현실에 당면한 문제점에 이르기까지 넓은 포용력을 지니고 있으며, 그 형식은 소설, 보고문학, 시나리오, 극본, 수필 등 다양하다.

나는 이 책을 미국 U.C. 버클리대학에 유학중인 남편을 따라 미국에서 체류하던 이년여 동안 버클리대학 도서관에서 발견하고 번역을 결심하게 되었는데, 때마침 미국에 교환교수로 와 계시던 도서출판 전예원의 편집인인 외국어대학 김진홍(金鎭洪) 교수를 만나게 되어 한국에 선보이게 되었다. 저자와 같은 중국 소수민족의 하나인 조선족으로 성장해 온 내가 조국에 이 책의 번역서를 내놓게 된 것이 그렇게 자랑스러울 수가 없다. 조국 광복을 위해 헌신하다가 순국하신 나의 할아버지 영전에 기쁨으로 이 책을 바친다.

미국 버클리에서

김 주 영

모슬렘의 장례식 ❶

지은이 / 곽 달
옮긴이 / 김주영
펴낸이 / 양계봉
만든이 / 김진홍

펴낸곳 / 도서출판 전예원
주 소 / 서울특별시 서초구 우면동 476-2 · 우편번호 / 137-140
대표전화 / 571-1929 · FAX / 571-1928 · 등록 / 1977. 5. 7 제 16-37호

2001년 10월 20일 초판 인쇄
2001년 10월 25일 초판 발행

값 7,000원

ISBN 89-7924-099-6 04820 (전3권)
89-7924-100-3 04820